HEYNE<

DAS BUCH

Ich heiße Lucy Tucker, und mein Leben war perfekt. Ich hatte einen Traumjob, eine großartige Familie und tolle Freunde. Unsere Ranch in Montana war alles, was ich mir jemals erträumt hatte. Mein Verlobter Samuel Stone liebte mich bedingungslos. Ich hatte alles, was sich ein Mädchen nur wünschen kann.
Doch ein tragischer Unfall erschütterte mein perfektes Leben.
Ich dachte, Sam sei der Mann meines Lebens, doch das änderte sich an dem Tag, an dem Saxon Stone, Sams Zwillingsbruder zurück nach Montana kehrte. Vom ersten Augenblick an stellte er meine Welt auf den Kopf. Ein Feuer begann in mir zu brennen, und ich bemerkte, dass Saxon aus einem einzigen Grund da war ... er war da, um mich zu retten.

DIE AUTORIN

Monica James lebt mit ihrer Familie und ihren Haustieren in Melbourne, Australien. Wenn sie nicht an ihren Romanen schreibt, leitet sie ihr eigenes Unternehmen. Sie liebt es, authentische, herzergreifende und leidenschaftliche Geschichten zu erfinden, die ihre Leser begeistern. Ihre Romane waren in den USA, in Australien, Kanada und Großbritannien auf den Bestsellerlisten.

LIEFERBARE TITEL

Du gehörst mir ...
... und ich gehöre dir

MONICA JAMES

LIEBE
mich,
wenn du kannst

Aus dem Amerikanischen
von Ruth Sander

WILHELM HEYNE VERLAG
MÜNCHEN

Die Originalausgabe erschien 2017 unter dem Titel *Forgetting You, Forgetting Me* bei CreateSpace Independent Publishing Platform

Sollte diese Publikation Links auf Webseiten Dritter enthalten, so übernehmen wir für deren Inhalte keine Haftung, da wir uns diese nicht zu eigen machen, sondern lediglich auf deren Stand zum Zeitpunkt der Erstveröffentlichung verweisen.

Dieses Buch ist auch als E-Book erhältlich.

Verlagsgruppe Random House FSC® N001967

2. Auflage
Deutsche Erstausgabe 01/2020
Copyright © 2017 by Monica James
Copyright © 2019 der deutschsprachigen Ausgabe
by Wilhelm Heyne Verlag,
München in der Verlagsgruppe Random House GmbH,
Neumarkter Str. 28, 81673 München
Printed in Germany
Redaktion: Lisa Scheiber
Umschlaggestaltung: Nele Schütz Design, München,
unter Verwendung von Shutterstock
(kak2s, Georgil Shipin, Winston Tan)
Satz: KompetenzCenter, Mönchengladbach
Druck und Bindung: GGP Media GmbH, Pößneck
ISBN: 978-3-453-58062-6

www.heyne.de

Eins

»Es hat einen Unfall gegeben.«

Es ist unvorstellbar, wie ein einfaches, alltägliches Wort das Leben eines Menschen für immer verändern kann. Ein einfaches Wort in Verbindung mit anderen einfachen, alltäglichen Wörtern kann den schönsten Tag deines Lebens zu deinem schlimmsten machen.

»Lucy? Hörst du mich, Lucy?«, fragt meine beste Freundin Piper. Ihre Stimme klingt ängstlich, aber ich kann ihr nicht antworten. Ich kann ihr nicht sagen, dass ich sie höre, denn in dem Moment, in dem ich das tue, akzeptiere ich, dass dies kein schrecklicher Albtraum ist.

»Komm schon, Luce, bitte ... sprich mit mir!«

Es ist seltsam, an welche Dinge man sich erinnert und an welche nicht. Manchmal kommt Vergessenes durch ein einfaches Wort, einen Geruch oder eine bestimmte Situation wieder an die Oberfläche. Aber das hier werde ich leider nie vergessen können, ich werde mich immer an diesen Moment erinnern.

Dies sollte der schönste Tag meines Lebens werden. Der Tag, der es für immer verändert. Und das tut er auch. Nur nicht so, wie ich dachte.

»Schätzchen, ich bin's, Mom. Hörst du mich? Es hat einen Unfall gegeben, und wir müssen ins Krankenhaus fahren.« Ich zucke zusammen, als sie noch ein Wort gebraucht, das ich nicht hören will.

»Simon, ich glaube, sie hat einen Schock. Kannst du sie tragen?«

»Natürlich, Maggie.« Einen Augenblick später sagt mein Vater: »Daddy hat dich.« Die Welt fängt an, sich um mich zu drehen, aber ich kämpfe nicht dagegen an. Ich möchte in diesen düsteren, gefährlichen Strudel gesogen werden und nie mehr zurückschauen. Nie mehr an den Tag denken, der alles verändert hat.

War ich zu eingebildet? Oder vielleicht undankbar? Vielleicht ist das passiert, weil ich Mrs. Goldstein nicht eingeladen habe. Wie auch immer, es tut mir leid. Ich mache es wieder gut. Bitte gib mir eine zweite Chance. Bitte gib *ihm* eine zweite Chance.

»Ich schnall dich an, mein Schatz.« Das Kosewort erinnert mich an glücklichere Zeiten, und ich fange an, meine sechsundzwanzig Jahre auf diesem Planeten an mir vorüberziehen zu lassen.

Voller Zärtlichkeit denke ich an die Zeit, als Simon und Maggie Tucker mich in ihr Haus aufgenommen haben. Damals war ich fünf. Obwohl die beiden nicht meine leiblichen Eltern waren, haben sie mir nicht ein einziges Mal das Gefühl gegeben, nicht ihr eigenes Kind zu sein. Sie haben mir immer echte Freundlichkeit entgegengebracht, und nachdem ich in meiner ganzen Kindheit wie ein Niemand behandelt worden war und in den Heimen nur M genannt wurde, hat ihre unerschütterliche Liebe dazu geführt, dass ich mich für das glücklichste Mädchen auf der Welt hielt. Ich fühlte mich, als wäre ich jemand. Und das war ich auch – ich war ihre Tochter. Ich war ihre Tochter und hatte endlich einen Namen.

Dann denke ich an die Zeit, in der ich Piper Green im Sportunterricht kennengelernt habe. Sie hat mir den Rücken freigehalten, als ich beim Völkerball zum Lieblingsziel wurde, und das tut sie immer noch. Ohne Piper wäre mein Leben manchmal düster.

Danach denke ich an andere Momente, kurze Szenen aus der Vergangenheit, Erlebnisse, die mich zu dem gemacht haben, was ich bin. Doch eine Erinnerung überragt alle anderen, denn sie ist meine liebste. Es ist die an den Tag, an dem ich der Liebe meines Lebens begegnet bin – Samuel Stone.

Ich habe ihn vom ersten Augenblick an geliebt, und ich liebe ihn immer noch. Er war Kapitän der Basketball-Mannschaft der Highschool, während ich nur ich war, die kleine Lucy Tucker. Aber Samuel hat etwas in mir gesehen, das nicht viele Menschen gesehen haben. Nicht einmal ich. Er hat mich unterstützt, wenn ich davon geredet habe, dass ich die Welt verändern will, ganz gleich, wie ausgefallen meine Ideen waren. Ich weiß, wie es ist, hungrig, benachteiligt und ungeliebt zu sein, und deshalb war ich entschlossen, alles dafür zu tun, dass kein anderes Kind so leidet wie ich früher. Aber wenn Sam mich nicht immer angespornt hätte, hätte ich wohl nie als Beste meines Jahrgangs den Master in Human Rights gemacht. Er hat mir geholfen, meine Träume zu verwirklichen, schließlich ist auch *er* ein wahr gewordener Traum.

Er hat mich trotz meiner Fehler geliebt, mich nie im Stich gelassen, und nun muss ich das Gleiche für ihn tun.

Ich weiß, wo wir hinfahren, doch sein Ziel zu kennen macht es nicht einfacher, sich dem zu stellen, was dort auf einen wartet. Unter diesen Umständen wünschte ich, ich wüsste es nicht. Ich wünschte, ich könnte die Uhr nur ein paar Stunden zurückdrehen, denn wenn ich gewusst hätte, was auf mich zukommt, hätte ich jeden Augenblick ausgekostet und ihn mir fest eingeprägt.

»Du siehst wunderschön aus, Schätzchen«, hat meine Mutter gesagt.

»Danke, Mom.« Die Frau, die mich aus dem Spiegel angeblickt hat, sah ganz anders aus als ich. Mein langes, honigblondes Haar war zu einem eleganten Knoten aufgesteckt. Die Friseurin hatte mir versichert, das sei genau das Richtige, um das Brautkrönchen zu halten, das sie mir auf den Kopf gesetzt hat. Aber die funkelnden Steine, die ich vorhin noch so ehrfürchtig berührt habe, sind jetzt völlig nebensächlich.

»Ihre grünen Augen sind wunderschön, Lucy, und Ihre vollen Lippen hätte ich auch gern«, hat die Kosmetikerin gemeint, als sie die letzte Schicht Mascara und einen Hauch Lipgloss aufgetragen hat. Das alles ist so oberflächlich, so unwichtig. Verächtlich reibe ich mir jede Spur davon aus dem Gesicht.

»Hör auf, Luce. Sonst verletzt du dich noch.« Piper versteht nicht, dass es die unsichtbaren Verletzungen sind, die am meisten schmerzen.

Als ich mein eng anliegendes Hochzeitskleid übergestreift habe, haben die Kristallperlen das Sonnenlicht eingefangen und winzige Regenbögen durchs Zimmer geworfen. Die weißen High Heels haben mich größer gemacht, doch trotzdem hätte ich nie an Samuels beeindruckende ein Meter vierundneunzig herangereicht.

Das letzte fehlende Teil hat mir meine Mutter gebracht. Mit Tränen in den haselnussbraunen Augen hat sie die Seide betastet. »Ich wünschte, deine Großmutter wäre hier.«

»Das ist sie, Mom«, habe ich erwidert und ihren Arm gestreichelt.

Meine Mutter hat genickt und mir das Stück Stoff gereicht, das meine Ausstattung komplett machen und mich dem Ziel, Mrs. Samuel Stone zu werden, einen Schritt näher bringen sollte.

Die Friseurin hat den Schleier angebracht, und als ich die Welt durch seine dünne Spitze gesehen habe, wusste ich, dass ich bereit war. Nichts konnte mich noch aufhalten. Ich hätte ahnen sollen, dass etwas nicht stimmte, als ich Samuel nicht gesehen habe. Trotzdem bin ich zwischen den Sitzbänken hindurchgegangen, und ich habe mich nie im Leben schöner oder stolzer gefühlt. Dann habe ich gewartet und gewartet, aber er ist nicht gekommen. Ich habe den schlimmsten Albtraum jeder Braut erlebt. Ich bin vor dem Altar stehen gelassen worden. Und als aus zehn Minuten dreißig wurden, wusste ich, dass irgendetwas fürchterlich schiefgelaufen war. Ich habe mit allem gerechnet – nur nicht damit.

Mein zukünftiger Ehemann hat sich verspätet, weil er zur falschen Zeit am falschen Ort war. Ein Betrunkener ist frontal in seinen Wagen gefahren, Samuel hatte keine Chance. *Oh Schicksal*, manchmal kannst du so grausam sein. Warum gerade an diesem Tag und zu dieser Zeit?

Von einem Augenblick zum andern kann dir dein Glück entrissen werden, und dir bleibt nichts als Leere – gähnende Leere. Man weiß wirklich nicht zu schätzen, was man hat, bis es einem genommen wird.

Als wir vor dem St. John Memorial Hospital vorfahren, versuche ich, mich auf meine schönen Erinnerungen zu konzentrieren, schaffe es aber nicht. Alles, woran ich denken kann, ist, dass hinter diesen Türen der Mann liegt, den ich heiraten wollte. Der Mann, der mein Lebensinhalt ist.

»Lucy, bitte, um Gottes willen, sag etwas!«, fleht Piper und schüttelt mich. Doch ich finde einfach keine Worte.

Aber als sie mich weiter schüttelt, weiß ich, dass ich mich zusammenreißen muss.

Langsam wende ich mich meiner besten Freundin zu und starre in ihre tränenfeuchten Augen. Ich muss etwas sagen, irgendetwas, also sage ich das Einzige, was mir einfällt – das Einzige, das beschreibt, wie ich mich fühle.

Während eine einzelne Träne über meine Wange rinnt, erkläre ich: »Ich glaube, ich muss mich übergeben.«

* * *

8. April 2011

Liebes Tagebuch,
heute war der schönste Tag meines Lebens. Na ja, einer der schönsten. Samuel und ich haben es endlich getan: Wir sind zusammengezogen – nach acht Jahren!
Unser Traumhaus in Montana ist genauso, wie ich es mir gewünscht habe. Ich kann immer noch nicht glauben, dass ich in meinem Schlafzimmer sitze, in meinem neuen Zuhause, und das hier schreibe. Das Grundstück ist einfach toll, und ich kann es nicht erwarten, Hand in Hand mit Sam über unsere acht Hektar zu gehen. Oder besser noch, mit den Pferden in den Sonnenuntergang zu reiten. Das ist total kitschig, aber wahr!
Unsere Ranch heißt Whispering Willows und bietet großartige Ausblicke auf die Tobacco Root Mountains, und ich freue mich schon darauf, umgeben von unzähligen Blumen auf unserer Terrasse zu sitzen, Eistee zu trinken und die Ruhe zu genießen.
Pappeln, stille Zitterpappelhaine und wunderschöne Weiden-

wäldchen sorgen dafür, dass wir ungestört sind. Mom und Dad wohnen etwa eine halbe Stunde entfernt und Kellie und Gregory auch. Es ist perfekt. Mein Traum ist wahr geworden.

Jeden Tag, wenn ich aufwache, bin ich dankbar für das, was ich habe, und für das, was aus mir geworden ist. Ich teile mein Leben nicht gern in zwei Abschnitte, weil ich mich kaum noch daran erinnere, wie ich in L. A. von einem Heim ins andere geschickt worden bin, aber ich werde es trotzdem nie vergessen. Es hat mich zu der Person gemacht, die ich heute bin. Es hat mir gezeigt, wohin ich gehöre und zu wem.

Ich weiß, dass wir hier glücklich sein werden. Ich spüre es tief im Innern. Dies ist der Beginn unseres neuen, gemeinsamen Lebens, und ich bin überglücklich.

Ich habe immer gewusst, dass Samuel der Richtige ist, und so naiv sich das auch anhört, ich glaube an die wahre Liebe und daran, dass man ein Leben lang miteinander glücklich sein kann. Sam ist mein Seelenverwandter, und für mich gibt es keinen anderen als ihn. Er ist so eng mit mir verbunden, dass ich mir ein Leben ohne ihn gar nicht vorstellen könnte. Gut, dass das niemals nötig sein wird.

Ich weiß, dass Samuel dasselbe fühlt, denn ich habe etwas gefunden, das beweist, dass er mit mir zusammenbleiben will. Ich wollte nicht schnüffeln, ich habe den Verlobungsring seiner Großmutter rein zufällig funkeln sehen. Er lag ganz unschuldig in einer Kiste, die Sam erst halb ausgepackt hatte. Ich habe circa drei Sekunden mit mir gerungen, ehe ich heimlich wie ein Dieb in der Nacht den schönsten Ring der Welt herausgenommen habe.

Ich war sehr aufgeregt, weil ich noch nie gerne Regeln gebrochen habe, aber in dem Augenblick, in dem ich über den glatten

Diamanten und den breiten weißgoldenen Ring gestrichen habe, konnte ich Juwelendiebe verstehen.

Ich habe es erst nicht gewagt, den Ring überzustreifen, aber dann hat mich der Teufel geritten. Nach einem schnellen Blick zur Tür habe ich ihn mir an den Finger gesteckt. Dann musste ich weinen – so schön sah er aus. Aber genauso schnell, wie ich ihn übergestreift habe, habe ich ihn auch wieder zurückgelegt, weil ich nicht wollte, dass Sam mich erwischt.

Wir haben hin und wieder über Heirat und Kinder gesprochen, aber Sam möchte sich auf Stone and Sons, die Firma seiner Familie, konzentrieren und seinem Dad auf der Getreidefarm helfen. Wir sind jung – wir haben das ganze Leben noch vor uns, aber wenn ich an diesen wundervollen Ring denke und daran, wie er an meinem Finger ausgesehen hat, wird mir klar, dass ich möchte, dass die Zukunft eher früher als später beginnt. Nichts wünsche ich mir mehr, als Mrs. Samuel Stone zu werden. Geduld war nie meine Stärke, aber auf Sam würde ich ewig warten.

Also, auf unser neues, gemeinsames Leben ... Ich kann es kaum erwarten zu erfahren, was als Nächstes kommt.

Zwei

Das erstaunte, mitleidige Tuscheln der Besucher und Patienten verrät mir, dass ich genauso schrecklich aussehe, wie ich mich fühle. Aber ich kann ihnen den Anblick nicht ersparen. Nachdem ich aufgehört hatte, mich auf mein jetzt ruiniertes Kleid zu übergeben, habe ich das dringende Bedürfnis, Sam zu sehen, und nichts, nicht einmal der Teufel in Person, hätte mich davon abhalten können, ins Krankenhaus zu stürmen.

Meine Absätze hämmern im Takt meines Herzschlags auf den Boden des langen Flurs, den ich hektisch hinunterlaufe, um meinen Verlobten zu finden. Piper und meine Eltern folgen mir und versuchen, mich zu beruhigen, aber nichts kann die Ängste, die mich treiben, zerstreuen.

Eine hübsche blonde Krankenschwester, die hinter einem großen Tresen sitzt, hebt den Kopf, als sie meine Stöckelschuhe auf das Linoleum einschlagen hört. Ihre entsetzte Reaktion bestätigt, dass ich mit meinem verschmierten Make-up, dem befleckten Kleid und dem schiefen Knoten so aussehe, als käme ich direkt aus der Hölle. Aber nichts interessiert mich weniger als mein Aussehen. An jedem anderen Tag hätte ich sie freundlich begrüßt und sie gefragt, wie es ihr geht. Aber nicht heute. Ich schniefe und bemühe mich, die Tränen zurückzuhalten. »K-können Sie mir b-bitte sagen, wo S-Samuel Stone liegt?« Meine atemlose Stimme ist schrill und ganz anders als sonst, deshalb versteht sie mich wohl auch nicht.

»Wie bitte?«, sagt sie und weicht zurück, als ich alle Anstandsregeln missachte und sie bedränge, indem ich mich über den Tresen lehne.

»Samuel Stone«, wiederhole ich und zerre an der Perlenkette um meinen Hals, weil sie mir plötzlich die Luft abschnürt.

Als die Krankenschwester mich weiter nur anstarrt und zweifellos denkt, dass ich völlig verrückt bin, haue ich mit Tränen in den Augen auf den Tresen. »Samuel Stone! Wo ist er?« Diese Frau vergeudet kostbare Zeit.

Gerade als ich, sehr untypisch für mich, über den Tresen springen will, um sie zu erwürgen, legt sich eine warme, vertraute Hand auf meinen Arm und erinnert mich an meine Kinderstube. »Ich mach das schon, Schätzchen. Geh zu deiner Mutter.« Ich streite nicht mit meinem Vater und verabschiede mich mit einem kurzen, entschuldigenden Nicken von der verwirrten Krankenschwester. Mein Benehmen tut mir leid. Das alles ist nicht ihre Schuld.

Ich warte etwas abseits und sehe zu, wie mein Vater ruhig die Einzelheiten in Erfahrung bringt. Als er blass wird, presse ich eine Hand auf den Mund und drücke mich an meine Mutter. Es sieht schlimm aus, die Reaktion meines Vaters hat es mir verraten. »Alles wird gut, Schätzchen.« Meine Mutter weiß nicht, wovon sie redet, die falsche Beteuerung ist nur ihre Art, mir zu sagen, dass es immer Hoffnung gibt. Aber das glaube ich nicht. Ich weiß, dass nichts jemals wieder so sein wird wie früher.

Als mein Vater mit ernstem Gesicht langsam zu uns kommt, halte ich den Atem an und zähle innerlich bis fünf, ehe ich frage: »Wie geht's ihm?«

»Er ...« Die Pause sagt alles. »Lass uns einfach zu ihm gehen, ja? Kellie und Greg sind bei ihm.« Ich nicke, mein dummer Schleier lässt mich nicht vergessen, was in Reichweite war, aber nie mehr geschehen wird.

Die Krankenschwester, die höchstwahrscheinlich froh ist, uns von hinten zu sehen, öffnet uns die Tür zu einer separaten Station auf der linken Seite. Als wir schnell hindurchgehen, steigt mir der stechende Geruch der Desinfektionsmittel in die Nase, aber ich bemerke es kaum. Die Stöckelschuhe tun weh und halten mich auf, deshalb bleibe ich stehen, lehne mich an die Wand und reiße sie mir von den Füßen. Dann laufe ich hinter meinem Dad her. Er schaut auf die Schilder an der Decke, damit wir den richtigen Weg einschlagen. In dem Moment, in dem wir Gregory Stone vor der letzten Tür auf der linken Seite stehen sehen, wissen wir, dass wir am Ziel sind. Sein gesenkter Kopf, die gelockerte Krawatte und das zerzauste grau melierte Haar deuten darauf hin, dass hinter der Tür nichts Gutes auf uns wartet.

»Greg!«, ruft mein Vater, während wir uns eilig nähern.

Als Sams Vater den Kopf hebt und ich sein grimmiges Gesicht sehe, kommen mir wieder die Tränen. Seine graugrünen Augen – die denen seines Sohnes so ähnlich sind – schauen in meine, und er sagt mit zitternder Unterlippe. »Es tut mir furchtbar leid, Lucy.«

Ich kann die Tränen nicht mehr zurückhalten. Werde ich jemals wieder aufhören zu weinen? »Wie geht es ihm?«, stoße ich mühsam hervor.

Greg seufzt und steckt die Hände in die Taschen seines teuren Anzugs. »Wir wissen nicht, wie schwer seine Verletzungen sind. Er liegt im Koma. Die Ärzte sagen, die Schwellung in seinem Hirn ist ...« Er zögert und schüttelt den Kopf. Dann räuspert er sich und kämpft mit den Tränen. »Es ist noch zu früh, um etwas zu sagen.«

Warum hat er sich unterbrochen? Was wollte er sagen?

Doch ich habe keine Zeit, ihn zu fragen, denn Kellie kommt aus Sams Zimmer. Sie trägt noch das marineblaue Chanelkleid, aber ihr langes, blondes Haar ist zerzaust. Als sie uns sieht, bricht sie in Tränen aus, was mich noch heftiger weinen lässt.

»Können wir ihn sehen?«, fragt meine Mutter für mich.

Kellie tupft sich die blauen Augen mit einem Taschentuch trocken. »Natürlich, aber es dürfen immer nur zwei Besucher gleichzeitig zu ihm. Hat der Arzt gesagt.«

Mein Vater nickt und wirft uns einen Schulterblick zu. »Dann geht ihr Mädels rein. Ich warte mit Piper draußen.« Das muss man mir nicht zweimal sagen. Hastig raffe ich mein Kleid zusammen, denn die elend lange Schleppe ist so hinderlich, dass man fast darüberfällt.

Nachdem wir unsere Hände desinfiziert haben, macht meine Mutter die Tür auf, und ich atme dreimal tief durch.

Eins ...

Zwei ...

Drei.

Ich setze einen Fuß vor den anderen und betrete das Zimmer, das diesen schrecklichen Albtraum wahr werden lässt. In dem Bett dort liegt der Mann, den ich heiraten wollte. Aber dieser Mann, nein, das kann nicht Samuel sein. Dieser Mann ist mehr Maschine als Mensch.

Ein lautes Piepen erfüllt das ansonsten stille Zimmer, in dem mein Herz bricht. Es ist ein unbeschreiblicher Anblick, meinen Verlobten an so vielen Maschinen hängen zu sehen. Schläuche und Kabel kommen aus seiner Nase, seinem Mund, seinem Kopf und unter seinem Kittel hervor, und in seinem Handrücken steckt eine Kanüle für den Tropf.

Wenn diese Apparate nicht wären, könnte man meinen, Sam schliefe nur. Er liegt entspannt auf dem Bett, die Arme an den Seiten, und seine Beine sind mit einem blütenweißen Laken bedeckt. Ich weiß nicht, was ich erwartet hatte. Vielleicht Schrammen und Prellungen? Aber es ist so, wie mit den unsichtbaren Eisbergen, die für arglose Schiffe am gefährlichsten sind, das, was man nicht sieht, richtet den größten Schaden an.

»Schätzchen?«

Die besorgte Stimme meiner Mutter holt mich in die Gegenwart zurück. Ich merke, dass ich an der Wand lehne und ungläubig auf meinen Verlobten starre. Ich mache mir nicht die Mühe, meine Tränen wegzuwischen, denn ich weiß, dass sie dann nur von neuen ersetzt werden. »I-ich will mit seinem A-arzt sprechen.«

Mit einem Nicken geht meine Mom an mir vorbei aus dem Zimmer und lässt mich mit Samuel allein. Ich brauche eine Minute, bis ich mich stark genug fühle, ohne Stütze zu stehen, barfuß in meinem Hochzeitskleid, damit ich die Liebe meines Lebens bitten kann aufzuwachen.

Sam so reglos zu sehen, macht mich körperlich krank. Normalerweise ist er sehr zupackend und lebhaft – eine Eigenschaft, die ich bewundere. Man würde ihn nie dabei ertappen, dass er herumlungert oder ein Buch liest oder sich eine DVD anschaut. Er ist lieber draußen, arbeitet auf der Ranch, geht mit unserem geliebten Border Collie Thunder spazieren oder spielt Basketball. Er sitzt höchstens so lange still, wie es dauert, die Zeitung zu lesen. Aber im Moment weiß ich nicht einmal, ob er jemals imstande sein wird, irgendetwas davon wieder zu tun.

Ich muss ihn anfassen, mich vergewissern, dass er es wirklich ist. Schwankend gehe ich zu ihm und zögere, ehe ich mit dem Handrücken über sein glatt rasiertes Kinn streiche. Er fühlt sich warm an. Sein kurzes, dunkelblondes Haar ist verwuschelt, und ich fahre sanft mit den Fingern hindurch, um es zu glätten.

»Bitte komm zu mir zurück, Sam«, flehe ich, während ich über seine leicht geöffneten Lippen streiche und erschauere, als ich den durchsichtigen Schlauch darin berühre. »Unser gemeinsames Leben hat gerade erst angefangen. Ich kann nicht ohne dich sein. Ich brauche dich. Du darfst mich nicht verlassen. Du musst bei mir bleiben.« Jedes Wort macht das Loch in meiner Brust größer, und ich habe Angst, dass mir gleich das zerbrochene Herz herausfällt.

Vorsichtig schiebe ich meine Hand in seine und denke daran, wie es sich anfühlt, wenn er sie mir drückt. Aber nichts passiert. Schnell schließe ich die Augen, lege meine andere Hand auf unsere verschränkten Hände, drücke zu und rede mir ein, das wäre von Sam gekommen. Aber ich kann mir nicht ewig etwas vormachen.

Die Tür geht auf, und im Rahmen steht ein weiß bekittelter Arzt in mittleren Jahren mit einem Klemmbrett in der Hand, der leise mit meinen Eltern spricht. Als er mich in meinem schmutzigen Hochzeitskleid an Sams Bett Wache halten sieht, verzieht er mitfühlend den Mund. »Ms. Tucker nehme ich an?«

Ich nicke und hasse mich für den Gedanken, dass ich, wenn das Leben fair wäre, inzwischen Mrs. Samuel Stone wäre.

»Ich bin Dr. Kepler. Was mit Samuel passiert ist, ist sehr traurig. Wir tun alles, was wir für ihn tun können.« Stumm warten wir allesamt darauf, dass er uns erklärt, was er damit meint. »Samuel hat sehr schwere Kopfverletzungen erlitten, und dieses Trauma hat ihn in ein Koma fallen lassen, das seinem Körper Zeit gibt zu heilen. Außerdem wird es hoffentlich dafür sorgen, dass die Schwellungen im Hirn zurückgehen und wir das Ausmaß seiner Verletzungen bestimmen können. Wie Sie sehen ...«, der Arzt geht zu einer Maschine, »... zeichnen wir seine Hirnströme auf.«

Ich betrachte die Maschine und die leichte Wellenlinie, die sie produziert.

Dr. Kepler folgt dem trägen Auf und Ab mit dem Finger. »Das zeigt, dass glücklicherweise noch etwas Hirnaktivität da ist, deutet aber darauf hin, dass Samuel, wenn er aufwacht, vielleicht nicht mehr der Mensch ist, der er einmal war.«

Mein Vater nimmt mich in die Arme, und ich lehne mich an seine Schulter, doch der vertraute, moschusartige Duft seines Aftershaves tröstet mich nicht.

»Wir sind noch am Anfang.« Aber ich höre die Hoffnungslosigkeit in der Stimme des Arztes. »Wie ich schon sagte, wir werden ihn genau überwachen. Wenn die Schwellung zurückgeht, können wir besser sehen, was in Samuels Kopf vorgeht. Vielleicht muss er operiert werden, vielleicht auch nicht. Er ist jung, fit und gesund; das ist ein Vorteil. Der Rest liegt bei ihm. Also, offenbar ist er AB-negativ. Eine der seltensten Blutgruppen auf der Welt, daher möchte ich rein vorsorglich passendes Blut zur Hand haben. Welche Blutgruppe haben Sie, Mr. und Mrs. Stone?«

Während meine zukünftigen Schwiegereltern mit dem Arzt reden, fängt mein Hirn an, das, was Dr. Kepler gerade gesagt hat, zu verarbeiten. Anscheinend sollen wir darauf warten, dass

Sam aus dem Koma erwacht. Aber wie lange? Und wie wird er dann sein? Ich schaue noch einmal auf die fast flache Linie auf dem Monitor, und mir wird klar, dass mein Sam vielleicht nie mehr zurückkehrt.

Dann höre ich, wie Dr. Kepler das Gespräch besorgt zusammenfasst. »Da Sie Diabetes Typ 1 haben, Mr. Stone, und Sie, Mrs. Stone, auch nicht geeignet erscheinen, muss ich wissen, ob Samuel Geschwister hat. Wenn ja, wäre es gut, wenn er oder sie herkommt, nur für den Fall, dass Sam eine Transplantation braucht.«

Als sich ein betretenes Schweigen ausbreitet, löse ich mich langsam aus den schützenden Armen meines Vaters und sehe bestürzt zu, wie Greg und Kellie verlegen den Blick abwenden. Ich weiß, warum sie das tun, aber hier geht es buchstäblich um Leben oder Tod. Ihre Streitereien haben nichts mehr zu bedeuten, das Einzige, was zählt, ist, dass Samuel wieder gesund wird.

Verwirrt über das jähe Unbehagen, das er mit seiner Frage heraufbeschworen hat, hakt Dr. Kepler nach. »Hören Sie? Haben Sie noch andere Kinder?«, fragt er erneut. Kellie zupft nervös an ihrem Diamantohrring, und Greg räuspert sich.

Ich halte das nicht mehr aus. Sie verschwenden Zeit. Entschlossen trete ich vor, und alle Augen richten sich sofort auf mich. Piper und meine Mutter nicken ermutigend, also sage ich leise: »Ja, Dr. Kepler, Samuel hat einen Bruder.«

Der Arzt wirkt erleichtert, während Kellie und Greg peinlich berührt sind.

Ich beschließe, sie zu ignorieren, und füge hinzu: »Einen *Zwillings*bruder. Und sie sind eineiig.«

✳︎✳︎✳︎

4. August 2004

Liebes Tagebuch,
heute ist in der Schule etwas Erstaunliches passiert. Samuel Stone hat endlich mit mir gesprochen! Das war für mich mit Abstand das Aufregendste in der ganzen Woche. Nachdem ich ihn monatelang von Weitem bewundert habe, habe ich END-LICH mit ihm geredet.
Ich brauchte eine Ausgabe von Der Fänger im Roggen, *um eine Hausarbeit zu schreiben, die ich natürlich bis zur letzten Minute aufgeschoben hatte. Deshalb bin ich in der Mittagspause in die Bücherei gelaufen, doch alle Exemplare des Buchs waren ausgeliehen. Meins habe ich Piper gegeben, die noch weiter zurück ist als ich, deshalb wollte ich sie nicht bitten, es mir wiederzugeben.*
Plötzlich habe ich einen Duft gerochen, der so überwältigend männlich war, dass es mir den Atem verschlagen hat.
Die Frage, wer diesen Duft verströmte, wurde gleich anschließend beantwortet, denn ich stieß mit einer harten Wand aus Muskeln zusammen. Ich habe aufgeschrien und mich sofort entschuldigt, doch die Worte sind mir im Hals stecken geblieben, als ich gesehen habe, dass ich vor einem der heißesten Jungen der Schule stand. Seine Augen haben eine sehr auffällige Farbe – meergrün mit einem grauen Wirbel darin. Er ist groß – sogar noch größer, als ich dachte. Und sein Gesicht – ist unglaublich schön. Zuerst wusste ich nicht, welcher der beiden Zwillinge er war.
Samuel ist ein selbstbewusster, etwas arroganter Sportler, während Saxon eher ein ruhiger, künstlerisch veranlagter Typ ist. Als er mich angegrinst hat, wurde mir klar, dass ich ihn anstarrte

wie eine Blöde, deshalb habe ich mich schnell zusammengerissen und gelächelt. Ich wünschte, dann hätte ich etwas Vernünftiges gesagt, aber als ich gesehen habe, dass er ein zerlesenes Exemplar von Der Fänger im Roggen *an seine Brust drückte, habe ich unwillkürlich gesagt: »Genau das brauche ich«.*
Sofort bin ich rot angelaufen und habe mich korrigiert. »Ich meine, ich brauche dieses Buch.«
Ich hätte nie gedacht, dass ein Lachen so sexy sein kann, aber ich wurde eines Besseren belehrt, als der heiße Typ den Mund aufmachte und mir mit einem »Na dann, bitte« das Buch reichte.
Ich habe darauf heruntergeschaut und seine Hände gesehen; der Schmutz unter den Fingernägeln ließ ihn nur noch männlicher wirken. Dann hat er mit dem Buch gewedelt, um mir zu zeigen, dass ich ihn schon wieder anstarrte, als wäre ich blöd, deshalb habe ich es ihm hastig abgenommen und ihn dabei zufällig berührt. Es war, als hätte mich ein Blitz getroffen, ein elektrischer Schlag, der mich gelähmt hat, sodass das Buch zu Boden fiel.
Tief beschämt habe ich mich gleichzeitig mit ihm danach gebückt, und wir sind mit den Köpfen zusammengestoßen. Als er mich festgehalten hat, damit ich nicht hinfalle, habe ich wieder dieses Knistern gespürt, und diese Schmetterlinge im Bauch, und ich brauchte meine gesamte Willenskraft, um in seinen Händen nicht zu Wachs zu werden.
Die Begegnung war nicht so, wie ich mir unser erstes Treffen vorgestellt hatte, aber als er mich angelächelt hat, habe ich mich ... wunderschön gefühlt. Das ist mir noch nie passiert. Ich weiß, dass ich erst sechzehn bin, aber Piper ist schon mit zwei Jungs ausgegangen, während ich noch nie eine Verabredung hatte.

Es war wie im Film. Wir haben uns in die Augen geschaut, als gäbe es nichts anderes als uns, und ich habe mir nervös über die Lippen geleckt, weil meine Zahnspange plötzlich an meinem trockenen Mund klebte.
»Du kannst es so lange behalten, wie du willst.«
Seine tiefe Stimme hat mich daran erinnert, wo ich war, und ich habe gelächelt. »Danke. Ich gebe es dir so schnell wie möglich zurück.«
»Keine Sorge, Lucy. Ich weiß, dass es bei dir in guten Händen ist.« Er kannte meinen Namen! Fast hätte ich an Ort und Stelle einen Freudentanz aufgeführt. Und woher wusste er, dass ich gern lese? Hat er mich beobachtet?
Ich hätte gern herausgefunden, mit welchem Zwilling ich es zu tun hatte, aber sein Selbstvertrauen ließ mich vermuten, dass es Samuel war. Und als er seinen Rucksack geschultert hat und ich den orangen Basketball darin gesehen habe, wusste ich, dass ich recht hatte, denn Samuel ist der Kapitän der Basketball-Mannschaft.
Das Läuten der Glocke hat unsere seltsame, aber elektrisierende Begegnung beendet. »Man sieht sich, kleine Lucy Tucker.«
Er ist stehen geblieben, weil er wohl auf eine Antwort gewartet hat, aber ich wusste nicht, was ich sagen sollte, denn ich war immer noch verwundert, dass er wusste, wer ich bin. Also hat er mir einfach ein Lächeln mit einem Grübchen geschenkt und sich umgedreht.
Da habe ich, ohne nachzudenken, gerufen: »Über welches Thema schreibst du?« Ich wollte ihm nichts nachmachen, ich musste nur ... noch einmal mit ihm reden. Ich musste mich vergewissern, dass das wirklich passiert ist.
Er hat über die Schulter geschaut und mich angegrinst, und ich

schwöre, ich habe noch nie etwas Schöneres gesehen. »Frag sie, ob sie immer noch alle ihre Damen am Rand sitzen lässt.« [*]
Ich kenne das Zitat gut, aber irgendwie klang es aus seinem Mund zweideutig. Eine Antwort habe ich mir gespart, denn ich bin ziemlich sicher, dass nur »Ich liebe dich« dabei herausgekommen wäre.
Zum Abschied hat er mir zugewinkt ... und das geheimnisvolle Lächeln mit dem Grübchen war das Letzte, was ich von ihm gesehen habe, als er durch die Tür ging. Ich habe fast zwei Minuten gebraucht, bis ich wieder normal atmen konnte.

5. August 2004

Liebes Tagebuch,
mein Aufsatz ist fertig, aber ich möchte Sam das Buch noch nicht zurückgeben. Andererseits, je länger ich es behalte, desto mehr Mut muss ich aufbringen, um mit ihm zu reden. Am Mittag habe ich gesehen, dass er in die Bücherei gegangen ist, und bin ihm gefolgt wie eine Stalkerin.
Ich habe ihm dabei zugesehen, wie er ruhig und zufrieden den Kopf in seine Bücher gesteckt hat.
Dann ist mir Pipers Rat wieder eingefallen. »Red doch einfach mit ihm. Du liegst mir seit Monaten mit Samuel Stone in den Ohren. Jetzt hast du einen Grund, ihn anzusprechen.« Sie hat recht.

---

[*] Nach der ersten Übersetzung (Zürich 1954) neu durchgesehen und bearbeitet von Heinrich Böll, aus: Salinger, J. D., *Der Fänger im Roggen*, Hamburg, 1966. Anm. d. Übers.

Entschlossen habe ich die Schultern gestrafft und bin durch die Bücherei geschritten, als wäre ich Cindy Crawford. Aber als Sam aufschaute und mich verwirrt ansah, bin ich abrupt stehen geblieben und war verdattert.
Er hat mich angestarrt, und ich habe verliebt zurückgestarrt. Ich hätte weggucken sollen, aber ich habe es nicht geschafft. Ich weiß nicht, wie lange ich mitten im Raum gestanden habe, denn die Zeit stand still, und ich habe meine Zukunft gesehen. Als diese Zukunft lächelte und mir zuwinkte, habe ich mich insgeheim beglückwünscht und zurückgewinkt. Ich bin schon so weit gekommen – was sind da noch ein paar Schritte?
Ich habe mich neben Sam gesetzt und seinen Duft gerochen und musste mich sehr beherrschen, um nicht tief einzuatmen.
»Wie weit bist du mit dem Aufsatz?«, hat er mich gefragt.
Sofort habe ich mich geschämt, weil ich ihn anlügen würde, um länger bei ihm sein zu können. »Noch nicht sehr weit.«
Sam hat gelächelt und die Welt hat aufgehört, sich zu drehen.
»Soll ich dir vielleicht helfen?«
»Ja«, habe ich etwas zu schnell erwidert, ohne nachzudenken. Aber als mir klar geworden ist, dass es schwer werden würde, ihn bei einem Aufsatz helfen zu lassen, der schon fertig ist, habe ich mich hastig berichtigt. »Du bist doch auch in meinem Mathekurs, oder?«
Daraufhin hat er sein Mathebuch hochgehalten.
»Vielleicht solltest du mir lieber dabei helfen. Ich glaube, Englisch kann ich, aber bei Algebra sieht es anders aus.«
Sein tiefes, ehrliches Lachen hat mir einen Schauer über den Rücken gejagt. »Sicher, kann ich machen.«
Dann hat er in seinem Rucksack herumgewühlt und ein Heft und einen Stift herausgenommen. »Wo hapert es denn?«

*Mit einem flauen Gefühl im Magen habe ich gesagt: »Überall.«
Da hat es zwischen uns wieder so seltsam geknistert, und als er
sich vorgebeugt hat, habe ich den Atem angehalten. »Tja, du
hast Glück, dass ich gerade etwas Zeit habe. Was ist deine Lieb-
lingszahl?«*
»Sieben«, habe ich gesagt.
»Gut. Dann lass uns mit etwas anfangen, was du magst.«
*Als er mich angegrinst hat, konnte ich nur nicken. Ich weiß
nicht, warum, aber ich möchte ständig mit ihm zusammen
sein – jeden Tag.*
*Eine Stunde später hatte ich Algebra immer noch nicht besser
verstanden, aber ich hatte begriffen, dass meine Gefühle für
Sam echt sind. Ich wollte ihn unbedingt wiedersehen, deshalb
habe ich etwas getan, was ich noch nie getan habe.*
*»Hättest du vielleicht Lust, morgen mit mir zu Mittag zu
essen?«, habe ich mit hoher, total uncooler Stimme gefragt.
Und gerade, als ich einen Rückzieher machen wollte, weil es
mir peinlich war, dass meine romantischen Vorstellungen von
der Liebe mich so weit gebracht hatten, hat Sam genickt.*
»Natürlich. Gern.«
»Wirklich?« Ich konnte meine Überraschung nicht verbergen.
*»Ja, wirklich.« Als ich das gehört habe, habe ich gestrahlt.
Ich fühle mich so wohl bei ihm. Ich glaube, das ist Liebe.*

6. August 2004

*Liebes Tagebuch,
jetzt ist es offiziell – ich bin verliebt in Samuel Stone!
Wir haben uns zum Mittagessen getroffen – wie verabredet. Ich*

weiß nicht, ob Sam das bewusst war, aber für mich war es meine erste Verabredung, und sie war perfekt.

Wir haben über Gott und die Welt geredet – na ja, ich habe geredet, und er hat zugehört. Und immer, wenn ich gedacht habe, ich langweile ihn, hat er mir eine neue Frage gestellt, so als wäre er ernsthaft an mir interessiert.

Die ganze Schule hat uns beobachtet. Alle Mädchen waren neidisch, dass jemand wie Sam mit mir redet. Aber es kam mir so vor, als hätte er es gar nicht bemerkt. Er schien ganz auf mich konzentriert zu sein.

Als die Glocke geläutet hat, war ich enttäuscht, denn ich hatte soeben die beste halbe Stunde meines Lebens erlebt, weil ich mit dem Jungen geredet hatte, von dem ich träume.

Gerade als ich dachte, der Tag könnte nicht mehr besser werden, hat Sam in seine Tasche gefasst und eine silberne Halskette herausgezogen. Und als er sie mir gegeben hat, ist mir die Luft weggeblieben.

Jetzt sitze ich hier und befingere die silbernen Kettenglieder. Ich kann nicht aufhören zu lächeln, wenn ich daran denke, wie Sam mir nervös erzählt hat, dass er an mich gedacht hat, als er sie gesehen hat. Er hat so getan, als wäre es ein Scherz, und gesagt, sie wäre ein Glücksbringer, der mir helfen soll, meine Prüfung zu bestehen, aber wir wussten beide, was diese Kette bedeutet.

Wir haben seltsame, aufregende, unerklärliche Gefühle füreinander, und nichts hat sich jemals schöner angefühlt.

Ich werde diese Kette nie wieder abnehmen. Schon möglich, dass sie (laut Sam) nur fünf Dollar gekostet hat, aber solange ich lebe, wird sie mein Glücksbringer sein.

10. August 2004

Liebes Tagebuch,
! OH MEIN GOTT Ich war mit Sam Kaffee trinken!
Ich habe ihn im Flur gesehen, mit einem Basketball unter dem Arm, und gedacht, es wäre Zeit, ihm sein Buch zurückzugeben. Die Kette war unter meinem T-Shirt, weil ich Angst hatte, dass es Sam vielleicht leidtut, sie mir gegeben zu haben. Aber als er gelächelt hat und vorschlug, ich sollte es ihm bei einem Kaffee zurückgeben, wusste ich, dass mein Leben sich ändern würde.
Wir haben uns bei Starbucks getroffen, nicht gerade der romantischste Ort, aber ich war mit Sam zusammen, und alles andere war mir egal. Wir haben wieder über alles Mögliche geredet, und er hat gesagt, er würde gern mal mit mir reiten gehen, denn seine Familie hätte eine Farm. Da ist mir klar geworden, dass ich ihm bei unserem Mittagessen mit meinen Reitgeschichten das Ohr abgekaut habe, und plötzlich habe ich mich geschämt. Ich habe mich in seiner Gesellschaft einfach wohlgefühlt – so als könnte ich ich sein und ihm alles erzählen.
Dann hat er Saxon erwähnt, seinen Zwillingsbruder, und irgendwie hatte ich das Gefühl, dass die beiden nicht gut miteinander auskommen. Sam hat gesagt, sie wären äußerlich identisch, aber innerlich völlig verschieden. Ich hätte gern nachgefragt und mehr erfahren, denn Saxon kommt mir echt nett vor. Er ist nur extrem schüchtern und mit niemandem richtig befreundet, aber die paar Male, die ich mit ihm gesprochen habe, war er sehr freundlich und lustig.
Nachdem Sam klargestellt hatte, dass er nicht gern über Saxon redet, hat er mir gesagt, dass es sein Traum wäre, ein Basketball-Stipendium zu bekommen, und dass er, wenn es nach ihm

ginge, Montana verlassen würde, sobald er achtzehn ist. Ich habe versucht, nicht zu enttäuscht auszusehen, aber der Gedanke, dass er weggehen könnte, zerreißt mir das Herz.
Dann hat er völlig überraschend gesagt: »Aber wer weiß? Vielleicht finde ich ja einen Grund zu bleiben.«
Könnte ich dieser Grund sein? Ein Mädchen kann nur hoffen.

Drei

Nach meiner Erklärung wird es unangenehm kalt im Zimmer.

Dr. Kepler ignoriert die plötzliche Verstimmtheit. »Großartig. Sobald er hier ist, und zustimmt natürlich, kann eine der Schwestern ihm Blut abnehmen. Und wir können genauer über mögliche Eingriffe reden.«

Wieder räuspert sich Greg. »Herr Doktor, unser Sohn ... will nichts mehr mit uns zu tun haben. Wir haben ihn über ein Jahr nicht gesehen. Das letzte Mal, als wir von ihm hörten, lebte er in South Carolina. Ich bezweifle, dass er bereit wäre, seinem Bruder zu helfen.« Kellie schnieft.

»Oh.« Endlich versteht Dr. Kepler, was das allgemeine Unbehagen ausgelöst hat. »Also gut, aber falls sich etwas ändern sollte, lassen Sie es mich bitte wissen.« Dann entschuldigt er sich. Höchstwahrscheinlich hat er kein Interesse daran, in einen Familienstreit hineingezogen zu werden.

Aber das ist es ja. Es hat nie einen richtigen Streit gegeben. Äußerlich gleichen Saxon und Samuel sich vielleicht bis aufs Haar, doch innerlich trennen sie Welten.

Schon als ich die beiden zum ersten Mal getroffen habe, gab es zwischen ihnen eine unterschwellige Spannung, die im Laufe der Jahre immer stärker geworden ist. Ich habe Saxon nicht mehr gesehen, seit er sein Elternhaus an Thanksgiving verlassen hat, nachdem die Familie wie üblich darüber geredet hatte, dass Saxon und Samuel die Farm übernehmen sollten. Saxon wollte sich immer von seinem Zwillingsbruder abgrenzen, als Individuum gesehen werden – schade nur, dass er, um diese Individualität zu finden, mit allen Menschen, die ihn lieben, gebrochen hat.

Sam hat nie über Saxon gesprochen, soweit ich weiß, ist das ein Thema, das er lieber meidet. Doch ich habe gemerkt, dass es ihn tief im Innern kränkt, dass sein Zwillingsbruder ihn aus irgendeinem Grund hasst. Aber trotz aller Differenzen braucht Samuel Blut, er braucht Saxons Blut. Und ich werde dafür sorgen, dass er es bekommt.

»Hast du Saxon schon Bescheid gesagt, Kellie?«, frage ich, während ich meine Trauer unterdrücke und mich auf Sams Überleben konzentriere. Meine zukünftige Schwiegermutter sieht auf und schüttelt schuldbewusst den Kopf. Normalerweise bin ich nicht so energisch, aber wenn es um etwas geht, das mir wichtig ist, gehen meine Gefühle schon mal mit mir durch. »Darf ich ihn dann mit deinem Telefon anrufen?« Kellie schaut Gregory an, der nickt.

Es mag uns nicht gefallen, aber wir brauchen Saxon. Ich beschließe zu glauben, dass er nicht durch und durch schlecht ist. Das kann er nicht sein. Schließlich ist er auf einzigartige Weise mit dem tollsten, nettesten Menschen auf der ganzen Welt verbunden. Er gehört zu Sam, und ich kann nur hoffen, dass diese Verbundenheit über seine negativen Gefühle siegt.

Alle Augen ruhen auf mir, und das macht mich nervös. Saxon und ich haben uns nie richtig kennengelernt, und wenn ich ehrlich sein müsste, würde ich sogar so weit gehen zu behaupten, dass er mich nie richtig beachtet hat. Er hat mir immer das

Gefühl gegeben, unsichtbar zu sein. Meine Versuche, mich mit ihm zu unterhalten, haben sich als sinnlos erwiesen, denn je mehr ich redete, desto einsilbiger wurde er. Ich weiß, dass ich nicht der Typ bin, mit dem er sich normalerweise einlässt, denn die Frauen, mit denen er früher zusammen war, waren das genaue Gegenteil von mir. Sie waren alle groß und vollbusig und hatten nicht viel an und auch nicht viel im Kopf – doch zu solchen Mädchen schien er sich hingezogen zu fühlen.

Samuel hat seinen Bruder wegen der ständig wechselnden Freundinnen nie verurteilt und ihn so akzeptiert, wie er war. Das ist typisch für Sam. Leider hat Saxon nicht das Gleiche gemacht, denn er hat mich nie richtig akzeptiert. Doch jetzt ist nicht die Zeit, sich über unser gespanntes Verhältnis auszulassen. Jetzt muss ich das tun, was der Schwur verlangt, den ich so gern geleistet hätte.

»In guten wie in schlechten Tagen«, erinnere ich mich selber, als ich auf den Flur hinausgehe, um Saxon anzurufen. Mein Herz schlägt heftig, und das Blut rauscht durch meine Ohren, während ich dem Klingelton lausche.

Bitte nimm ab, flehe ich stumm. Er muss einfach abnehmen.

Als ich Saxons tiefe, raue Stimme höre, weiß ich nicht, ob ich jubeln oder weinen soll. Sie klingt wie Samuels. »Was auch immer du mir sagen willst, ich bin ziemlich sicher, dass ich es nicht wissen will. Auf Wiedersehen, Kellie.«

»Oh nein, warte!«, schreie ich hastig. »Nicht auflegen, Saxon! Ich bin's, Lucy.« Als es am anderen Ende still bleibt, reiße ich mir das Telefon vom Ohr, um zu überprüfen, ob die Verbindung abgerissen ist.

Nein.

»Lucy?« Man kam ihm anhören, wie überrascht er ist.

»Ja, genau. Lucy Tucker«, füge ich dümmlich hinzu.

»Ich weiß, wie du heißt«, erwidert Saxon, sodass ich mich noch dümmer fühle. »Was willst du?«

Diese schroffe Reaktion ist genau das, was ich brauche, um mich auf meine Aufgabe zu konzentrieren. Ich beschließe, die Worte zu benutzen, die meine Mutter gewählt hat, und hole tief Luft, ehe ich sie ausspreche. »Es hat einen Unfall gegeben.«

Wieder bleibt es still am anderen Ende.

»Ist dir etwas passiert?«

Damit hatte ich nicht gerechnet. »Nein, mir geht's gut, aber Samuel ist verletzt.« Meine Stimme bricht, und schlagartig verlässt mich der Mut, während meine Augen sich mit Tränen füllen.

»Was ist mit ihm?«

An die Wand gelehnt, weihe ich Saxon traurig ein. »Er liegt im Koma. Heute war unser Hochzeitstag. Ich weiß nicht, ob du das wusstest.« Wir haben Saxon eine Einladung geschickt, aber nie eine Antwort bekommen.

»Natürlich«, erwidert er kühl.

»Ach ja?« Und ich hatte gedacht, unsere Einladung sei vielleicht in der Post verloren gegangen. »Also, er war auf dem Weg zur Kirche, als ... ein betrunkener Autofahrer ihn von der Straße abgedrängt hat«, fahre ich fort und hole nach jedem Satz tief Luft. »Es steht schlecht um ihn, Saxon.«

Noch eine bedeutungsschwangere Pause.

»Dieser Mistkerl«, murmelt er schließlich.

»Wir brauchen dich hier.« Es ist mir egal, dass ich bettle.

»Warum?«, blafft Saxon, ohne seinen Unmut zu verbergen.

Erbost stoße ich mich von der Wand ab. »Warum? Hast du mich nicht verstanden? Samuel liegt im Koma.«

»Und was soll ich dagegen tun?«

Ich traue meinen Ohren nicht. »Du solltest hier sein und deinem Bruder helfen, so wie er es tun würde, wenn es umgekehrt wäre!« Meine Wut stachelt mich an, was eine schöne Abwechslung ist, da ich mich am liebsten weinend in eine Ecke verkriechen würde.

Saxon gibt einen spöttischen Laut von sich. »Das bezweifle ich. Hör mal, Lucy, es tut mir leid, dass du so durcheinander bist, aber ich kann nichts für euch tun.«

»Das stimmt nicht«, platzt es aus mir heraus. »Samuel braucht dein Blut! Und vielleicht eine Niere!« Sofort verfluche ich mich dafür, dass mir diese unsensiblen Worte über die Lippen gekommen sind. »Das wollte ich nicht ...« Aber es ist zu spät.

»Ach so, wenn Samuel mich nicht bräuchte, hättet ihr mich wohl gar nicht angerufen, was?« Mein Schweigen spricht Bände. »Hat Kellie dich zu diesem Anruf angestiftet?«

»Was? Nein, natürlich nicht! Irgendjemand hätte dich bestimmt angerufen, selbst wenn Sam dein Blut nicht brauchen würde«, antworte ich und hoffe, dass ich recht habe.

»Darauf würde ich mich nicht verlassen.«

Ich reibe mir die Stirn, denn ich vermute, dass seine Einschätzung richtig ist. Dass Greg und Kellie sich so gesträubt haben, ihn anzurufen, deutet darauf hin, dass sie es nicht eilig hatten, mit ihm zu reden. Wir stehen alle unter Schock, aber es war Saxons gutes Recht, umgehend über den Unfall informiert zu werden. Was er dann mit dieser Information angefangen hätte, wäre ganz allein seine Sache gewesen – und er hat auch das Recht, Nein zu sagen, wenn er seinem Bruder nicht helfen will.

»Okay, ich verstehe«, seufze ich. Ich hasse es, dass ich Samuel nicht helfen kann. »Entschuldige, dass ich dich gestört habe.«

Ich möchte treten und schreien und ihn anflehen, seine Meinung zu ändern, doch ich weiß, dass Sam das nicht wollen würde. Trotz all ihrer Differenzen hat Samuel die Wünsche seines Bruders stets respektiert. Als Saxon Samuels wiederholte Versuche, Kontakt aufzunehmen, ignoriert hat, hat Sam ihn nicht weiter bedrängt. Er hat gesagt, jeder habe das Recht, eigene Meinungen zu haben und eigene Entscheidungen zu treffen, daher könne Saxon tun, was er wolle.

»Es tut mir leid, Lucy.«

Ich weiß nicht, wofür Saxon sich entschuldigt, aber ich nehme seine Entschuldigung an. »Ich kann dir schreiben, wie es ihm geht – natürlich nur, wenn du das willst.« Während ich durch den schmalen Glasstreifen an Samuels Tür spähe, unternehme ich noch einen letzten Versuch. »Falls du deine Meinung ändern solltest, nicht wegen der Blutspende, sondern falls du ihn sehen möchtest, er ist im St. John Memorial Hospital. Ich weiß, dass er dich gern sehen würde.«

Die Leitung ist tot.

Wie um meinen tragischen Fehler fortzuwischen, fahre ich mir mit der Hand übers Gesicht. Da geht die Tür auf, und Piper kommt aus dem Krankenzimmer. Sie sieht genauso aus, wie ich mich fühle. »Wie ist es gelaufen?«

»Schrecklich«, gestehe ich. Ich habe heute eine Reihe von Gefühlen durchlebt, aber im Moment fühle ich mich wie betäubt. »Ich muss zu Samuel. Er braucht mich.«

Piper nickt, doch ich spüre, dass sie etwas auf dem Herzen hat – das ist der Vorteil, wenn man jemanden fast sein ganzes Leben lang kennt. Sie hat es nie gut gefunden, dass ich mit Sam gehe, und gewöhnlich lege ich Wert auf ihre Meinung, aber heute nicht. »Luce, du solltest nach Hause gehen. Reiß mir nicht gleich den Kopf ab...«, ergeben hebt sie beide Hände, »... ich meine nur, wie wäre es mit einer Dusche, einem Happen Essen und anderen Kleidern?«

Ich weiß, dass sie es gut meint, aber ich gehe nirgendwohin. »Ich lasse Samuel nicht allein. Sollen sie mich doch rausschmeißen, dann lungere ich eben vor dieser Tür herum. Oder vor diesem verdammten Krankenhaus, wenn es sein muss.«

Piper widerspricht nicht, was mich verwundert. »Also gut, wie wäre es, wenn ich bei dir zu Hause vorbeifahre und dir ein paar Sachen zum Wechseln bringe?«

Als ich an meinem augenblicklichen Aufzug herunterblicke, begreife ich, dass sie recht hat. Und wenn Samuel aufwacht, möchte ich nicht, dass er mich so sieht. Und sich daran erinnert, was wir verpasst haben. »Oh ja, das wäre toll. Danke. Kannst du bitte genug Sachen für ein paar Tage einpacken? Und vielleicht auch welche für Sam mitbringen? Dieser Kittel ist so...« Ich kann den Satz nicht zu Ende bringen, ohne zu weinen.

»Natürlich.« Piper tupft sich die Augen, denn ihre Mascara läuft an ihren Porzellanwangen herunter.

Plötzlich fällt mir ein, dass ich ihr noch gar nicht gesagt habe, wie schön sie als Brautjungfer aussieht, und ich muss daran denken, wie aufgeregt wir waren, als wir ihr hellrosa Kleid ausgesucht haben. Als wir mit den Fingerspitzen über die weiche Seide gestrichen haben, waren wir uns einig, dass wir das richtige gefunden hatten. Pipers langes braunes Haar ist gelockt und umrahmt ihr herzförmiges Gesicht, das ich mehr als die Hälfte meines Lebens bewundert habe. Sie hat nur einen Hauch

Schminke gebraucht, denn ihre natürliche Schönheit stellt alles andere in den Schatten. »Du siehst wunderschön aus, Piper. Du bist die beste Brautjungfer, die es je gegeben hat.«

Nun weinen wir beide. »Ach Lucy, du bist diejenige, die wunderschön ist.« Wir umarmen uns, ohne unsere Trauer zu verbergen und ohne uns vor der Welt dafür zu schämen. Doch diese Trauer gibt mir Kraft, Kraft für Samuel und mich, damit wir beide überleben.

※ ※ ※

Leise Stimmen wecken mich aus einem äußerst lebhaften Traum. Einem Albtraum, um genau zu sein.

Ich habe geträumt, Samuel und ich hätten nicht geheiratet, weil er im Koma liegt. Er irrte in einem dichten Nebel herum, und ich konnte ihn nicht retten. Keiner konnte das. Der einzige Mensch, der dazu imstande war, war er selbst.

Gerade als ich Sams unverkennbaren Duft tief einatmen will, bevor ich ihn mit einem Kuss wecke, reden die leisen Stimmen weiter. »Das arme Mädchen, hast du gehört, dass ihr Verlobter auf dem Weg zur Kirche einen Autounfall hatte?«

Lautes Luftschnappen. »Wirklich?«

»Hm-hm. Sie ist im Hochzeitskleid hergekommen. Die ganze Familie war im Sonntagsstaat, aber es war umsonst.«

»Oh, das ist ja schrecklich. Tragisch. Hast du dir sein Kurvenblatt angeschaut?«

»Ja. Es sieht nicht gut aus. Wenn er aufwacht, wird er wohl nicht mehr der Mann sein, der er mal war.«

»*Falls* er aufwacht.«

Nein ... nein ... nein!

Ich verlange von meinem Körper, dass er aus diesem furchtbaren Albtraum erwacht, doch das kann er nicht, weil ich schon wach bin. Diese schreckliche Geschichte stimmt – sie ist wahr. Der Schlaf hat mir eine kurze Auszeit gegönnt, aber jetzt bin ich zurück – in der Hölle.

Ich tue so, als ob ich schlafe, während die Krankenschwestern weiter über Samuels Zustand reden und jedes ihrer Worte das bisschen Hoffnung zunichtemacht, das ich so dringend brauche, um das hier durchzustehen.

Als die beiden endlich gehen, hebe ich den müden Kopf von der Matratze und schaue Samuel an, der vom sanften Schein des Lichts über seinem Kopf beleuchtet wird. Dann schiebe ich eine Hand in seine reglosen Finger, und das Aufleuchten meines Verlobungsrings bekräftigt meinen Entschluss, ihm etwas zu versprechen. »Sie irren sich, Sam. Du wirst wach werden, und danach kommt alles wieder in Ordnung. Ich gebe dich nicht auf – und uns auch nicht. Ich schwöre es dir.« Meine Augen bleiben trocken, denn ich kann nicht mehr weinen.

Ich weiß nicht, ob Sam mich hört oder spürt, aber es ist mir egal. Als ich seine Finger drücke, durchströmt mich neue Entschlossenheit, und ich nehme mir vor, diesen Krankenschwestern und Ärzten zu beweisen, dass sie sich irren.

Vier

Tag vier ist kein bisschen besser als Tag eins, zwei oder drei, besonders da sich an Samuels Zustand nichts verändert hat. Dr. Kepler hat immer wieder gesagt, das sei völlig normal, so etwas brauche Zeit, aber ich bin ungeduldig. Außerdem bin ich eine Frau mit einer Mission: Ich will alles in meiner Macht Stehende tun, um Sam zu jedem noch so kleinen Fortschritt zu verhelfen.

Ich habe gelesen, dass viele Menschen, die aus einem Koma erwacht sind, berichten, dass sie hören und wahrnehmen konnten, was um sie herum vorging. Sie waren zwar nicht imstande, sich mitzuteilen, sind sich ihrer Umwelt aber sehr bewusst gewesen. Das hat mich in meinem Entschluss bestärkt.

Seit dieser Entdeckung habe ich es mir zur Aufgabe gemacht, bei jeder Gelegenheit mit Sam zu reden. Und wenn ich nicht mit ihm geredet oder ihm vorgelesen oder vorgesungen habe, haben seine Eltern, meine Eltern oder seine Freunde es an meiner Stelle getan – zur Not habe ich auch Hörbücher oder meinen iPod eingesetzt. Es hat mich nicht gekümmert, dass es keine Fortschritte gab. Es hat sich einfach gut angefühlt zu wissen, dass ich etwas tue, um Sam zu helfen. Ich bin so gut wie nie von seiner Seite gewichen und habe nur dann eine Pause gemacht, wenn ich zur Toilette musste oder mir die Beine vertreten habe. Aber ich wollte es nicht anders.

Nun sitze ich auf dem unbequemsten Stuhl der Welt und löse ein Kreuzworträtsel. Meine schmerzenden Muskeln zucken protestierend zusammen, als ich ein Bein anziehe und mich auf einen weiteren langen Tag einrichte. Wie immer möchte ich Sam von unserer Zukunft erzählen, meine Träume und Ziele mit ihm teilen und ein Bild von uns in fünfzig Jahren malen. Es macht mir nichts aus, dass er nicht antworten kann, denn ich weiß, dass er dasselbe will wie ich. Ich vermeide es, über die Vergangenheit zu reden, ich will mich ganz auf unsere Zukunft konzentrieren.

»Okay, ich brauche deinen Grips bei zwei waagerecht, vierzehn Buchstaben. Phonologische Bewusstheit setzt ... hmhmhm ... und Phonemanalyse voraus.« Während ich über die Antwort nachgrüble, klopfe ich mit meinem Bleistift aufs Papier. Wenn es um so etwas ging, war Sam ein wandelndes Lexikon, und ich habe keinen Zweifel daran, dass dieses Rätsel längst gelöst wäre, wenn er es sich vornehmen könnte.

Hilfe suchend schaue ich auf, erstarre dann aber jäh und stoße zweifelnd die Luft aus. Ein paar schmerzliche Sekunden lang wage ich kaum zu atmen. Und ich habe definitiv zu viel Angst, um mich zu rühren. Aber als ich es wieder sehe, richte ich mich kerzengerade auf und reibe mir die Augen.

»Sam?«, flüstere ich voller Angst, dass meine Fantasie mir nur einen grausamen Streich gespielt hat.

Langsam stehe ich auf, ohne die Augen von ihm zu lösen, und flehe ihn an, es noch einmal zu tun. Ich flehe ihn an ... seine Augenlider zu bewegen. Es war nur ein Flattern, aber es ist ein Hoffnungsschimmer. »Samuel, kannst du mich hören? Ich bin's, Lucy.«

Ungläubig blinzelnd stehe ich da und schlucke meine Panik und meine unglaubliche Vorfreude herunter. Dann nähere ich mich, die Arme fest an den Seiten, vorsichtig dem Bett und bohre die Fingernägel so fest in meine Handflächen, dass sie Abdrücke hinterlassen. Aber der Schmerz ist mir willkommen, weil er mir bestätigt, dass ich nicht träume.

»Sam?« Die Atmosphäre im Raum ist so voller Erwartungen, dass sie mich fast erdrückt. Ich schnappe nach Luft und falle beinah über meine eigenen Füße. Da war es wieder. Der Hoffnungsschimmer wird heller.

Ich stürze mich auf die Ruftaste für die Krankenschwester und drücke sie, dann laufe ich über das rutschige Linoleum zur Tür. »Ich brauche einen Arzt!«, schreie ich lauter, als ich je im Leben geschrien habe. Alle Menschen auf dem Flur blicken mich an, und die Krankenschwestern, die in verschiedene Richtungen davoneilen, verstehen glücklicherweise, dass es sich um einen Notfall handelt.

Hastig kehre ich in Sams Zimmer zurück, renne zu seinem Bett und nehme seine Hand. »Sam, kannst du mich hören? Dann drück meine Hand.« Mit aller Kraft wünsche ich mir, dass er mir zu verstehen gibt, dass er mich hört. Bitte Gott, gib mir ein Zeichen.

»Was ist passiert, Ms. Tucker?«, fragt Dr. Kepler, als er ins Zimmer stürzt.

»Er hat die Augen bewegt!«, sage ich mit Sams Hand in meiner. »Dreimal, glaube ich! Aber ganz bestimmt zweimal.«

»Hat er sie auch aufgemacht?«, fragt der Arzt, während er in seine Tasche greift und eine Pupillenleuchte hervorzieht. Dann schiebt er mich höflich beiseite.

»Nein, nur seine Lider haben geflattert. Das ist ein gutes Zeichen, richtig? Ja?«, hake ich beinahe flehentlich nach, weil Dr. Kepler keine Antwort gibt.

Nägelkauend schaue ich zu, wie der Arzt sanft Sams obere Augenlider anhebt und das Licht von einer Seite zur anderen bewegt. »Samuel? Können Sie mich hören?«, ruft er bei der Untersuchung. »Samuel Stone, können Sie mich hören?« Dann klatscht er nah an Samuels Schläfe laut in die Hände.

Während des quälenden Wartens trete ich von einem Fuß auf den anderen und spähe erwartungsvoll über Dr. Keplers Schulter. Schwestern und ein weiterer Arzt stürmen herein, drängen mich an die Wand und reden hektisch über Dinge, von denen ich nichts verstehe. Ohne Rücksicht auf Sams Schamgefühl reißen sie die Bettdecke von ihm herunter und fahren ihm mit einem Ding, das wie eine Stricknadel aussieht, über die Fußsohlen.

Minutenlang herrscht im Zimmer ein wildes Durcheinander, doch als die Aufregung abklingt und Samuel wieder mit der Decke zugedeckt wird, weiß ich, dass es keine guten Neuigkeiten gibt.

»Doktor?«, frage ich dennoch hoffnungsvoll.

Der Arzt seufzt und notiert irgendetwas auf Sams Kurvenblatt. »Es hat sich nichts verändert, Ms. Tucker.«

»Nein, das kann nicht sein.« Ich deute auf Samuels Bett. »Sie müssen irgendetwas übersehen haben. Ich habe es gesehen. Seine Augen haben sich bewegt.«

Dr. Kepler steckt seine Pupillenleuchte wieder in die Tasche und schüttelt den Kopf. »Was Sie gesehen haben, war eine Muskelzuckung. So etwas kommt öfter vor.«

»Ja, aber vorher ist es noch nie passiert.« Der vernünftige Teil meines Hirns sagt mir, ich soll still sein und Dr. Kepler glauben, weil er der Arzt ist. Aber mein Herz spricht eine andere Sprache, es will das Urteil nicht annehmen. »Sind Sie auch sicher?«

Meine Unterlippe zittert, aber ich schlucke meine Tränen hinunter.

»Es tut mir leid. Ich wünschte wirklich, ich hätte bessere Nachrichten. Aber Sam reagiert nicht auf Reize, weder auf Licht noch auf Geräusche. Seine Pupillen bleiben starr. Und es gibt immer noch nicht mehr Hirnaktivität.« Der Arzt senkt die Augen und seufzt.

Eine heiße Träne, die über meine Wange rollt, verbrennt meine Haut.

»Es tut mir wirklich leid.« Dr. Kepler schließt die Tür hinter sich und lässt mich mit meinen zerbrochenen Träumen allein. Ich komme mir idiotisch vor. Ich weiß, was ich gesehen habe, aber es spielt keine Rolle. Eine Muskelzuckung hat offensichtlich in der Welt der Medizin absolut nichts zu bedeuten.

Tränen strömen über meine Wangen. Ich mache mir nicht die Mühe, sie wegzuwischen. Ich betrachte Sam und werde wütend auf ihn, weil er nicht aufwacht. Ich gebe mir alle Mühe, ihn dazu zu bringen, während er es anscheinend nicht mal versucht. Aber ich weiß, dass dieser absurde Vorwurf nur auf die Verzweiflung zurückzuführen ist, die meinen Verstand vernebelt.

Ich gehe zum Fenster und presse die Stirn an das kühle Glas. Dann schließe ich die Augen und denke an die letzten Worte, die Sam zu mir gesagt hat. »Ich liebe dich von ganzem Herzen. Vergiss das nie. Du bist der Grund dafür, dass ich lächelnd durchs Leben gehe.«

Da bricht mir das Herz. Eigentlich bricht es nicht einfach nur, sondern zersplittert in unzählige, nicht wieder zusammensetzbare Teile. Ich weiß nicht, wie ich das durchhalten soll. Ich habe versucht, stark zu sein, aber ich schaffe es nicht. Ohne Samuel schaffe ich es nicht.

Trotzdem kann ich ihn nicht allein lassen. Ich kann nicht.

»Lucy?«

Ein erstickter Seufzer entfährt mir, als ich diese heisere, raue Stimme höre. Nein, das kann nicht sein. Ich will das nicht glauben, denn als ich das letzte Mal Hoffnung geschöpft habe, war ich voreilig und wurde grausam enttäuscht. Aber da ist dieser maskuline, vertraute Duft, der unverkennbar *tatsächlich* in der Luft hängt.

Ich muss mich einfach umdrehen. Und ich tu's. Ich drehe mich sogar so schnell um, dass ich fast auf die Nase falle. Doch als ich sehe, wer vor mir steht, komme ich mir schwerelos vor.

Es kann nicht sein, aber es ist wahr.

Diese meergrünen Augen mit dem grauen Wirbel gehören dem einen Mann, den ich, ohne es zu wissen, verzweifelt herbeigesehnt habe. Unbehaglich scharrt er mit den Füßen, die in Motorradstiefeln stecken, und streicht sich mit den langen Fingern über die dunklen Bartstoppeln. Ich weiß, dass mein Starren unfassbar unhöflich ist, aber ich kann nicht damit aufhören. Ich habe Angst, dass er sich in Luft auflöst, sobald ich blinzle.

»Hi, Lucy.«

Er ist mir fremd und zugleich vertraut, aber als er sein markantes Kinn hebt, durchbohrt mich der stählerne Blick eines Mannes, der pure Selbstsicherheit ausstrahlt. Das Blitzen in seinen Augen erinnert an drohende Gewitterwolken, doch am Rande sehe ich auch eine Spur sanftes Blau wie an der Oberfläche eines ruhigen Gewässers.

Sein dunkelblondes Haar, das oben lang und an den Seiten kurz ist, fällt nach links, sodass die zerzausten Locken, die sein kantiges Gesicht umrahmen, ihm übers Auge fallen. Er wirkt abweisend und gefährlich, wie jemand, der Ärger bringt, und das farbenfrohe, komplexe Tattoo, das sich an seinem rechten Arm herunterschlängelt, macht den abschreckenden Eindruck komplett. Er sieht aus wie das genaue Gegenteil von Samuel.

»Saxon?«

Als Saxon mit fest geschlossenen Lippen langsam nickt, schnappe ich nach Luft und lege beide Hände auf den Mund. Mein Hirn weiß, dass das nicht mein Sam ist, aber mein Herz, mein launisches Herz will es nicht glauben.

»Entschuldige, dass ich so plötzlich auftauche. Ich hätte vorher anrufen sollen. Willst du, dass ich gehe? Ich kann wieder verschwinden, wenn es dir lieber ist.« Mit einem Daumen zeigt er zur Tür.

Ich bin sprachlos und habe das Gefühl, plötzlich im Himmel zu sein.

Doch Saxon hält meine Begeisterung für Verachtung. »Ich hätte nicht kommen sollen.« Er dreht sich auf dem Absatz um und marschiert zur Tür.

In meinen Ohren schrillen laute Alarmglocken; das ist der Weckruf, den ich gebraucht habe. Ich schaue zu Samuel hinüber, der ruhig in seinem Bett liegt, und begreife, dass ich den Mann, in dessen Adern das gleiche Blut fließt wie in Sams, nicht gehen lassen darf.

Mit lauten Schritten laufe ich hinter ihm her, immer noch sprachlos, aber mit einem festen Ziel. Sobald er sich umdreht, werfe ich mich in seine Arme, und – ich wusste es – er fängt mich auf.

Fünf

Ich weiß nicht mehr, wie lange ich mich in Saxons Arme geschmiegt habe. Sein lauter Herzschlag ist erstaunlich tröstlich.

Alles an ihm ist so vertraut und dennoch sehr fremd. Sein Duft ist wild und erdig und gewürzt mit einem Hauch Zigarettenrauch, während Samuels stets ein wenig feiner gerochen hat – wobei er manchmal eindeutig etwas zu viel von seinem Parfüm genommen hat. Saxon ist kräftiger, beinahe schon zu muskulös, doch er war schon immer der größere Bruder. Er fühlt sich nicht schlecht an, nur ... anders.

Da ich ihn kaum kenne, bin ich überrascht, wie leicht es mir fällt, die beiden Brüder zu vergleichen und die Ähnlichkeiten und Unterschiede zwischen ihnen festzustellen. Obwohl sie wie Tag und Nacht sind, oder wie Feuer und Wasser, ist Saxon gekommen, um meinen Samuel zu retten, und hat aus meiner Hölle einen Himmel gemacht.

»Saxon?«, fragt Kellie überrascht, als sie ihren älteren Sohn sieht. Ihr erstaunter Tonfall sorgt dafür, dass wir uns verlegen voneinander trennen.

»Hey, Kellie.« Saxon dreht sich zu seiner Mutter um, während ich rot werde. Nun, da ich wieder etwas klarer denken kann, wird mir bewusst, dass ich Saxon besser die Hand hätte schütteln sollen, statt mich an ihn zu klammern wie ein Äffchen. Aber ich bereue es nicht. Aus irgendeinem unverständlichen Grund fühle ich mich jetzt Sam näher.

»Was machst du hier?« Selbst ich zucke zusammen, als ich Kellies unfreundlichen Ton höre.

»Ich bin hier, um meinen Bruder zu besuchen«, erwidert Saxon scharf. »Und weil ihr mein Blut braucht.«

Kellies finsteres Gesicht verzieht sich zu einem Lächeln. »Oh Saxon, ich wusste, dass du Vernunft annehmen würdest.« Sie eilt zu ihm und wirft die Arme um ihn. Der Unterschied zwischen unseren Begrüßungen ist nicht zu übersehen.

Die Arme an die Seiten gepresst, bleibt Saxon steif stehen, doch Kellie ignoriert seinen Mangel an Begeisterung. Einen Augenblick später kommt Gregory herein und lässt fast das Tablett mit dem Kaffee fallen, das er in der Hand hält. »Saxon?«

»Er ist hier, um Samuel zu helfen, Greg«, ruft Kellie und lässt Saxon los, um sich Tränen aus den Augen zu wischen.

Reglos verdaut Greg, was er gerade gehört hat. »Stimmt das, mein Sohn?«, fragt er dann schließlich.

Saxon nickt entschlossen.

Ich habe das Gefühl, bei einem sehr privaten Moment zu stören, traue mich aber nicht, mich zu bewegen.

Gregs Augen füllen sich mit Tränen, dann geht er mit zwei langen Schritten durchs Zimmer und nimmt Saxon in die Arme. Der Anblick rührt mich.

Saxon sieht mir in die Augen, aber ich kann nicht sagen, was er fühlt. Ich weiß, dass beim letzten Mal, als er seine Eltern gesehen hat, harte Worte gefallen sind, doch es sieht so aus, als wollte keiner mehr daran denken. Trotzdem steht Saxon, nachdem Greg ihn losgelassen hat, immer noch steif da, die Wiedervereinigung scheint ihn nicht weiter zu beeindrucken.

Ich schätze, die Zeit heilt doch nicht alle Wunden.

Während Kellie anfängt, Saxon über die Ereignisse der vergangenen vier Tage zu informieren, starrt er mich die ganze Zeit offen an. Unfähig, die Augen von ihm loszureißen, gehe ich leise zur Seite und lehne mich an die Wand.

Die dunklen Stoppeln auf seinem festen Kinn betonen das Rosa seines vollen Mundes, dessen Winkel leicht nach unten zeigen. Eine kleine Narbe reicht in den oberen Lippenbogen hinein, und ich frage mich, woher er sie hat. Seine Nase ist gerade und schmal, doch es sind seine Augen, die mich faszinieren. In ihnen zeichnet sich ein Kampf ab. Er möchte verärgert schauen, aber er schafft es nicht, sein Blick wirkt eher erleichtert, und natürlich frage ich mich, warum.

Damit ich aufhöre zurückzustarren, ziehe ich mein Handy hervor und schicke meiner Mutter schnell eine Nachricht, in der ich ihr von den letzten Neuigkeiten einschließlich der Muskelzuckung berichte. Der Gedanke daran lässt mich laut aufseufzen. Wie lange Saxon wohl bleibt? Jetzt, wo er da ist, möchte ich nicht, dass er wieder geht. Wenn irgendeiner Samuel aus dem Koma holen kann, ist es Saxon. Schließlich sind die beiden eineiige Zwillinge. Bestimmt kann Saxon spüren, wie es seinem Bruder geht. Bestimmt kann *er* mir meinen Sam zurückholen.

Dr. Kepler kommt ins Zimmer und schaut zweimal hin, als er Saxon entdeckt. »Sie sind der Zwillingsbruder, nehme ich an?«

Kellie strahlt und nickt begeistert. »Ja, Doktor, das ist mein anderer Sohn, Saxon. Er ist hier, um Blut zu spenden. Und wenn nötig, auch ein Organ.«

Ich weiß nicht, ob ich nur gereizt bin, aber es stört mich,

dass Kellie Saxon gegenüber so respektlos ist. Immerhin ist er kein wandelnder Organspender, sondern ein Mensch mit Gefühlen. Sein Zwillingsbruder liegt bewusstlos in einem Krankenhausbett, und ich nehme an, dass ihm das genauso nahegeht wie uns allen.

Doch Kellies Unhöflichkeit scheint an Saxon abzuperlen. »Sagen Sie mir einfach, wo ich hingehen soll, dann krempelt ich gern die Ärmel hoch. Je eher ich das hinter mir habe, desto schneller kann ich wieder gehen.«

Mir wird schlecht. Ich muss mit ihm reden; ich muss ihn bitten zu bleiben. »Ich komme mit«, sage ich ein wenig zu hastig. Alle im Zimmer drehen sich nach mir um. »Ich brauche etwas frische Luft«, füge ich hinzu, obwohl das eine schamlose Lüge ist.

Dr. Kepler nickt und sagt uns, wo wir hingehen sollen. Während er Greg und Kellie über Samuels Fortschritte – oder eher ihr Ausbleiben – unterrichtet, nehme ich meine rosa Jacke und gehe aus dem Zimmer. Saxons schwere Schritte folgen mir.

Stumm gehen wir nebeneinander her und bleiben erst stehen, als ich den Knopf am Aufzug drücke. Gott sei Dank müssen wir nicht lange warten, und ich steige schnell ein, als die Türen sich öffnen. Auch in der Kabine sagt er kein Wort, und das zerrt an meinen bereits überstrapazierten Nerven.

Doch ich versuche, es mir nicht anmerken zu lassen, und beobachte ihn heimlich. Er ist Sam so ähnlich und dennoch ganz anders. Er strahlt großes Selbstvertrauen aus und besitzt einen angeborenen anziehenden Charme, der dazu führt, dass die Menschen sich nach ihm umschauen, sobald er einen Raum betritt. Aber interessanterweise scheint er nicht zu wissen, wie charismatisch er ist.

»Danke, dass du gekommen bist, Saxon«, sage ich, um die Stille zu durchbrechen. »Ich weiß, dass Sam sich darüber freuen würde, dass du hier bist. Und ich freue mich auch.«

Saxon nickt und schaut auf die Anzeige oben, sagt aber immer noch kein Wort.

»Musstest du weit fahren?« frage ich, damit er antworten muss.

Er steckt die Hände in die zerrissenen Taschen seiner Jeans. Das bringt mich dazu, den Kopf schief zu legen und zu versuchen, das seltsame Kunstwerk auf seinem Arm zu deuten. Alles, was ich erkennen kann, ist eine Spielfigur. »Ich bin mit dem Motorrad aus Oregon gekommen.«

Erstaunt hebe ich den Kopf wieder. »Oregon? Dein Vater hat gesagt, du lebst in South Carolina.«

Saxon schnaubt und fährt sich mit den Fingern durchs Haar. »Der hat keine Ahnung.«

Stumm denke ich über diese Neuigkeit nach. »Wie lange wohnst du da schon?«

»Über zwei Jahre.«

Seine knappe Antwort ist ein deutliches Zeichen dafür, dass er nicht darüber reden will, aber ich hake weiter nach. »Gefällt es dir da? Was machst du beruflich?«

Sein Blick hängt immer noch an den aufblinkenden Stockwerkszahlen, die auf dem Weg nach unten an uns vorbeiziehen. »Ist so gut wie jeder andere Ort, an dem ich gelebt habe, und ich arbeite in einer Autowerkstatt.«

»Oh, du bist Automechaniker?« Mir fällt ein, dass er schon immer gern an irgendwelchen Fahrzeugen herumgeschraubt hat. »Ich weiß noch ...«

Abrupt unterbricht er mich. »Hör mal, Lucy.« Als er sich mir zuwendet, schrecke ich zurück. »Ich bin nicht gekommen, um einen Anstandsbesuch zu machen. Ich bin hier, um meinen Beitrag zu leisten, und danach gehe ich wieder. Bitte fühl dich nicht verpflichtet, Konversation zu machen, und versuch nicht, mich näher kennenzulernen. Ich bin bald wieder weg, dann kann dein perfektes kleines Leben ganz normal weitergehen.«

Mir fällt die Kinnlade herunter. »*Bitte?*« Er kennt mich doch kaum, und er hat ganz sicher keine Ahnung von meinem Leben. »Mein perfektes Leben? Du weißt doch gar nicht, wovon du redest. Wenn du mich im Laufe der Jahre irgendwann akzeptiert hättest und dich dazu herabgelassen hättest, mal mit mir zu reden, anstatt immer nur zu grunzen, wenn ich versucht habe, mich mit dir zu unterhalten, würdest du vielleicht wissen, dass mein perfektes kleines Leben gar nicht so perfekt ist!«

Er besitzt die Frechheit, die Augen zu verdrehen, was mich noch wütender macht. So viel zu unserem herzlichen Wiedersehen.

»Steck dir deine Hilfe sonst wohin, wir brauchen sie nicht! Samuel braucht Menschen um sich herum, die gern bei ihm sein möchten, und keine, die eine Liste darüber führen, wer wem wann geholfen hat.« Ich beende meinen Ausbruch mit einem empörten Schnaufen. So eine Tirade habe ich noch nie losgelassen, jedenfalls keine so zornige. Das fühlt sich gut an.

Der Aufzug hält, die Türen gehen auf und lassen arglose Menschen in einen Käfig, in dem gerade ein Kampf stattfindet, deshalb bringen wir den Rest des Weges schweigend hinter uns.

Ich bleibe bei Saxon, während er reichlich Blut spendet, und versuche, ihn nicht finster anzuschauen, denn trotz seiner Gemeinheit ist er immer noch da und hilft Samuel. Die junge Krankenschwester flirtet schamlos mit ihm und bombardiert ihn mit Fragen, während sie die Fläschchen mit seinem Blut etikettiert. Anders als zuvor, als ich ihn nach seinem Leben gefragt habe, antwortet er ihr höflich.

»Sie fahren also eine Harley, das ist ja cool«, sagt sie begeistert und sieht zu, wie er seinen Ärmel über seinen dicken Bizeps rollt. »Die würde ich gern sehen.«

»Kein Problem. Wenn Sie mal mitfahren möchten, sagen Sie Bescheid.« Er grinst großspurig.

Ich lehne mich zurück, ziehe ein Bein an und verdrehe die Augen. Jetzt bleibt er also? Um mit dieser Tussi Motorrad zu fahren? Ich will gar nicht daran denken, wohin das führen könnte. Entnervt stehe ich auf. Ich will zurück zu Sam. Der Krach, mit dem mein Stuhl über den Boden schrammt, unterbricht das Geturtel. »Ich gehe wieder zu Samuel.« Eigentlich hatte ich damit gerechnet, dass Saxon mich aus der Tür schiebt und hinter mir abschließt, deshalb bin ich erstaunt, als er ebenfalls aufsteht.

Anscheinend überlegt er, was er sagen soll, was mich ebenfalls wundert. »Okay, ich komm mit.«

Die Tussi lässt ihrer Enttäuschung freien Lauf. »Oh nein, in zehn Minuten habe ich Pause. Können Sie nicht vielleicht auf mich warten?« Ich verdrehe innerlich die Augen, als mir auffällt, dass ein Knopf an ihrem Schwesternkittel sich irgendwie gelöst hat. Manche Frauen haben einfach keinen Anstand.

Ich bin nie ein typisches Mädchen gewesen. Ich habe mich schon immer in Jeans und T-Shirt wohler gefühlt als in einem Kleid und High Heels. Das einzige Make-up, das ich jemals auflege, ist etwas Concealer, um meine Sommersprossen zu verdecken, Wimperntusche und Lipgloss, und an manchen Tagen ist mir selbst das zu viel. Ich mag es eher schlicht, aber ich bin ich – die kleine Lucy Tucker. Und ich mag diese Person.

Die Tussi da drüben braucht einen kleinen Denkzettel. Oder vielleicht einen Spiegel, damit sie sich das Clowns-Make-up abwischen kann. Doch gleich darauf tadele ich mich selbst für meine Gedanken, weil ich normalerweise nicht so gehässig bin. »Oder wollen Sie einfach hier warten?«, fragt sie in einem Ton, der nichts der Fantasie überlässt.

Die peinliche Situation schnürt mir die Luft ab. Ich scharre mit den Füßen, weil ich mich wie das dritte Rad am Wagen fühle. Saxon muss mein Unbehagen bemerkt haben, denn er schluckt den Köder nicht, was mich wieder überrascht. »Ich sollte besser gehen.« Er dreht den Deckel eines Bonbonglases auf und nimmt einen herzförmigen Lutscher heraus. »Sie haben das sehr gut gemacht. Danke«, sagt er und zwinkert der Tussi zu.

Ich unterdrücke ein Würgen, stoße die Tür auf und freue mich über den Krankenhausgeruch auf den sterilen Fluren, der mir wesentlich lieber ist als das penetrante, blumige Parfüm dieser Tussi. Noch nie ist mir eine Tür nach draußen einladender vorgekommen, als die direkt vor mir, deshalb laufe ich eilig darauf zu und stoße sie mit der Schulter auf.

Warmer Frühlingswind streift meine Wangen. Ich freue mich über das schöne Wetter, das die ständige Kälte vertreibt. Ich verdränge den Gedanken, dass Sam und ich, wenn alles nach Plan gegangen wäre, jetzt in Galicien, Nordspanien, wären und uns, völlig abgeschieden von der Welt, an weißen Sandstränden vergnügen würden. Das ist nur noch ein Traum.

Piper hat mir das Leben gerettet, indem sie die Anrufe getätigt hat, vor denen ich mich gefürchtet habe, und alle, die es wissen mussten, über meine augenblickliche Lage informiert hat. Natürlich hat es keine Rückzahlungen gegeben, aber der

Besitzer der Finca, in der wir wohnen wollten, hat freundlicherweise gesagt, dass wir ihm stets willkommen seien, falls wir irgendwann verspätete Flitterwochen machen wollen. Aber wer weiß, ob und wann es bei Samuels Zustand je so weit kommt.

»Es tut mir leid.«

Ein roter Lutscher taucht in meinem Blickfeld auf. Mit hochgezogener Augenbraue betrachte ich ihn. »Wofür soll der sein?«

»Ich möchte mich dafür entschuldigen, dass ich vorhin so gemein zu dir war«, erklärt Saxon und wedelt mit dem Lolli.

»Ah, du willst mich also bestechen?« Er kichert und das ... tut weh. Es hört sich genauso an wie bei Samuel. Schnell schiebe ich den Gedanken beiseite und rümpfe die Nase. »Danke, aber nein. Ich weiß nicht, wo der schon gewesen ist.« Ich mache nicht den Versuch, meine Verachtung zu verbergen.

Ich gehe weiter, bleibe aber abrupt stehen, als Saxon mich am Arm fasst. »Ich möchte nur kurz eine rauchen. Ich treffe dich dann drinnen.«

Ich schaue auf die Hand auf meinem Arm und runzele die Stirn; selbst seine Finger sind so wie Sams. Werde ich jemals in der Lage sein, damit aufzuhören, die beiden zu vergleichen? Ich bezweifle es. »Ich bleibe bei dir«, sage ich. Ich bin noch nicht bereit, die frische Luft hinter mir zu lassen.

Wir setzen uns auf eine Holzbank und hängen schweigend unseren sorgenvollen Gedanken nach. Das Land vor uns ist wunderbar grün und voll mit Ponderosa-Kiefern und hübschen, bunten Wildblumen. Die Szenerie soll denen, die sie sehen, ein Gefühl des Friedens vermitteln, doch die Umstände, die die Menschen hergebracht haben, trüben den Anblick sicher – so wie sie auch mir die Freude verderben.

Wie viele Tage, Stunden, Minuten und Sekunden werde ich hier sitzen und mich fragen, was als Nächstes passiert?

»Schaffst du das?«, fragt Saxon, während eine sanfte Brise eine Nikotinwolke davonträgt.

Sein Einfühlungsvermögen überrascht mich. Früher hat er sich nie darum gekümmert, ob es mir gut geht, aber ich nehme an, das liegt daran, dass wir noch nie in einer solchen Situation waren.

Ich entschließe mich, ehrlich zu sein, und ziehe unsicher die Achseln hoch. »Ich weiß nicht. Ich habe schon öfter schlimme Dinge erlebt. Und bin damit fertiggeworden.« Unwillkürlich zupfe ich an meiner Jacke, so wie immer, wenn ich an meine Kindheit denke. »Aber das hier, das ist etwas, was man mit Worten nicht beschreiben kann. Ich erinnere mich noch daran, wie ich nach Ghana gefahren bin, um mein Praktikum zu machen. Die Ungerechtigkeit dort war unglaublich, aber die Menschen haben trotz ihrer beschissenen Lebensumstände immer gelächelt. Und sie haben ums Überleben gekämpft, weil sie Hoffnung hatten. Sie hatten die Hoffnung, dass ihr Schicksal sich eines Tages wenden würde. Diese Menschen sind Vorbilder. Ich bewundere sie, weil ich nicht so bin wie sie. Ich kann nicht lächeln, und ich habe keine Hoffnung. Wenn Samuel nicht ...« Meine Stimme zittert, deshalb lege ich eine Hand vor den Mund. »Wenn Sam nicht mehr wach wird, kann ich nie mehr lächeln. Ich weiß, dass das selbstsüchtig und undankbar klingt, aber ich habe keine Ahnung, wie ich ohne ihn weiterleben soll. Es gibt so viel Schlechtes auf der Welt, mein Leben ist so unbedeutend, aber ... es ist ... einfach nicht ... fair.«

Inzwischen schluchze ich heftig und weine hässliche Tränen. Ich sollte mich schämen, dass ich das zweite Mal innerhalb einer Stunde vor Saxon zusammenbreche, aber ich tu's nicht. Er zieht mich in seine warmen Arme und erlaubt es mir, an seiner Schulter zu weinen – wieder ohne irgendein Urteil abzugeben.

Er darf nicht gehen. Auf eine seltsame, unerklärliche Weise geht es mir gut, wenn er da ist. Er gibt mir das Gefühl, näher bei Samuel zu sein, und nachdem ich mich tagelang so einsam gefühlt habe, brauche ich diese Intimität, um weiterzumachen. »Warum bist du so nett zu mir?«, schniefe ich.

Ein heiseres Lachen erschüttert seine Brust. »Wäre es dir lieber, wenn ich gemein zu dir wäre?« Mir entschlüpft ein Laut, der halb Lachen, halb Schnauben ist.

Ich löse mich von ihm und reibe mir schnüffelnd die Augen. Dann zwinge ich mich, ihn und Samuel nicht gleich wieder zu vergleichen, und nehme mir einen Moment Zeit, um den Mann neben mir unvoreingenommen zu betrachten. »Wo schläfst du heute Nacht?«

Saxon ist verwundert. »In einem Motel. Ich wollte morgen wieder nach Hause fahren.«

»Möchtest du vielleicht … bei mir wohnen?« Ich versuche, ruhig zu klingen, doch mein Herz fängt plötzlich an zu rasen. Als ich sehe, dass er unsicher ist, beschließe ich, offen zu sein. »Bitte … geh nicht weg. Bleib hier. Bleib … bei mir.« Ich weiß nicht, warum, aber es gefällt mir, ihn bei mir zu haben.

Ich rechne damit, dass er Nein sagt; ich könnte es ihm nicht verübeln. Schließlich hat Samuel sich nicht besonders angestrengt, das zerstörte Verhältnis zu kitten. Saxon ist hier, weil er anscheinend die nötige Größe besitzt. Er ist ein guter Mensch.

»Okay«, sagt Saxon einen Augenblick später.

»Okay?«, frage ich und reiße verblüfft den Kopf hoch. Der Wind zerzaust seine Haare, als er nickt. »Danke, Saxon. Du ahnst ja nicht, wie viel mir das bedeutet.«

Der Anflug eines Lächelns huscht über seine Lippen.

Wieder einmal reiße ich mich zusammen; überraschenderweise scheint Saxon mir gutzutun. Er gibt mir das Gefühl, dass ich es trotz dieser Tragödie irgendwie schaffen werde, Licht am Ende des Tunnels zu sehen. Ich kenne ihn nicht richtig, aber das wird sich ändern, denn ich hoffe, dass ich durch diese furchtbare Situation einen neuen Freund gewinne, einen Freund, der mir die Hoffnung gibt, die ich so dringend brauche.

»Wir sollten besser wieder reingehen.« Er hat recht.

Schnell wische ich mir ein letztes Mal über die Augen und zucke zusammen, als ich sehe, dass sein enges, graues Harley-Davidson-T-Shirt Flecken von meinen Tränen hat. »Tut mir leid, dass ich so ein emotionales Wrack bin. Ich verspreche, dass ich nicht wieder zusammenbreche.«

Ich will aufstehen, lasse es aber, weil er mich am Handgelenk festhält. Als ich verwirrt auf seine Hand hinunterschaue, lässt er mich wieder los, wickelt langsam den herzförmigen Lutscher aus und reicht ihn mir dann mit einem vielsagenden Lächeln.

Diesmal lehne ich nicht ab.

※ ※ ※

Sehr zum Missfallen seiner Mutter fährt Saxon mir auf dem Heimweg mit dem Motorrad hinterher.

Ich hatte nie Probleme mit Kellie und Gregory. Sie haben mich immer freundlich und respektvoll behandelt. Aber Kellies Unhöflichkeit Saxon gegenüber hat mir eine Seite an ihr gezeigt, die mir nicht sonderlich gut gefällt.

Schnell schiebe ich diese Gedanken beiseite, weil Saxon frisch geduscht und anscheinend bettfertig in unser Gästezimmer kommt. »Für mich hättest du die Bettwäsche nicht wechseln müssen. In einigen von den Drecklöchern, in denen ich übernachtet habe, war ich echt froh, wenn ich überhaupt ein Bett bekommen habe.«

Ich würde gern wissen, warum er eigentlich in solche Absteigen gegangen ist, aber ich verkneife es mir. Wir sind beide hundemüde, und ich habe das Gefühl, das Kennenlernen könnte ein wenig länger dauern als eine Nacht.

»Tja, gut, wenn du irgendwas brauchst, sag es mir einfach.« Ich schüttele sein Kissen noch einmal auf.

Ein glückliches Bellen ertönt, dann schlittern aufgeregte Krallen über die Holzdielen. »Hey, Thunder!« Erfreut beugt Saxon sich herab und streicht meinem Hund über den Kopf.

An meinem achtzehnten Geburtstag hat Samuel mir Thunder geschenkt. Der Hund hat bei den Stones gelebt, solange Samuel und ich noch zu Hause gewohnt haben, aber natürlich ist er mit uns gekommen, als wir vor über drei Jahren endlich in unser eigenes Haus gezogen sind.

Thunder springt auf das Doppelbett und macht es sich bequem. Saxons tiefes, raues Lachen lässt einen unerwarteten Schauer über meinen Rücken rieseln. Ich gebe mir alle Mühe, ihn nicht mit Samuel zu vergleichen, aber es fällt mir sehr schwer. Ja, sein Haar ist länger als Sams, und er hat überall Tattoos, aber mein Hirn gaukelt mir immer noch vor, Samuel stünde vor mir. Wunschdenken wahrscheinlich.

»Gute Nacht, Saxon«, sage ich, als mir auffällt, dass ich ihn geistesabwesend anstarre.

Sicher weiß er, dass ich ihn andauernd mit Samuel vergleiche, aber er sagt nichts dazu. »Nacht, Lucy. Danke, dass du mich hier schlafen lässt.«

Er begreift nicht, dass ich diejenige bin, die ihm danken sollte.

Als er seine Bettdecke zurückschlägt, merke ich, dass es Zeit ist zu gehen. Ich schließe die Tür und schmunzle, weil ich ihn mit Thunder reden höre.

Die heiße Dusche fühlt sich himmlisch an, und als ich das Wasser abstelle, sehne ich mich nach meinem Bett. Ich putze mir noch schnell die Zähne und ziehe einen Kamm durch das nasse Haar, dann tappe ich ins Schlafzimmer, bleibe aber im Türrahmen abrupt stehen. Erinnerungen überfallen mich, und ich werde traurig, weil ich wieder nicht neben Samuel schlafen kann.

Doch da Saxon zwei Türen weiter schläft, fühle ich mich etwas besser als sonst und schließe schließlich die Tür. Die Augen schwer vor Müdigkeit, schlüpfe ich ins Bett und drehe mich auf die Seite. Als ich den Arm ausstrecke, um das Licht auszumachen, fällt mein Blick auf meine ledergebundenen Tagebücher, die in einer Kiste neben meinem Nachttisch stehen.

Sobald ich lesen und schreiben konnte, habe ich angefangen, Tagebuch zu führen, und ich habe jedes einzelne behalten. Alles niederzuschreiben war meine Form von Therapie, meine Art, mich selbst zu erkennen. Manche Tagebucheinträge sind zu schmerzlich, um sie zu lesen, denn sie schildern den schweren Start, den ich im Leben hatte, aber die meisten erzählen von den glücklichen Momenten mit den Menschen, die ich liebe. Natürlich geht es darin meistens um Samuel, deshalb stehen die Bücher ja auch in unserem Zimmer.

Ich habe große Angst, dass meine Erinnerungen mir im Laufe

der Zeit, wenn es Samuel nicht besser gehen sollte, verloren gehen, weil sie von der furchtbaren, schmerzlichen Realität verdrängt werden. Ich habe Angst, dass ich Samuels ermunterndes Lächeln, sein ansteckendes Lachen und seine Großzügigkeit vergesse. Aber meine größte Angst ist, dass ich vergesse, was er mich immer wieder hat spüren lassen. Ich habe Angst, dass ich vergesse, wie es sich angefühlt hat, mit einem anderen Menschen auf eine Weise verbunden zu sein, die jede andere Erfahrung, die ich je gemacht habe, in den Schatten stellt.

Tränen fallen auf das Kissen, als ich in die Kiste greife und in meinen Erinnerungen wühle – dem Einzigen, was ich von Samuel noch habe. Mit den Fingerspitzen fahre ich über das Tagebuch, das ich gesucht habe, und öffne es auf der Seite, die ich schon so oft gelesen habe.

※ ※ ※

24./25. Dezember 2011

Liebes Tagebuch,
während ich das hier schreibe, habe ich ein breites Grinsen im Gesicht, und ich glaube nicht, dass es bald wieder verschwindet. Weihnachten ist schon immer eine besondere Zeit für mich gewesen. In der Zeit bin ich eine Tucker geworden, und wie das Schicksal so spielt, wurde ich in diesem Jahr an Weihnachten gebeten, eine Stone zu werden.
An den Feiertagen liegt wirklich Magie in der Luft – ich kann sie fast greifen. Mein Weihnachtsengel liegt neben mir und schläft tief und fest, erschöpft von einem Tag, den ich nur als fantastisch beschreiben kann.

Es hat mit einem Frühstück im Bett begonnen, meinen Lieblings-Buttermilchpfannkuchen und Erdbeeren. Nachdem ich alles in mich hineingestopft hatte, sind Sam und ich in die Stadt gefahren, um unsere letzten Weihnachtseinkäufe zu erledigen. Trotz Sams Einspruch habe ich auch ein kleines Geschenk für Saxon besorgt. Obwohl Sam seit Monaten nicht mehr mit ihm gesprochen hat, möchte ich Saxon irgendwie zeigen, dass wir ihn mögen. Schließlich geht es an Weihnachten ums Geben und um die Familie. Ich glaube zwar nicht, dass Saxon morgen am Familienessen teilnimmt, aber das ist mir egal, ich schicke es ihm, wenn es sein muss.

Als wir mit dem Einkaufen fertig waren, hat Samuel darauf bestanden, dass ich mir eine Massage gönne, weil er noch ein paar Dinge zu tun hätte. Wenn ich zurückdenke, hätte ich ahnen müssen, dass er etwas im Schilde führte, aber zu dem Zeitpunkt war ich zu erfreut über die Aussicht, eine Stunde lang verwöhnt zu werden.

Entspannt und zufrieden bin ich dem Day Spa entschwebt. Als wir zu Hause ankamen, habe ich Samuel gesagt, dass ich ein Nickerchen machen möchte. Es war Heiligabend, und wir hatten nichts vor – jedenfalls soweit ich wusste. Er hat mich auf die Stirn geküsst und gesagt, er würde mich zum Abendessen wecken. Dann bin ich in einen tiefen Schlaf gefallen und erst wieder aufgewacht, als der köstliche Duft von Zitronenhühnchen die Treppe hochgestiegen ist.

Draußen ist es dunkel gewesen, und der Vollmond hat die weiße Schneedecke zum Schimmern gebracht, die den ganzen Hof bedeckte. Ich bin ein paar Minuten vor den Erkerfenstern stehen geblieben und habe darüber nachgedacht, was für ein Glück ich habe. Es vergeht nicht eine Minute, ohne dass ich mich darüber freue, was und vor allem wer mir gehört. Ich bin von so vielen guten Menschen umgeben, die ich liebe. Und der, den ich am meisten liebe, verwöhnt mich nach Strich und Faden, denn nun roch es auch nach Frühlingsrollen.

Schnell bin ich in die Küche gelaufen, wo Samuel uns gerade zwei Gläser Weißwein einschenkte. Auf der marmornen Küchenplatte war ein Festmahl angerichtet. Mein Magen hat gegrummelt vor Freude.

Nachdem wir so viel gegessen hatten, dass man eine kleine hungernde Nation damit hätte füttern können, haben wir beschlossen, uns vor den Kamin zu setzen und eine DVD anzuschauen. Samuel hat mich den Film aussuchen lassen, was mir wieder hätte verraten sollen, dass er etwas geplant hatte. Aber ich habe nichts gemerkt.

Mitten im Film Pretty in Pink *sind mir die Lider schwer geworden, und ehe ich es gemerkt habe, bin ich mit Sam als Kissen eingenickt. Zarte Küsse, die auf mein Gesicht gehaucht wurden, haben mich schließlich geweckt, dann hat mich eine breite Zunge abgeschleckt. Ich habe nicht zu raten brauchen, wem sie gehört.*

Ich habe Thunder getätschelt und meine Finger in seine weiche Mähne gesteckt. Beim Streicheln sind sie über sein Halsband geglitten, und ich habe gespürt, dass irgendetwas daran hing. Da mir nichts Besonderes an ihm aufgefallen war, habe ich mühsam die Augen geöffnet. Als ich das orangerot leuchtende Feuer gesehen habe, ist mir sofort warm geworden. Kaum dass ich wach war, ist Thunder auf mich gesprungen und hat mir noch einmal durchs Gesicht geleckt, und da habe ich gesehen, was an seinem Halsband hing.

Ein Ring.

Die Flammen haben sich in dem makellosen Stein gespiegelt und ihn zum Strahlen gebracht. Vorsichtig hat Samuel den Ring von Thunders Halsband gelöst, während ich ihm mit großen Augen zugesehen habe. Dann hat er mir seine Hand gereicht, und ich habe meine zitternden Finger hineingelegt. Dann habe ich sprachlos dagesessen und gewartet, was als Nächstes passieren würde.

Samuel hat schwer geschluckt, und ich konnte sehen, dass er nervös war, aber er hat meine Finger gedrückt und gelächelt. »Ich wollte eine lange Rede vorbereiten, weil ich dir sagen wollte, wie viel du mir bedeutest, aber nichts war gut genug. Es gibt keine Worte für die Gefühle, die du in mir weckst.«

Dann ist er aufgestanden und auf die Knie gesunken, und ich habe meinen Gefühlen freien Lauf gelassen und glückliche Tränen geweint.

»Ich liebe dich, Lucy Tucker, von ganzem Herzen. Willst du mich heiraten?«

Mein Herz hat höhergeschlagen, und ich habe vor Glück gezittert, das ist mit Abstand der schönste Moment meines Lebens gewesen. »Ja«, habe ich geschluchzt. »Ich will dich heiraten, Sam.«

Falls ich Sam je glücklicher gesehen habe, kann ich mich nicht mehr daran erinnern. Mit Tränen in den Augen hat er mir den Ring an den Finger gesteckt. Dann hat er mich in die Arme genommen und mich so leidenschaftlich geküsst, dass es mir den Atem geraubt hat.

Schnell habe ich ihn zurückgeküsst und die Arme so fest um seinen Nacken geschlungen, als wollte ich ihn nie wieder gehen lassen.

Von unseren Gefühlen überwältigt, haben wir uns vor dem

Feuer leidenschaftlich geliebt. Als wir schließlich nackt und zufrieden dalagen, habe ich meine Hand ausgestreckt, den Ring bewundert und mich auf die Zukunft gefreut. Ich konnte es nicht erwarten, Mrs. Samuel Stone zu werden.

Sam hat die Stirn an meinem Haar gerieben und mich auf den Nacken geküsst. »Fröhliche Weihnachten.« In dem Augenblick schlug unsere Standuhr Mitternacht, und es war wahrhaftig Weihnachten.

Ich habe mich zur Seite gedreht, um meinen Verlobten (ja, meinen Verlobten!) anzuschauen, und ihm lächelnd gesagt: »Das ist das schönste Weihnachtsgeschenk, das ich je bekommen habe.«

Da hat Samuel sich entschlossen auf mich gerollt und sich mit einer Hand zu meinem Venushügel vorgetastet. »Wart's ab, Baby«, hat er herausfordernd gesagt und über meinen sehnsüchtigen Schoß gestrichen.

Als er seine Zunge an meinem Körper herunterwandern lassen hat, habe ich die Augen geschlossen und mir gesagt, dass ich dieses Jahr ein sehr liebes Mädchen gewesen sein muss, denn der Weihnachtsmann hat mir alles gebracht, was ich mir gewünscht habe ... und mehr.

Sechs

Am nächsten Tag streiten Saxon und ich uns an Samuels Bett darüber, wer bei einem Kampf zwischen Batman und Superman gewinnen würde. Ich meine Batman, doch Saxon zählt mir alle Gründe auf, warum ich falschliege. Die Unterhaltung ist mehr als albern, aber eine schöne Abwechslung, wenn man nur herumsitzt und wartet und sich fragt, ob dies der Tag ist, an dem Sam vielleicht die Augen öffnet.

»Ich kann nicht glauben, dass du für Batman bist«, spottet Saxon, während er sich auf seinem Plastikstuhl zurücklehnt und die Hände hinter dem Kopf verschränkt. Seine dicken Oberarmmuskeln könnten mit denen seines Helden konkurrieren. »Superman würde ihn locker schlagen. Mit den Laserstrahlen aus seinen Augen könnte er Batman mühelos frittieren.«

Ich lache leise hinter vorgehaltener Hand. Es ist unglaublich, wie leidenschaftlich Saxon argumentiert. »Na gut, Supermans übermenschliche Kräfte sind sehr beeindruckend, aber ...«, betone ich und verbitte mir jeden Einwand, indem ich einen Finger hebe, »... Batman ist sehr viel intelligenter und listiger. Er würde irgendein Gerät aus Kryptonit erfinden, und dann hieße es ›Bye-bye, Superman‹.«

Saxon kreuzt die Arme vor der Brust, und die hellen Lampen

heben seine Tätowierungen hervor. »Sieht so aus, als könnten wir uns nicht einigen. Der einzige Weg, das zu erreichen, wäre, dass wir jeden Batman- und Superman-Film gucken, der je gedreht worden ist, und alle Comics lesen, dann können wir noch mal darüber diskutieren.«

Ich nicke eifrig, denn das bedeutet, dass Saxon länger bleiben muss, um Supermans Überlegenheit zu beweisen.

Letzte Nacht habe ich besser geschlafen als in den Nächten zuvor. Ich weiß, dass das an dem trügerischen Gefühl von Sicherheit gelegen hat, trotzdem war es schön, Saxon in der Nähe zu haben. Als ich aufgewacht bin, hatte ich Angst, dass das Haus leer sein könnte, doch der Duft von Kaffee hat mir verraten, dass Saxon noch da war.

Wir sind mit meinem Jeep zum Krankenhaus gefahren, weil ich wollte, dass er sein Motorrad zu Hause lässt, damit er nicht heimlich verschwinden kann. Ich weiß, dass ich selbstsüchtig bin, aber ich kann nicht anders. Ich habe es ernst gemeint, als ich gesagt habe, dass alles besser ist, wenn er da ist.

»Sams Dummheit muss auf dich abgefärbt haben«, sagt Saxon, was mich wieder in die Gegenwart zurückholt. Als ich eine Augenbraue hochziehe, schneidet er eine Grimasse. »Sam hat immer zu Batman gehalten. Der Streit ist nie entschieden worden.«

Der Kommentar lässt mich darüber nachgrübeln, was zwischen den beiden falsch gelaufen sein mag. Sam hat mir nie erzählt, warum sie nicht miteinander ausgekommen sind, und ich habe ihn nicht dazu gedrängt. Ich habe gesehen, wie sehr ihn das geschmerzt hat, deshalb habe ich das Thema nicht angeschnitten. Selbst als wir noch Jugendliche waren, hat Saxon sich rar gemacht. Wenn ich vorne zur Tür hineinkam, konnte ich darauf wetten, dass er gerade zur Hintertür rausging. Ich habe immer gedacht, dass er mich hasst, weil es ihm nicht gefallen hat, dass Sam so viel Zeit mit mir verbracht hat. Aber jetzt bin ich nicht mehr so sicher.

Nach dem vergangenen Tag frage ich mich, ob es nicht sein könnte, dass Saxon sich zurückgesetzt gefühlt hat. Kellie hat nie einen Hehl daraus gemacht, welchen Sohn sie bevorzugt, und gestern mehr als deutlich zu verstehen gegeben, dass sie sich nur deswegen über Saxons Erscheinen gefreut hat, weil er gekommen ist, um Sam zu helfen.

Meine Neugier gewinnt die Oberhand. »Hast du mich eigentlich gehasst?«

Saxon verschluckt sich an seiner Cola. Dann schlägt er sich hustend auf die Brust.

Ich hätte wohl etwas vorsichtiger vorgehen sollen, aber Zeit ist kostbar. Dass Samuel in diesem Krankenhausbett liegt, beweist es.

»Ob ich dich gehasst habe?«, wiederholt Saxon, als er wieder Luft bekommt. Ich nicke. »Was ist denn das für eine Frage?«

»Eine ehrliche?«, sage ich achselzuckend.

Er scheint seine Antwort abzuwägen, ehe er etwas erwidert. »Nein, Lucy, ich habe dich nicht gehasst.«

»Warum bist du dann praktisch weggerannt, sobald ich irgendwo hereingekommen bin?«

Erheitert verzieht er das Gesicht. »Rennen kann man das nicht nennen.«

»Okay, dann bist du eben schnell gegangen«, lenke ich lächelnd ein.

Er fährt sich mit einer Hand durchs Haar und hinterlässt ein wildes, aber hübsches Durcheinander. »Ich schätze, ich wollte nicht das dritte Rad am Wagen sein. Sam hat mir deutlich zu verstehen gegeben, dass du sein Mädchen bist und dass er nicht will, dass sein älterer Bruder sich einmischt.«

»Du bist nur zwei Minuten älter«, bemerke ich und verdrehe belustigt die Augen. Trotzdem kaufe ich ihm die Entschuldigung nicht ab. »Du meinst, Sam hat dir das gesagt? Dass du verschwinden sollst, wenn ich komme?« Ich lasse meine Verwunderung durchklingen, denn Sam hat immer erzählt, Saxon hätte sich aus freien Stücken ferngehalten, nicht weil er ihn darum gebeten hat.

Saxon durchbohrt mich mit seinem meergrünen Blick, und plötzlich wird mir ganz heiß. »Nein, das hat er nicht, aber ich wusste es trotzdem.« Als er den Blick senkt, wird mir klar, dass er mir etwas verheimlicht. Doch gleich darauf erfahre ich, was. »Einer der Vorteile bei Zwillingen ist, dass man, ohne ein Wort zu wechseln, die meiste Zeit weiß, was im anderen vorgeht. Es gibt jemanden, der dieselbe DNA hat wie ich, deshalb bin ich, ob es mir passt oder nicht, sehr eng mit ihm verbunden.«

Als ich das höre, rutsche ich hastig an die Stuhlkante und beuge mich vor. »Hast du schon vor meinem Anruf gewusst, dass Sam etwas zugestoßen ist?«

Saxon atmet tief aus und fährt mit der Zunge über die gezackte Narbe an seiner Lippe. »Ich glaube schon.«

Ich habe es *gewusst*. Wenn irgendjemand Sam aus dem Koma holen kann, ist es Saxon. Vor Aufregung wird mir ganz flau im Magen. »Weißt du auch jetzt, was in ihm vorgeht?«, frage ich und hoffe, nicht völlig verrückt zu klingen.

Doch als Saxon die Stirn runzelt, bekommt meine Aufregung einen Dämpfer. »So funktioniert das nicht, Lucy.«

Er schindet Zeit, und ich ahne, warum. »Verarsch mich nicht,

Saxon. Sag mir einfach die Wahrheit, ganz offen. Ich kann damit umgehen.«

Doch eigentlich wünsche ich, ich hätte den Mund gehalten. Saxon spürt meine Entschlossenheit und seufzt. »Nein, ich spüre gar nichts. Alles ist ... ruhig. Es ist ein sehr seltsames, verwirrendes Gefühl, das ich noch nie gehabt habe. Egal, wie viele Meilen wir auseinander waren, er war immer bei mir. Aber jetzt ist er weg.«

Ich gebe mir alle Mühe, die Tränen zurückzuhalten, aber eine entwischt mir und verrät mich. Schnell wische ich sie weg.

»Tut mir leid, ich hätte nicht darüber reden sollen. Ich wollte dir nicht wehtun. Wahrscheinlich mache ich mir sowieso etwas vor. Schließlich ist es nicht so, als könnte ich Sams Gedanken lesen.«

»Du hast mir nicht wehgetan«, widerspreche ich ihm. »Du bist der einzige Mensch, der mir eine Antwort gegeben hat, die ich verstehe. Die Ärzte packen mich in Watte und sagen mir, so etwas braucht Zeit, aber ich sehe es in ihren Augen. Ich weiß, dass sie glauben, Sams Chancen stehen nicht gut. Und tief im Innern glaube ich das auch.« Ich schaue auf meinen Verlobungsring und kann mir nicht helfen, ich fühle mich verraten.

»Nein, sag das nicht.« Saxons Stuhl knarzt, als er aufsteht und zu mir kommt. Da ich nach unten schaue, geht er vor mir in die Hocke. »Ich glaube *fest* daran, dass Samuel wieder wach wird. Er ist zu dickköpfig, um aufzugeben. Du musst einfach an ihn glauben.«

Als er mir sanft über den Oberschenkel streicht, schaue ich auf und wundere mich, dass er so ... nett ist. Ich habe nie ernsthaft daran gezweifelt, ich habe nur nie bemerkt, wie ... sensibel er ist. »Du bist wirklich lieb, Saxon.«

Er grinst, und ein Grübchen erscheint auf seiner linken Wange. »Es gibt Leute, die dir nicht zustimmen würden.«

Ich weiß, wen er meint.

Seine Hand liegt immer noch auf meinem Bein und streichelt mich. Es fühlt sich gut an, so tröstlich.

»Saxon?«, fragt eine erstaunte Stimme von der Tür her. Anscheinend sind alle Menschen überrascht, wenn sie ihn sehen.

Piper ist offensichtlich schockiert, dass er vor mir hockt und über mein Bein streicht. Sie hat den Saxon gekannt, den wir für den echten gehalten haben, und der hätte mich niemals getröstet und ermutigt.

Schnell zieht Saxon seine Hand weg und schaut zur Tür. Er braucht eine Sekunde, doch dann erinnert er sich an meine beste Freundin. »Hey ... Piper.« Dann richtet er sich zu seiner vollen Größe auf, sodass ich wie eine Zwergin wirke.

»Hey, Mann«, erwidert Piper und mustert ihn ungeniert. Als wir Teenager waren, war sie schwer verliebt in Saxon, aber entweder hat er es nicht bemerkt, oder es war ihm einfach gleichgültig.

Ich stehe auch auf und verdrehe die Augen, weil meine Freundin so schamlos ist. »Hast du mir was Schönes zum Essen mitgebracht?«, frage ich mit einem Blick auf die braune Papiertüte in ihrer Hand.

Die Augen immer noch auf Saxons geheftet, antwortet Piper. »Äh, ja. Ich habe ein paar Teilchen, Donuts und anderes ungesundes Zuckerzeugs gekauft.« Sie wirft mir die Tüte zu, achtet aber nicht darauf, ob ich sie auffange.

So seltsam es sich auch anhört, aber dass Piper Saxon anhimmelt, führt dazu, dass ich mich ein wenig besser fühle. Ich habe die ganze Woche geweint und Trübsinn geblasen; deshalb ist es schön, wieder etwas Normales zu erleben. Wenn das, was Saxon gesagt hat, stimmt, werde ich noch sehr lange hier sein. Und wenn ich nicht in einem Bett neben Samuel landen will, muss ich mit der Welt draußen verbunden bleiben und darf den Bezug zur Realität nicht verlieren. Die in diesem Augenblick darin besteht, dass meine beste Freundin hemmungslos flirtet.

Als wir jünger waren, hat sie behauptet, sie würde davon träumen, Saxon zu heiraten, weil er a) umwerfend aussähe und wir b) dann Schwägerinnen wären. Es sieht so aus, als träumte sie immer noch davon.

»Wie lange bleibst du?«, fragt Piper, während sie unbewusst mit ihren unordentlichen Zöpfen spielt.

Saxon schaut kurz zu mir herüber, während ich gespannt den Atem anhalte. »Ich weiß noch nicht. Wahrscheinlich fahre ich in ein paar Tagen wieder.«

In ein paar Tagen? Ich verberge meine Enttäuschung, indem ich den Kopf in die Tüte stecke und das größte Teilchen herausnehme, das ich finden kann.

»Wo wohnst du?«

»Ähm, bei Lucy«, erwidert Saxon verlegen.

Ich beiße in das süße Gebäck und frage mich, warum ihm das peinlich ist.

»Oh, cool. Vielleicht komme ich mal abends vorbei.«

Dann sollte sie sich besser beeilen, denn er scheint nicht vorzuhaben, länger zu bleiben. Ich kann nicht glauben, dass er wirklich wieder gehen will. Ich dachte, dass er nach meinem Geständnis gestern eine Woche oder vielleicht sogar zwei bleiben würde. Aber anscheinend habe ich mich getäuscht. Ich bin ihm egal.

Ich stopfe das halbe Teilchen in den Mund und ersticke fast daran, als plötzlich Kellie und Gregory durch die Tür kommen. Beide sind erstaunt, Saxon zu sehen.

Kellie rauscht an Saxon und Piper vorbei und drückt mich an sich, während ich mich mit dicken Backen bemühe, den Mundvoll Gebäck herunterzuschlucken. »Wie geht es ihm?«, fragt Kellie und streicht mir über den Rücken.

Ich weiß nicht, warum, aber sie geht mir schon wieder auf die Nerven. Ihr kummervolles Flüstern erinnert mich daran, dass ich im Krankenhaus bin und dass Sam nach wie vor keine Fortschritte gemacht hat. Selbstverständlich vergesse ich das nie wirklich, aber wenn man ständig mit der Nase darauf gestoßen wird, ist es sehr viel schwerer zu ertragen.

»Keine Veränderung«, sage ich an Kellies Schulter, nachdem ich mit dem Kauen fertig bin. Sie stößt einen knappen Seufzer aus.

Vorsichtig löse ich mich aus ihrer Umarmung und schaue Sam an. Sein festes Kinn ist voller dunkler Stoppeln, was bei ihm ziemlich ungewöhnlich ist, weil er fast immer sauber rasiert ist. Ich weiß, dass er erst seit ein paar Tagen hier liegt, aber sein Gesicht wirkt bereits schmaler und seine Haut wächsern und leblos. Ich möchte es mir nicht eingestehen, aber ich weiß, dass es nicht mehr lange dauern wird, bis er vor meinen Augen verfällt. Mein starker Sam wird nur noch ein Schatten des Mannes sein, der er einmal war.

Der Gedanke wirft mich wieder zurück. Ich weiß nicht, wie lange ich dieses Wechselbad der Gefühle noch aushalten kann.

»Kannst du dich nicht mal rasieren, Saxon? Und dir die Haare schneiden lassen«, fragt Kellie mit einem missbilligenden Schnalzen und versucht, ihrem ältesten Sohn durchs Haar zu streichen. Doch Saxon lässt sich nicht verschönern. »Von deinem Aufzug und diesen Tattoos will ich gar nicht reden.«

Ich mustere Saxons zerrissene Jeans, die Motorradstiefel und das dunkelgraue T-Shirt und denke, dass er recht gut aussieht. Sam ist etwas konservativer, er trägt nichts Zerrissenes und statt T-Shirts meist Hemden, aber Kellie kann nicht erwarten, dass Saxon der Doppelgänger seines Bruders ist.

»Wie lange wirst du bleiben, mein Sohn?«, fragt Greg, während er zu Sams Bett geht.

Die gefürchtete Frage lässt mich wünschen, ich könnte mir noch ein Hefeteilchen nehmen.

»Ich weiß noch nicht. Wahrscheinlich fahre ich morgen.«

Morgen? Vorhin hat er gesagt in ein paar Tagen.

Vor Ärger schnaube ich laut, beiße dann aber die Zähne zusammen, damit ich nicht losschimpfe.

Dr. Kepler kommt herein und macht sich nicht die Mühe, uns daran zu erinnern, dass nur zwei Besucher gleichzeitig im Zimmer sein sollten. Mit dem immer gleichen undurchdringlichen Gesichtsausdruck überfliegt er Samuels Kurvenblatt und schreibt etwas auf, während sein Blick über die unzähligen Maschinen schweift. Trotzdem bemerke ich eine Veränderung, denn an einer bleibt sein Blick länger als üblich hängen.

Als er sogar seine Brille aufsetzt und näher an sie herangeht, beschleunigt sich mein Herzschlag. »Was ist los, Doktor?«, frage ich und folge ihm.

»Das ist interessant«, sagt er.

»Was ist interessant?«, fragt Greg, und es wird still im Raum, weil alle mit angehaltenem Atem den Arzt anschauen.

»Wie lange ist diese Kurve schon so?«, will Dr. Kepler wissen und deutete auf eine gelbe Wellenlinie.

Ich zucke die Achseln und versuche verzweifelt, mich daran zu erinnern, was diese Linie anzeigt. Einer schaut den anderen an in der Hoffnung, dass irgendjemand Dr. Kepler die gewünschte Antwort geben kann. Doch als niemand etwas sagt, sinkt meine Hoffnung, bis Saxon endlich das Wort ergreift.

»Seit heute Morgen«, sagt er selbstbewusst. »Als ich gestern hier war, war sie fast flach und ging nur manchmal ein wenig nach oben. Aber heute Morgen ist mir aufgefallen, dass sie häufiger hochgeht.«

Ich bin zu verblüfft, um ihm einen Vorwurf daraus zu machen, dass er mir das nicht schon eher gesagt hat. »Was hat das zu bedeuten?« Ich bin kurz davor, auf die Knie zu fallen und den Arzt um gute Nachrichten zu bitten.

Dr. Kepler drückt auf den Rufknopf. »Sie müssen alle draußen warten.«

»Was geht hier vor?«, fragt Greg energisch und weicht nicht vom Fleck.

»Mr. Stone, Sie müssen alle kurz draußen warten«, wiederholt Dr. Kepler. »Wir machen ein paar Tests.«

»Was für Tests?«, fragt Kellie, eine zitternde Hand auf den rubinroten Lippen.

Der Arzt spürt, dass wir nirgendwo hingehen werden, solange er uns nicht sagt, was er vorhat. »Es ist zu früh, um Vermutungen anzustellen, aber nach dem, was ich sehen kann, zeigt sich bei Samuel eine erhöhte Hirnaktivität. Wie ich schon sagte, wir müssen ein paar Tests machen, ehe ich ihnen erklären kann, was hier passiert.«

Eine Gruppe von Ärzten und Schwestern drängt herein und schiebt uns aus dem Weg. Ich möchte bleiben und genau sehen, was sie mit Sam machen, aber ich darf nicht. Saxon ist der

Erste, der geht, seine schweren Stiefel knallen rhythmisch auf den Boden. Piper folgt ihm bald danach.

Greg tröstet seine klagende Frau, während ich am Fußende von Samuels Bett stehe und versuche, ihn mit meiner Willenskraft dazu zu bringen, aufzuwachen und zu mir zurückzukommen. Schließlich verlassen auch wir das Zimmer. Kellie bricht auf einem Stuhl im Flur zusammen, und Greg nimmt sie fest in die Arme. Ich weiß nicht, was ich tun soll, aber ich muss raus. Ich möchte Kellies Weinen nicht hören, und ich kann es nicht ertragen, vor der Tür zu stehen, während die Ärzte und Schwestern in einer mir unverständlichen Sprache miteinander reden.

Entschlossen laufe ich den Flur hinunter, immer weiter, ohne einen Blick zurück, stoße mit der Schulter die Tür auf und renne die Treppe hinunter. Da ich zwei Stufen auf einmal nehme, knallen meine Turnschuhe laut auf dem Zement. Je schneller ich werde, desto schneller kreisen die Gedanken in meinem Kopf und bringen ihn zum Brummen. Als ich den dritten Stock erreiche, geht mir die Luft aus, und meine Beine schmerzen. Aber ich renne weiter, ich muss unbedingt nach draußen, der Schmerz ist nichts gegen den in meiner Brust.

Sobald ich die Eingangstür aufgerissen habe, bleibe ich stehen, stütze die Hände auf die zitternden Beine und schöpfe Atem. Der Sauerstoffmangel im Hirn macht mich schwindlig, und plötzlich habe ich das Gefühl, mich übergeben zu müssen. Schnell laufe ich zu einem Abfallkübel, ziehe die Haare zur Seite und versuche, mich zu erleichtern, doch ich würge nur.

Bitte lass das kein falsches Zeichen sein. Das könnte ich nicht ertragen.

Irgendwann spüre ich, dass eine Hand mir den Rücken reibt und jemand mir sagt, es sei alles in Ordnung, aber ich kann nur an das denken, was Saxon gesagt hat. Nämlich dass diese Linie sich gestern und heute bewegt hat. An den Tagen zuvor ist sie flach geblieben, aber seit Saxon da ist, bewegt sie sich. Das muss doch etwas heißen. Das muss ein Zeichen sein.

Ich wische mir mit dem Handrücken über den Mund und richte mich mit wackligen Beinen wieder auf. Mir ist übel und schwummerig. Piper stützt mich, aber ich schüttele sie ab, als ich Saxon an einer Mauer lehnen sehe.

»Es liegt an dir«, stelle ich fest und deute anklagend mit einem Finger auf ihn. Er strafft die Schultern und stellt sich den Vorwürfen, die ich ihm, wie er weiß, nun machen werde. »Samuel reagiert auf *dich*. Verstehst du das nicht, Saxon? Am Tag, an dem du gekommen bist, hat er reagiert. An keinem Tag vorher, erst an dem Tag, an dem du durch die Tür gekommen bist.«

»Das kannst du nicht wissen. Der Arzt hat es noch nicht mal bestätigt«, widerspricht Saxon und schüttelt den sturen Kopf, doch seine fest zusammengebissenen Zähne verraten, dass er dasselbe denkt.

»Wie auch immer, du kannst nicht gehen. Nicht gerade jetzt, Saxon. Bitte, du musst bleiben.« Bereit, ihn anzuflehen, laufe ich zu ihm hinüber. Seine Körperhaltung zeigt, dass er wohl nicht nachgeben wird, aber ich auch nicht. »Bitte bleib, nur eine Woche. Oder zwei. Gib ihn nicht auf, jetzt noch nicht.«

Wütend stößt Saxon sich von der Mauer ab. »Warum sollte ich, Lucy? Sag mir, was er ... oder meine Familie je für mich getan haben? Ich bin nicht der Sohn, mit dem meine Mutter vor ihren Freundinnen aus dem Country Club angeben kann. Das war ich nie. Mein Vater ist enttäuscht von mir, weil ich es nicht zulasse, dass er über mein Leben bestimmt, und mein

Bruder...« Er kichert, doch es hört sich nicht lustig an. »Mein Bruder ist ein Fremder für mich.«

Angesichts seiner Wut zügle ich meinen Zorn, denn seinen empörten Worten entnehme ich, dass er gekränkt ist. »Saxon, ich bin nicht hier, um die anderen und ihr Benehmen zu entschuldigen. Dass sie dich all die Jahre ausgeschlossen haben, war falsch, aber du hast dir auch keine große Mühe gegeben, ihnen näherzukommen. Beide Seiten haben viel falsch gemacht.«

So wie Saxon die Nasenflügel aufbläht und heftig schnaubt, erinnert er an einen wütenden Stier.

»Aber ich bin hier, um dich um Nachsicht zu bitten, denn ich weiß, dass du deinen Bruder nicht leiden lässt, wenn du weißt, dass du ihm helfen kannst. Wenn du weißt, dass allein die Tatsache, dass du neben seinem Bett sitzt, ihn aufwecken könnte.«

»Das kannst du nicht wissen!«, brüllt er mit weit ausgebreiteten Armen.

»Doch, ich weiß es!«, schreie ich zurück und bohre meinen Finger in seine Brust. Ich kann genauso stur und dickköpfig sein.

Piper, die meine Enttäuschung spürt, zieht an meinem Arm. »Komm, Luce, lass ihn.«

Aber ich rühre mich nicht vom Fleck. »Ich weiß, dass du trotz deiner rauen Schale ein guter Mensch bist. Ich weiß es, weil ich es erlebt habe. Und dein Hiersein beweist es.«

»Das beweist gar nichts!«, widerspricht er und kreuzt den Blick mit mir. Sein ärgerlicher Atem geht stoßweise. »Ich habe dir gesagt, dass ich gekommen bin, um meinen Beitrag zu leisten, danach würde ich wieder fahren! Ich habe dir keine falschen Versprechungen gemacht. Du wusstest, was ich vorhatte.«

»Warum?«, schreie ich und stoße ihn mit beiden Händen vor die Brust. »Was hat er dir getan, dass du nicht bleiben willst? Er ist dein Bruder!« Anscheinend bin ich inzwischen hysterisch. Dieser Ausbruch ist völlig untypisch für mich, aber ich kann mich nicht mehr zurückhalten.

»Das habe ich mir nicht ausgesucht«, zischt Saxon mit verächtlich gekräuselten Lippen. »Und auch wenn er dasselbe Gesicht und dieselbe DNA hat, haben wir nichts, aber auch gar nichts gemeinsam.«

»Ich weiß, dass du etwas für ihn empfindest, Saxon. Du hast es mir gestern gesagt. Du hast mir gesagt, dass du ihn spürst, dass ihr eine Verbindung habt.« Mein Zorn verraucht allmählich. Es sieht so aus, als wäre ich besiegt.

»Aber ich habe dir auch gesagt, dass ich ihn nicht mehr spüre. Also wenn das, was der Doktor vermutet, wahr ist, besteht gar keine Verbindung. Für mich ist er tot!« Saxon packt mich am Arm und legt meine rechte Hand auf sein rasendes Herz. »Ich ... fühle ... nichts!« Er hebt meine Hand hoch und schlägt sie nach jedem abgehackten Atemzug, den er macht, heftig auf seine Brust. Da begreife ich plötzlich, dass er nicht mehr über Samuel redet, sondern über sich.

Er wird nicht aufgeben. Lieber klammert er sich an diesen dämlichen Streit, als das Richtige zu tun. »Dann geh doch«, schniefe ich und entreiße ihm meine Hand.

Die Atmosphäre ist so aufgeladen, dass ich nicht weiß, was ich tun werde, wenn er nicht sofort verschwindet.

Erschrocken klappt er den Mund auf.

Doch ich schneide ihm das Wort ab. »Wehe du sagst, dass es dir leidtut. Ich will keine Entschuldigungen hören. Die gibt es nicht.«

Saxon seufzt, als wäre er schwer enttäuscht, aber er hat es nicht anders gewollt.

»Wenn du alles wüsstest, würdest du mich verstehen, Lucy.« Doch ich habe kein Mitleid mehr. »Du willst, dass ich bleibe und zusehe, wie mein Bruder sich erholt, aber wo bleibe ich nachher? Ihr kehrt alle in euer schönes, perfektes Leben zurück, und wohin gehe ich?«

Das kann ich ihm nicht beantworten.

Sein entnervtes Schnauben bringt mich ins Wanken, aber ich lasse mich nicht beirren.

»Geh einfach, Saxon.« Ich drehe ihm den Rücken zu und schüttele traurig den Kopf. Piper sieht mich mitfühlend an.

Dann höre ich Saxons schwere Schritte leiser und leiser werden, also hat er meinen Wunsch respektiert – er ist gegangen.

※ ※ ※

Ich bin völlig erschöpft, und es ist erst ein Uhr mittags. Als Piper und ich um die Ecke biegen, schreit Kellie auf und läuft uns entgegen.

Ich schaue mich um, weil ich fürchte, dass Saxon uns gefolgt ist, aber er ist nicht da.

»Wo ist Saxon?«, ruft Kellie. Ich rümpfe die Nase und frage mich, was sie von ihm will.

»Er ist weg«, antwortet Piper für mich, da ich noch an meiner Niederlage knabbere.

»Oh nein! Wo ist er hin?« Kellie schaut über meine Schulter und lässt den Blick suchend über die vielen Menschen gleiten.

»Ich glaube, er ist wieder nach Hause gefahren, Kellie«, erwidere ich, verwirrt über ihre Erregung.

»Scheiße!«, flucht sie völlig untypisch, läuft wieder zurück und verschwindet in Sams Zimmer. Ihr seltsames Benehmen führt dazu, dass Piper und ich ihr dicht auf den Fersen bleiben.

Als wir in Samuels Zimmer kommen, hoffe ich, ihn mit weit offenen Armen im Bett sitzen zu sehen. Doch leider ist es nicht so. Er hängt immer noch an diesen Maschinen und wird immer noch von mehreren Ärzten in weißen Kitteln beobachtet.

Kellie läuft unruhig auf und ab, während Greg sich, die Augen auf die Ärzte geheftet, nachdenklich das Kinn reibt. »Was ist los?«, frage ich und gehe eilig zu ihm.

Meine Stimme holt ihn aus einer Art Trance. Als er über meine Schulter blickt, weiß ich, noch bevor er den Mund öffnet, was er fragen wird. »Wo ist Saxon?«

»Er ist weg. Was ist los, Greg?«, wiederhole ich, diesmal ohne meine Angst zu unterdrücken.

Ich bin kurz davor, Greg zu schütteln, als er schließlich antwortet. »Samuels Hirnaktivität hat sich langsam, aber stetig verbessert.«

Fast hätten meine Knie nachgegeben. »Das ist doch eine gute Nachricht, nicht?«

Greg nickt. »Sie glauben, dass irgendetwas, irgendein Reiz diese Reaktion ausgelöst hat.«

Das Atmen fällt mir immer schwerer. »Was für ein Reiz?«

Niedergeschlagen klärt Greg mich auf. »Sie haben sich die Kurven angeschaut und glauben, dass es irgendwann gestern angefangen hat, so gegen zwei Uhr.«

Ich schließe die Augen, denn meine schlimmsten Befürchtungen sind wahr geworden.

»Was ist gestern um zwei passiert, Lucy? Wir glauben es zu wissen, aber du musst es uns bestätigen.«

In meinem Kopf dreht sich ein wilder, reißender Strudel, und ich habe das Gefühl zu ertrinken.

»Lucy? Schätzchen? Was ist da passiert?«, fragt Kellie drängend. Sie möchte, dass ich ausspreche, was alle bereits wissen.

Das ohrenbetäubende Rauschen in meinem Kopf drückt in einem gleichbleibenden Takt gegen meine Schädeldecke. Ich frage mich, ob es Samuel genauso geht. Der Gedanke, dass er in seinem Körper gefangen ist, bringt mich dazu, tief durchzuatmen. Ich weiß es. Ich kenne die Antwort – aber das hilft uns nicht.

»Ich glaube, da ist Saxon gekommen«, ist alles, was ich herausbringe.

Sieben

Den Rest des Tages halte ich Samuels Hand und bitte ihn, mir irgendein Zeichen zu geben, dass er mich hört, ganz egal wie klein es ist. Doch wie erwartet herrscht weiter Funkstille. Den ganzen Nachmittag kommen immer wieder Ärzte und Schwestern herein, und ihre verschlossenen Gesichter sagen alles.

Dr. Kepler hat bestätigt, dass es seit heute Morgen keine weitere Verbesserung gegeben hat und dass Sams Hirnaktivität im Moment stagniert. Als ich ihn gefragt habe, ob er glaube, dass Saxons Kommen die Reaktion ausgelöst hat, hat er nur gesagt, dass die Verbindung zwischen Zwillingen ein Rätsel sei, das nur die Zwillinge selbst verstehen könnten.

Da der eine Zwilling im Koma liegt und der andere ein selbstsüchtiger Mistkerl ist, muss ich mich wohl damit abfinden, dass ich dieses Rätsel niemals lösen werde.

Als ich den Kiesweg zu unserem Haus hochfahre, stelle ich wenig überrascht fest, dass Saxons Motorrad fort ist. Wir alle haben etliche Male versucht, ihn anzurufen, ihn aber nicht erreicht. Sein Schweigen ist ein weiterer Beweis dafür, dass er uns nicht helfen will.

Ich schlage die Autotür zu und gehe müde zur Haustür. So viele Gefühle plagen mich. Vor allem bin ich enttäuscht, dass Saxon sich als genau das entpuppt hat, was ich nicht glauben wollte – als Arschloch. Ich weiß nicht, was ihn dazu gemacht hat, aber ehrlich gesagt interessiert es mich auch nicht mehr.

Ich mache die Haustür auf, ziehe meine Turnschuhe aus und gehe ins Schlafzimmer. Ich habe keinen Hunger, ich will nur noch schlafen. Ich beschließe zu duschen, denn ich möchte die Erinnerung an diesen schrecklichen Tag abwaschen.

Doch ich bleibe nicht lange unter der Dusche, denn als der warme Wasserstrahl die vielen Knoten in meinen Muskeln massiert, werden meine Lider schwer. Gerade als ich mit dem Zähneputzen fertig bin, höre ich ein leises Klopfen an der Haustür. Hastig nehme ich meinen Bademantel vom Haken an der Badezimmertür, ziehe ihn über die Pyjamahose mit den Pinguinen und mein zerschlissenes Green-Peace-T-Shirt und binde den Gürtel zu.

Für Besuch bin ich eigentlich nicht richtig angezogen, aber es könnte jemand Wichtiges sein. Als ich das Licht auf der Veranda anmache, schnappe ich nach Luft, denn der Mensch vor meiner Tür *ist* wichtig, *sehr* wichtig. Mit bloßen Füßen, die auf den polierten Holzdielen quietschen, renne ich zur Tür und reiße sie auf. Ich weiß nicht, ob ich ihn rauswerfen oder ins Haus holen soll.

»Können wir reden?«

»Ich dachte, du hättest heute Morgen schon alles gesagt, was du zu sagen hast«, erwidere ich schnippisch und verschränke die Arme vor der Brust.

Saxon sieht schrecklich aus. Sein Haar ist wirr und hängt ihm ins gesenkte Gesicht. Als hätte er meine Gedanken gelesen, schiebt er sich eine Strähne hinters Ohr. »Du hast guten Grund, böse auf mich zu sein. Ich habe mich völlig unmöglich benommen.«

»Ja, das hast du«, bestätige ich, weil es keinen Grund gibt, zurückhaltend zu sein. »Das scheint bei dir zur Gewohnheit zu werden. Aber diesmal kannst du dich nicht mit einem Lutscher aus der Affäre ziehen. Was willst du?«

Er schnauft gereizt. »Darf ich reinkommen?«

Ich möchte ihn hassen, aber ich kann nicht, weil seine Augen mich so sehr an Samuels erinnern. »Von mir aus.« Ich trete zur Seite und mache die Tür weiter auf.

Als er an mir vorbeigeht, steigt mir sein unverkennbarer, irgendwie tröstlicher Duft in die Nase, aber sein selbstbewusster Gang ärgert mich, deshalb schlage ich die Tür laut wieder zu.

Dann folge ich ihm stumm ins Wohnzimmer und vermeide es, den Teppich vor dem Kamin anzusehen, auf dem ich so oft in Sams Armen gelegen habe. Das Mondlicht fällt durch die Bogenfenster. Früher habe ich dieses Zimmer geliebt. Es hat mir gefallen, dass der rustikale Rahmen so gut mit der eher modernen Einrichtung harmoniert. Doch inzwischen erinnert dieser Raum mich nur noch daran, dass ich vielleicht den Rest meines Lebens damit verbringen werde, ihn allein zu bewundern.

»Ich konnte nicht fahren, weil ich wusste, dass du böse auf mich sein würdest.«

»Ach ja? Ich wäre tatsächlich sehr lange böse auf dich gewesen, wenn du weggefahren wärst. Aber spar dir deine Entschuldigungen. Es sei denn, du bist hier, um mir mitzuteilen, dass du bleibst. Mehr habe ich dir nicht zu sagen.« Ich bleibe stur, damit er merkt, dass ich es ernst meine.

Saxon verschränkt die Hände im Nacken, schüttelt den Kopf und seufzt entnervt. »Ich kann mich gar nicht daran erinnern, dass du früher so dickköpfig gewesen wärst.«

»Na so was! Das liegt sicher daran, dass du mich nie richtig kennengelernt hast. Muss ich dich etwa daran erinnern, wie oft du unverschämt grob zu mir warst, wenn ich einfach nur versucht habe, Hallo zu sagen? Oder wie oft du, wenn ich dich gefragt habe, wie dein Tag war, geantwortet hast, indem du den Fernseher lauter gestellt hast?« Ich habe keine Ahnung, warum ich diese alten Geschichten aufwärme. Bis heute habe ich nicht einmal gewusst, wie sehr mich das alles gestört hat.

Da meine leibliche Mutter sich einen Dreck um mich geschert hat, ist mir Familie sehr wichtig. Am Anfang meines Lebens war ich Baby M. Weil ich an einem Montag im Monat Mai auf den Stufen der St. Margaret's Church abgelegt worden war. Im angrenzenden Kloster bin ich aufgezogen worden, aber irgendwann hat man mich in Pflege gegeben.

In den ersten fünf Jahren meines Lebens war ich einfach M. Ich hatte keinen richtigen Namen, ich wurde nur M genannt. Oder manchmal auch Dummchen. Ich bin von einem Pflegeheim ins andere gekommen und hatte nie das Gefühl, irgendwo hinzugehören. Einige Heime waren in Ordnung, aber die meisten waren furchtbar. Ich ziehe immer noch automatisch meine Jacke enger um mich, wenn ich an das Heim denke, in dem ich mit vier war. Die inneren und äußeren Wunden, die man mir dort beigebracht hat, werden wohl nie verheilen.

Als ich Maggie und Simon kennenlernen sollte, habe ich mir ganz fest gewünscht, dass sie die Richtigen sind. Maggie mit ihren langen, kastanienbraunen Locken kam mir vor wie ein Engel, und Simon mit seinem selbstsicheren Lächeln wie Superman.

Es war Liebe auf den ersten Blick.

Das erste Lied, das ich auf dem Weg in mein neues Zuhause im Radio gehört habe, hat mir meinen Namen gegeben. Ich weiß noch, wie schnell das Blut durch meine winzigen Adern gerauscht ist und wie aufgeregt ich auf meinem Sitz hin und her gerutscht bin, weil ich frei war.

Bei »Lucy in the Sky with Diamonds« von den Beatles kommen mir immer die Tränen, egal, wie oft ich es höre. Als Simon und Maggie meine ersten Glückstränen sahen, wussten sie, dass der Name genau richtig für mich ist, und ich wusste es auch.

Ich habe meine leiblichen Eltern nie gesucht, weil ich das Gefühl hatte, es wäre ein großer Fehler.

Das ist wohl der Grund, warum es mich so verletzt hat, dass Saxon meine Annäherungsversuche immer wieder abgeblockt hat, denn obwohl er mich hasste, habe ich ihn immer als Familienmitglied betrachtet. Und so sehr jetzt ich ihn hassen möchte, ich schaffe es nicht. Wie denn auch? Schließlich ist er das Ebenbild meines Verlobten.

»Natürlich weiß ich noch, wie du warst, Lucy. Jemand wie du ist schwer zu vergessen«, gesteht Saxon, was mich völlig überrumpelt. »Wie auch immer«, wischt er seine Bemerkung beiseite, »auf jeden Fall wollte ich mich entschuldigen. Ich hoffe, dass dir eines Tages klar wird, dass ich kein schlechter Mensch bin.«

Gern würde ich aufstampfen wie ein kleines Kind. »Wie wär's, wenn du mir das heute beweisen würdest?« Auf die Gefahr hin, dass ich wie eine gesprungene Schallplatte klinge, trete ich einen Schritt vor. »Bitte bleib. Zeig deiner Mutter und deinem Vater und Samuel, dass du dich bemühst. Was auch immer in der Vergangenheit vorgefallen ist – schieb es weg, ich flehe dich an. Ich weiß, dass ich kein Recht habe, dich um deine Hilfe zu bitten, aber wenn du an Sams Stelle wärst, würde ich dasselbe tun. Eine Familie hält zusammen. Immer. Es gefällt dir vielleicht nicht, aber du bist mit Samuel verbunden. Wenn er ... stirbt« – das Wort kommt mir kaum über die Lippen – »stirbt ein Teil von dir mit ihm.«

Ich sehe, wie Saxons Entschlossenheit schwindet. Das ist der Ansatzpunkt, nach dem ich gesucht habe.

»Ich verspreche dir, wenn du bleibst, sorge ich dafür, dass Sam ...« Ich komme nicht dazu, den Satz zu beenden, denn plötzlich wird er blass.

»Saxon?« Erstaunt hebe ich eine Augenbraue. »Ist alles in Ordnung?«

Er atmet schwer und presst eine Hand an die Stirn. »Ja, mir geht's gut«, erwidert er hastig, aber sein angestrengter Tonfall sagt etwas anderes.

Nervös kaue ich auf den Nägeln herum, während ich zusehe, wie er tief durchatmet. Was ist los? Hat er von meinem ständigen Nörgeln Kopfschmerzen bekommen? Ich jedenfalls habe welche.

Es kommt mir so vor, als wären es Stunden, aber in Wahrheit dauert es nur ein paar Sekunden, bis sein Gesicht langsam wieder Farbe bekommt. »Ich glaube, du solltest dich setzen«, schlage ich vor und hebe beschwichtigend die Hände, als er mich finster ansieht.

Glücklicherweise geht er, ohne mir zu widersprechen, unsicher zur Couch und sackt ächzend darauf zusammen. Dann legt er den Kopf an die Rückenlehne und schließt die Augen.

»Möchtest du ein Glas Wasser?« Von da, wo ich stehe, kann ich sehen, dass sich auf seiner Stirn Schweißperlen sammeln.

Ärgerlich dreht er mir den Kopf zu und schaut mich grimmig an. »Ich sagte, mir geht es gut.«

»Sehr schön, dann brauchst du mich ja auch nicht anzuschreien, du Ekel«, murmele ich vor mich hin.

In dem Augenblick fängt das Festnetztelefon an zu läuten, und ich bin dankbar dafür, denn das gibt mir die Gelegenheit, mit jemandem zu sprechen, der wirklich mit mir reden will. Ich greife nach dem Apparat auf dem Beistelltisch. Als ich abnehme, wird es um mich herum schwarz.

»Schätzchen ...«

Es ist, als träfe mich ein elektrischer Schlag.

»Dad? Was ist passiert?«

»Es geht um Sam.«

Ich habe das Gefühl, an hundert Millionen Volt Strom zu hängen. Jedes einzelne Haar an meinem Körper stellt sich auf und eine schwere Last legt sich auf meine Seele.

»Was ist mit Sam?«, frage ich angespannt.

Das Schweigen meines Vaters raubt mir den letzten Nerv, aber gerade, als ich ihn anschreien will, damit er mir endlich antwortet, flüstert er: »Er ist wach.«

Ich schaue zu Saxon hinüber, der langsam nickt. Hat er gehört, was mein Dad gesagt hat, oder hat sein plötzlicher Anfall mit Sam zu tun gehabt, ich werde es wohl nie erfahren.

Irgendwie kommt es mir so vor, als würden wir beide in eine Kristallkugel schauen und die Zukunft sehen. In diesem Augenblick verändert sich etwas zwischen uns. Ich weiß nicht, was es ist, aber ich spüre es – irgendetwas ist wieder ins Lot gekommen.

Als das Rauschen in meinem Kopf abrupt aufhört und der Sturm sich legt, merke ich es – ich spüre es. Ich spüre *ihn*.

※ ※ ※

Er ist wach.

Diese drei Worte gehen mir während der ganzen Fahrt zum Krankenhaus immer wieder durch den Kopf. Es scheint, als wäre die Welt in den letzten paar Tagen mit Worten gepflastert gewesen, die unglaublich viele verschiedene Bedeutungen haben können.

Hastig springen wir aus dem Wagen. Saxon hat eine Flasche Gatorade dabei und ich einen Kaffee. Glücklicherweise war ich so geistesgegenwärtig, meine Schlafanzughose auszuziehen und eine Jeans überzustreifen. Trotzdem sehe ich schrecklich aus, und es ist kein Wunder, dass die Menschen mir aus dem Weg gehen, als ich wie eine Irre ins Krankenhaus stürme.

Voller nervöser Energie betreten wir den Aufzug. Sobald wir Sams Stockwerk erreicht haben, stürze ich durch die Tür und laufe so schnell zu seinem Zimmer, dass meine Turnschuhe auf dem Boden ins Rutschen geraten. Meine Eltern stehen draußen auf dem Flur. Sie wirken erleichtert, aber auch ein wenig ratlos.

»Lucy!«, sagt meine Mutter und kommt mir entgegen. Wir nehmen uns fest in die Arme, und sie streichelt mir übers Haar.

»Geht es dir gut, Schätzchen?«, fragt mein Vater und nähert sich mit mitfühlendem Blick.

»Natürlich. Ich möchte nur Sam sehen.«

Ich spüre, dass Saxon ruhig hinter mir steht und nicht verlangt, Samuel als Erster zu sehen. Es wäre sein gutes Recht... verdammt, er hat sogar mehr Recht darauf als ich... aber ich weiß, dass er nicht vor mir ins Zimmer gehen wird.

»Kann ich rein?«

Als meine Mutter die Augen senkt und mein Vater mir zärtlich über den Arm streicht, weiß ich, dass irgendetwas furchtbar falsch ist. »Was ist los?«

»Es gibt etwas, das du wissen solltest, Lucy.«

»Was?« Mein Herzschlag wird zu einem dröhnenden Stakkato.

»Sam kann sich ...«, er stockt. Sonst trägt mein Vater das Herz auf der Zunge, aber dies ist eine Ausnahmesituation.

»Was ist mit Sam, Dad?«

Mein Vater schiebt seine silbergerahmte Brille an der Nase hoch, ein sicheres Zeichen dafür, dass er besorgt ist. »Vielleicht solltest du lieber hier draußen warten, bis du mit Dr. Kepler gesprochen hast.«

Das wird mir zu viel. Ich brauche Antworten, und zwar sofort.

Meine Ungeduld siegt über meine Vernunft, deshalb drängle ich mich an meinen Eltern vorbei und stürze in Sams Zimmer, bremse aber abrupt ab, als ich Dr. Kepler mit Gregory und Kellie sprechen sehe. Zwei Krankenschwestern stehen an Sams Bett und schreiben leise kichernd irgendetwas auf.

Das ohnehin schon kleine Zimmer kommt mir noch kleiner vor als sonst, und ich muss dreimal tief durchatmen, ehe ich meine Füße dazu bringen kann, sich wieder in Bewegung zu setzen. Da mir fünf Menschen im Weg stehen, kann ich das Bett nicht sehen, doch als Dr. Kepler sich zu mir umdreht, ist es so weit – ich entdecke Samuel.

Er sitzt, und seine Augen, seine faszinierenden Augen sind offen und leuchten. Er lächelt und schäkert mit den Schwestern, dann lacht er über etwas, was eine von ihnen gesagt hat. Er sieht müde aus und ein wenig mitgenommen, aber ansonsten gut. Und lebendig.

Es gibt so viele Dinge, die ich ihm sagen möchte, dass ich nicht weiß, wo ich anfangen soll. Aber vielleicht ist in einer solchen Situation Handeln wichtiger als Reden. Ich atme tief aus und gehe ein, zwei Schritte, doch dann hält Greg mich vorsichtig am Arm fest.

Warum versuchen alle, mich davon abzuhalten, zu Sam zu gehen? Ich habe verstanden, dass er noch nicht vollständig wiederhergestellt ist, aber ich werde ihm doch sicher einen Kuss geben und Hallo sagen dürfen.

»Lucy, da ist etwas, das du wissen solltest.« Gregs ernster Tonfall lässt mich schlucken und das Gefühl in meinem Bauch noch schlechter werden.

»Und das wäre?« Als auch Greg mit der Antwort zögert, platzt mir der Kragen. »Was ist hier los?« Meine herrische Frage unterbricht das Geschäker am Bett, und alle Augen richten sich auf mich.

»Samuel ist aufgewacht, Lucy, aber ...« Doch Dr. Kepler kann den Satz nicht zu Ende bringen, weil eine heisere Stimme ertönt, bei der ich am ganzen Körper Gänsehaut bekomme.

»Komm her. Ich habe dich vermisst.«

Ich habe Sam unzählige Male sprechen hören, aber diese sechs Worte sind die wichtigsten, die er je gesagt hat.

Kellie lächelt, aber ihr Lächeln ist bittersüß.

»Wenn Sie mich entschuldigen würden, Doktor, mein Verlobter braucht mich«, sage ich und ignoriere das seltsame Benehmen der anderen, weil ich nur noch in Sams Armen sein möchte.

Die Augen fest auf ihn gerichtet, schiebe ich mich höflich an Dr. Kepler vorbei. Als Sam mich sieht, lächelt er, und das charakteristische Grübchen erscheint auf seiner Wange. Tränen brennen in meinen Augen, weil ich nicht mehr damit gerechnet habe, dass dieser Tag noch kommt.

»Ach Samuel.« Ich versuche, alle Gefühle aus meiner Stimme herauszuhalten, aber es gelingt mir nicht. Ich bin schlichtweg überglücklich, ihn so zu sehen.

Ich gehe noch einen Schritt weiter, erstarre dann aber jäh,

weil mein Hirn es nicht schafft, das, was als Nächstes passiert, zu verarbeiten. Sams Lächeln wird breiter, und er setzt sich gerader hin und winkt jemanden zu sich. Doch als sein Blick über meine Schulter wandert, weiß ich, dass er nicht mich meint, sondern Saxon, der in der Tür steht.

Reglos bleibe ich stehen und mache mir Vorwürfe, denn natürlich will Sam zuerst seinen Zwillingsbruder sehen. Schließlich hat er ihn seit über einem Jahr nicht mehr getroffen. Aber was ist mit mir? Ist er nicht auch froh, mich zu sehen? Habe ich irgendetwas falsch gemacht?

»Entschuldigen Sie.« Erst als Sam mich anspricht, merke ich, dass ich den Boden anstarre. »Könnten Sie bitte zur Seite gehen? Mein Bruder möchte zu mir kommen.«

Ich mache den Mund auf und klappe ihn wieder zu, weil ich nicht weiß, was ich sagen soll. Dann trete ich schnell beiseite, während Saxon näher kommt. Ich bin überrascht, als er neben mir stehen bleibt und mir leicht über die Schulter streicht. Offenbar weiß auch er etwas, das ich noch nicht weiß.

Als Sam eine Grimasse schneidet, zerfällt mein bereits gebrochenes Herz in nicht mehr zusammensetzbare Stücke. »Na los, nimm deinen kleinen Bruder in den Arm. Seit wann hast du so lange Haare? Und Tattoos? Du elender Mistkerl.«

Die Zimmerwände kommen auf mich zu, und es fällt mir schwer zu atmen. Ich muss wissen, was vorgeht, egal, wie schmerzhaft es sein mag. Irgendetwas stimmt hier nicht.

»Samuel?«, frage ich leise und unsicher – als müsste ich ihn bitten, mich zu erkennen.

Endlich schaut er mich an, und dann sehe ich es. Seine einstmals vertrauten, liebevollen Augen sind ausdruckslos, leer ... da ist nichts mehr.

Nein – nicht schon wieder.

Hastig trete ich ans Bett, nehme Samuels Hand und streiche damit über mein Gesicht. »Samuel, ich bin's, Lucy.«

Als seine warmen Finger über meine Wange, mein Kinn und meine Lippen gleiten, schöpfe ich wieder Hoffnung und tadele mich dafür, so etwas Dummes gedacht zu haben. Doch als er seine Hand sichtlich verwirrt aufs Bett zurückfallen lässt, quillt eine Träne hervor, und ich muss ein ersticktes Schluchzen unterdrücken.

Sams Gesicht wird weich, weil er Mitleid mit mir hat. Der alte Samuel hätte mich getröstet und mir gesagt, ich solle nicht weinen. Aber dieser alte Samuel ist tot. Der Mensch vor mir mag zwar so aussehen wie Sam, aber er ist ganz anders. Als noch eine Träne über meine Wange rinnt, rutscht er verlegen in seinem Bett herum und sagt: »Es tut mir leid, aber ich habe keine Ahnung, wer Sie sind.«

✳ ✳ ✳

1. Mai 2008

Liebes Tagebuch,
heute hatten Sam und ich unseren ersten echten Streit. Es war schrecklich.
Piper hat gemeint, das wäre längst überfällig gewesen, weil wir schon über drei Jahre zusammen sind. Sie hat immer gehofft, dass ich Schluss machen würde, deshalb bin ich überrascht, dass sie nicht weitergefragt hat.
Wir haben schon öfter Meinungsverschiedenheiten gehabt, aber so laut wie heute haben wir uns noch nie angeschrien.
Alles hat damit angefangen, dass ich von einem Praktikum in

Ghana gehört habe. Die Humanitarian Peace Foundation ist eine Organisation, deren Arbeit ich sehr bewundere, und als ich von dieser Gelegenheit erfahren habe, habe ich mich auf die Chance gestürzt, praktische Berufserfahrung zu sammeln und zu erfahren, wie es ist, im Ausland zu leben und zu arbeiten. Das Praktikum soll acht Wochen dauern, und ich hatte drei Tage, um mich zu entscheiden, ob ich nach Ghana gehen will oder nicht.

Ich habe mit meiner Mom und meinem Dad gesprochen, die mich natürlich hundertprozentig unterstützen. Sie wollen mir Geld dazugeben, weil das, was ich bei Starbucks verdiene, wohl nicht ganz reichen wird. Ich bin so aufgeregt gewesen. Ich habe es kaum erwarten können, Samuel davon zu erzählen. Auf der Fahrt zu ihm habe ich mir gedanklich alles zurechtgelegt, weil ich in zehn Tagen fahren soll.

Ungeduldig bin ich die Treppe hochgerannt und in sein Zimmer gestürzt. Er saß, umgeben von Marketing-Büchern, an seinem Schreibtisch. Als er sich zu mir umgedreht hat, bin ich zu ihm gelaufen und habe mich auf seinen Schoß gesetzt.

»Ich gehe nach Ghana!«

Er war entsetzt, und ich habe mir sofort Vorwürfe gemacht, dass ich nicht vorsichtiger vorgegangen bin.

Den Ausdruck auf seinem Gesicht werde ich nie vergessen, weil ich ihn noch nie gesehen hatte. Er war wütend. Dabei wird Sam niemals wütend. »Was soll das heißen, du gehst nach Ghana?« Ich habe ihm alles erklärt und bin fast von seinem Schoß gefallen, als er mit einem »Nein, du gehst nicht« reagiert hat.

Ich hatte nicht damit gerechnet, dass meine Entscheidung zur Diskussion stehen würde, deshalb bin ich natürlich empört aufgesprungen. Dann haben wir uns eine Stunde lang gestritten

und beide stur und eigensinnig auf unseren Positionen beharrt. Er ist total uneinsichtig, und ich bin sehr enttäuscht gewesen, dass er sich meinen Träumen in den Weg stellt. Als ich ihm das schließlich laut und deutlich gesagt habe, ist er noch wütender geworden.
Ich war mir sicher, ich würde gehen, ob es ihm passt oder nicht. Dann habe ich das Haus verlassen.
Als ich nach Hause gekommen bin, habe ich so heftig geweint wie nie zuvor. Ich war froh, dass Mom und Dad mit Freunden zum Essen gegangen waren, denn ich wollte nicht, dass sie mich so sehen.
Ich habe nicht gewusst, was ich tun soll. Ich will nach Ghana, aber ich will deswegen nicht Sam verlieren. Ich verstehe nicht, warum er sich so darüber ärgert. Er hat es damit begründet, dass es zu gefährlich wäre und er nicht möchte, dass ich so lange weg bin. Dabei sind es nur acht Wochen! Es ist so eine tolle Gelegenheit! Er ist unglaublich selbstsüchtig!
Ich habe immer wieder Fiona Apple gehört und mich in Selbstmitleid gesuhlt, bis es an der Haustür geklopft hat. Als ich den Kopf gehoben habe, habe ich Sam gesehen, der genauso schlecht aussah, wie ich mich fühlte. Unser Streit kam mir inzwischen total albern vor, also bin ich aufgesprungen und habe beschlossen, ihm noch eine Chance zu geben.
Er hat mich auf Knien und mit gefalteten Händen um Entschuldigung gebeten. »Es tut mir leid, Lucy. Ich habe mich völlig idiotisch benommen. Ich habe kein Recht, dir etwas vorzuschreiben. Ich wollte nur...«
Als er gezögert hat, habe ich mich auch hingekniet und ihn gebeten weiterzureden.
Er hat mir in die Augen geschaut und mir gestanden: »Ich

dachte, ich wäre der Mann deiner Träume. Ich habe Angst, dass du mich vergisst, wenn du siehst, was es da draußen alles gibt. Du bist so schön, klug und ehrgeizig – ich bin wie gelähmt, weil du die Welt sehen und deine Träume verwirklichen wirst – und ich darin dann nicht mehr vorkomme.«
Das war so schrecklich romantisch.
Ehe ich mich bremsen konnte, habe ich die Arme um seinen Nacken geschlungen und mein Gesicht an seinen Hals gedrückt. Das hat seinen Ausbruch erklärt – er hatte Angst, mich zu verlieren. Aus irgendeinem dummen Grund glaubt er, dass ich nur darauf warte, dass mir ein Besserer über den Weg läuft. Weiß er denn nicht, dass er für mich der Beste ist? Er ist der Grund dafür, dass ich an mich glaube. Ohne ihn bin ich nichts.
»Sam, ohne dich sind alle meine Träume nichts wert. Mein Leben hat an dem Tag begonnen, an dem ich dich in der Bücherei getroffen habe. Damals habe ich mich in den netten, rücksichtsvollen Jungen verliebt, dem es nichts ausgemacht hat, mir sein höchst begehrtes Exemplar von Der Fänger im Roggen *zu leihen.«*
Sam senkt die Augen und knabbert an seiner Unterlippe.
»Ich werde dich nie vergessen. Das kann ich gar nicht.«
Endlich schaut er mich wieder an und lächelt. »Ich werde dich auch nie vergessen, Lucy. Niemals. Du bist ein Teil von mir, jetzt und für immer.«

✳ ✳ ✳

»Was willst du damit sagen?« Die Worte bleiben mir fast im Hals stecken. »I-Ich bin's, Lucy. Deine V-Verlobte.« Er muss sich doch erinnern, wer ich bin.

Doch sein verdutzter Gesichtsausdruck zeigt, dass ich mich

täusche. »Meine Verlobte? Soll das ein Witz sein?« Er späht über meine Schulter und lüpft eine Braue. »Hast du sie dazu angestiftet, Sax?«

Ich halte das nicht mehr aus.

Meine Beine fühlen sich an, als wären sie aus Gummi, und ich sacke zusammen. Doch ehe ich so hart aufschlagen kann, dass ich das Bewusstsein verliere, packen zwei starke Hände mich an den Oberarmen. Samuel macht kein Geheimnis daraus, dass er das, was zwischen Saxon und mir passiert, interessiert verfolgt.

»Wie wär's, wenn wir ein bisschen frische Luft schnappen«, schlägt Saxon vor und unterstreicht seine Aufforderung, indem er mich sanft wegzieht.

Ich nicke, denn wenn ich noch eine Sekunde länger in diesem Zimmer bleibe, ersticke ich. Um den mitleidigen Blicken meiner Familie zu entgehen, senke ich den Kopf, als Saxon mich zur Tür führt. Stumm gehen wir den Flur entlang zum Aufzug, ohne dass er den Arm, den er um mich gelegt hat, wieder wegnimmt.

Sobald wir draußen sind, hole ich endlich tief Luft, aber ich fühle mich immer noch so, als würden tausend Hände mir den Hals zudrücken und mir die Luft abschneiden.

Unzählige Gedanken wirbeln mir durch den Kopf, doch einer tritt klarer hervor als alle anderen. *Samuel erinnert sich nicht an mich.* Als er mich angeschaut hat, waren seine Augen vollkommen leer. Das war weder Liebe noch Zuneigung noch Erkennen – da war nichts.

Ich drücke mich an Saxons Brust. Nie habe ich seinen Trost so nötig gehabt wie in diesem Augenblick. Aber ich weine nicht. Ich lehne einfach nur wie betäubt an ihm.

»Alles wird gut, Lucy.«

Ich freue mich über seinen Zuspruch, aber ich glaube ihm kein Wort. Es sieht alles andere als gut aus, ich bin sogar ziemlich sicher, dass das wohl die schlimmste Lage ist, in der ich je gesteckt habe.

»Er erinnert sich nicht an mich, Saxon. Wie soll das wieder gut werden?«

Sein trauriges Seufzen spricht Bände.

»Haben meine Eltern dir irgendwas erzählt?«

»Komm, setzen wir uns«, sagt er, während er mich loslässt und auf Armeslänge von sich schiebt. Ich habe Angst davor zu erfahren, warum er meint, wir sollten erst weiterreden, wenn ich sitze. Trotzdem lasse ich mich auf die blöde Bank neben uns fallen.

Als Saxon sich eine Zigarette ansteckt, sehe ich zu, wie das Sonnenlicht sich in seinen blonden Strähnen verfängt und den Kontrast mit den braunen Haaren hervorhebt. Plötzlich wird mir bewusst, dass Saxon mir nun vertrauter ist als Samuel, denn der Mensch, der in Sams Bett sitzt, ist ein Fremder.

»Dein Dad ist nicht ins Detail gegangen«, fängt Saxon an, nachdem er einen Rauchring ausgestoßen hat, »aber Dr. Kepler denkt, dass Sam eine Art Amnesie hat. Er erinnert sich nur an ganz bestimmte Dinge, Orte, Ereignisse. Und Menschen«, fügt er bedauernd hinzu. »Sein Gedächtnis ist lückenhaft.«

»Und ich bin was? Eine von den Lücken? Wie ist es möglich, dass er sich nicht an mich erinnert?«

Niedergeschlagen hebt Saxon die Schultern, er scheint genauso verblüfft zu sein wie ich.

Ich versuche, das alles zu begreifen, und konstatiere: »An dich erinnert er sich offensichtlich. Was ist mit deinen Eltern?«

Saxon nickt und zieht nachdenklich an seiner Zigarette. »Und mit meinen?« Wieder nickt Saxon.

»Wie ist so was möglich?« Frustriert streiche ich mir mit einer Hand übers Gesicht.

»Er erkennt sie, weiß aber nicht, wo er sie hinstecken soll.«

»Also im Grunde erinnert er sich an alle, nur an mich nicht.«

»Nein, Lucy«, widerspricht Saxon, weil er meinen Schmerz spürt. »Er hat viel vergessen. Dein Dad hat gesagt, er weiß nicht mehr, dass er aufs College gegangen ist und was er beruflich macht. Oder wo er wohnt. Er weiß nur noch das Nötigste.«

Zu schade, dass ich nicht dazugehöre. Aber ich will nicht weinen. »Wissen die Ärzte, wie lange es so bleiben wird?«

»Nein. Sie müssen noch ein paar Tests machen. Das wird dauern.«

»Und was soll ich in der Zwischenzeit tun?«

»Du erinnerst Samuel immer wieder daran, wer du bist und wer *er* ist«, sagt Saxon entschlossen.

»Und wenn das nicht funktioniert?«, frage ich. Ich wünschte, ich wäre so zuversichtlich wie er.

In Gedanken versunken sitzen wir da und versuchen zu erraten, was wohl als Nächstes passiert. »Glaub einfach an ihn«, durchbricht Saxon die Stille. Es ist das zweite Mal, dass er das zu mir sagt. Ich bin froh, dass er mehr Vertrauen hat als ich.

»Und was machen wir jetzt?«

»Wir warten.«

»Wie lange?«, murmele ich und schäme mich für den hoffnungslosen Unterton in meiner Stimme.

»So lange, wie es dauert.« Saxon führt die Zigarette an die Lippen und nimmt einen tiefen Zug.

»Und wenn er sich nie mehr an mich erinnert?«

»Lass uns erst mal abwarten.«

Ich setze mich gerader hin und streiche mir das Haar aus dem Gesicht. »Dann bleibst du also?«

Er senkt die Augen. »Ich weiß nicht, Lucy.«

Die Antwort enttäuscht mich, denn ich kann nicht glauben, dass er mich nach allem, was passiert, verlassen will.

»Bitte zieh nicht dieses Gesicht.«

»Welches?«, frage ich ein wenig gereizter als geplant. Ich weiß nicht, was Saxon an sich hat, aber er bringt bei mir eine heißblütige Seite zum Vorschein, von der ich gar nichts wusste. Sam und ich haben uns selten gestritten, doch bei Saxon ist es fast ein Wunder, wenn ich ihm nicht an die Kehle gehe, sobald er den Mund aufmacht.

»Dieses ›Heute Nacht, wenn du schläfst, bringe ich dich um‹-Gesicht«, erklärt er lässig.

Mir ist klar, dass er versucht, mich zum Lachen zu bringen. Und es klappt. »Ich verspreche, dass ich dir nichts tue. Bleib nur noch eine Nacht, ja? Bitte.« Ich kann nicht erklären, warum ich will, dass er bleibt, aber er gibt mir ein Gefühl von Sicherheit, das ich dringend brauche.

Statt einer Antwort tritt Saxon nur mit dem Stiefel die Zigarette aus und grinst. »Lass uns wieder reingehen.« Er steht auf und reicht mir seine Hand.

Als ich zu ihm aufschaue und meine Hand in seine lege, scheint die Sonne auf ihn herunter und bildet eine Art Heiligenschein um seinen Kopf. In dem Moment, in dem ich ihn berühre, fühle ich mich ... besser. Nicht mehr wie ein Niemand. Samuel mag mich vergessen haben, aber Saxon nicht. Offenbar hat er sogar die ganze Zeit an mich gedacht – *ich* bin diejenige, die nicht mehr an *ihn* gedacht hat.

Acht

Als ich am nächsten Tag in Samuels Zimmer komme, weiß ich nicht, was ich erwarten soll. Ich bin auf alles Mögliche gefasst, außer darauf, meinen Verlobten mit dieser Krankenschwester-Tussi flirten zu sehen.

Ich sollte mich freuen, dass die meisten Maschinen aus seinem Zimmer verschwunden sind und er nur noch an einem Tropf hängt, aber ich tu's nicht. Eigentlich wäre es mir lieber, er wäre in einem Koma, in dem er sich an mich erinnert, als bei Bewusstsein und ohne jede Erinnerung an mich.

Am Kittel der Tussi stehen inzwischen zwei Knöpfe offen. Professionalität scheint in diesem Krankenhaus nicht bei jedem an erster Stelle zu stehen. Ich räuspere mich lautstark und unterbreche die Schwester, die gerade ein kleines Pflaster in Sams Armbeuge klebt und sich viel zu weit vorlehnt, aber Sam macht ein Gesicht, als fielen für ihn heute Ostern und Weihnachten auf einen Tag.

Als er aufschaut, halte ich den Atem an und hoffe, dass er mich erkennt. Aber vergebens.

Er schaut über meine Schulter und lächelt. »Hey, Sax. Bitte sag, dass du etwas Anständiges zu essen mitgebracht hast. Im Moment lebe ich nur von Luft. Dabei war ich bloß bewusstlos. Nicht tot. Sie könnten mir doch sicher heimlich etwas Leckeres bringen, oder, Schwester?« Er besitzt die Frechheit, der Tussi zuzuzwinkern.

Die lacht und klimpert mit den Wimpern, die verdammt künstlich aussehen. Ich krümme die Finger, um mich auf sie zu stürzen und sie zu erwürgen.

Da fällt ein riesiger Schatten auf mich. Offenbar hat Saxon erkannt, dass ich kurz davor bin, gewalttätig zu werden. »Tut mir leid, Sam. Aber ich habe dir etwas Besseres mitgebracht.« Er schubst mich nach vorn, und ich stakse schwankend wie eine Marionette zum Bett.

Endlich schaut Sam mich an, aber ich wünschte, er hätte es nicht getan. »Oh, hey ... Leanne.«

Von einer Sekunde zur anderen bin ich wieder Baby M. »Ich heiße Lucy«, korrigiere ich ihn und versuche, stark zu bleiben.

»Richtig. Entschuldige«, sagt Sam und macht ein betretenes Gesicht. Anscheinend schämt er sich, dass er mich nicht erkennt, aber das macht es nicht besser.

Er sieht wesentlich besser aus als vor vierundzwanzig Stunden, und ich frage mich, was ihn dazu gebracht hat, wieder wach zu werden. Dr. Kepler hat gesagt, er hat auf irgendeinen Reiz reagiert, also auf Saxon. Worauf hat er dann heute Morgen reagiert?

Das Nachdenken über diese Frage hält mich davon ab, der Krankenschwester die schwarzen Extensions einzeln herauszureißen, als sie das Haar über die Schulter wirft. »Ich sehe später noch einmal nach Ihnen.« Sie geht zu ihrem Wagen und stellt die Fläschchen mit Sams Blut auf ein Tablett.

»Sie können auch ruhig etwas Essen mitbringen«, flüstert er ihr hinter vorgehaltener Hand verschwörerisch zu.

Die Schwester kichert.

Als sie ihren rappelnden Wagen an uns vorbeischiebt, mustert sie Saxon prüfend. »Unglaublich, wie sehr Sie einander ähneln«, sagt sie, während ich entnervt an die Decke schaue. Anscheinend reicht ihr ein Bruder nicht.

»Das könnte daran liegen, dass wir eineiige Zwillinge sind«, erwidert Saxon sichtlich angeödet.

Uns Frauen fällt die Kinnlade herunter – ihr vor Schreck, mir vor Erheiterung.

Glücklicherweise versteht sie den Wink und verschwindet, während ich weitergrinse. Doch leider verpufft meine gute Laune, als Sam den Mund aufmacht. »Mir ist so langweilig. Wann darf ich nach Hause? Ich kann es gar nicht erwarten, wieder in mein eigenes Bett zu steigen und mich über Moms Hühnerfleischpastete herzumachen.« Ohne meinen inneren Zusammenbruch zu bemerken, fährt er sich mit einer Hand über die dichter gewordenen Stoppeln.

In diesem Augenblick kommt Dr. Kepler ins Zimmer. »Guten Morgen allerseits. Wie geht es uns heute?«

»Kann ich kurz mit Ihnen sprechen?«, platzt es aus mir heraus, weil es mir schlecht geht, sehr schlecht sogar.

Dr. Kepler nickt, denn an meinem verzweifelten Tonfall hat er gemerkt, dass ich dringend mit ihm reden muss. Saxon lächelt mich aufmunternd an, als ich dem Arzt auf den Flur folge.

»Sicher haben Sie eine Menge Fragen, Ms. Tucker«, sagt Dr. Kepler, während er sich zu mir umdreht.

Er gehört zu den Menschen, die dazu geboren worden sind, Ärzte zu sein. Der Ausdruck in seinen klugen blauen Augen zeigt, dass er weise, fürsorglich und mitfühlend ist – seltene Eigenschaften bei einem Mann in seiner Position. Er hat sich große Mühe gegeben, uns Sams Zustand zu erklären, und uns nicht ein einziges Mal das Gefühl gegeben, dumm oder lästig zu sein, weil wir ständig Fragen stellen.

So wie jetzt.

»Das ist richtig. Und die wichtigste ist: Wie lange wird er so bleiben?«

Das Bedauern auf seinem freundlichen Gesicht verrät mir die Antwort, noch ehe er sie gibt. »Wir wissen es nicht. Wie ich Ihren und Samuels Eltern schon gesagt habe, ist eine Amnesie unberechenbar. Es könnte zwei Tage, zwei Wochen oder zwei Jahre dauern. Und in manchen Fällen ändert sich gar nichts mehr.«

»Gar nichts?« Ich bin wie vor den Kopf gestoßen von der Endgültigkeit dieser Aussage. Schnell stütze ich mich mit einer Hand an der Wand ab, um nicht umzufallen. »Aber das passiert nur in den schlimmsten Fällen, oder? Richtig?«, hake ich nach, als der Arzt nicht reagiert.

»Nein, Ms. Tucker«, erwidert er traurig. »Sie müssen sich damit abfinden. Es kann sein, dass Sam die fehlenden Stücke seiner Erinnerung nie mehr wiederfindet. Vielleicht kann er ein paar Lücken schließen, aber es ist wie bei einem Puzzle. Ihm fehlen ein paar wichtige Teile, um es zu vervollständigen. Es ist möglich, dass er imstande ist, mit den Teilen, die er hat, durchs Leben zu kommen, und dass die fehlenden für immer verloren sind.«

Der schlechte Tag ist gerade noch schlechter geworden. »Also bin ich ein fehlendes Puzzleteil? Alle anderen scheint er ja zu haben. Wie ist es möglich, dass er sich nicht mehr an mich erinnert?«

Dr. Kepler schiebt seine Brille an der Nase hoch. »Sie sollten das nicht persönlich nehmen.«

Aber das tue ich. Egal, was die anderen sagen, es ist unmöglich, das nicht persönlich zu nehmen.

»Wir sollten uns einfach auf das Positive konzentrieren und ihn wieder gesund machen. Dr. Yates, eine Expertin auf diesem Gebiet, kommt heute, um mit Samuel zu reden. Sie wird seine kognitiven Reaktionen testen und uns genauer erklären, was mit ihm los ist.«

Ich nicke, denn ich kann das alles nicht begreifen.

»In der Zwischenzeit könnten Sie ihm helfen, die fehlenden Stücke zu finden, indem Sie an den richtigen Stellen suchen.«

Immerhin ein Hoffnungsschimmer. »Wie meinen Sie das?«

»Zeigen Sie ihm Fotos, schauen Sie sich mit ihm seinen Lieblingsfilm an, tragen Sie sein Lieblingsparfüm, tun Sie alles, was ihm helfen könnte, sich daran zu erinnern, wer er war. Versuchen Sie, ihm ein Gefühl der Vertrautheit zu vermitteln, indem sie das Heute mit dem Gestern verknüpfen. Helfen Sie ihm auf die Sprünge, indem Sie ihm erklären, warum er die Dinge, die er liebte, geliebt hat.«

Ich bedanke mich bei Dr. Kepler und nehme mir seinen Rat zu Herzen.

Mit beiden Händen streiche ich mir übers Gesicht, versuche die Traurigkeit wegzuwischen, denn ich bin entschlossen, Sam dazu zu bringen, sich an mich zu erinnern. Tief ein- und ausatmend, binde ich mein langes blondes Haar los und schüttele den Kopf, damit es mir um die Schultern fällt. Dann suche ich in meiner Tasche nach meinem Labello, trage ihn auf und presse zweimal die Lippen zusammen. Den mit Kirschgeschmack mag ich am liebsten, und ich gehe nie ohne aus dem Haus. Wenn ich Sam einen Kuss gebe, erinnert er sich vielleicht an den Duft und den Geschmack. Es ist einen Versuch wert.

Ich streiche mir übers Haar und werfe es mir über die Schulter, um den glatt gezogenen Locken hoffentlich zu etwas mehr Fülle zu verhelfen. Als ich im Fenster auf der anderen Seite des Flurs flüchtig mein Spiegelbild sehe, verstehe ich, warum Sam mich nicht erkennt. Ich sehe aus wie eine lebende Tote. Ich erkenne mich *selber* kaum.

Ich schaue auf meine abgewetzten schwarzen Chucks, die enge Jeans und das zerrissene Beatles-T-Shirt und nehme mir vor, mir morgen beim Anziehen etwas mehr Mühe zu geben. Schluss mit dem Heulen und dem Selbstmitleid. Wenn ich Sam zurückhaben will, muss ich ihm das Mädchen zeigen, in das er sich verliebt hat.

Ich straffe die Schultern und kehre mit aufgesetztem Selbstvertrauen in Sams Zimmer zurück, aber in Wahrheit bin ich schwer angeschlagen. Als sie mich hereinkommen hören, schauen beide Brüder sich um. Sam zeigt keine Regung, während Saxon sichtbar schluckt. Ich weiß nicht, warum, aber das führt dazu, dass ich mich ... hübsch fühle, obwohl ich unwillkürlich rot anlaufe.

»Hast du was zu essen mitgebracht?«, fragt Sam und richtet sich auf, um zu sehen, ob ich irgendwelche Tüten in der Hand habe.

Diesmal werde ich aus einem anderen Grund rot. »Nein, hab ich nicht. Aber ich habe etwas zum Nachdenken.« Sam hebt eine Braue.

Saxon macht mir Platz am Bett. Als Sam aufmerksam die Augen zusammenkneift, gerate ich fast ins Straucheln, weil die Angewohnheit stark an den alten Sam erinnert. Es tut weh, dass ich mich schon daran gewöhnt habe, so von ihm zu sprechen.

Ich öffne meine Tasche und suche mein Portemonnaie. Beide Brüder beobachten mich, während ich in den verschiedenen Fächern nachsehe. Dann ziehe ich zwei abgenutzte Fotos hervor und fahre mit einem Finger melancholisch über das erste, bevor ich es umdrehe, damit Sam es sehen kann.

Mit gerunzelter Stirn starrt er es ewig lang an.

»Das sind wir bei der Schulabschlussfeier«, erkläre ich und denke an mein blaues Seidenkleid und den Smoking, in dem er so gut ausgesehen hat. Dann denke ich an das, was nachher im Hotel passiert ist, und meine Wangen werden heiß, als ich mich daran erinnere, wie ich meine Unschuld an den Mann meiner Träume verloren habe.

Sam beugt sich vor, nimmt mir das Foto aus der Hand und richtet die Augen fest auf das Bild. Er versucht wirklich, sich an diesen Moment zu erinnern. Ich kann nur ahnen, wie seltsam es für ihn sein muss, ein Foto von sich zu sehen und keine Erinnerung daran zu haben.

»Wir sehen sehr glücklich aus«, sagt er, und mir wird warm ums Herz.

»Das waren wir auch. Wir haben uns kennengelernt, als ich sechzehn war und du siebzehn.«

»Wie haben wir uns kennengelernt?«

Sein Interesse ermutigt mich. »In der Schule. Oder besser in der Schulbücherei. Für mich war es Liebe auf den ersten Blick. Als wir miteinander gesprochen haben, ist der Funke übergesprungen. Und dann haben wir uns berührt.«

Es ist still im Raum. Die Luft abgestanden.

Vorsichtig setze ich mich neben Sam aufs Bett und achte darauf, ihm nicht zu nah zu kommen, damit er sich nicht bedrängt fühlt.

»Und das hier«, sage ich, während ich ihm das zweite Foto reiche, »zeigt uns vor unserem Haus.«

Mit großen Augen nimmt er es mir ab. »Wir wohnen zusammen?«

»Ja, Sam. An dem Tag, an dem du den Unfall hattest, wollten wir heiraten.« Ich erspare ihm die Details, um ihn nicht aufzuregen.

»Was?«, fragt er erstaunt und wird bleich. Fragend sieht er seinen Bruder an. »Stimmt das, Sax?«

Ich fange Saxons Blick auf. Er wirkt unschlüssig. »Ja, Sam«, erwidert er einen Augenblick später. »So ist es.«

»Wie alt bin ich? Wie alt sind *wir*?«

Wieder schluckt Saxon. »Wir sind siebenundzwanzig.«

»Welches Jahr haben wir denn?«, fragt Sam schwer atmend.

»2014.«

»Nein, das kann nicht sein.« Fassungslos schüttelt Sam heftig den Kopf.

»Doch«, erwidert Saxon nüchtern.

»Wo wohnst du, Sax?«, fragt Sam und setzt sich gerader hin.

»In Oregon.«

»Warum?«

Saxon wendet den Blick ab.

»Warum, Sax?«, fragt Sam aufgebracht. »Warum bist du so weit weggezogen?«

»Die Dinge ändern sich«, erwidert Saxon, während er sich mit dem Rücken an die Wand lehnt und mit einem Fuß daran abstützt.

»Was ist aus unserem Pakt geworden?« Als Saxon nichts sagt, redet Sam weiter. »Wir haben uns doch gegenseitig versprochen, nach der Highschool zu Hause auszuziehen und zusammen aufs

College zu gehen. Wir haben uns versprochen, heftige Partys zu feiern, Mädchen aufzureißen und ein wildes Leben zu leben. Und sollten wir nicht auf dasselbe College kommen, wollten wir quer durchs Land trampen. Wir haben uns vorgenommen, es eines Tages bis nach Kalifornien zu schaffen und auf den größten Wellen zu surfen. Wir haben uns geschworen, dass nichts und *niemand* uns jemals auseinanderbringt. Erinnerst du dich?«

»Damals waren wir acht«, gibt Saxon zu bedenken, aber der Einwand hält Sam nicht auf.

»Erinnerst. Du. Dich?«, wiederholt er nachdrücklich mit Pausen nach jedem Wort.

»Natürlich.« Mit dicken Backen stößt Saxon den Atem aus.

»Also was ist passiert?«

Saxon hüllt sich in Schweigen.

Mein Puls schnellt in die Höhe, weil die Atmosphäre im Zimmer plötzlich mit Wut und Vorwürfen aufgeladen ist.

»Ich weiß es«, zischt Sam, und sein zorniger Blick landet auf mir. »Ich weiß, was passiert ist. *Du* hast uns auseinandergebracht. Du hast mir meinen Bruder weggenommen.«

»Was? Nein.« Ich springe auf und packe ihn am Unterarm. »Nein, Sam.«

Doch er schüttelt den Kopf und entreißt mir seinen Arm. »Es gibt einen Grund dafür, dass ich mich nicht mehr an dich erinnere.«

Ich sollte das Zimmer verlassen, aber ich tu's nicht. Ich brauche Antworten. »Was meinst du damit?«

Gehässig erklärt er: »Vielleicht will ich es gar nicht.« Er hält die Fotos hoch und wedelt mir damit vor der Nase herum. »Vielleicht möchte ich das alles vergessen, weil ich dich vergessen möchte.«

»Hör auf, Sam!« Saxon kommt näher und stellt sich ans Fußende des Betts. »Das meinst du nicht ernst. Du bist nur verärgert, das ist alles.«

»Warum schlägst du dich auf ihre Seite?« Zornig zeigt Sam mit dem Finger auf mich.

»Weil sie nichts falsch gemacht hat. Du bist gereizt und wütend, das haben wir verstanden, aber hör auf, dich so idiotisch aufzuführen.«

Sam schüttelt nur noch wütender den Kopf. Dass Saxon für mich eintritt, hat ihn verärgert und seine Eifersucht geweckt. »Raus hier.«

Seine harten Worte zeigen, wie gespannt die Lage ist. »Wie bitte?«

»Sam ...« Dass Saxon mich ständig verteidigt, bringt Samuel auf die Palme.

»Du hast schon verstanden. Raus hier! Und nimm deine Erinnerungen mit.«

Bitte, irgendjemand muss mich kneifen, damit ich aus diesem Albtraum erwache.

Doch als Sam anfängt, die Fotos zu zerreißen, weiß ich, dass dies kein Albtraum ist, sondern die Realität. »Nein!« Hastig stürze ich mich auf ihn und versuche, ihn aufzuhalten. »Hör auf!« Aber all meine Bemühungen sind umsonst.

Innerhalb von Sekunden hat er die Fotos zerfetzt und die Schnipsel auf den Boden geworfen. Nun bin ich statt von schönen Erinnerungen von Bitterkeit und Hass erfüllt.

Heiße Tränen nehmen mir die Sicht, als ich in die Knie gehe und hektisch die Reste meiner Vergangenheit zusammensuche. Saxon hockt sich neben mich und hilft mir, die Schnipsel aufzuklauben.

»Lass mich das machen.« Er legt eine Hand auf meine, aber ich schiebe sie weg. Ich brauche keine Hilfe.

»Schon gut, alles in Ordnung«, schniefe ich mit zitternder Unterlippe und dränge die Tränen zurück.

»Aber Lucy ...«

»Du hast doch gehört, was sie gesagt hat, also lass sie in Ruhe.« Sams harsche Worte geben mir den Rest.

»Kann sein, dass du dein Gedächtnis verloren hast, aber du bist immer noch ein Arschloch!«, brüllt Saxon, während er versucht, mich zu trösten, indem er mir eine Handvoll von meiner Vergangenheit reicht.

»Ja, du kannst mich auch mal.« Ich weiß, dass Sam nur so gemein ist, weil er frustriert ist, aber seine Gefühllosigkeit schmerzt mich dennoch.

Ich kann keine Sekunde länger in diesem Zimmer bleiben. Mit quietschenden Sohlen laufe ich zur Tür und achte nicht darauf, dass Saxon mich zurückruft. Ich kann nicht mehr. Ich muss hier raus, ehe ich ersticke.

Doch leider werden meine Fluchtpläne durchkreuzt, weil ich mit jemandem zusammenstoße. Um uns herum schweben Papiere zu Boden.

»Es t-tut mir leid«, heule ich. Während ich verstört versuche, die Papiere wieder aufzusammeln. Doch meine linkischen Finger scheinen mir nicht zu gehorchen.

»Alles in Ordnung?«, fragt eine nette, beruhigende Stimme.

»Nein«, antworte ich ehrlich und gebe es auf, der Fremden helfen zu wollen. »Nichts ist in Ordnung. Mein Leben ist völlig durcheinander.«

»Es tut mir leid, das zu hören.«

Wunderbarerweise gelingt es mir, durch den Tränenschleier

hindurchzuschauen und das Namensschild der freundlichen Fremden zu lesen, das sie als Dr. Yates ausweist.

»Sind Sie Samuels Ärztin?«, frage ich und wische mir die Augen. »Samuel Stones Ärztin?«, füge ich hinzu, als sie mich nicht zu verstehen scheint.

»Oh, ja, das bin ich. Ich war gerade auf dem Weg zu ihm.«

Ich reiße mich zusammen und fange wieder an, die zerstreuten Blätter aufzuheben. »Ich bin Lucy. Lucy Tucker. Sams Verlobte«, erkläre ich und händige ihr einen Stapel Papiere aus.

Ihr Gesicht wird weich. »Schön, Sie kennenzulernen, Lucy. Sind Sie gerade aus Samuels Zimmer gekommen?«

Ich nicke und kaue an meiner Wange, um einen neuen Tränenausbruch zu verhindern.

»Kann ich davon ausgehen, dass es zwischen Ihnen nicht gut läuft?«

Wieder nicke ich.

Die Ärztin schaut auf ihre silberne Uhr und lächelt. »Ich habe vor dem Termin mit Samuel noch ein paar Minuten Zeit. Möchten Sie vielleicht einen Kaffee trinken?«

Als ich in ihre warmen blauen Augen schaue, fasse ich sofort Vertrauen zu ihr. »Gern, danke.« Stumm sammeln wir den Rest ihrer Sachen ein, ehe wir uns auf den Weg zum angrenzenden Coffeeshop machen.

Nachdem wir unsere Kaffees bekommen haben, führt Dr. Yates mich zu einem kleinen Gartentisch draußen. Das freut mich, weil ich frische Luft brauche. Ich lege beide Hände um den Papierbecher, und die Wärme führt dazu, dass meine innere Anspannung nachlässt.

»Also, wie geht's? Ich weiß, dass man noch nicht viel sagen kann, aber wenn irgendjemand Samuel kennt, dann Sie.«

Diese Einschätzung erhöht den Druck, der bereits auf meinem gequälten Herzen lastet. »Ja, *ich* kenne Samuel. Schade nur, dass er mich nicht mehr kennt«, erwidere ich traurig.

Dr. Yates schiebt ihre schwarz gerahmte Brille an der schmalen Nase hoch, was ihre großen blauen Augen noch besser zur Geltung bringt. Sie ist wunderschön und anscheinend nicht älter als dreißig. Außerdem sieht sie nicht aus wie eine Ärztin. Ihr langes schwarzes Haar, das zu einem eleganten Knoten verschlungen ist, hebt ihren makellosen Teint und den natürlichen rosigen Hauch auf ihren Apfelwangen hervor. Doch abgesehen von ihrer Schönheit fühle ich mich auch von ihr angezogen, weil sie diejenige ist, die mir meinen Sam zurückbringen wird.

»Ich habe mir seine Akte kurz angeschaut und kann Ihnen sagen, dass das, was gerade mit ihm passiert, nicht ungewöhnlich ist. Einige Areale seines Gehirns sind bei dem Unfall ziemlich stark beschädigt worden.«

Zum ersten Mal denke ich an den Mann, der schuld an dem Unfall ist. Ich war so beschäftigt, dass ich noch nie über ihn und die Folgen für sein Leben nachgedacht habe.

Dr. Yates redet weiter. »Es gibt verschiedene Arten von Gedächtnisverlust, und mein Job ist es zu bestimmen, unter welcher Form Samuel leidet, damit wir ihn entsprechend behandeln können.«

»Was schätzen Sie, welche Art er hat?«, frage ich.

»Ohne eine gründliche Untersuchung möchte ich keine Vermutungen anstellen. Es bringt nichts, zu spekulieren und Sie unnötig aufzuregen. Immerhin ist er von Menschen umgeben, die ihn lieben, und manchmal gibt es keine bessere Medizin.«

Das bringt mich auf einen Gedanken. »Samuel hat einen

eineiigen Zwilling. Könnte es ihm helfen, wenn sein Bruder hierbleibt?«

Dr. Yates nippt an ihrem Kaffee und hinterlässt einen leuchtend roten Lippenabdruck am Rand ihres Bechers. »Es lässt sich nicht abstreiten, dass Zwillinge eine besondere Beziehung haben, vor allem weil Studien bewiesen haben, dass der eine manchmal genau das fühlt, was der andere gerade fühlt.«

Ich erinnere mich an Saxons seltsames Verhalten, Sekunden, bevor der Anruf kam. Ich glaube immer noch, dass er der Schlüssel zu allem ist.

Dr. Yates greift über den Tisch und drückt meine Hand. »Wir gehen der Sache auf den Grund. Das verspreche ich Ihnen, Lucy. Ich werde eng mit Sam zusammenarbeiten, nicht nur hier, sondern auch zu Hause. Sobald er entlassen wird, steht er unter meiner Obhut. Sie haben mein Wort, dass ich mir alle Mühe geben werde, ihn dazu zu bringen, sich wieder zu erinnern.«

»Vielen Dank, Dr. Yates.« Ihre Worte sind wie Balsam für meine inneren Wunden.

»Bitte nennen Sie mich Sophia.«

Ich versuche, mich nicht vor der Zeit zu freuen. Ich möchte das Schicksal nicht herausfordern, denn ich weiß, dass es noch sehr lange dauern wird, bis alles wieder so ist, wie es war. Aber Sophias Optimismus und ihre fürsorgliche Art sorgen dafür, dass ich mich wieder wie die alte Lucy fühle. Ich kann nur hoffen, dass ihr das auch bei Sam gelingt.

»Sollen wir wieder reingehen?«, fragt sie und trinkt ihren Becher leer.

Ich nicke, obwohl ich noch keinen Schluck von meinem Kaffee genommen habe.

Stumm gehen wir zurück zu Samuels Zimmer, aber das Schweigen ist nicht bedrückend. Unzählige Gedanken gehen mir durch den Kopf, doch der wichtigste ist, dass ich zum ersten Mal seit Tagen beruhigt bin. Um diesen Albtraum durchzustehen, muss ich mich damit abfinden, dass Sam von einer Genesung noch weit entfernt ist. Obwohl wir uns nicht vor Zeugen versprochen haben, in guten und in schlechten Zeiten füreinander da zu sein, nehme ich den Schwur, den ich leisten wollte, sehr ernst und habe nicht vor, meinen Verlobten so schnell aufzugeben.

Als wir um die Ecke kommen, lehnt Saxon ziemlich mitgenommen an der Wand im Flur und scrollt durch eine Liste in seinem Handy. Ich bin furchtbar streng mit ihm gewesen und außerdem unfair. Schließlich entscheidet er, ob er bleibt oder nicht. Ich habe meine Meinung dazu bei mehr als einer Gelegenheit geäußert, der Rest ist seine Sache.

Als er den Kopf hebt, fällt sein konzentrierter Blick auf mich und Sophia. Jetzt, wo ich nicht mehr halb verrückt bin vor Sorge, sehe ich seinen Schmerz. Trotz ihrer angespannten Beziehung ist Samuel ihm wichtig. Und ich bin es ihm offenbar auch. Immerhin hat er mir mehr als einmal geholfen, obwohl ich ihn nur angeschrien habe.

Sophia bleibt stehen und lächelt. »Hi, ich bin Dr. Yates. Samuels Ärztin.«

Saxon stößt sich von der Wand ab und schüttelt ihr die Hand. »Hi, ich bin Saxon, Sams Bruder.«

Mir fällt auf, dass der Handschlag etwas länger dauert als nötig, aber ich kann es Sophia nicht verdenken, denn Saxon ist unglaublich attraktiv. Da er das genaue Ebenbild meines Verlobten ist, kann ich es nicht leugnen.

»Lucy«, sagt Sophia und dreht sich zu mir um. Ihre rosigen Wangen scheinen noch rosiger geworden zu sein. »Ich werde jetzt mit Samuel sprechen. Würde es Ihnen etwas ausmachen, hier kurz zu warten?«

»Natürlich nicht. Nehmen Sie sich so viel Zeit wie nötig.« Saxon kann seine Überraschung über meine neu gewonnene Gelassenheit nicht verbergen. Dankbar nickt Sophia mir zu, ehe sie in Sams Zimmer geht.

Saxon und ich bleiben stumm draußen stehen, und er schaut mich an, als warte er darauf, dass ich wieder zusammenbreche oder die Wände zerkratze und mich über die Ungerechtigkeit der Welt beklage. Aber ich tue nichts dergleichen.

»Entschuldige, dass ich mich vorher so aufgeführt habe.«

Überrascht sucht er nach Worten. »Dass ... du ... was ...?«

Ich muss lächeln. »Ich war nicht fair. Du entscheidest, ob du gehst oder bleibst. Ich kann dich nicht dazu zwingen. Und das habe ich versucht. Du hast ein eigenes Leben in Oregon, und ehrlich gesagt ist mir in den letzten Tagen einiges klar geworden.« Als er fragend eine Braue hebt, rede ich weiter. »Ich weiß nicht, was zwischen dir und Sam oder zwischen dir und deinen Eltern vorgefallen ist, aber ich habe gehört, wie deine Mom mit dir spricht. Wenn ich du wäre, würde ich auch nicht bleiben wollen. Außerdem benimmt Sam sich unmöglich, ich verstehe, dass du keine Lust hast zu bleiben. Und keinen *Grund*.«

Saxons Mund bewegt sich, aber es kommt nichts heraus.

»Danke, dass du für mich da warst. Ich werde dir das nie vergessen, Saxon.«

Ich weiß nicht, warum, aber dann tue ich etwas komplett Unerwartetes. Ich trete einen Schritt vor, stelle mich auf die Zehenspitzen und küsse ihn auf seine stoppelige Wange. Sie ist kratzig, aber zugleich unglaublich weich. Ich kann nicht anders, ich vergleiche ihn wieder mit Sam.

Eingehüllt in seinen Duft, schließe ich kurz die Augen. Ich werde ihn vermissen, auch wenn das lächerlich ist. Schnell reiße ich mich wieder zusammen, trete zurück und setze zur Verabschiedung an. »Also tschüss und ...« Als er einen Finger auf meine Lippen legt, halte ich erstaunt inne.

Verwirrt schaue ich ihm in die Augen. »Ich bleibe.«

»Was?«, murmele ich ungläubig.

»Ich bleibe«, wiederholt er und streicht mir flüchtig über die Unterlippe.

Ich bin völlig perplex. Das alles ist zu viel für mich. »Weil ich dich darum gebeten habe?«, frage ich verblüfft.

Saxon schneidet eine Grimasse. »Nein, Lucy, ich bleibe, weil ich es möchte.«

»Aber warum?« Ich bin ihm dankbar, ehrlich. Ich verstehe nur nicht, warum er sich plötzlich umentschieden hat. »Aus welchem Grund?«

Zwischen uns wird es erdrückend still, und ich spüre, wie mir plötzlich heiß wird. Entschlossen macht Saxon einen Schritt auf mich zu, während ich, zu verdutzt, um mich zu rühren, reglos stehen bleibe.

»Frag mich noch mal, wenn das hier vorbei ist«, erwidert er mit heiserer Stimme.

Als ich nicke, kommt es mir so vor, als wäre mein Kopf bleischwer.

Ich weiß nicht, warum, aber ich habe das Gefühl, wenn ich diese Frage noch einmal stelle, wird die Antwort mich alles, was ich glaube und liebe, mit anderen Augen sehen lassen.

Neun

Eine Woche später

»Möchtest du einen Spaziergang machen?«

Sam schaut mich an, als hätte ich ihn gerade gebeten, eine Niere zu spenden. »Nein verdammt, ich möchte keinen Spaziergang machen, Lucy. Ich will nach Hause.« Ich schätze, ich sollte dankbar sein, dass er mich beim richtigen Namen genannt hat.

»Samuel! Achte auf deine Ausdrucksweise«, sagt Kellie tadelnd und schaut von ihrer Modezeitschrift auf. »Entschuldige dich bei Lucy.«

»Tut mir leid, Mom, entschuldige Lucy...«, beschämt schaut Sam mich an »... aber ich möchte einfach nur nach Hause«, quengelt er und lässt sich in die Kissen fallen.

»Ich weiß, Schatz, aber die Ärzte sagen, dass sie dich noch ein paar Tage beobachten müssen. Du hast immer noch ein paar Schwellungen im Hirn.«

»Ich glaube, das kommt gar nicht von dem Unfall. Wahrscheinlich habe ich nur deshalb Kopfschmerzen, weil die dauernd an mir herumnörgelt.« Wütend starrt er mich an, während ich mich unsicher wieder meinem iPad zuwende.

Sam hat keinen Zweifel daran gelassen, was er für mich empfindet – er kann mich nicht ausstehen. Ich weiß nicht, warum das so ist, aber anscheinend kann er alle anderen um sich haben, nur mich nicht.

Ich versuche, ihn nicht zu berühren oder ihm lästig zu werden, aber ich bin so erleichtert, dass es ihm gut geht. Ich möchte ihn anfassen, um mich davon zu überzeugen, dass es wahr ist, doch sobald ich in Reichweite komme, schrecke ich zurück, weil ich Angst habe, dass er mir die Finger abbeißt. Kellie dagegen kommt mir reichlich überfürsorglich vor und schickt mich mit lächerlichen Aufträgen los, um mich von ihm fernzuhalten. Der einzige Mensch, der in meiner Nähe sein möchte, scheint Saxon zu sein.

Wie sehr mein Leben jetzt auf die Vergangenheit ausgerichtet ist.

»Hey.«

Als Saxon ins Zimmer kommt, springe ich auf. Er hat zwei Becher Kaffee dabei, und ich bete, dass einer davon für mich ist.

»Bitte sag mir, dass das Irish Coffee ohne Kaffee ist«, ruft Sam hoffnungsvoll.

Saxon zieht die Augenbrauen hoch. »Schön, dass du heute so lustig bist.« Ungerührt reicht er mir einen der Becher.

Dankbar nehme ich ihn in beide Hände und genieße die Wärme, denn immer, wenn ich in diesem Zimmer bin, kommt es mir kalt vor.

»Warum kriegt sie einen und ich nicht?«, fragt Sam schmollend, was bei einem erwachsenen Mann wie ihm ausgesprochen lächerlich wirkt.

Ehe er Sam antwortet, betrachtet Saxon mich flüchtig. »Weil sie es verdient hat. Sie hat sogar noch viel mehr verdient, weil sie dein dauerndes Gemeckere aushält.«

Entsetzt reißt Kellie den Mund auf, doch Samuel macht nur

eine abwehrende Handbewegung, und ich nehme schnell einen Schluck Kaffee, um mein Grinsen zu verbergen.

※ ※ ※

10. Februar 2011

Liebes Tagebuch,
Sam ist der aufmerksamste Freund auf der Welt. Ich habe die ganze Woche wie verrückt gearbeitet – so verrückt, dass ich so triviale Dinge wie essen und trinken vergessen habe.
Ich war mit einem Anruf aus dem Ausland beschäftigt, als Anita, meine Arbeitskollegin, plötzlich zu mir gelaufen kam und mir sagte, sie würde übernehmen. Ich hatte keine Ahnung, warum, aber ich habe ihr nicht widersprochen, weil ich schon über eine Stunde am Hörer hing.
Aber ich hätte Verdacht schöpfen sollen, als sie mich praktisch durch die Tür schob.
Vor mir stand Sam. Genauer gesagt, Sam mit einer Auswahl kleiner Leckereien zum Mittagessen. Er hatte auf einer Decke unter dem Baum vor dem Büro ein Picknick ausgebreitet.
Er hat gesagt, er wüsste, wie hart ich die ganze Woche gearbeitet hätte, deshalb wollte er mich überraschen. Und das ist ihm gelungen.
Er hatte alles dabei, was ich gern esse: Sushi, kleine Sandwiches, mundgerecht zerteiltes Obst und Süßigkeiten. Ein wahrhaft königliches Festmahl.
Ich habe mich natürlich vollgestopft. Das alles war zu lecker, um es nicht zu tun. Aber das Schönste war, mit Sam unter dieser Eiche herumzuknutschen.
Wer braucht schon Essen, wenn er auf der Speisekarte steht?

Besonders, wenn er auch noch andeutet, dass zu Hause ein Dessert wartet.

Ein Dessert und Sam – mehr braucht ein Mädchen nicht.

Zwei Wochen später

»Ohne ihre Mithilfe geht es nicht, Samuel«, sagt die Krankengymnastin und hält ihm ein Springseil hin. »Bevor Sie nach Hause gehen können, müssen wir unter anderem ihre Auge-Hand-Koordination überprüfen.«

Wütend starrt Sam das arme Mädchen an und zeigt ihr den Stinkefinger. »Reicht das?«

Hilfe suchend schaut die Krankengymnastin Saxon und mich an, aber ich zucke machtlos mit den Schultern. Zwei Wochen sind vergangen, und es sieht so aus, als hasst Sam mich, falls möglich, noch mehr. Er kann sich nach wie vor nicht an mich erinnern, aber laut Sophia laufen die Sitzungen gut. Sie sagt, es wird langsam vorangehen, weil Hirnschäden Zeit brauchen, um zu heilen. Aber wie viel Zeit?

»Sam, ernsthaft, reiß dich zusammen und tu, was man dir sagt. Je länger du dich wie ein Idiot aufführst, desto länger musst du hierbleiben, was keiner möchte. Diese arme Frau eingeschlossen«, sagt Saxon, während die Krankengymnastin rot anläuft.

Wieder hat Saxon die Situation gerettet. Er scheint der einzige Mensch zu sein, der Sam zur Vernunft bringen kann. Ich habe es aufgegeben, weil Sam in dem Augenblick, in dem ich ihm etwas vorschlage, beschließt, das Gegenteil zu tun. Es kommt mir so vor, als würde ich seine Genesung verhindern, denn er macht kein Geheimnis daraus, dass er es nicht ertragen kann, in meiner Nähe zu sein.

Ich fühle mich hilflos und überflüssig. Kellie hat schon mehr als einmal vorgeschlagen, ich solle gehen und etwas für mich tun. Entweder möchte sie mich loswerden, oder ich sehe wirklich total scheiße aus. Es würde mich nicht wundern, wenn beides zuträfe.

Saxon verschränkt die Arme vor der Brust und sieht seinen Bruder nachdrücklich an. Ich weiß nicht, wie er das macht, aber Sam gibt nach und reißt der erstaunten Krankengymnastin das Seil aus der Hand. Sie wirkt erleichtert, dass er endlich mitmacht. Und ich bin es auch.

Doch meine Erleichterung währt nur kurz, denn gleich darauf dreht er sich um und sieht mich böse an. »Ich mache das nur, wenn *sie* verschwindet.«

Seufzend gehe ich zur Tür.

* * *

4. April 2008

Liebes Tagebuch,
jetzt überrascht mich nichts mehr.
Weil ihre Arbeitszeiten sich geändert haben, konnte Piper nicht zu dem Yoga-Kurs kommen, für den wir uns angemeldet hatten. Ich bin enttäuscht gewesen, denn ich hasse es, zu so was allein hingehen zu müssen. Sich zu einer Brezel zu verbiegen macht keinen Spaß, wenn man keine Freundin dabeihat. Ich hatte für die sechs Stunden schon bezahlt, deshalb habe ich mich entschlossen, mich zusammenzureißen und zu hoffen, dass in dem Kurs nicht nur Freaks sind.
Kaum dass ich diese Sauna betreten hatte (ich habe schnell gemerkt, dass man beim Bikram-Yoga in einem auf 40 Grad auf-

geheizten Raum schwitzt wie ein Affe), wäre ich am liebsten weggelaufen. Aber ich war bereits aufgefallen, weil ich stöhnend meine ganze Wasserflasche leer getrunken habe, bevor der Kurs überhaupt begonnen hatte.

Ich habe meine Matte ziemlich weit hinten ausgerollt und gebetet, dass bald mehr Teilnehmer erscheinen, denn je mehr Menschen da sein würden, desto leichter würde es werden, mich zu verstecken.

Die Yoga-Lehrerin war eine Frau mittleren Alters, die wahrscheinlich etwas älter war, als sie aussah. Als sie ihre Matte ausgerollt und uns gesagt hat, wir sollten die Stellung des nach unten schauenden Hundes einnehmen, wusste ich, dass ich in Schwierigkeiten steckte. Heimlich habe ich beobachtet, was die anderen gemacht haben, und mich bemüht, es ihnen nachzumachen, ohne mir einen Muskel zu zerren.

Gerade als ich mich vorgebeugt habe, habe ich gehört, wie hinter mir jemand seine Matte ausrollte. Da ich diesem Menschen wenig graziös den Hintern entgegenstreckte, habe ich beschlossen, meine Position zu verändern. Als ich aufgestanden bin und mich umgeschaut habe, wäre ich fast hintenübergefallen, weil Samuel grinsend dastand.

»Was für ein Anblick«, sagte er so, dass ich rot wurde.

Als ich ihn gefragt habe, was ihn hergeführt hätte, weil Yoga ja wohl nicht sein Ding ist, hat er mir gesagt, Piper hätte ihn angerufen und ihm ihren Platz angeboten. Er wusste, dass ich nicht gern allein zu diesem Kurs gehen würde, deshalb hat er beschlossen, mich zu begleiten.

Ich hätte ihn küssen können. Na ja, ich hab's auch.

Es stellte sich heraus, dass Yoga mir liegt. Samuel dagegen sollte besser beim Ballsport bleiben. Trotzdem hatten wir richtig Spaß.

Nachher sind wir einen Kaffee trinken gegangen. Ich habe ihm dafür gedankt, dass er mitgekommen ist, aber ich hätte wissen müssen, dass er einen Hintergedanken hatte, denn nachdem er gesehen hat, wie leicht mir einige dieser Yoga-Stellungen fielen, hat er angekündigt, dass er mich bitten wird, sie ihm noch mal zu zeigen ... wenn wir allein sind.
Ich freue mich schon auf die nächste Stunde!

Drei Wochen später

Mir war nicht klar, dass Nachmittagsfernsehen so traurig ist. Aber ich glaube, mir war vieles nicht klar, wie zum Beispiel, dass mein Leben völlig aus dem Ruder läuft.

Ich sitze heulend auf der Couch und schaue einen alten Film aus den Achtzigern, als plötzlich die Haustür aufgeht. Schnell wische ich die Tränen ab, verstecke die vielen benutzten Taschentücher, greife nach meinem Wein und tue mein Bestes, um lässig zu wirken.

Überrascht bleibt Saxon im Türrahmen stehen, als er mich um vier Uhr nachmittags mit fleckigem Gesicht im Schlafanzug unter einer Häkeldecke im Wohnzimmer sitzen sieht. Kein schöner Anblick, das weiß ich, aber noch einen Tag, an dem Sam mich hasst, kann ich nicht ertragen.

»Der Film ist so traurig«, sage ich und deute auf den flachen Bildschirm, der meine Tränen erklären könnte.

Saxon lüpft eine Braue, sagt aber kein Wort. Er hat zwei braune Tüten dabei, die hoffentlich mehr Wein enthalten. »Ich mache dir was zu essen«, sagt er und raubt mir die Hoffnung.

»Ich habe keinen Hunger, aber vielen Dank.« Als ich noch einen Schluck Wein nehmen will, entreißt er mir das Glas. »Hey! Das wollte ich trinken.«

»Ich glaube, du hast schon genug getrunken«, erwidert er und kippt den restlichen Wein herunter, damit ich nicht in Versuchung gerate.

Er hat recht. In den letzten paar Wochen habe ich mehr getrunken als in meinem ganzen bisherigen Leben. Aber nüchtern kann ich mich dem Tag nicht stellen, die Realität ist zu schmerzhaft.

Als Saxon den zerknüllten Zettel auf dem Tisch ins Auge fasst, ziehe ich mit tränenfeuchten Augen die Decke bis zum Kinn hoch. »Was ist das?« Ihm entgeht einfach nichts.

»Das ist Sams offizieller ›Verpiss dich‹-Brief«, erkläre ich.

Er macht sich nicht die Mühe, mich um weitere Details zu bitten, sondern stellt stattdessen seine Einkäufe auf dem Couchtisch ab und liest das gemeine Geschreibsel selber. Er wird nicht lang brauchen, denn Sam hat noch nie ein Blatt vor den Mund genommen.

Als Saxons Gesicht hart wird, witzele ich sarkastisch: »Bist du schon da, wo er sagt, dass er lieber in der Hölle schmoren würde, als mit mir zusammenzuleben?«

Saxon schüttelt den Kopf und wirft den Zettel wieder auf den Tisch.

Dieser Zettel ist der Brief, den Samuel auf Sophias Bitte hin verfasst hat, quasi als Therapie. Ich sollte mich glücklich schätzen, denn ich bin die einzige Person, der Sam schreiben wollte. Ich war begeistert darüber und habe gedacht, dass er vielleicht zur Besinnung gekommen ist. Aber als ich gelesen habe, was er von mir hält, habe ich mir gewünscht, ich hätte diesen Brief nie erhalten. Darin sagt er kurz und schmerzlos eigentlich nur: »Ich ertrage es nicht, in deiner Nähe zu sein. Ich wünschte, du würdest das verstehen und verschwinden. PS: Ich komme nicht nach Hause, weil ich nicht mit dir zusammen sein will. PPS: Hau endlich ab.«

Ich verstehe, dass Sam eine schlimme Zeit durchmacht, und ich versuche, solche Aussagen nicht persönlich zu nehmen, aber ich weiß nicht, wie lange ich das ertrage. Ich fühle mich hundeelend.

Saxon kennt mich inzwischen sehr gut. Ich schätze, er ist während dieser ganzen Tortur mein einziger Freund gewesen, und daher verlasse ich mich mehr auf ihn, als ich jemals gedacht hätte. Wir haben jede wache Minute miteinander verbracht, denn er ist mir nicht von der Seite gewichen. Er ist mein einziger Verbündeter, da auch Kellie und Greg mir irgendwie die kalte Schulter zeigen.

Saxon setzt sich neben mich und seufzt. »Es wird besser werden, Lucy.«

»Das kannst du mir nicht versprechen.«

»Nein, kann ich nicht, aber ich weiß, dass sich früher oder später etwas ändern wird – entweder für Sam oder für dich«, sagt er weise. »Versuch, nur an das Positive zu denken.«

»Es gibt nichts Positives«, behaupte ich.

Tief in Gedanken versunken, streicht Saxon sich mit einer Hand über die Bartstoppeln. »Immerhin hat er dir heute einen Apfel angeboten, statt ihn dir an den Kopf zu werfen.« Er lächelt verhalten.

Was würde ich nur ohne ihn tun? »Versprichst du mir, dass du nicht weggehst?«, frage ich selbstsüchtig.

Saxons Brust hebt und senkt sich im Takt seines Atems. »Ja, ich versprech's«, erwidert er schließlich, und ich lächle, so wie immer, wenn er bei mir ist.

»Ich danke dir, Saxon.« Ohne nachzudenken, rücke ich an

ihn heran und umarme ihn. Er nimmt mich auch in die Arme, und ich finde es schön, dass es jemanden gibt, der mich nicht abstoßend findet.

An seine Brust gedrückt, denke ich darüber nach, wie drastisch mein Leben sich verändert hat. Was die Zukunft mir bringen wird, weiß ich nicht, aber ich hoffe, dass Saxon dazugehört.

Gerade als ich anfange, mich wohlzufühlen, sagt Saxon: »Da das nun geklärt ist, würde ich vorschlagen, dass du als Nächstes unter die Dusche gehst. Du riechst etwas, na ja ... streng.«

Sein Tonfall verrät mir, dass er das nicht ernst meint, und zum ersten Mal seit vielen Wochen lache ich.

Es fühlt sich gut an.

※ ※ ※

Vier Wochen später
»Okay, wir haben alles.«

Selbst in meinen eigenen Ohren klingt meine Stimme nervös und angespannt. Die vergangenen achtundzwanzig Tage sind gelinde gesagt anstrengend gewesen. Aber ich habe mich nicht entmutigen lassen, weil das die einzige Möglichkeit ist, die Zeit zu überleben.

Zum großen Entsetzen seiner Mutter hat Saxon Wort gehalten. Es wird oft behauptet, dass Menschen in einer Krise ihr wahres Gesicht zeigen, und es stimmt. Leider hat Kellie sich von ihrer schlechtesten Seite gezeigt. Ich hatte eigentlich damit gerechnet, dass Saxon sich so schnell wie möglich wieder verdrückt; ich hätte es ihm nicht verübeln können, aber er hat es nicht getan. Er hat Samuels alltägliche Wutausbrüche und Kellies andauernde Nörgelei ruhig über sich ergehen lassen. Je mehr die beiden meckerten, desto weniger hat es ihn gekümmert, und seine Lässigkeit hat mir geholfen, nicht hysterisch zu werden.

Sams Zustand hat sich nicht gebessert; er steckt immer noch fest – in seiner Jugend. Und benimmt sich immer noch unmöglich. Ich wage zu behaupten, dass ich ohne Sophias Zuspruch kurz davor wäre aufzugeben. Sie sagt, dass er Fortschritte macht, aber ehrlich gesagt habe ich den Eindruck, dass es mit ihm immer schlimmer wird.

Er beachtet mich kaum, und wenn er es tut, wünsche ich mir hinterher, er hätte es nicht getan. Er ist reizbar, gleichgültig und benimmt sich schlichtweg unmöglich. Aber dann erwische ich ihn manchmal dabei, wie er mich nachdenklich anschaut. Ich weiß, dass er nur so frustriert um sich schlägt, weil er sich nicht an mich erinnert. Ihm ist klar, dass er es sollte, aber es gelingt ihm nicht. Ich kann nur ahnen, wie enttäuschend und beängstigend das sein muss. Doch seine Stimmungsschwankungen bringen mich langsam um den Verstand. Ich kann einfach nicht mit ihm Schritt halten. Aber wegen des Schwurs, den ich fast geleistet hätte, nehme ich sein Benehmen nicht persönlich, weil er nicht Sam ist.

Ich ziehe den Reißverschluss seiner Reisetasche zu, lächle ihn an, damit er sieht, wie sehr ich mich freue, dass er heute nach Hause kommt. Ob er es bemerkt oder Wert darauf legt, erfahre ich nicht, denn sein Gesicht bleibt starr und ausdruckslos. »Bist du bereit?«, frage ich, um ihn aus seiner Teilnahmslosigkeit herauszuholen.

Er zuckt die Achseln, wendet sich von mir ab und schaut aus dem Fenster.

Ich zähle bis drei, sage mir, wie schwer das alles für ihn sein muss, und nehme mir seine Reaktion nicht zu Herzen. »Ich bin's jedenfalls«, erkläre ich und schultere seine Tasche. »Ich kann es kaum erwarten, dass alles wieder seinen normalen Gang geht.«

Ich weigere mich zu glauben, dass diese Gleichgültigkeit ab jetzt Teil unserer Beziehung ist.

Ich nehme mir einen Moment Zeit, um Sam zu betrachten. Es wundert mich immer noch, dass das derselbe Mann sein soll wie vor ein paar Wochen. Nicht nur seine Persönlichkeit hat sich verändert, sondern auch sein Aussehen. Er legt keinen Wert mehr darauf, sich zu rasieren oder zu kämmen, und mit den längeren Haaren sieht er Saxon ähnlicher. Auch seine Kleidung ist nicht mehr so konservativ und schick, und als seine Mutter ihn gefragt hat, ob er sein grünes Lieblingspolohemd anziehen möchte, hat er gesagt, sie soll es mit all den anderen verbrennen.

Nun sitzt er in einer zerrissenen Jeans, schwarzen Nikes und einem einfachen schwarzen T-Shirt da. Er hat mir aufgetragen, seine gesamte Garderobe durch solche Sachen zu ersetzen, und ich habe es getan, weil ich ihn gern mit nach Hause nehmen wollte. Aber jetzt, wo der Tag gekommen ist, bin ich nicht mehr sicher, ob ich mir das wirklich wünsche.

»Wann kommt Saxon wieder?«, fragt Sam und sieht mir endlich in die Augen.

Ich fummle am Gurt der Tasche herum und zucke mit den Schultern. »Er musste nach Oregon zurück, um sich um ein paar Dinge zu kümmern. Er hat nicht gesagt, wann er wiederkommt.«

»Der Glückliche«, murmelt Sam leise. Ich tue das, was Sophia mir geraten hat, und ignoriere sein mangelndes Interesse.

Saxon ist seit drei Tagen fort. Er wollte nach der Werkstatt sehen, um sicherzugehen, dass ohne ihn alles läuft. Den kurzen Telefongesprächen, die ich mitbekommen habe, habe ich entnommen, dass das Geschäft gut geht. Ich kann mir nicht helfen, aber ich fühle mich verantwortlich dafür, dass er hier war und nicht dort, doch da ich egoistisch bin, freue ich mich, dass er geblieben ist.

»Ich muss einfach ohne ihn auskommen, bis er wieder auftaucht«, scherze ich in der Hoffnung, die Stimmung zu heben.

Samuel lächelt, aber es ist ein gezwungenes Lächeln.

Er hat keinen Hehl daraus gemacht, dass er lieber mit seinen Eltern nach Hause gegangen wäre als mit mir. Aber Sophia, Dr. Kepler und Kellie und Greg waren sich einig, dass er besser mit mir in unser Haus zurückkehren sollte, damit er sein altes Leben wieder aufnehmen, und so etwas wie Normalität einkehren kann. Ich dagegen war mir in dieser Hinsicht nicht sicher.

»Na komm, Schatz.« Ich beiße mir auf die Lippe, denn durch den Versprecher fühlen wir uns beide unwohl. Glücklicherweise sagt Sam nichts und steht auf.

Als er mir die Tasche von der Schulter nimmt, bleibt für mich die Zeit stehen. Das ist der erste Körperkontakt seit Wochen, und mein Herz jubelt, während er sich traurig im Zimmer umsieht. Ich nehme an, es steht für die erste neue Erinnerung nach dem Unfall und es zu verlassen und sich ins Unbekannte hinauszuwagen macht ihm Angst. Besonders da er es mit einer Fremden tun soll.

Ich trete zur Seite und gebe ihm die Gelegenheit, sich zu verabschieden.

Schließlich dreht er sich zu mir um. »Okay, gehen wir.« Das sollte froh und hoffnungsvoll klingen, aber ich kann hören, wie sehr er sich fürchtet.

Wir gehen über den Flur zum Aufzug, uns trennen immer ein paar Schritte. Auf Beobachter wirken wir sicherlich, als würden wir uns gar nicht kennen. Sam schaut mich nicht an und scheint sich auch nicht zu freuen, dass er entlassen wird. Aber trotz seiner Apathie bin ich begeistert, ihn mit nach Hause nehmen zu dürfen.

Es war schön, dass Saxon die letzten Wochen im Gästezimmer geschlafen hat, denn der Gedanke, in ein leeres Haus zu kommen, hat mich trauriger gemacht, als ich zugeben möchte. Das bringt mich zu der Frage, ob Sam wohl das Bett mit mir teilen möchte. Ich bin so damit beschäftigt gewesen sicherzustellen, dass er tatsächlich aus dem Krankenhaus herauskommt, dass ich Kleinigkeiten wie etwa, ob er vielleicht vorerst lieber ein eigenes Zimmer hätte oder nicht, keine große Beachtung geschenkt habe.

Ich möchte, dass er sich an mich erinnert, dass er sich an *uns* erinnert, aber ich will ihn nicht unter Druck setzen.

Irgendwie wäre es so, als gingen wir zum ersten Mal miteinander ins Bett, und ich will nicht, dass die Situation noch seltsamer wird. Das halte ich nicht aus.

Die Sonne wärmt meine Haut, die nach wochenlangem Eingesperrtsein Vitamin D tanken möchte. Sam und ich sind immer gern an der frischen Luft gewesen, und ständig von vier Wänden umgeben zu sein hat mir das das Gefühl gegeben, mir würde gleich die Decke auf den Kopf fallen. Ich bin glücklich, endlich wieder frei zu sein.

Sam folgt mir unauffällig, weil er nicht weiß, was für ein Auto ich fahre. Ich ziehe die Schlüssel aus der Tasche. Die Blinker des Autos und Sams Augen leuchten gleichzeitig auf. »Du hast einen Jeep?«

Ich schüttle den Kopf und öffne die Tür. »Nein, das ist dein Wagen.«

Sam ist baff.

»Willkommen zu Hause, Schatz«, scherze ich unwillkürlich und steige ein.

Ich weiß, dass ich keine Witze machen sollte, aber das ist das, was ich normalerweise sagen würde. Und Sophia hat gesagt, ich soll Sam nicht in Watte packen. Ich soll mich normal benehmen, das würde ihm helfen, sich einzugewöhnen. Trotzdem möchte ich nicht, dass er denkt, ich nehme ihn nicht ernst.

Doch als Sam mit einem kleinen Lächeln in den Wagen klettert, bin ich sehr froh, dass ich auf mein Bauchgefühl gehört habe. Das ist der schönste Anblick seit der Nacht, in der er mich mit den Worten »Ab morgen gehörst du offiziell mir« auf die Stirn geküsst und mich dann angestrahlt hat, als wäre er der glücklichste Mann auf der Welt.

Immer noch lächelnd, schnallt er sich an und streicht über die lederne Innenausstattung.

Ohne weitere Erklärungen starte ich den Wagen, nun immerhin etwas optimistischer. Stumm fahren wir über die Straßen, nur leises Reden aus dem Radio füllt die Stille. Doch das Schweigen ist nicht unangenehm, und aus dem Augenwinkel sehe ich, dass Sam alles, was er sieht und hört, interessiert aufnimmt. Sicher stürzt sehr viel auf ihn ein, und ich habe keine Ahnung, woran er sich erinnert und was neu für ihn ist.

»Alles in Ordnung?«, frage ich und schaue ihn kurz an, ehe ich mich wieder auf die Straße konzentriere.

»Ich denke schon«, erwidert er einen Moment später. »Ich glaube nur … ich glaube, ich erinnere mich, wo wir sind.«

Fast hätte ich einen entgegenkommenden Wagen gestreift.

Schnell reiße ich das Steuer herum, unterdrücke meine Begeisterung und frage: »Ehrlich? Wo denn?«

»Tja...«, Sam zögert. »Geradeaus kommt gleich Paulo's, richtig?«

»Ja!«, schreie ich, unfähig, meine Aufregung zu verbergen.

»Unsere Pizza ist eine Bombe«, sagen wir beide gleichzeitig.

»Oh mein Gott«, stöhne ich und klammere mich mit zitternden Händen an das Lenkrad. Das ist der berüchtigte Werbespruch der Pizzeria.

»Ach du Scheiße«, sagt Sam selber überrascht. »Das ist echt unheimlich.«

»Wie kommt das? Wie ist das passiert?« Ich will, dass er weiterredet, weil ich hoffe, dass dann noch mehr Erinnerungen an die Oberfläche kommen.

»Ich habe den Duft der frischen Pizza gerochen und die Kräuter geschmeckt, den Käse. Ich habe sogar das Knacken der Kruste beim Hineinbeißen gehört. Es war, als wäre ich da«, erklärt er verblüfft.

Als er aufhört zu reden, schaue ich ihn wieder kurz an und sehe, dass sein Kopf an der Kopfstütze lehnt und er die Augen fest zugekniffen hat. Die Lippen zu einer dünnen Linie zusammengepresst, hält er sich die Hand vor die Augen. Offenbar braucht er völlige Dunkelheit, wenn er sich von der realen Welt abschotten will, um in die Vergangenheit zurückzukehren.

»Ich habe nach dem Basketball-Endspiel da gegessen. Herrgott, damals war ich vierzehn.« Er lässt die Hand wieder sinken und schlägt langsam die Augen auf. »Ich erinnere mich.«

Ich bin kurz davor, auf meinem Sitz zu explodieren, aber ich konzentriere mich auf die Straße. »Woran?«

»Ich erinnere mich, dass wir die Scorpions geschlagen haben. 93 zu 75. Ich war der Kapitän.«

»Richtig, Sam«, sage ich ermutigend. »Das warst du. Die ganze Zeit, in der du in der Highschool warst. Du bist nie ohne deinen Ball aus dem Haus gegangen. An was erinnerst du dich sonst noch?« Schnell schaue ich wieder zu ihm hinüber, weil ich hoffe, dass er sich an mich erinnert.

Ohne einen Wimpernschlag starrt er durch die Windschutzscheibe. »An ein Pferd. Drei Pferde.«

Ich unterdrücke einen Aufschrei.

»Warum erinnere ich mich an Pferde? Ich hatte nie welche«, sagt er verunsichert.

Ich räuspere mich und erkläre es ihm. »Doch, Sam. Wir haben drei Pferde zu Hause.«

Überrascht dreht er sich zu mir um. »Wirklich?«

Ich nicke. Das wird mir zu viel.

»Bin ich reich?«, fragt er neugierig. »Ich weiß, dass meine Eltern wohlhabend sind, aber was ist mit mir? Mit ... uns?«

Bei dem Wort *uns* wird mir heiß. »Wir kommen ganz gut zurecht. Du arbeitest bei deinem Dad auf der Farm. Dieses Jahr hattet ihr eine gute Ernte.«

»Das ist irgendwie unvorstellbar«, gesteht er und sackt kopfschüttelnd in sich zusammen. »Warum kann ich mich an nichts davon erinnern?«

Niedergeschlagen zucke ich die Achseln. »Ich weiß nicht, aber das kommt schon noch.« Ich zupfe an der Kette, die ich trage, und hoffe, dass mein Glücksbringer mir hilft und irgendeine Erinnerung bei ihm weckt. Aber vergeblich.

»Glaubst du das wirklich?«

»Ja, Sam, das glaube ich«, erwidere ich entschlossen. »Und

wenn es irgendeinen Ort gibt, der dir dein Gedächtnis zurückbringen kann, ist es unser Zuhause.«

Wie auf Kommando biege ich in die einspurige Zufahrt ein, und als die Räder knirschend über den losen Kies rollen, erfasst mich eine Welle der Nostalgie. Ich kann nur hoffen, dass es Sam genauso geht.

»Whispering Willows«, liest er von dem hölzernen Schild ab, das an den stählernen Toren hängt.

»So heißt unser Zuhause«, erkläre ich ihm, enttäuscht darüber, dass ihm der Name nichts sagt.

Ich fahre zu unserem Haus. Die Ranch liegt mitten im üppigen Grün von Big Sky County, umgeben von weiter Landschaft und sanften Hügeln. Die dunkle Holzverkleidung passt gut zu den großen, weiß gerahmten Erkerfenstern, die jeden Sonnenstrahl einfangen. Rechts vom Haus steht unsere große rote Scheune, und daneben sind die Ställe für unsere drei geliebten, temperamentvollen Araberpferde.

Ich habe mich auf Anhieb in dieses Anwesen verliebt, und Sam ist es ähnlich gegangen. Unsere nächsten Nachbarn wohnen zwei Meilen weiter unten an der Straße, was uns beiden sehr gut gefällt. Auch aus diesem Grund haben wir die Ranch gekauft. Sam und ich waren gern allein, und Whispering Willows war unsere abgeschiedene Oase, in der es außer uns niemanden gab. Nun habe ich Angst davor, dass diese Abgeschiedenheit am Ende zu schrecklichem Schweigen und völliger Vereinsamung führt.

Schnell schiebe ich den Gedanken beiseite, mache den Wagen aus und gebe mir einen Ruck. Schließlich bin ich erwachsen und entschlossen, mein altes Leben zurückzubekommen. Da ich Sam nicht überfordern will, nehme ich meine Handtasche und steige aus, damit er Zeit hat, den Anblick in seinem eigenen Tempo zu verarbeiten. Seine Autotür fällt zu, als ich die Verandatreppe hochgehe.

Mit zitternden Fingern schließe ich die Tür auf. Das ist lächerlich. Schließlich gibt es keinen Grund, nervös zu sein. Ich muss mich zusammenreißen. Ich streife die Schuhe ab, lasse meine Handtasche und meine Schlüssel auf den Tisch im Flur fallen und gehe in die Küche, um mir einen Drink zu holen.

Obwohl es erst zwölf Uhr mittags ist, öffne ich den Kühlschrank und hole eine Flasche Riesling heraus. Normalerweise trinke ich nicht viel, aber das hat sich in letzter Zeit geändert. Verzweifelte Situationen verlangen verzweifelte Maßnahmen, und soweit ich mich erinnere, war keine Situation verzweifelter als diese.

Ich suche in den Schubladen nach einem Korkenzieher, halte aber inne, als Sam mit großen Augen und offenem Mund hereinkommt. Seine Überraschung verrät mir, dass er nichts wiedererkennt. »Möchtest du etwas Wein?«, frage ich, weil ich jetzt unbedingt Alkohol brauche.

Angewidert verzieht er das Gesicht. »Hast du kein Bier?«

Ich deute auf den silbernen Kühlschrank. »Ich bin mir nicht sicher. Aber du kannst gerne nachsehen.« Ich bin entsetzt, dass ich ihm gerade die Erlaubnis gegeben habe, in seinen eigenen Kühlschrank schauen zu dürfen.

Sam nickt und folgt meinem Vorschlag, während ich weiter nach dem Korkenzieher suche. Als ich ihn endlich finde, breche ich den Korken fast ab, so eilig habe ich es, meinen Kummer zu ertränken. Ich genehmige mir ein ordentliches Glas Weißwein und nehme einen dringend benötigten Schluck.

Thunder kommt in die Küche gelaufen und springt begeistert über das Wiedersehen an Sam hoch, was bei Sam leider auf wenig Gegenliebe trifft. »Aus«, blafft er, schiebt Thunder von sich und wischt sich ab. Anscheinend ist auch unser Hund bei ihm durch ein Gedächtnisloch gefallen.

»Das ist unser Hund, Thunder«, erkläre ich, während Thunder zu Sams Füßen sitzt und mit dem Schwanz auf die Fliesen klopft.

»Was ist mit King passiert?«, fragt Sam und schaut desinteressiert auf Thunder herunter. King war der Hund, den er als Kind gehabt hat.

Seufzend nehme ich einen größeren Schluck Wein. »King ist gestorben, und kurz danach haben wir Thunder bekommen.«

»Oh.« Sam macht ein trauriges Gesicht, und ich habe Mitleid mit ihm. Doch dann wird seine Trauer von Neugier verdrängt. »Also, wo ist mein Zimmer?«

Diesmal kippe ich mit einem langen Schluck das ganze Glas herunter. Sein Zimmer ist auch *mein* Zimmer, aber wo ich schlafe, scheint ihn nicht zu interessieren.

Als ich glaube, dass ich wieder sprechen kann, ohne zu weinen, stelle ich mein Glas auf der Marmortheke ab und zwinge mich zu lächeln. »Saxon schläft im Gästezimmer, aber es gibt noch drei andere Zimmer. Such dir eins aus.« Das kommt mir etwas unverschämt vor, deshalb füge ich hinzu: »Aber du kannst natürlich auch gern bei mir schlafen – also, in unserem Zimmer«, korrigiere ich mich.

Sam führt sein Budweiser an die Lippen und trinkt einen Schluck. Das zeigt mir, dass er nachdenken möchte, ehe er etwas erwidert.

»Falls es dir unangenehm sein sollte, verstehe ich das vollkommen. Ich weiß, wie hart es ist ...«

»Ich würde gern bei dir schlafen«, unterbricht er mein nervöses Gerede. »Ich wollte nur nicht anmaßend sein, das ist alles. Ich möchte nicht, dass *du* dich unwohl fühlst.«

»Tu ich nicht!«, antworte ich ein wenig zu hastig. Oh Gott, ist das peinlich. Woher dieser plötzliche Sinneswandel? Wie eine Sechzehnjährige plappere ich weiter. »Ich meine, es wäre mir nicht unangenehm. Schließlich haben wir immer zusammen in diesem Bett geschlafen. Und ich denke, es wäre gut, wenn wir versuchen, das zu tun, was wir normalerweise tun würden.«

»Und das wäre?«, fragt er mit rauer Stimme.

Unter seinem anzüglichen Blick beginnen meine Wangen zu glühen. Kann es sein, dass er sich doch noch körperlich zu mir hingezogen fühlt? Der Gedanke ist mir nie gekommen, weil ich zu sehr damit beschäftigt gewesen war herauszufinden, ob er mich wirklich hasst. Doch so, wie er mir auf den Busen schaut, wage ich zu behaupten, dass er mich nicht so grässlich findet, wie ich dachte.

Nun fühle ich mich wirklich, als wäre ich sechzehn.

Sam und ich haben im Bett nie große Experimente gemacht. Wir hatten beide gern Sex, haben aber nie irgendwelche ungewöhnlichen Praktiken angewandt. Alles in allem ging es bei uns relativ zahm zu. Wenn man sein ganzes Leben lang mit einem Menschen zusammen ist, ist Sex nicht mehr alles. Die emotionale Bindung, die Freundschaft ist wesentlich wichtiger, als jeden Tag wilden, schweißtreibenden Sex zu haben.

Das zumindest habe ich bis vor fünf Sekunden gedacht. Doch plötzlich fühle ich mich fiebrig und unruhig und unglaublich ... angeturnt. Schnell reiße ich mich zusammen, denn ich will nicht, dass Sam denkt, dass ich in dieser schwierigen neuen Situation nichts Besseres zu tun habe, als an Sex zu denken.

»Soll ich dir das Schlafzimmer zeigen?« Sam hebt eine Braue, während ich fast sterbe vor Scham. »Ich meine, soll ich dir das Schlafzimmer zeigen, damit du deine Sachen auspacken kannst?«, berichtige ich mich rasch, stolpere dabei aber über meine eigenen Worte.

Das kommt davon, wenn man so schmutzige Gedanken hat.

Doch Sam scheint meine Nervosität zu gefallen, denn er verzieht amüsiert das Gesicht. »Ja, gern.« Er nimmt noch einen langen Schluck Bier und leckt sich dann über die Lippen.

Ich unterdrücke den Drang, die Flasche Wein mitzunehmen, und gehe eilig aus der Küche. Sams schwere Schritte verraten mir, dass er hinter mir ist, und zwar sehr dicht. Auf dem Weg durch den Flur kann ich nur noch denken: *Werden wir jetzt Sex haben? Will ich das? Ich bin mir nicht sicher, obwohl ich Sam wirklich vermisst habe, aber jetzt mit ihm zu schlafen würde sich anfühlen wie Sex mit einem Fremden. Sam kennt mich nicht, und ich kenne ihn nicht. Aber vielleicht müssen wir miteinander schlafen, um uns auf dieser intimen Ebene wiederzufinden. Vielleicht hilft es Sam, sich zu erinnern.* Ich schnaube leise, denn ich bezweifle, dass ich ihn durch Sex kurieren kann.

Vor unserer Schlafzimmertür bleibe ich stehen und trete beiseite. Ich habe beschlossen, nicht hineinzugehen, damit er keinen falschen Eindruck bekommt. »So, das ist unser Schlafzimmer«, sage ich mit einer ausholenden Geste, während Sam mich verständnislos ansieht. Doch einen Augenblick später begreift er.

Ich beobachte, wie er durch die Tür späht und den Blick durch unser riesiges Schlafzimmer schweifen lässt. Auf unserem breiten Doppelbett liegt ein schwarzer Überwurf, der die dunkelgrauen Zierkissen und die polierten Holzdielen gut zur Geltung bringt. Rechts und links neben dem Bett stehen Nachttische, und der große Zeitschriftenstapel auf dem linken verrät, auf welcher Seite ich schlafe.

»Vielleicht sollte ich duschen und mich ein bisschen hinlegen.« Ich lasse Sams Ankündigung, die wie eine versteckte Aufforderung klingt, in der Luft hängen. Möchte er etwa, dass ich mit ihm dusche? In solchen Dingen bin ich nie gut gewesen. Was das Flirten angeht, bin ich völlig unbedarft. Schließlich hatte ich es nie nötig, weil ich mit Sam zusammengekommen bin, als ich noch recht jung war. Er ist immer derjenige gewesen, der den ersten Schritt gemacht hat, und ich war mehr als zufrieden damit, mich nach ihm zu richten.

Aber im Moment möchte ich am liebsten weglaufen, denn das Ganze fühlt sich gezwungen und ... falsch an. »In Ordnung, ich bin im Wohnzimmer, wenn du mich brauchst.« Ich lasse ihm keine Zeit zu antworten und laufe, feige wie ich bin, schnell wieder durch den Flur.

Dann mache ich kehrt, gehe in das andere Bad und schließe hinter mir ab. Das ist lächerlich. Sex mit meinem Verlobten zu haben ist völlig normal. Also warum bringt mich die Vorstellung so schrecklich durcheinander? Ich kenne die Antwort. Weil Samuel mir genauso fremd ist wie ich ihm. Und beim Sex geht es darum, die Liebe zu feiern, den Mut, so verrückt zu sein, sich fest an einen anderen Menschen zu binden. Und im Moment ist mir nicht danach. Natürlich liebe ich Sam, aber meine Gefühle, die Schmetterlinge im Bauch sind im Winterschlaf. Wenn er mich anschaut, sehe ich in seinen Augen keine Liebe, nur Verwirrung. Und diese Verwirrung hat unserer Liebe geschadet.

Anscheinend muss auch ich mir in Erinnerung rufen, wie

der alte Sam war, denn dieser neue Sam ist ganz anders als der, in den ich mich verliebt habe. Kann sein, dass er gerade gute Laune hat, aber ich weiß nicht, wann er wieder zu dem unleidlichen, ungeduldigen Menschen werden wird, mit dem ich es seit seinem Aufwachen aus dem Koma zu tun habe.

Ich muss den alten Sam wiederbekommen, also stoße ich mich von der Tür ab und spritze mir etwas kaltes Wasser ins Gesicht. Dann betrachte ich mein trübsinniges Gesicht im Spiegel über dem Waschbecken und sage mir, dass ich nicht zum Weglaufen erzogen worden bin und im Leben schon wesentlich Schlimmeres durchgemacht habe. Vielleicht wird die emotionale Blockade gelöst, wenn wir wieder Körperkontakt haben. Es ist einen Versuch wert.

Ich trage etwas Lipgloss auf, mache die Tür wieder auf und laufe eilig durch den Flur. Ich will meinem Verlobten zeigen, dass ich für das, was ich haben will, kämpfen werde – und ich will ihn. Auch wenn er sich nicht an mich und unsere Beziehung erinnert, ich liebe ihn trotzdem.

Mit dem Gedanken im Kopf löse ich im Laufen das Gummiband, das meinen hohen Pferdeschwanz zusammenhält, und lasse mein Haar lose um die Schultern fallen. Doch als ich mein T-Shirt ausziehen will, bleibe ich abrupt stehen, und mein Atem gerät ins Stocken.

Wie angewurzelt stehe ich in der Tür zu unserem Schlafzimmer und sehe zu, wie Sam friedlich auf unserem Bett schläft. Anscheinend hat er es nur noch geschafft, sich die Schuhe abzustreifen, denn er liegt voll bekleidet und lang ausgestreckt auf dem Überwurf, aber er wirkt ruhig und entspannt. Es sieht so aus, als müsste ich ihm ein anderes Mal beweisen, wie ernst ich es meine.

Da ich ihn nicht stören will, mache ich leise die Tür zu und schleiche auf Zehenspitzen durch den Flur. Im Wohnzimmer angekommen, setze ich mich aufs Sofa und stoße den angehaltenen Atem aus. Dann fasse ich mein Haar im Nacken zu einem unordentlichen Knoten zusammen, weil der Plan, meinen Verlobten zu verführen, sich gerade erledigt hat. Aber dazu habe ich ja noch viel Zeit.

Das Klingeln meines Handys hindert mich glücklicherweise daran, mich weiter in Selbstmitleid zu suhlen. Ich springe auf, wühle in meiner Tasche und melde mich hastig, damit Sam nicht aufwacht.

»Hallo?«

»Warum flüsterst du?«, flüstert Piper.

Ich kichere, denn gerade jetzt brauche ich ihren Humor dringend. »Sam ist gerade eingeschlafen, und ich möchte ihn nicht aufwecken.«

»Oh. Wie geht's?« Mein Schweigen sagt alles. »So gut also?«, sagt Piper.

Ich lasse mich in einen Sessel fallen und lehne mich seufzend zurück. »Auf dem Weg nach Hause hat er sich an Paulo's erinnert, aber das war's auch schon. Unser Haus ist ihm genauso fremd wie ich.«

»Das wird schon noch, Luce«, sagt Piper aufmunternd. Doch das kann sie nicht wissen. Keiner kann das. Niemand weiß, wie lange Sam ein Fremder in seinem eigenen Körper sein wird. »Lass uns eine Party geben«, schlägt Piper vor, als ich nichts dazu sage.

Erschrocken setze ich mich auf und schüttele den Kopf. »Auf keinen Fall. Was sollen wir denn feiern? Dass mein Verlobter das Gedächtnis verloren hat?«

»Nein, Luce, wir feiern das Leben. Was Sam zugestoßen ist, ist furchtbar, aber es hätte noch viel schlimmer kommen können.« Mit *viel schlimmer* meint sie, Sam könnte auch tot sein. Sie hat recht, aber ich habe nie viel für Partys übriggehabt, und jetzt schon gar nicht.

»Ich bin wirklich nicht in der Stimmung zu feiern. Ich bin gerade ausgebremst worden«, verrate ich ihr, weil ich wissen will, was sie über mein verrücktes Vorhaben denkt.

»Was meinst du damit?«

Ich drehe meinen Verlobungsring hin und her und erkläre es ihr. »Also, du weißt ja, dass ich furchtbar schlecht darin bin, mit den Wimpern zu klimpern und zu flirten, aber ich glaube, Sam wollte Sex. Und ich hatte mir vorgenommen, ihn zu verführen.«

Am anderen Ende bleibt es still.

»Hallo? Piper?«, frage ich und nehme das Handy vom Ohr, um zu sehen, ob sie noch in der Leitung ist.

»Ich bin da, tut mir leid. Mein Hirn hat nur versucht, den letzten Satz zu verdauen. Du wolltest ihn verführen? Wow, bist du sicher, dass nicht du diejenige bist, bei der das Gedächtnis aussetzt?«

Ich pruste los, schlage aber hastig eine Hand vor den Mund. »Ich muss doch alles versuchen.«

»Ein Grund mehr, eine Party zu feiern. Gibt es einen besseren Weg, einen Mann zu verführen, als sich schick anzuziehen und zu zeigen, was man hat?«

»Du machst dich über mich lustig«, kichere ich kopfschüttelnd. Aber vielleicht hat sie nicht ganz unrecht. Vielleicht werden bei Sam ein paar Erinnerungen geweckt, wenn ich seine Freunde einlade, besonders die, die er schon seit Jahren kennt.

»Du weißt, dass ich recht habe, und außerdem solltest du aufhören, so selbstsüchtig zu sein. Ich will, dass Saxon mich in meinem schönsten Kleid sieht.«

Die Begründung bringt mich zum Lächeln. »Ich wusste doch, dass du einen Hintergedanken hast.«

»Hey, wir schlagen nur zwei Fliegen mit einer Klappe«, erwidert Piper lässig. »Ist er schon zurück?«

»Nein, noch nicht. Wer weiß, ob er überhaupt wiederkommt. Ich habe ihm eine Nachricht geschickt, damit er weiß, dass Sam zu Hause ist, also bleibt er vielleicht in Oregon.«

»Nein, das darf er nicht! Was wird dann aus meinem diabolischen Plan, bis zum Herbst mit ihm verheiratet zu sein? Wie soll das klappen, wenn er in Oregon bleibt? Ich bin wie für ihn gemacht, er weiß es nur noch nicht.«

Inzwischen kichere ich so laut, dass Samuel sicher davon geweckt wird. Es fühlt sich gut an, mal wieder fröhlich zu sein. »Ich rufe dich sofort an, wenn er wieder auftaucht.«

»Wehe, wenn nicht. Ich muss unbedingt wissen, ob er sich genauso gut anfühlt, wie er aussieht.«

»Oh ja«, scherze ich, doch dann presse ich schnell die Lippen aufeinander.

»Und woher weißt du das?«, fragt Piper neugierig.

»Weil ich öfter in seinen Armen geweint habe, als ich zugeben möchte«, gestehe ich. »Und da hat er sich gut angefühlt.«

»Gut? Ich denke, der richtige Ausdruck wäre *einfach unglaublich*.«

Ja, es hat sich einfach unglaublich angefühlt, aber nicht so, wie Piper denkt. Saxon hat mir einen Hoffnungsschimmer gezeigt, wenn ich nur noch schwarzgesehen habe. Obwohl ich ihn ständig angeschrien habe und wie eine Irre gewirkt haben muss, hat er mich unterstützt und es mir erlaubt, auf meine Art zu trauern. Das werde ich nie vergessen. Und ich werde auch nie vergessen, dass er auf meinen Wunsch hin bei mir geblieben ist.

»Na gut, du kannst deine Party haben«, gebe ich nach. »Vielleicht tut es Sam gut, alte Freunde wiederzusehen.«

»Natürlich tut ihm das gut. Ich denke, wir alle brauchen nach den letzten Wochen ein bisschen Spaß.«

Sie hat völlig recht. Wir alle brauchen ein wenig Spaß. Auch ich, Herrgott noch mal. Nachdem das beschlossen ist, verabschieden wir uns, und ich verspreche, sie anzurufen, sobald Saxon zurück ist.

Da ich mich nach dem Gespräch mit Piper etwas besser fühle, beschließe ich, eine DVD anzuschauen und darauf zu warten, dass Sam aufwacht. Nichts fällt mir ins Auge, bis ich mit einem Finger über den Rücken einer Hülle gleite, auf der »Erinnerungen« steht. Das ist wahrscheinlich nicht die beste Wahl, weil ich Sam dann bestimmt nur noch mehr vermisse, aber als mir klar wird, dass das nicht möglich ist, ziehe ich die DVD aus dem Regal und lege sie ein.

Die Qualität ist schrecklich, denn der Film ist von einer VHS-Kassette konvertiert worden, aber das spielt keine Rolle. Ich kann mich an jede Szene erinnern, als hätte ich sie erst gestern erlebt. Der erste Film ist von Sams Basketball-Endspiel im letzten Schuljahr. Ich sitze auf der Sofakante und sehe Sam zu, der von seinem stolzen Vater dabei gefilmt wird, wie er als erfahrener Spieler das Feld aufmischt.

Sein orangefarbenes Trikot betont seine gebräunte, glatte Haut und hebt die blonden Strähnen in seinem wirren Haar hervor. Als er zwei Gegner stehen lässt und den Ball in den Korb wirft, brüllen die Zuschauer vor Freude – ich eingeschlossen. Mein siebzehnjähriges Ich hört sich an, als wäre es völlig verknallt in seinen neuen Freund. Sam rennt wieder zurück, und als seine Adleraugen auf mir landen, deutet er auf mich und zwinkert mir übermütig zu. Genau wie damals falle ich fast in Ohnmacht.

Unfähig, meine Augen vom achtzehn Jahre alten Sam loszureißen, schaue ich weiter zu, wie er seine Gegner austrickst. Er ist schnell, selbstsicher und geschickt – kein Wunder, dass die Montana State University ihm ein Stipendium angeboten hat. Doch er hat es abgelehnt, weil Greg möchte, dass seine Söhne ihm auf der Farm helfen.

Eine Minute vor Schluss schwenkt Greg mit der Kamera zur Seite, sodass Kellie, Saxon und ich ins Bild kommen. Ich zucke zusammen, als ich die halbwüchsige Lucy sehe, denn sie wirkt absolut nichtssagend. Ich habe keine Ahnung, was Sam in mir gesehen hat – ich war flachbrüstig, was sich nicht groß geändert hat, hatte den Mund voller Brackets, trug eine Brille mit lächerlich großen Gläsern und war nicht gerade mädchenhaft angezogen. Aber er hat mir immer das Gefühl gegeben, wunderschön zu sein.

Kellie ist kein bisschen gealtert; auf dem Film wirkt sie jugendlich und temperamentvoll. Sie ist nach der neuesten Mode gekleidet, ihr blondes Haar ist an der Seite zu einem Knoten zusammengefasst, und ihr Gesicht ist in natürlichen Tönen geschminkt, die ihre angeborene Schönheit unterstreichen. Dann zoomt die Kamera Saxon heran.

»Bist du aufgeregt, Sax? Dein kleiner Bruder hat für sein Team das Endspiel gewonnen«, sagt Greg begeistert.

Sax blickt kurz auf und schaut unbeeindruckt direkt in die Linse. Ich weiß nicht, warum, aber erstaunlicherweise spüre ich dabei ein Flattern tief im Bauch. Mein siebzehnjähriges Ich merkt nicht, dass Saxon neben ihm sitzt, es ist zu sehr auf Sams Anstrengungen auf dem Feld konzentriert. Aber mein siebenundzwanzigjähriges Ich ist völlig fasziniert.

Saxon wirkt sehr entspannt und liest bei einem Basketballspiel, umgeben von Cheerleadern und Fans, seelenruhig *Wer die Nachtigall stört*. Sein Haar ist zerzaust und fällt ihm übers linke Auge, was ihn noch faszinierender macht. Er trägt ein schäbiges Led-Zeppelin-T-Shirt und schlabbrige Skatershorts. Das Outfit war damals in unserem Alter nicht unbedingt üblich, aber es steht ihm. Ich finde ihn unglaublich anziehend, aber ich weiß nicht, warum.

Ehe ich der Frage nachgehen kann, schnippt Kellie vor der Kamera ärgerlich mit den Fingern und ruft ihrem Mann zu, er solle besser Samuel filmen. Bevor Greg gehorcht, fängt er ungewollt Saxons leichtes Stirnrunzeln ein, das verrät, dass die grausamen Worte seiner Mutter ihn getroffen haben. Doch seine Gefühle interessieren niemanden, nicht einmal mich, denn als das Schlusssignal ertönt, springen alle auf und feiern, weil Sams Team gewonnen hat. Der Film endet damit, dass Sam von seinen Mannschaftskameraden, die seinen Namen skandieren, auf die Schultern gehoben wird.

Ein trauriges Gefühl breitet sich in mir aus, und mit einem Mal kommt es mir so vor, als hätte ich etwas übersehen. Ich weiß nur nicht, was.

Ich habe keine Zeit, weiter zu grübeln, weil der Bildschirm flimmert und der nächste Film beginnt, der von meinem Abschlussball. Diesmal ist mein Dad der Kameramann. Ich könnte mit geschlossenen Augen jeden Moment beschreiben und jedes Wort wiederholen, so oft habe ich das schon gesehen.

»Du siehst wunderschön aus, mein Schatz.«

»Danke, Daddy«, sagen mein früheres und jetziges Ich zugleich.

»Er ist da! Er ist da!«, ruft meine Mom und läuft zum Tisch im Flur, um ihren Fotoapparat zu holen.

Damals wusste ich es noch nicht, aber in ein paar Stunden würde mein Märchenprinz mich entjungfern. Es war so, wie es beim ersten Mal zu erwarten ist – hastig, umständlich und eigenartig, aber perfekt. Ich würde diesen intimen Moment mit Samuel gegen nichts auf der Welt eintauschen.

Es klopft an der Tür. »Daddy, sei nett.«

»Das bin ich doch immer.«

Ich erinnere mich noch, dass ich mich gefragt habe, ob ich gut aussehe, denn mein trägerloses blaues Kleid hat etwas mehr Haut gezeigt, als ich es gewohnt war. Aber dann hat meine Mom die Tür aufgemacht, und Sam hat die Augen aufgerissen und geschluckt, da habe ich gewusst, dass ich umwerfend aussah.

»Mr. und Mrs. Tucker.« Sam hat unglaublich gut ausgesehen. Der schlichte schwarze Smoking hat seinen athletischen Körperbau perfekt zur Geltung gebracht.

Das weiße Ansteckstäußchen, das er in der Hand hielt, war so hübsch und romantisch, dass mir die Tränen gekommen sind. Nie habe ich mich schöner gefühlt als an diesem Tag. Bevor ich das Sträußchen an meinem Handgelenk befestigt habe, habe ich genüsslich daran geschnuppert, obwohl ich es eilig hatte, aus dem Haus zu kommen, damit wir in Sams Auto knutschen konnten.

»Tja, mein Lieber, dann wollen wir mal über die Regeln für heute Abend reden.«

Ich lache über Sams entsetztes Gesicht, aber das Lachen ist mir vergangen, als mein Dad anfing, Sam einzubläuen, dass er mich vor Mitternacht nach Hause bringen soll. Glücklicherweise hat Mom ihn dazu überreden können, mich bis ein Uhr gehen zu lassen.

Als ich sehe, wie nervös ich gewesen bin, habe ich wieder Schmetterlinge im Bauch. Ich vermisse dieses Gefühl. Diese unschuldige erste Liebe ist mit nichts auf der Welt zu vergleichen. Ich will dieses Gefühl wiederhaben. Und zwar wenn ich Sam sehe.

Der Film endet damit, dass Sam und ich Hand in Hand zu seinem alten Pick-up gehen und mein Dad murmelt: »Wehe, er passt nicht gut auf mein Mädchen auf.«

Aber das hat er.

Von dem Tag an.

Zehn

Mit einem Ruck erwache ich, ich habe das Gefühl, dass irgendjemand mich beobachtet.

Rasch setze ich mich auf, und mein umnebeltes Hirn braucht einen Augenblick, um zu erkennen, wo ich bin. Die vertraute Umgebung wirkt beruhigend, und dann verstehe ich langsam, dass ich eingenickt bin, während ich mir alte Filme angeschaut habe. Als ich mir das Haar aus dem Gesicht streiche, sehe ich, dass es draußen dämmrig ist und dass das Zimmer nur vom schwachen Schein des Fernsehers erhellt wird.

Mit den Handballen reibe ich mir den Schlaf aus den Augen, und als plötzlich das Licht angeht, kreische ich laut auf.

»Weißt du, dass du schnarchst wie ein Bär?«

»Saxon?« Ich falle fast von der Couch, als ich ihn mit gekreuzten Armen und Beinen am Türpfosten lehnen sehe.

Mit einem schiefen Grinsen stößt er sich ab. »Guck nicht so überrascht. Ich habe dir doch gesagt, dass ich wiederkommen würde. Ich sterbe vor Hunger. Was gibt's zu essen?«

Ich reibe mir noch mal die Augen, nur für den Fall, dass sie mir etwas vorgaukeln, aber nein, da steht er, in meinem Wohnzimmer, in voller Größe. Der Staub auf seiner Jeans und den Stiefeln und die vom Wind zerzausten Haare lassen mich vermuten, dass er gerade erst angekommen ist.

»Ist doch in Ordnung, dass ich zurückgekommen bin, oder?«, fragt er, was mein unhöfliches Starren beendet.

»Ja natürlich, tut mir leid, Saxon.« Ich springe auf und streiche verlegen meine Kleidung glatt. »Ich bin ein Morgenmuffel.«

Feixend schaut er auf seine Uhr. »Es ist achtzehn Uhr sieben.« Ich kann mir nicht helfen, ich muss lächeln. Es ist schön, ihn wiederzuhaben.

Der großen Tasche nach zu urteilen, die er mitgebracht hat, wird er wohl eine Weile bleiben. Ich fühle mich getröstet und mit einem Mal wesentlich optimistischer als vorher. Irgendwie wirkt Saxon beruhigend auf mich.

Ich weiß, wie das klingt, wo ich ihn doch kaum kenne, aber er kommt mir sehr vertraut vor. Auch wenn er mich manchmal furchtbar ärgert, es gefällt mir, dass er mich herausfordert und ich bei ihm ich selbst sein kann.

»An Essen habe ich gar nicht gedacht. Möchtest du was Bestimmtes?«, beantworte ich seine Frage, auf die ich bislang nichts erwidert habe, weil ich ihn immer noch quer durchs Zimmer anstarre.

»Pizza«, sagt eine Stimme hinter Saxon.

Sam.

Als er an Saxon vorbeigeht, rempelt er seinen Bruder spielerisch mit der Schulter an. Beim Anblick seiner verwuschelten Haare und seiner zerknitterten Kleidung muss ich lächeln. Er sieht so süß aus. Doch leider wird er, als er den Blick auf das Fernsehen richtet und uns in Bali schwimmen sieht, innerhalb von Sekunden zum Stimmungskiller.

»Was ist das?«

»Da haben wir unseren fünften Jahrestag gefeiert«, erkläre ich händeringend, während er ein verständnisloses Gesicht macht. »Auf Bali.«

»Bali? Was zum Teufel wollten wir denn da?«, fragt er verächtlich, als er uns fröhlich im kristallklaren blauen Wasser herumtollen sieht.

Über Sams Schulter begegne ich Saxons verärgertem Blick. Unbeeindruckt kreuzt Sam die Arme vor der Brust. »Ich habe da gearbeitet, und als ich fertig war, bist du rübergeflogen. Du hattest die Idee, unseren Jahrestag dort zu feiern.«

Sam schnaubt. »Ich bezweifle, dass ich jemals vorschlagen würde, Urlaub auf dieser armen, dreckigen Insel zu machen.«

Ich bin schwer beleidigt, denn Bali gehört zu meinen Lieblingsorten. Die Menschen dort sind so großzügig und liebenswert, und ja, die Insel mag arm sein, aber sie ist trotzdem wunderschön.

Sam lässt sich aufs Sofa fallen und starrt auf den Plasmabildschirm, während ich meinen Ärger herunterschlucke. Er erinnert sich vielleicht nicht mehr daran, aber so war es – der Beweis ist direkt vor seiner Nase. Und er hat Spaß gehabt. Wir beide hatten Spaß. Die Augen auf den Fernseher gerichtet, sehen wir alle stumm zu.

»Was war das für eine Arbeit?«, fragt Sam einen Augenblick später und sieht mich süffisant an. »Bitte sag mir jetzt nicht, dass ich dich aus einem Katalog ausgesucht habe. Das würde eine Menge erklären.« Mit einem arroganten Grinsen auf den Lippen wendet er sich wieder dem Fernseher zu.

Mir bleibt der Mund offen stehen.

»Ich hab nur Spaß gemacht«, ergänzt er dann, aber ich bin mir nicht sicher, ob das stimmt.

»Kannst du mir beim Auspacken helfen, Lucy?«, fragt Saxon,

um die spürbare Spannung zu lösen. Da ich nicht weiß, was ich tun oder sagen soll, nicke ich nur stumm.

Saxon schnauft gereizt und sieht Samuel böse an, ehe er aus dem Zimmer geht. Ich bleibe noch einen Moment bekümmert stehen und betrachte den Mann, den ich über alles liebe. Aber dieser Mann existiert nicht mehr. Traurig verlasse ich Sam, der mit den Füßen auf dem Couchtisch zufrieden auf dem Sofa sitzt.

Wie auf Autopilot gehe ich durch den Flur ins Gästezimmer. Sobald ich Saxon neben dem Bett stehen sehe, die Hände im Nacken verschränkt, breche ich in Tränen aus. Ich muss damit aufhören, ganz besonders damit, das immer wieder vor Saxon zu tun, der sich zweifellos bereits fragt, warum er zurückgekommen ist.

Gequält verzieht er das Gesicht. »Bitte weine nicht, Lucy.«

Ich verstecke meine Tränen hinter meinen Händen und versuche, leiser zu schluchzen. »Es t-tut mir leid.« So weine ich nur noch heftiger. Ich fühle mich schwach und dumm und schäme mich dafür, dass ich mich nicht mal fünf Sekunden zusammenreißen kann.

»Ist schon in Ordnung, du brauchst dich nicht zu entschuldigen.« Die Holzdielen knarzen, als er auf mich zukommt und meinen Oberarm reibt. »Er teilt einfach nur aus. Das hat er schon getan, als wir noch klein waren. Er ist frustriert und verärgert, das ist alles.«

»Aber er ist so g-gemein«, schniefe ich erstickt. »Das war er sonst nie. Es ist wie bei Dr. Jekyll and Mr. Hyde.« Da Saxon seinen Bruder nicht verteidigt, vermute ich, dass er nicht ganz mit mir übereinstimmt.

Ich versuche, mich zu fangen, und meine hässlichen Schluchzer werden immer leiser, bis ich nur noch stumm weine. Diese Gefühlsausbrüche müssen aufhören. Sie helfen mir nicht im Geringsten und führen nur dazu, dass ich mich noch schlechter fühle. Als ich glaube, dass ich sprechen kann, ohne zu stottern, nehme ich die Hände vom Gesicht. Es ist mir peinlich, Saxon anzuschauen, nachdem ich schon wieder zusammengebrochen bin. Aber was ich sehe, überrascht mich. Er sieht aus, als wäre er todunglücklich. Ich hatte mit Ärger gerechnet, nicht mit Traurigkeit.

»Alles in Ordnung?«, fragt er und beugt sich herab, um mir in die Augen zu blicken. »Ich hasse es, dich weinen zu sehen.«

»Entschuldige.« Schnell wische ich mir die Tränen ab, weil ich ihn nicht noch mehr verprellen will. Aber er greift sanft nach meinen Handgelenken. Ein seltsames Gefühl von Sicherheit überkommt mich, als ich sehe, wie fest seine kräftigen Finger mich umfassen.

»Ich wollte sagen, ich ertrage es nicht, dich weinen zu sehen. Es zerreißt mich innerlich.«

Zum zweiten Mal in dieser Nacht bleibt mir der Mund offen stehen.

Saxon lässt meine Handgelenke wieder los und schüttelt den Kopf. »Du hast es nicht verdient, so behandelt zu werden. Anscheinend hat Sam auch seine Manieren vergessen. Aber das überrascht mich nicht. Anständigkeit war noch nie seine Stärke.«

Ich weiß, dass Saxon das nicht hören will, da er immer noch böse auf Sam ist, aber er ist der einzige Mensch, der alles versteht. Er ist der Einzige, der mir erklären kann, warum Sam so ist. »Wenn er sich nicht erinnert, wer ich bin, was sagt das über mich? Über uns? Unsere gesamte Beziehung?«

Saxon wirkt hin- und hergerissen und scheint zu überlegen, was er antworten soll. »Ich wünschte, ich könnte es dir sagen, Lucy. Aber auf die Gefahr hin, wie ein komplettes Arschloch zu wirken, ich wundere mich nicht über Sams Benehmen.«

Erstaunt hebe ich eine Braue.

»Samuel war schon immer ein verzogenes Balg. Er hat immer bekommen, was er wollte. Und da man ihm jetzt Vorschriften macht, rastet er aus. Ich spüre, dass er sich alleingelassen fühlt«, verrät Saxon und zerrt an seinem weißen T-Shirt, als würde es ihn ersticken. »Er hat das Gefühl, untergebuttert zu werden, und der alte Sam, der Sam, den *ich* kenne, hasst es, nicht den Ton anzugeben.«

Ich schüttele den Kopf und beeile mich, Sam zu verteidigen. »Nein, das stimmt nicht. So ist er nicht. Ich weiß nicht, was zwischen euch beiden vorgefallen ist, aber ...«

»Das ist richtig«, unterbricht Sax mich zornig. »Du weißt nichts. Also fang nicht an, Entschuldigungen für ihn zu suchen. Ob er nun das Gedächtnis verloren hat oder nicht, ich jedenfalls erinnere mich an alles und werde es nie vergessen.«

»Er ist dein Bruder«, sage ich leichthin, weil ich nicht mit einem roten Tuch vor einem wütenden Stier herumfuchteln möchte.

»Das weiß ich. Daran braucht man mich nicht zu erinnern.«

»Was hat er denn so Schlimmes getan?«

»Was nicht?«, antwortet er bitter.

Stumm warte ich darauf, dass er wenigstens ein kleines bisschen aus der Vergangenheit erzählt.

»All die kleinen Dinge, die passiert sind, haben sich zu einem größeren Bild zusammengefügt, Lucy. Zum Beispiel hat er die Party an dem Wochenende organisiert, an dem meine Eltern weg waren. Dazu hat er mein Handy benutzt, natürlich ohne dass ich davon wusste, sodass meine Eltern, falls sie davon erfahren würden, nur die Telefonrechnung prüfen mussten, um herauszufinden, dass die Anrufe von meinem Handy gemacht worden waren.«

Ich staune. »*Sam* hat zur Party am vierten Juli eingeladen?«

Saxon nickt. »Ganz genau. Ich habe versucht, meinen Eltern zu erklären, dass ich es nicht war, aber wie Samuel vorhergesehen hatte, haben sie sich die Telefonrechnung angesehen, und danach war es sinnlos, weiter zu diskutieren. Ich hatte einen Monat Hausarrest, weil Kellies geliebte Kristallkugeln als Bowlingkugeln benutzt worden sind.«

Ich habe es schon damals seltsam gefunden, dass Saxon eine so große Party gab. Doch als Sam mir gesagt hat, es sei Saxons Idee gewesen, habe ich nicht daran gezweifelt.

»Oder wie wär's damit? Sam dachte, es wäre lustig, sich einen falschen Ausweis auf meinen Namen zu besorgen und damit Bier kaufen zu gehen.«

»Das ist nicht dein Ernst.« Ungläubig schüttele ich den Kopf.

»Oh doch«, versichert Saxon. »Er hing ständig mit seinen bekifften Freunden herum, und die hatten die großartige Idee, noch mehr Hirnzellen zu vernichten, indem sie sich betrinken. Samuel hat dem Mathe-Nerd Gordon zwanzig Mäuse gegeben, damit er ihm einen falschen Ausweis macht. Es stellte sich heraus, dass Gordon besser bei der Algebra geblieben wäre, denn dieser Ausweis hätte auch aus einer Cornflakes-Schachtel kommen können. Der Geschäftsführer hat meine Eltern angerufen, als Sam aufgeflogen und weggelaufen ist. Dann habe ich wieder Hausarrest bekommen, weil Sam zu feige war, sich zu stellen und die Schuld auf sich zu nehmen.«

»Warum hast du deinen Eltern nicht die Wahrheit gesagt?«

»Das habe ich. Aber als ich Kellie erzählt habe, was Sam so treibt, hat sie mir vorgeworfen, dass ich petze«, erklärt Saxon. »Außerdem war Sam clever. Er wusste, welche Knöpfe man bei meinen Eltern drücken muss. Er zog gern die Nesthäkchenkarte. Darauf sind sie jedes Mal reingefallen. Das sind nur ein paar Beispiele von vielen. Nach einer Weile habe ich aufgehört, mich zu rechtfertigen, weil meine Eltern mir sowieso nicht geglaubt haben. So wurde Sam zum guten Jungen und ich zum bösen. Schließlich war ich der ältere Bruder und hätte es besser wissen müssen. Immer wenn irgendetwas Schlimmes passiert ist, wurde zuerst ich gerufen, nicht Sam.«

»Da wart ihr noch Kinder.« Ich weiß, dass sich das anhört, als wollte ich Sams schäbiges Benehmen rechtfertigen, aber Saxon kann doch sicher etwas verzeihen, was vor so vielen Jahren passiert ist.

Doch er gibt mir zu verstehen, dass diese Unterhaltung beendet ist, indem er beinah den Reißverschluss aus seiner Tasche reißt und sagt: »Du hörst dich genauso an wie meine Eltern.« Dann zerrt er eine Handvoll Klamotten aus der Tasche und stapft zum begehbaren Schrank, wo er alles, was er in den Händen hält, auf ein Regalbrett wirft.

Ich weiß immer noch nicht, warum er so wütend auf Sam ist, aber mir ist klar, dass dies nicht der richtige Zeitpunkt ist, um weiter in ihn zu dringen. Saxon bleibt im Schrank und atmet, die Hände auf den Hüften, tief aus. Ich sage kein Wort. Ich stehe einfach da, kaue auf der Unterlippe und meide seinen gereizten Blick.

Wenn ich will, dass er bleibt, muss ich lernen, ihm nicht ständig auf die Nerven zu gehen. Denn das scheint alles zu sein, was ich in letzter Zeit getan habe – offenbar verbindet uns eine Hassliebe. Wir können uns gegenseitig im Handumdrehen in Rage bringen.

Saxon kommt aus dem Schrank und atmet noch mal tief durch. So nah wirkt er fast erdrückend. »Lucy, ich ...«

Doch was er auch sagen will, ich werde es nie erfahren, denn wir beide erstarren jäh, als wir einen Motor aufheulen hören. Wir brauchen keine drei Sekunden, um zu begreifen, dass das der Jeep ist.

»Nein«, keuche ich kopfschüttelnd mit aufgerissenen Augen. »Das würde er nicht tun, oder?«

Aber als deutlich hörbar Reifen über Kies rollen, wissen wir, dass es genauso ist, wie wir glauben.

»Dieser Mistkerl!« Innerhalb von Sekunden ist Saxon zur Tür hinaus und rennt mit geballten Fäusten durch den Flur. Ich folge ihm dicht auf den Fersen.

Als er die Haustür aufreißt und »Sam! Halt an!« brüllend die Treppe hinunterläuft, weiß ich, dass uns nichts Gutes bevorsteht.

Im kühlen Wind bekomme ich eine Gänsehaut, doch ich ignoriere die Kälte, laufe die Stufen hinunter und rudere mit den Armen, um Sam aufzuhalten. Aber er achtet nicht auf mich. Mein Erscheinen führt nur dazu, dass er noch schneller fährt und, Steine und Kiesel aufwirbelnd, die Zufahrt hinunterrast.

»Sam! Nein!«, schreie ich so schrill, dass ich Vögel aufscheuche. »Bitte, bleib stehen!« Doch mein Flehen trifft auf taube Ohren, denn Sam gibt Gas und braust los wie ein Irrer.

Ich laufe, so schnell ich kann, hinter ihm her, doch als Saxon und ich die Rücklichter immer kleiner werden sehen, werden wir langsamer und geben das sinnlose Rennen auf. Zu Fuß werden wir ihn niemals einholen.

Ich bin außer Atem und erschöpft, doch Saxon, der an mir vorbei wieder ins Haus zurückläuft, sieht aus, als wäre er nicht mal ins Schwitzen geraten. Ich beuge mich vor, stütze mich auf die Knie und versuche, Atem zu schöpfen, doch als ich Saxon brüllen höre, bekomme ich einen Adrenalinschub und laufe in neuer Höchstgeschwindigkeit zu ihm.

»Was?«, schreie ich kurzatmig, als ich ihn wütend im Flur auf und ab gehen sehe.

»Er hat meine Schlüssel mitgenommen! Dieser verdammte Scheißkerl!«, stößt er zwischen zusammengebissenen Zähnen hervor.

Als mir klar wird, dass Sam nicht weiß, wo er sich befindet, bekomme ich Angst. Vielleicht gelingt es ihm, vertraute Orte zu erkennen, aber alles in allem fährt er praktisch blind durch die Gegend.

»Er weiß nicht, wo er ist! Er wird sich verfahren.«

»Ich weiß«, schnauzt Saxon und schüttelt den Kopf. »Das ist typisch für ihn. So ist er – *so* ist Sam. Genau so, gemein und egoistisch.« Erregt deutet er auf die Tür, als würde dieser Vorfall die Behauptung bestätigen, dass dieser abstoßende Sam der wahre Sam ist.

Aber ich weigere mich, das zu glauben. Mag sein, dass Sam sich Saxon gegenüber so verhalten hat, aber mir gegenüber nie. Er hat mich immer wie eine Prinzessin behandelt, so als wäre ich das Einzige, was wichtig für ihn ist.

Mein Kummer zeichnet sich auf meinem Gesicht ab, deshalb reißt Saxon sich hastig zusammen und atmet tief durch. »Lass ihn einfach etwas Dampf ablassen«, erklärt er. »Ihm wird schon nichts passieren. Wenn er nicht bald wiederkommt, rufe ich meinen Vater an und gehe ihn suchen.«

»Was kann ihn dazu getrieben haben?«, frage ich, weil es einen Grund für diese Flucht geben muss, und sehe ihm an, dass ihm etwas schwant.

Er geht ins Wohnzimmer, und ich laufe ihm nach. Mitten im Raum bleibt er stehen und starrt auf den Fernseher, was darauf hindeutet, dass das Standbild meine Frage beantworten kann. Als ich Sam in Talar und Doktorhut bei der Schulabschlussfeier sehe, verstehe ich, warum er ausgerastet ist.

Er hat sich an Paulo's erinnert und dann daran, dass er der Kapitän der Basketball-Mannschaft war. Kann es sein, dass ihm auch wieder eingefallen ist, dass ihm ein Basketball-Stipendium angeboten wurde, das er aber ablehnen musste, weil seine Eltern seine Zukunft bereits verplant hatten? Hat er sich an seine Enttäuschung und sein Bedauern erinnert?

Sicher, er hat noch einen Hochschulabschluss gemacht, aber in Marketing, einem Studiengang, den er gewählt hat, damit er seinem Vater helfen kann, das Geschäft voranzubringen. Mir hat er gesagt, es mache ihm nichts aus, das sei seine Zukunft, aber ich weiß, dass er mich angelogen hat. Als er dieses Stipendium abgelehnt hat, hat er seine Träume begraben.

»Er hat sich erinnert«, stoße ich hervor und schaffe es nicht, den Blick vom Bildschirm loszureißen.

»Sieht so aus.«

Ich sollte froh sein, dass Erinnerungen wachgerufen werden, aber was ist, wenn es die sind, die er für immer vergessen wollte?

❈❈❈

Inzwischen ist es 23:30 Uhr, und Samuel ist immer noch nicht zurückgekommen.

Saxon sitzt gelassen in einem Schaukelstuhl und trinkt ein Bier, während ich so nervös auf der Veranda hin und her laufe, dass die Dielen wohl bald durch sind. Alle haben heute Abend dafür gesorgt, dass sie unerreichbar sind, denn mir ist es nicht gelungen, irgendjemanden ans Telefon zu bekommen. Vielleicht wollen sie uns Raum geben, weil sie nicht wissen, wie viel Raum tatsächlich zwischen uns ist, denn ich habe keine Ahnung, wo Sam steckt.

»Sollen wir nicht die Polizei rufen?«, frage ich zum zehnten Mal.

»Und was sollen wir den Beamten sagen? Er ist ein erwachsener Mann«, erwidert Saxon, genau wie vor fünf Minuten.

»Er ist ein erwachsener Mann, der sein Gedächtnis verloren hat«, korrigiere ich ihn, ohne stehen zu bleiben. »Ich wette, wenn ich ihnen das erzähle, begreifen sie, wie wichtig es ist, ihn zu finden.«

Saxon sagt nichts dazu.

Ich mache mir große Vorwürfe, dass ich diese dummen Filme angeschaut habe. Auf Sam ist zu schnell zu viel eingestürzt. Das hat ihn überwältigt. Saxon hat es selbst gesagt. Sam fühlt sich alleingelassen. Und was tue ich? Ich streue Salz in die Wunde.

»Was machst du beruflich?«

Ich bleibe stehen und drehe mich verwirrt zu Saxon um. »Wie?«

Er schaukelt hin und her und lächelt mich entspannt an. »Du hast gesagt, du hättest auf Bali gearbeitet. Was war das für eine Arbeit?«

Versucht er jetzt wirklich, Konversation zu machen? Es sieht ganz danach aus, denn er lässt mich nicht aus den Augen und wartet auf eine Antwort. »Ich helfe Menschen«, sage ich. »Also, genau genommen habe ich einen Master in Human Rights. Ich arbeite für PFP – People for People. Meine Aufgabe ist es, Menschen ihre Rechte zu erklären, um internationale Menschenrechte durchzusetzen und den Schutz von Zivilisten zu gewährleisten.«

»Das ist mir zu hoch«, scherzt Saxon und nippt an seinem Bier.

Ich schaue auf den leeren Stuhl neben ihm und gebe nach. Ich setze mich und hole weiter aus: »Für das studienvorbereitende Praktikum bin ich nach Ghana gegangen. Außerdem war ich sechs Wochen im Sudan. So habe ich einiges über die Entstehung der Konflikte gelernt, die es augenblicklich zwischen den Ländern in Afrika gibt. Die Zeit im Ausland war sehr wichtig für mich, denn ich habe sehr viele wunderbare Menschen getroffen. Ich habe Militärs und UN-Mitarbeiter kennengelernt, die den Frieden sichern sollten und aus den unterschiedlichsten Ländern stammten. Unsere Organisation arbeitet mit dem UN World Food Programme zusammen. Das WFP ist die größte humanitäre Organisation, die weltweit den Hunger bekämpft. In einem Jahr hat sie mehr als 80 Millionen Menschen in über 70 Ländern mit ihrer Nahrungsmittelhilfe erreicht. Es ist unglaublich.«

Als Saxon nur stumm nickt und an dem Etikett auf seiner Bierflasche zupft, glaube ich, dass ich ihn zu Tode langweile. Sam hat nie lange zugehört und sobald wie möglich das Thema gewechselt. »Tut mir leid, wenn ich dich langweile.« Ich ziehe ein Bein heran und bringe den Holzstuhl ins Schaukeln.

Überraschenderweise schüttelt Saxon den Kopf. »Du langweilst mich nicht. Es freut mich zu hören, dass du das, was dir am Herzen liegt, nicht aufgegeben hast.«

Verständnislos spitze ich den Mund.

»Als du ungefähr sechzehn warst«, sagt er, als müsse er die Erinnerung erst abrufen, »hast du ständig darüber geredet, dass die Japaner Wale jagen. Du hast mir sogar einen Flyer gegeben, auf dem zu sehen war, was für grausame Dinge sie taten. Danach war ich einen Monat Vegetarier. Ich habe immer geglaubt, ich würde dich eines Tages in den Nachrichten sehen, weil du eins von diesen Schiffen gekapert hast. Und anscheinend habe ich fast ins Schwarze getroffen«, sagt er mit einem amüsierten Zwinkern.

»Ich kann nicht glauben, dass du dich daran erinnerst«, gestehe ich erstaunt. Wegen Sams Wutausbrüchen und dem stundenlangen Eingesperrtsein im Krankenhaus haben Saxon und ich eigentlich nie die Gelegenheit gehabt, uns normal zu unterhalten.

»Ja, lustig nicht? Ich kann mich an vieles erinnern.« Verlegen kratzt Saxon sich am Nacken. Hat er etwas verraten, was er für sich behalten wollte?

»Ich kann mich auch an die Unterhaltung erinnern.« Ich möchte, dass er weiß, dass ich mich gern an die wenigen gemeinsamen Momente erinnere, auch wenn wir in der Schulzeit nicht viel miteinander zu tun hatten. »Und ich weiß noch, dass du die Schuld auf dich genommen hast, als ich die letzte Diet Coke deiner Mom getrunken hatte.«

Er kichert und lehnt sich zurück. »Wehe, man vergreift sich an Kellies Diet Coke.«

»Sam und ich waren noch nicht lange zusammen, und ich

kannte die Regeln noch nicht. Wer hätte geahnt, dass sie wegen so etwas so ein Theater macht.« Saxons raues Lachen jagt mir einen Schauer über den Rücken. »Ich glaube, ich habe mich nie richtig bei dir bedankt.«

»Ist schon gut«, sagt er abwehrend. »Meine Mutter zu ärgern ist meine Lieblingsbeschäftigung, also hab ich es gern getan.«

Diese Bemerkung liefert mir den Ansatzpunkt, nach dem ich gesucht habe. »War sie schon immer so…?«

»Ungerecht?«, führt Saxon den Satz zu Ende, während ich mir auf die Lippe beiße. »Ja, von Anfang an. Ich habe früh gelernt, dass sie Samuel vorzieht. Er war immer der Artige, während ich…«, er unterbricht sich und sucht nach dem richtigen Ausdruck, »… einfach nur ich war. Schade, dass das für Kellie nie gut genug war.«

Plötzlich tut er mir leid, aber ich lasse es mir nicht anmerken, weil ich weiß, dass er sich nicht aus diesem Grund mit mir über früher unterhalten hat. »Es tut mir leid, dass ich so… auf Sam fixiert war«, sage ich schließlich in Erinnerung an das Video von Sams Basketball-Endspiel, bei dem ich Saxon wie Luft behandelt habe.

Mein siebenundzwanzigjähriges Ich würde mein siebzehnjähriges gern in den Hintern treten.

»Kein Thema. Du warst verliebt«, witzelt er, indem er das Wort »verliebt« in die Länge zieht. Aber ich spüre, dass er sich hinter seinem Humor versteckt.

»Vielleicht können wir die verlorene Zeit ja jetzt nachholen?«, schlage ich vor und spiele nervös mit losen Haarsträhnen, die mir über die Schulter fallen. Ich weiß nicht, warum ich so unsicher bin, deshalb verbiete ich mir die Fummelei.

Als Saxon den Kopf schüttelt, fühle ich mich entmutigt – so

als würde er schon wieder ein Friedensangebot ausschlagen. Doch einen Moment später bin ich erleichtert. »Wie wär's mit einem ganz neuen Anfang?«

»Oh ja, das würde mir gefallen.« Entschlossen beuge ich mich über die Armlehne meines Schaukelstuhls und strecke eine Hand aus. »Hi.« Erheitert schaut Saxon auf meine Hand herunter. Ich ignoriere das und rede weiter. »Ich heiße Lucy. Lucy Tucker.«

»Nett, dich kennenzulernen. Ich bin Saxon Stone.« Als meine Hand vollständig in seiner warmen Pranke verschwindet, fühle ich mich urplötzlich, als hinge ich an einem unsichtbaren Stromkabel fest. Das erschreckt mich so, dass ich ihm keuchend meine Hand entreiße.

Saxon ist es offenbar ähnlich ergangen, denn die Hand, die ich gerade geschüttelt habe, liegt zur Faust geballt neben ihm. Aus irgendeinem Grund werden meine Wangen heiß. Ich bin verwirrt und verlegen und anscheinend auch ein wenig aufgeregt.

Saxon setzt die Bierflasche an die Lippen und trinkt sie in einem Zug aus.

Ehe ich Zeit habe, darüber nachzudenken, was zum Teufel gerade passiert ist, kreisen rote und blaue Lichter vor meinem Haus. Sieht so aus, als wäre soeben aus einer schlechten Nacht eine ganz schlechte geworden.

Entnervt steht Saxon auf. »Jetzt brauchen wir wohl nicht mehr nach Sam zu suchen.« Er reicht mir seine Hand, und ich ergreife sie, weil ich Angst habe, dass meine wachsweichen Beine mich ohne seine Hilfe nicht tragen.

Ich möchte die Treppe hinunterlaufen und Sam umarmen, anschreien und schlagen, aber ich tue nichts dergleichen. Mit

Saxon an der Hand sehe ich reglos zu, wie der stämmige Police Officer aussteigt und die hintere Tür aufhält. Dann klettert Sam aus dem Wagen, und so wie er schwankt, kann man davon ausgehen, dass er betrunken ist. Außerdem sieht er schmutzig und ungepflegt aus.

»Großartig«, murmele ich. »Kaum ist er aus dem Krankenhaus, betrinkt er sich.« Saxon seufzt. Dann geht er die Treppe hinunter und gesellt sich zu dem Polizisten auf dem Hof.

Ich gehe zum Geländer und stütze mich darauf. Ich will lieber zusehen, als mich einmischen. Ich scheine alles nur schlimmer zu machen, deshalb denke ich, dass es für alle das Beste wäre, wenn ich mich diesmal zurückhalte. Samuel versucht, Saxon abzuklatschen, aber Saxon macht nicht mit.

»Ich muss Sie wohl nicht fragen, ob Sie diesen Mann kennen, das sieht man ja«, sagt der Polizist zu Saxon. »Er war im Rosa Flamingo und hat die Mädchen geärgert. Aber sie werden keine Anzeige erstatten.«

Aus vielen verschiedenen Gründen dreht mein Magen sich um. Vor allem deswegen, weil mein Verlobter in einem Stripklub war. Ich bin nicht verklemmt, und unter normalen Umständen würde es mir nicht viel ausmachen, aber das, was mir zugemutet wird, ist so weit von der Normalität entfernt, dass ich mich darüber ärgere – und zwar sehr.

»Danke, dass Sie ihn nach Hause gebracht haben, Officer.« Saxon macht keinen Versuch, Samuels schändliches Benehmen zu entschuldigen. »Haben Sie zufällig dort auf dem Parkplatz einen silbernen Jeep gesehen?«

»Nein, tut mir leid.« Der Polizist reicht Saxon Sams Brieftasche. »Eure Eltern sind gute Leute, mein Sohn. Wenn das da der Sohn eines anderen Paars wär, hätte ich ihn mitgenommen und ihn seinen Rausch in einer Zelle ausschlafen lassen. Hören Sie«, der Polizist dreht sich zu Sam um, der schwankend in den Nachthimmel späht. »Das sollten Sie besser nicht noch mal machen.«

»Schaut euch den Großen Wagen an!«, ruft Samuel und zeigt nach oben. Der Ernst der Lage ist ihm offenbar nicht klar. Der Polizist und Saxon geben einander die Hand, während Sam sich, ohne zu merken, wie viel Glück er hat, davonstiehlt.

Mit ausgestreckten Armen wandert er über den Hof, fährt mit den Fingern an den Büschen entlang und kichert begeistert. Hin und wieder bleibt er stehen, um an den Blumen zu schnuppern. Kaum dass das Polizeiauto die Zufahrt herunterfährt, läuft Saxon zu ihm und reißt ihn herum. Ängstlich stoße ich mich vom Geländer ab, gehe zur Treppe und beobachte die beiden.

»Verdammt noch mal, bist du high?« Saxon hält Samuel am Unterarm fest.

Sam lacht wie ein Irrer. »Natürlich. Und sehr, sehr betrunken«, lallt er.

High? Samuel hat nie Gras geraucht. Habe ich zumindest gedacht. Wie konnte mir das entgehen? Saxons Geschichten über Sams Schwindeleien fallen mir wieder ein.

»Es gab eine Zeit, in der du gern mit Jonno und mir einen geraucht hast. Kannst du dich nicht mehr erinnern?«

Jonno? Also Jonathan Whelan, Sams bester Freund in der Highschool?

»Mit sechzehn, Sam. Da waren wir noch Kinder. Heute sind wir erwachsen. Wie wär's, wenn du anfängst, dich auch so zu benehmen?«

»Leck mich, Mann«, blafft Sam und reißt sich los.

»Du kannst nicht einfach so abhauen. Lucy hat sich große Sorgen gemacht.« Erregt zeigt Saxon auf mich. Es gefällt mir, dass er für mich eintritt.

»Und was ist mit dir, Sax? Hast *du* dir auch Sorgen gemacht?«, fragt Sam verächtlich. Immer, wenn Saxon mir zu Hilfe kommt, wird er eifersüchtig. Das könnte auch ein Grund dafür sein, dass er mich als Feindin betrachtet.

Saxon brodelt vor Zorn. »Mir ist scheißegal, wo du hingehst. Und deine Wutanfälle sind nichts Neues für mich. Geh jetzt endlich rein.«

Sam grinst höhnisch. »Du bist nicht mein Vater. Du kannst mir nicht sagen, was ich tun soll.«

»Niemand kann das, das ist ja das Problem«, schnauzt Saxon, doch das scheint Sam nicht zu kümmern.

»Was ist mit dir passiert? Früher warst du so lustig. Ich erkenne dich kaum wieder.« Angewidert schüttelt Sam den Kopf.

Wütend starrt Saxon ihn an. »Ich bin erwachsen geworden und du nicht. Ich habe dieses Scheißkaff verlassen und mir ein eigenes Leben aufgebaut, ohne dass Mama auf mich aufpasst!«

»Verpiss dich, du Scheißkerl! Du bist nur eifersüchtig, weil Mom mich lieber hat als dich.« Sam stößt Saxon vor die Brust, doch da er betrunken ist, fällt er dabei fast auf den Hintern.

Ich renne die Treppe hinunter, denn ich befürchte, dass die beiden gleich anfangen, sich zu schlagen. »Hört auf!« Aber mein Ruf wird nicht beachtet.

Saxon kichert. »Eifersüchtig? Ich bitte dich. Ich bin froh, dass sie mich nicht bei den Eiern hat.«

Samuel kneift die Augen zusammen und versucht wieder, sich auf Saxon zu stürzen. Doch der ist zu schnell, deshalb stolpert Sam und fällt auf die Nase.

Saxon lacht und verschränkt die Arme vor der Brust. »Soll ich Mommy rufen?«

»Hört auf! Alle beide!« Ich versuche, Sam auf die Beine zu helfen, doch er schüttelt mich ab und steht allein auf.

Er schwankt immer noch, aber seine Wut scheint ihn etwas ernüchtert zu haben. »Ach, leckt mich doch beide.«

»Sam«, sage ich erschrocken. Ich verstehe nicht, warum er immer so wütend auf mich ist.

»Ich schlafe in der Scheune«, erklärt er und taumelt darauf zu.

»Was? Warum denn?« Ich laufe ihm nach, damit er es mir erklärt.

Doch er beachtet mich kaum. »Weil die Tiere mich in Ruhe lassen.« Er stürmt weiter.

Ich höre auf, einen Mann zu jagen, der offensichtlich nicht eingefangen werden möchte. »Na schön, dann geh doch!« Ich bin kurz davor, vor Wut zu platzen.

Plötzlich spüre ich, dass Saxon hinter mir steht. Ich sollte nicht böse auf ihn sein, aber ich bin's. »Lucy...«

»Nein, nicht.« Ich wirbele herum und starre ihn wütend an. »Danke, dass du alles noch schlimmer gemacht hast.«

»Wieso bin jetzt wieder ich der Böse?«, erwidert er zornig, lenkt aber sofort ein. »Es tut mir leid, in Ordnung?«

»Spar dir deine Entschuldigungen. Ich will sie nicht hören.« Meine Wut trifft den Falschen, aber er ist der Einzige, der da ist. Und der Einzige, der damit umgehen kann. »Samuel braucht dich jetzt. Wie wär's, wenn du aufhörst, so ein Arschloch zu sein und den großen Bruder gibst, den er braucht?«

»Er braucht eine ordentliche Tracht Prügel. Wie kannst du ihn nach diesem Auftritt verteidigen?« Saxon rauft sich die Haare.

»Weil das nicht Sam ist!«, wiederhole ich wie eine gesprungene Schallplatte. »Wir müssen ihm helfen. Ihm zeigen, wer er ist. Also spar dir deine sarkastischen Bemerkungen.«

Ärgerlich plustert er sich auf. Dieser Streit scheint noch lange nicht zu Ende zu sein.

»Ich gehe ins Bett. Gute Nacht.« Völlig überfordert rausche ich an ihm vorbei und bin dankbar, dass er mir nicht folgt, denn ich brauche Zeit, um das, was ich gerade schlucken musste, zu verarbeiten.

Als ich durch den Flur stapfe, überwältigt mich die Trauer darüber, dass das fröhliche Gelächter, das früher von diesen Wänden widerhallte, nun durch Wut und Tränen ersetzt worden ist. Mein schönes Zuhause ist zu einem schrecklichen Ort geworden.

Ich schließe die Schlafzimmertür, krieche aufs Bett und lege mich, zu einer Kugel zusammengerollt, auf die Seite. Heute Morgen lief alles noch gut, und ich habe geglaubt, dass der alte Sam vielleicht langsam wieder hervorkommt – doch das war voreilig.

Ich möchte Saxon nicht glauben. Dieser neue Sam ist nicht mein Verlobter. Ich kenne Sam, und er würde niemals so mit mir sprechen, wie er es in letzter Zeit getan hat. Ich versuche, mich in ihn hineinzuversetzen und zu begreifen, wie frustrierend und Furcht einflößend es für ihn sein muss, sich nur an Bruchstücke aus seinem Leben erinnern zu können. Natürlich ärgert ihn das – ich muss ihm einfach Raum und Zeit geben. Ich muss an die Liebe denken, die uns verbunden hat.

Ohne hinzuschauen, strecke ich einen Arm aus und greife nach dem Tagebuch, das oben auf dem Bücherstapel auf meinem Nachttisch liegt. Ich brauche diese Aufzeichnungen, um mich zu erinnern. Aber vor allem, um zu vergessen.

* * *

14. Februar 2005

Liebes Tagebuch,
ich komme mir so dumm vor.
Heute ist Valentinstag, und ich habe alles falsch gemacht.
Samuel und ich gehen jetzt seit fünf Monaten miteinander, und er hat sich immer wie ein Gentleman benommen, aber heute Abend, als es in seinem Pick-up etwas heißer herging, bin ich ausgeflippt.
Wir haben rumgeknutscht, und es war sehr schön. Ich liebe es, Sam zu küssen – ich würde sogar so weit gehen zu behaupten, dass niemand auf der Welt besser küsst als er. Auch wenn ich das nicht beurteilen kann. Jedenfalls fühle ich mich nie besser, als wenn ich in seinen Armen liege.
Er hat seine Hand erst unter mein Oberteil geschoben und dann in meine Hose, und das war okay, aber dann hat er versucht, mir das T-Shirt auszuziehen, ab da war es für mich nicht mehr okay. Ich habe Sam noch nichts von meinen Narben erzählt. Ich habe Angst, dass er dann aufhört, mich anzusehen, als wäre ich das schönste Mädchen auf der Welt.
Ich weiß, dass das dumm ist – Sam ist nicht so oberflächlich, aber irgendwie scheine ich es zu sein. Es gefällt mir nicht, dass diese Narben immer noch so großen Einfluss auf mich haben. Sie erinnern mich an alles, was ich so gern vergessen würde.
23:46 Uhr
Ich bin total verliebt in Samuel Stone. Jetzt ist es offiziell!
Ich bin gerade die Treppe wieder raufgeschlichen, weil Sam mir geschrieben hatte, dass ich mich an der Ecke mit ihm treffen

sollte. Mom und Dad haben schon geschlafen, also hab ich es riskiert, sie zu wecken, als ich aus dem Haus geschlüpft bin, weil ich unbedingt wissen musste, warum Sam mich mitten in der Nacht sehen wollte.

Ich hatte große Angst, dass er Schluss machen würde, aber überraschenderweise hat er mich in die Arme gezogen und sich dafür entschuldigt, dass er so aufdringlich war. Ich habe ihm erklärt, dass in meiner Vergangenheit Dinge passiert sind, mit denen ich noch nicht umgehen kann, und er hat mich nicht gedrängt. Er hat mir gesagt, wann immer ich darüber reden möchte, wäre er bereit zuzuhören.

Das hat mir Selbstvertrauen gegeben, deshalb habe ich, statt mit ihm zu reden, seine Hand genommen und es ihm erlaubt zu ertasten, was mir solche Angst macht. Er hat große Augen gemacht, und einen Moment habe ich befürchtet, dass die Narben ihn abschrecken, aber dann hat er sie gestreichelt und gesagt: »Ich liebe dich, Lucy, alles an dir.«

Es war das erste Mal, dass er gesagt hat, dass er mich liebt, und es war das schönste Gefühl auf der Welt.

Elf

Am nächsten Morgen sitze ich an meiner Küchentheke und trinke meine zweite Tasse Kaffee – schwarz, weil Saxon die ganze Milch getrunken und die leere Packung dann wieder in den Kühlschrank gestellt hat, sodass ich gedacht habe, wir hätten noch welche. Eine seiner vielen Marotten, an die ich mich inzwischen gewöhnt habe.

Ich habe furchtbar schlecht geschlafen und wahrscheinlich sieht man es an meiner ungepflegten Erscheinung. Sophia wird um zehn Uhr kommen, doch ehrlich gesagt weiß ich gar nicht, ob Sam sie sehen will. Früher war er wie ein offenes Buch für mich. Heute könnte es ebenso gut in Chinesisch geschrieben sein.

»Hallo? Irgendjemand zu Hause? Ich bringe etwas Schönes zu essen.« Pipers fröhliche Stimme muntert mich auf. Schnell entriegele ich die Hintertür.

Als sie mich sieht, runzelt sie die Stirn. »Was ist passiert, Luce?«

Ich schaue auf die Schachtel mit Gebäck von Krispy Kreme, nehme sie ihr ab und seufze. »Lass uns darüber reden, während ich mir eine Überdosis Zucker gönne.«

Piper hat nichts dagegen.

Sie hockt sich auf die Theke und beobachtet mich scharf,

während ich ihr eine Tasse Kaffee einschenke. »Also los. Was ist passiert? Ich dachte, wenn ich komme, schwebst du auf einer postkoitalen Wolke.«

Ich schnaube und reiche ihr den Kaffee. »Falsch gedacht. Das einzig Aufregende, das Sam unternommen hat, war, meinen Wagen zu stehlen, die halbe Nacht wegzubleiben und dann in einem Polizeiauto zurückzukommen, nachdem er betrunken und randalierend aus einem Stripklub geworfen worden ist. Oh, und er weiß nicht, wo mein Wagen ist.«

Mit offenem Mund sieht Piper mich völlig entgeistert an. »Nein!«

»Doch«, versichere ich. »So was kann man sich nicht ausdenken.«

»Krass.«

»Du sagst es. Dann habe ich ohne besonderen Grund Saxon angeschrien, nur weil er ist, wie er ist«, gestehe ich, lasse mich auf einen Stuhl fallen und wühle in der Schachtel mit den Donuts herum. »Wieso ist mein Leben so schrecklich geworden?«

Piper macht ein betroffenes Gesicht, was dazu führt, dass ich mich noch schlechter fühle. Ich würde jetzt gern einen ihrer klugen Sprüche hören. Ich will, dass sie mir sagt, dass alles gut wird. Aber das kann sie nicht. Sie kann mich nur etwas aufmuntern. »Was für ein Mistkerl. Wo ist er jetzt?«

Ich beiße in einen Donut und sage: »In der Scheune. Er sagt, er schläft lieber bei den Tieren, weil die ihn in Ruhe lassen.«

»Dieser verdammte Mistkerl!«, ruft sie und knallt ihren Becher auf die Theke. »Ich verstehe, dass er eine harte Zeit durchmacht, aber mal ernsthaft, langsam übertreibt er es. Dagegen wirkt der alte besserwisserische Sam ja wie ein Heiliger.«

»Ich weiß«, seufze ich mit vollem Mund. »Sophia kommt um zehn. Hoffen wir, dass sie den alten Sam finden kann.«

Als Piper nachdenklich den Mund verzieht, fürchte ich mich fast, sie zu fragen, was sie denkt, aber schließlich traue ich mich doch. »Was ist, Pipe?«

»Was machst du, wenn er sich nie mehr erinnert, Luce? Was ist, wenn er nie wieder aufhört, so ein Riesenarschloch zu sein? Er war ja schon früher ein bisschen arrogant, aber das, was er jetzt macht, geht einfach zu weit.«

»Das sind eine Menge Fragen, die ich im Moment nicht beantworten kann.« Ich kratze mit dem Fingernagel über den Griff meines Bechers. »Ich muss daran glauben, dass er sich wieder erinnert. Wenn ich es nicht tue …« Ich muss den Satz nicht zu Ende bringen, denn Piper weiß, was ich meine.

Stumm kauen wir weiter, wir verstehen uns auch ohne Worte.

»Morgen.«

Saxons Auftritt ist genau die Ablenkung, die Piper braucht. Ich dagegen schrecke zusammen und mache mich auf meinem Stuhl noch kleiner. Während Saxon zielstrebig quer durch die Küche zum Kaffee geht, kann ich nicht anders, ich bewundere sein gutes Aussehen. Beim Anblick seiner frisch gewaschenen Haare, des engen weißen T-Shirts und der zerrissenen Jeans, die genau die richtigen Stellen betont, muss ich an den seltsamen Stromschlag gestern Nacht denken.

Im einen Moment haben wir noch geredet, und im nächsten habe ich mich gefragt, ob meine Hand in Flammen steht. Ich verstehe das nicht.

»Hast du gut geschlafen?«

Seine kratzige Stimme reißt mich aus meinen Gedanken. »Ja, danke«, lüge ich und begegne dem wissenden Blick, mit dem er mich über den Rand seines erhobenen Bechers mustert. Die Haarsträhne, die ihm übers linke Auge fällt, lässt ihn irgendwie geheimnisvoll aussehen.

Ist er böse auf mich? Er hätte guten Grund dazu. Letzte Nacht habe ich ihn beschimpft, und das hat er nicht verdient. Mit dem Gedanken im Kopf schiebe ich die Süßigkeiten in seine Richtung. »Die pinken esse ich am liebsten.« Er schaut in die Schachtel und grinst.

Die Friedensgabe ähnelt der, die er mir vor ein paar Wochen gegeben hat. Anscheinend bieten wir beide gern Süßes an, um unser schlechtes Benehmen zu entschuldigen.

Saxon nimmt den pink glasierten Donut mit den bunten Streuseln, leckt sich den klebrigen Zuckerguss von den Fingern und reicht das Backwerk dann überraschenderweise an mich weiter. Natürlich nehme ich es an, denn so ein Angebot würde ich niemals ausschlagen.

»Die isst du doch am liebsten«, erklärt er, als ich ihn fragend anschaue, und greift nach einem gelben, was mich zum Lächeln bringt.

»Was ist jetzt mit der Party?«, fragt Piper. Als ich erschrocken den Blick von Saxon löse, wackelt sie scherzhaft mit dem Finger. »Du hast Ja gesagt.«

»Ich weiß, aber das war, ehe das ...«, ich unterbreche mich und zeige einmal in die Runde »... passiert ist.«

»Was ist passiert?«, fragt eine krächzende Stimme hinter mir. Weiß er nicht mehr, was gestern Nacht los war?

Piper hört auf zu kauen, blickt über meine Schulter und macht keinen Hehl aus ihrer Verachtung für Samuels Aufzug. »War es schön in der Scheune? Man kann sogar riechen, dass du bei den Tieren geschlafen hast. Oder riechst du immer so?«

»Piper!«, rufe ich entrüstet und drehe mich so schnell zu ihr um, dass mein Pferdeschwanz wie eine Peitsche durch die Luft zischt. Bittend verziehe ich das Gesicht, damit sie aufhört.

Sie sagt nichts mehr, schafft es aber nicht, ihren finsteren Blick zu verbergen, während Saxon es nicht schafft, sein schiefes Grinsen zu verstecken.

Als Sam um die Theke herumkommt, springe ich auf. »Kaffee?« Mit den zerknitterten Kleidern, dem wirren Haar und den dunklen Ringen unter den Augen sieht er furchtbar aus. Anscheinend haben wir beide schlecht geschlafen.

Sam nickt und schaut in die Schachtel mit den Donuts. »Danke.«

Ich unterdrücke das Zittern meiner Hand und schenke ihm eine Tasse Kaffee ein. Das war immerhin besser als ein »Hau ab«. Vielleicht ist er heute mit dem richtigen Fuß aufgestanden. Man kann es nur hoffen.

Als ich ihm seinen Kaffee reiche, kann ich mich nicht davon abhalten, zu Saxon hinüberzusehen, der seitlich von mir an der Theke lehnt und schweigend seinen Kaffee trinkt. Wartet er vielleicht auf eine Entschuldigung von Sam? Ich jedenfalls schulde ihm eine, und Sam sollte sich wohl bei uns beiden entschuldigen. Sein Benehmen gestern war wirklich unmöglich, und dann wäre da noch die Frage, wo eigentlich mein Auto ist.

Doch all das kann warten, bis er seine Sitzung mit Sophia hinter sich hat.

»Also, machen wir eine Party?«, fragte Piper in die Stille hinein.

Als ich erneut Einwände erheben will, sehe ich Sams Gesichtsausdruck und halte den Mund. »Was für eine Party?«, fragt er.

»Da deine Amnesie unser aller Leben bestimmt hat...« Ich schließe die Augen und schüttele den Kopf über Pipers Taktlosigkeit. »Haben wir vergessen, was Spaß ist. Das sollte kein Wortspiel sein«, fügt sie hastig hinzu und wedelt abwehrend mit der Hand. »Also schlage ich vor, dass wir eine Party geben, damit wir uns wieder daran erinnern.«

»Hört sich gut an«, sagt Sam, und ein Lächeln erhellt sein Gesicht. »Wer bist du noch mal?«

Unbeeindruckt zuckt Piper die Achseln. »Deine Erzfeindin. Und wenn ich ehrlich bin, kann ich dich im Moment noch weniger ausstehen als sonst.« Saxon kichert in seinen Becher und erstickt fast an seinem Kaffee.

»Sie macht nur Spaß«, erkläre ich und sehe Piper mit großen Augen an, damit sie Ruhe gibt.

»Nein, tu ich nicht«, widerspricht sie barsch. Doch Sam scheint nicht gekränkt zu sein, deshalb überhöre ich das.

Da die Party nun offenbar beschlossene Sache ist, beschließe ich, mich anzuziehen, denn es ist bereits halb zehn, und Sophia kommt gleich. Das Problem ist, wie sage ich es Samuel? Vielleicht weiß er nicht mehr, dass sie diesen Termin mit ihm gemacht hat. Er hat ihn sich nicht notiert und schien nicht das geringste Interesse daran zu haben, sie nach seiner Entlassung wiederzusehen.

Ich habe das Gefühl, dass sich ein neuer Streit anbahnt.

Schnell schlucke ich meinen Kaffee herunter, wasche den Becher im Spülbecken aus und hoffe, dass irgendjemand den Wink versteht und merkt, dass wir alle in die Gänge kommen sollten. Eigentlich dürfte es mich nicht wundern, dass dieser Jemand Saxon ist. Anscheinend durchschaut er mich wesentlich besser, als ich dachte.

»Wann kommt Sophia?«, fragt er beiläufig.

»Um zehn«, erwidere ich und schaue Sam an. Erleichtert atme ich aus, als er seinen Becher nicht ärgerlich an die Wand wirft.

»Sam, geh duschen. Du stinkst«, sagt Saxon halb im Scherz.

Ich halte die Luft an, denn ich befürchte, dass in meiner Küche gleich der Dritte Weltkrieg ausbricht, und bin verblüfft, als Sam ihm zwar den Mittelfinger zeigt, aber dann nickt. »Leck mich, du Schönling. Bestimmt hast du beim Haarewaschen das ganze warme Wasser verbraucht.«

Piper prustet los, dämpft ihren Ausbruch aber, indem sie eine Hand auf den Mund presst.

Nach dem Streit gestern Abend bin ich froh über das Geplänkel. Es sind diese kurzen Momente, die mir helfen, Sam nicht aufzugeben. Hinter dem zornigen Äußeren verbirgt sich der Mann, den ich kenne und liebe. Ich hoffe, dass Sophia ihn mir zurückbringen kann.

Sam trinkt seinen Kaffee aus und stellt den Becher in die Spülmaschine. Die kleine Geste bringt mich zum Schmunzeln. Ich möchte, dass er sich hier wieder zu Hause fühlt, und einfache Dinge wie diese helfen ihm sicher dabei. Spielerisch rempelt er Saxon an, ehe er im Flur verschwindet. Ich verkneife es mir, ihn zu fragen, ob ich ihm sagen soll, wo das Bad ist, denn ich will ihn nicht bevormunden.

»Also, wann steigt unsere große Party?«, fragt Piper und wackelt heftig mit den Brauen.

»Das Gesicht kenne ich, Piper Green«, antworte ich und lächle wider Willen.

»Welches?« Piper guckt unschuldig, aber ich lasse mich nicht täuschen.

»Wenn ich Party sage, meine ich kein ausuferndes Besäufnis, verstanden? Piper?«, hake ich nach, als sie vor sich hin pfeifend meinem Blick ausweicht. »Piper?«

Endlich blickt sie mir in die Augen und grinst. »Ja, ich habe dich verstanden. Laut und deutlich. Kein Besäufnis. Nur ein paar Fässer Bier.«

Saxon kichert, während ich die Augen verdrehe. Der Kampf ist aussichtslos. Ein Klopfen an der Haustür unterbricht das elende Gerede über Partys.

»Darüber sprechen wir noch«, sage ich mit einem warnenden Fingerzeig.

»Gern«, erwidert sie herausfordernd.

Ich gehe, und Piper rückt näher an den ahnungslosen Saxon heran. Der Arme.

Als ich in den Flur komme, kann ich durch das Glas in der Haustür sehen, dass Sophia davorsteht. Sie ist zu früh, aber das freut mich. Es zeigt, wie groß ihr Interesse ist, Sams Gedächtnis zurückzuholen.

»Hi, Dr. Yates.« Als die Ärztin die roten Lippen verzieht, berichtige ich mich. »Entschuldigung. Sophia.«

Nun lächelt sie. »Guten Morgen, Lucy. Ich hoffe, es macht Ihnen nichts aus, dass ich etwas zu früh bin.«

»Nein, überhaupt nicht. Bitte, kommen Sie rein.« Ich öffne die Tür und trete beiseite.

Sophia trägt enge Jeans, knöchelhohe rote Stiefel und eine weiße Seidenbluse und sieht aus wie ein Supermodel. Ihr schwarzes Haar ist zu einem hübschen Knoten zusammengefasst, der ihre natürliche Schönheit unterstreicht. Das erinnert mich daran, dass ich augenblicklich alles andere als schön aussehe. Ich versuche, mein wirres Haar zu bändigen, doch die verhedderten Strähnen lassen sich nicht glätten, also gebe ich auf.

»Wie geht's Samuel?«, fragt Sophia und schiebt ihre Brille hoch.

»Ganz gut«, erwidere ich halbherzig und schließe die Tür.

»Ganz gut?« Sie merkt sofort, dass ich schwindele.

Da ich nicht will, dass Sam uns hört, rede ich mit gesenkter Stimme weiter, als wir durch den Flur gehen. »Na ja, er ist immer noch launisch und hasst mich.«

»Ich bin sicher, dass er Sie nicht hasst.«

»Ich würde nicht darauf wetten«, erwidere ich, obwohl ich ihr dankbar bin, dass sie sich bemüht, das Problem herunterzuspielen.

»Wir verletzen meistens die, die wir lieben«, erklärt sie mir freundlich.

Ich würde ihr gern glauben, aber es wäre naiv, sich die Wahrheit nicht wenigstens einzugestehen. »Danke, dass Sie versuchen, mich aufzumuntern, aber Sam erinnert sich nicht an mich, und daher erinnert er sich auch nicht daran, dass er mich liebt. Ich stelle mir gern vor, dass ein kleiner Teil von ihm es doch tut, aber in letzter Zeit bin ich mir nicht mehr so sicher.« Ich bin stolz darauf, dass ich das sagen kann, ohne in Tränen auszubrechen.

Glücklicherweise macht Sophia mir keine falschen Versprechungen und behauptet auch nicht, dass alles wieder gut werden wird.

Als wir in die Küche kommen, ertappen wir Piper dabei, wie sie Saxons Tattoos bewundert. Saxon sieht unglaublich schuldbewusst aus, während Piper so wirkt, als wären all ihre Träume wahr geworden. Unauffällig befreit Saxon seinen Arm aus ihrem Griff.

»Hey, Doc.« Mir fällt auf, dass Sophia bei seiner Begrüßung an ihrem Perlenohrring zupft.

»Hallo, Saxon. Wie schön, Sie wiederzusehen.« Ihre sonst feste Stimme klingt etwas unsicher, was mir verrät, dass sie nervös ist.

Schon im Krankenhaus habe ich bemerkt, dass die beiden sich etwas seltsam benommen haben, wenn sie sich begegnet sind, aber ich habe mir nicht viel dabei gedacht, da ich andere Sachen im Kopf hatte. Zum Beispiel endlich zu verstehen, warum mein Verlobter mich nicht mehr kennt. Doch nun, da ich nicht mehr ständig in Tränen aufgelöst bin, gibt mir diese Geste zu verstehen, dass Sophia Saxon mag. Und ich kann es ihr nicht vorwerfen – er ist umwerfend.

Ich bewundere seinen muskulösen Körper und die schön gebräunte Haut, die die blonden Strähnen in seinem ungekämmten Haar hervorhebt. Seine Augen sind außergewöhnlich, grün mit verschiedenen Blau- und Grautönen. Doch abgesehen von den leuchtenden Farben zeigen sie, dass man es mit einem Mann zu tun hat, der für seine Überzeugungen einsteht.

Seine Tattoos, die ich noch nicht ganz verstanden habe, sind sehr farbenfroh und verleihen ihm einen harten Zug, der Samuel fehlt. Saxon sieht aus wie der Inbegriff des bösen Jungen, und Samuel ist – oder war – das genaue Gegenteil.

Erst als er den Mund verzieht, bemerke ich, dass ich ihn anstarre. Die Bewegung lenkt meine Aufmerksamkeit auf die Narbe an seiner Lippe – ein weiterer Hinweis auf seinen aufsässigen Charakter. Plötzlich verspüre ich den Drang, über die weichen Konturen dieser Narbe zu streichen.

»Hey, Doc.« Samuels korrekte Begrüßung reißt mich aus meinen völlig unangebrachten und unanständigen Gedanken.

Ich habe keine Ahnung, aus welcher Ecke sie kommen, aber sie müssen dorthin und dürfen nie, *nie* wieder an die Oberfläche gelangen.

Schuldbewusst schaue ich Sam an, der etwas besser aussieht, nachdem er sich rasiert und ein altes Basketball-T-Shirt übergezogen hat. Ausnahmsweise bin ich froh darüber, dass er nicht auf mich achtet, denn so merkt er nichts von dem Kampf, der in mir tobt.

»Hallo, Samuel. Wie fühlen Sie sich?«, fragt Sophia, während ich mich zu Piper geselle, die mich fragend ansieht.

»Mir geht's gut«, erwidert Sam mit einem lässigen Achselzucken.

Sophia nickt und lächelt freundlich. »Lucy, darf ich für unsere heutige Sitzung Ihr Arbeitszimmer benutzen?«

»Natürlich. Soll ich Ihnen zeigen, wo es ist?«

Sophia lächelt weiter. »Nein, schon gut. Samuel, ich denke, Sie können mich auch dorthin führen, oder?«

Ich bin kurz davor zu erklären, dass Sam noch nicht in dem Teil des Hauses gewesen ist, verkneife es mir aber, weil ich begreife, was sie vorhat.

Man sieht Sam an, dass er kurz zögert, doch dann strafft er selbstbewusst die Schultern und nickt. Kein Mann, schon gar keiner, der so stolz ist wie Sam, gibt sich gern geschlagen. Sophia zwingt ihn, die Erinnerungen hervorzuholen, die noch hinter verschlossenen Türen verwahrt sind. Mag sein, dass er dabei ins Straucheln gerät, aber dafür ist sie ja da – um ihn aufzufangen, wenn er fällt.

Sam schaut zum Flur und dann kurz zu mir. Er bittet mich um Rat, und das freut mich. Mit einem kleinen Lächeln nicke ich. Da geht er voran, und Sophia folgt ihm, doch vorher wirft sie Saxon noch ein kokettes Lächeln zu. Es ist kein bisschen anzüglich, nur ein zarter Hinweis, der ihm zeigen soll, dass sie interessiert ist. Und so wie er zurücklächelt, scheint er ebenfalls interessiert zu sein. Ich kann mir nicht helfen, aber ich denke, die Kinder der beiden würden wunderschön werden.

»Die hintere Weide wirkt ziemlich abgegrast. Soll ich das Vieh woanders hintreiben?«

Saxons freundliches Angebot erinnert mich an die Arbeiten, die auf der Ranch zu erledigen sind. Mein Leben ist zum Stillstand gekommen, aber nun wird es Zeit weiterzumachen. »Das wäre großartig. Danke. Such dir irgendeine andere Weide aus. Nur nicht die mit dem roten Zaun. Das ist irgendwo ein Loch.«

»Keine Sorge. Wenn ich eine Weile bleibe, sollte ich mich besser nützlich machen.« Das unschuldige Versprechen bringt mich zum Strahlen.

Wir haben noch nicht darüber geredet, wie lange er bleiben wird, weil ich ihn nicht bedrängen wollte. Aber nun, da er die große Frage, die im Raum steht, von sich aus beantwortet hat, freue ich mich sehr. »Na, wenn das so ist, könntest du auch das Abendessen machen«, sage ich scherzhaft, obwohl ich es ernst meine, denn ich hasse es zu kochen.

»Ein faires Angebot«, erwidert er grinsend. »Ich mache großartige Enchiladas.«

Amüsiert hebe ich eine Braue. »Was du nicht sagst. Und ich liebe mexikanisches Essen. Vor allem wenn ich es nicht selbst machen muss.«

Saxon kichert und schüttelt den Kopf über meine Dreistigkeit. »Wenn du mich brauchst, ich bin draußen.«

Sobald die Hintertür zuklappt, schimpft Piper »Diese *Hexe*«. Natürlich weiß ich, wen sie meint, aber ich schaffe es nicht, mir das Lächeln zu verkneifen. »Du hast Konkurrenz, liebste Freundin. Und zwar scharfe.«

»So scharf ist sie nun auch wieder nicht«, widerspricht Piper, dann jedoch zieht sie ein finsteres Gesicht. »Na gut, sie sieht aus wie eine verdammte Göttin, aber sie ist zu hochnäsig für Saxon. Ich meine, schau dir ihn an und dann sie.«

Da vergeht mir das Lächeln, denn ich *habe* ihn mir vor ein paar Minuten angeschaut, vielleicht sogar etwas zu genau. »Sieht so aus, als müsstest du bis zum Abendessen bleiben und Saxon klarmachen, dass du die bessere Wahl bist.«

Entschlossen krempelt Piper die Ärmel hoch. »Das werde ich, glaub mir. Es macht dir doch nichts aus, wenn ich so lange hier herumhänge, oder? Ich habe heute frei.« Piper leitet den Gap-Laden im örtlichen Einkaufszentrum. Außerdem studiert sie Innenarchitektur am Community College.

»Überhaupt nicht. Die letzten paar Wochen sind ein Albtraum gewesen. Es ist bestimmt schön, endlich wieder etwas Normales zu tun, wie die Pferde zu füttern oder das Auto zu waschen.« Der Satz bleibt mir im Halse stecken, als mir klar wird, dass ich kein Auto zum Waschen habe. »Streich das. Mein normales Leben kann wieder anfangen, wenn ich meinen Wagen gefunden habe.«

Als ich nach dem Telefon greife, um die Polizei anzurufen, hält Piper mein Handgelenk fest und lächelt mich an. »Du bist eine starke, mutige Frau, Lucy Tucker. Vergiss das niemals.«

»Danke, Piper. Aber ich bin nicht mutig. Ich tue einfach nur das, was nötig ist.« Und das war noch nie wichtiger als jetzt.

* * *

»Guck dir mal den Hintern an«, schwärmt Piper verträumt. Ich brauche nicht aufzuschauen, um zu sehen, von welchem Hintern sie redet.

Ich streiche Potter über die Mähne und reibe meine Wangen an seinen weichen Nüstern. Ich habe meine Pferde sehr vermisst. Ich hatte das Glück, mit mehreren von ihnen aufzuwachsen, deshalb habe ich früh reiten gelernt und bis heute große Freude daran. Man kann nicht beschreiben, wie es sich anfühlt, auf den Rücken eines so starken Tieres zu steigen und mit ihm eins zu werden. Dieses Gefühl von Freiheit ist erlösend. Außerdem war das Reiten für mich eine Art Therapie. Und Gott weiß, dass ich diese Therapie jetzt dringender brauche als alles andere.

Es ist bald zwölf, und Sophia ist immer noch nicht wieder aufgetaucht. Ich weiß nicht, ob das ein gutes oder ein schlechtes Zeichen ist.

Pipers anzügliche, aber lustige Kommentare haben mich abgelenkt, doch im Hinterkopf denke ich ständig an Sam und frage mich, ob seine Sitzung gut läuft.

»Glaubst du, die beiden sind wirklich absolut identisch? Überall?«

Pipers seltsame Frage unterbricht mein Grübeln. »Du meinst das nicht so, wie ich denke, oder?«

»Hängt davon ab.«

»Wovon?«

Sie starrt immer noch Saxon an, der sich gerade über den kaputten Zaun beugt und ein fehlendes Brett anbringt. »Ob du von ihren Geschlechtsteilen sprichst oder nicht.«

Ich pruste los und klopfe kopfschüttelnd auf Potters Hals. »Darüber will ich nicht reden, Piper.«

»Und warum nicht?« Endlich dreht sie sich zu mir um und verschränkt die Arme vor der Brust.

»Weil ich nicht über Saxons ... Ausstattung reden möchte.« Den letzten Teil flüstere ich, weil ich nicht will, dass Saxon mich hört. Trotzdem erröte ich verlegen.

Nachdenklich trommelt Piper sich mit einem Finger auf die Lippen. »Nun, genetisch gesehen dürften Samuel und Saxon gleich sein. Daher wäre es eher so, als würdest du mir von Sams Pimmel erzählen. Also, ich brauche Details.«

Ich halte Potter die Ohren zu und gackere laut. »Du bist unmöglich.«

»Nein, ich interessiere mich nur für den kleinen Mann meines zukünftigen Ehemanns, also hör auf, mich hinzuhalten.«

Ich kenne Piper. Sie wird keine Ruhe geben, bis ich ihr die schmutzigen Details verrate.

Ich vermute, dass sie recht hat. Wahrscheinlich sieht mein Mann auch unten herum genauso aus wie sein Bruder, deshalb ist es nicht so, als hätte ich Saxon im Sinn, wenn ich Sams makellose Geschlechtsteile beschreibe.

Aus irgendeinem undefinierbaren Grund richtet mein Blick sich auf den ahnungslosen Saxon, denn das macht mir die Erklärung leichter. Dann lecke ich mir über die Lippen und grinse, ich komme mir unglaublich verrucht vor. »Er ist groß, ich meine, echt groß.«

»Wie groß?«, fragt Piper, während sie sich ans Geländer lehnt und dasselbe ins Auge fasst wie ich.

»Schön groß.«

Sie quiekt begeistert, obwohl ich »Pst!« sage, weil ich nicht will, dass Saxon etwas mitbekommt.

Sein erhitzter Körper ist mit einem leichten Schweißfilm bedeckt, und wenn er den Vorschlaghammer schwingt, sieht man ein so schönes Muskelspiel, dass ich schlucken muss.

»Er ist ... schön lang und dick.« Ich zögere und atme schneller. »Sam ist nicht besonders behaart, aber er hat einen schönen, weichen Haarstreifen, der vom Bauchnabel ... nach unten führt und seinen ausgeprägten V-Muskel betont. Und diese Haare sind gepflegt. Das lässt das, was er hat, noch männlicher aussehen.«

Meine Wangen werden heiß, und ich zittere leicht, während ich Saxon beobachte und mir geistesabwesend auf die Lippe beiße. »Wenn wir Sex haben, weiß er genau, was er tun muss.«

»Großer Gott«, stöhnt Piper. »Ich glaube, ich habe gerade einen kleinen Orgasmus gehabt.«

»Ich auch«, erwidere ich peinlich berührt, die Augen immer noch auf Saxon gerichtet, der sich gerade mit seinem tätowierten Unterarm den Schweiß von der Schläfe wischt. »Ich weiß, dass ich in diesen Dingen keine Expertin bin, aber ich denke, es wäre nur fair zu sagen ...«, meine Freundin kreischt leise, »... das er insgesamt ziemlich perfekt ist.«

Obwohl ich Piper seit meinem zwölften Lebensjahr kenne, bin ich immer ziemlich zurückhaltend und schüchtern gewesen, wenn es darum ging, über mein Sexleben zu reden. Verglichen mit Pipers diesbezüglichen Erfahrungen sind meine wohl ohnehin langweilig. Ich habe in meinem ganzen Leben nur einen Mann gehabt, aber der hat all meine Wünsche erfüllt. Trotzdem fühle ich mich nach diesem Bekenntnis seltsamerweise wie sexuell befreit.

Ich fächle mir Luft zu, denn eine ungewohnte Woge von ... Ich-weiß-nicht-was überrollt mich. In diesem Augenblick hebt Saxon den Kopf, und ich bleibe wie aufgespießt stehen, als er seine wunderschönen Augen auf mich richtet und mich fixiert.

Ich weiß nicht, woher, aber er weiß, worüber wir sprechen. Sein großspuriges schiefes Lächeln verrät es.

»Er ist unglaublich heiß, Luce.«

»Ich ...« Schnell bremse ich mich. Was wollte ich sagen? *Ich weiß?* Nein, tu ich nicht. Es ist höchst unangebracht, den Zwilling meines Verlobten auf diese Art zu mustern. Auch wenn er genauso aussieht wie sein Bruder, sollte ich ihn nicht auf diese Weise anschauen, doch genau das habe ich soeben.

Glücklicherweise ist Piper zu beschäftigt mit seinem Sexappeal, um meine schuldbewusste Reaktion zu bemerken. Doch bei Saxon ist es anders. Er beobachtet mich mit schräg gelegtem Kopf und undurchdringlichem Gesicht, während ich Mühe habe, Luft zu bekommen.

Plötzlich schlägt die Haustür zu, und eine laute Stimme ist zu hören. Das ist nicht unbedingt die Ablenkung, die ich mir gewünscht hätte, aber trotzdem freue ich mich darüber. »Raus jetzt! Sie sind hier nicht mehr willkommen.«

Schnell drehe ich mich um und schaue betrübt zu, wie Samuel aus dem Haus stürmt. Sophia folgt ihm, doch ihr gewohntes Lächeln ist von einem Stirnrunzeln ersetzt worden. Ich will Samuel nachlaufen, aber Piper hält mich am Arm fest. »Lass ihn. Wenn sie nicht mit ihm reden kann, wirst du wohl auch kein Glück haben.«

Sie hat recht. Jedes Mal, wenn ich den Versuch mache, Sam zu trösten, wird er wütend. Und im Moment kann ich keinen weiteren Ausbruch ertragen.

Interessiert sehe ich zu, wie Sophia aufhört, Sam zu verfolgen, und bei Saxon stehen bleibt. Ich kann nicht hören, was sie sagt, aber ich hoffe, dass sie ihm einen Rat gibt, der uns allen hilft. Saxon nickt, und sie lächelt.

Ich halte die Spannung nicht länger aus, deshalb gehe ich zu ihnen hinüber. »Hi, Sophia. Wie ist es gelaufen?«

Ihr grimmiger Gesichtsausdruck ist Antwort genug. »Das wird dauern. Samuel ist unglaublich dickköpfig, und wenn ich es nicht besser wüsste, würde ich sagen, dass er es nicht eilig hat, sich zu erinnern.«

Ich schaffe es nicht, kein enttäuschtes Gesicht zu machen, und schaue stumm zu Boden. »Was ist passiert?«

Sophia seufzt. »Für die Betroffenen ist es immer schwer zu erfahren, was ihnen zugestoßen ist. Ich habe Samuel von dem Unfall erzählt. Er hat es nicht gut aufgenommen.«

Als ich mir auf die Lippe beiße, streichelt sie mich sanft. »Das ist normal, Lucy. Ich glaube, im Moment ist es das Beste, wenn Sie den Unfall nicht erwähnen. Um keinen Streit zu riskieren, sollten wir die genauen Umstände in der Therapie erörtern. Da wird er sich hoffentlich zurückhalten. Aber er wird weiter gute und schlechte Tage haben. Und es ist normal, dass augenblicklich die schlechten überwiegen. An manchen Tagen werden Sie einen Schimmer des Mannes sehen, der er einmal war. Aber an anderen...« Sie braucht nicht weiterzureden, denn ich weiß, was sie mir sagen möchte. »Ich würde gern nächste Woche um die gleiche Zeit wiederkommen, falls es Ihnen passt.«

Die Augen immer noch gesenkt, nicke ich.

»Ich habe mit Saxon darüber gesprochen, wie wir Samuel Erinnerungen entlocken könnten. Ich glaube, Sie haben recht gehabt, Lucy. Wenn irgendjemand Samuel helfen kann, die Wände, vor denen er steht, zu durchbrechen, ist es Saxon.« Doch diese Bestätigung bedeutet mir nichts, denn ich fühle mich wie erschlagen.

Sophia verabschiedet sich, und Saxons Stiefel knirschen auf dem Kies, als er sie zu ihrem Wagen bringt. Piper reibt mir den Arm, aber es ist sinnlos. Jedes Mal, wenn ich mich etwas besser fühle, passiert etwas Schlimmes, das mich wieder nach unten zieht.

»Ich lege mich ein bisschen hin.« Ich weiß, dass ich erst seit ein paar Stunden wach bin, aber plötzlich bin ich hundemüde.

Piper erhebt keine Einwände und nickt mitfühlend. »Ich bringe dir etwas Tee.«

Ich erspare mir eine Erwiderung, denn wenn ich den Mund aufmache, wird wohl nur ein herzzerreißender Schluchzer herauskommen.

Schwerfällig steige ich die Verandatreppe hoch, und mit einem Mal habe ich Sehnsucht nach meiner Mom. Ich schließe das Schlafzimmer ab, ziehe mein Handy aus der Tasche und wähle ihre Nummer.

»Wie geht es dir, Schatz?« Als ich ihre liebe Stimme höre, geht es mir gleich besser.

»Furchtbar«, erwidere ich. Es ist sinnlos, ihr etwas vorzumachen, denn sie würde mich sofort durchschauen.

»Was ist passiert?«

»Ach, nur das Übliche. Sam hasst mich immer noch, und jetzt möchte er nicht mal mehr mit Sophia reden.« Ich werfe mich bäuchlings aufs Bett.

»Nein, er hasst dich nicht.«

»Na gut, dann verachtet er mich.«

Meine Mutter dreht das Wasser ab. Wahrscheinlich habe ich sie beim Abwasch gestört. »Das ist normal, Lucy. Die Ärzte haben gesagt, er braucht Zeit.«

»Ich weiß, Mom. Du hast recht. Es ist nur so hart. Ich möchte ihn in die Arme nehmen und ihm sagen, wie viel er mir bedeutet, aber wenn ich das tue, wird er mich nur mit diesem leeren, gleichgültigen Blick ansehen. Das bringt mich um.«

Meine Mutter seufzt; sie leidet mit mir. »Ich denke, du solltest dich in ihn hineinversetzen. Das alles ist völlig neu für ihn. Du magst dich ja erinnern, aber er kann es nicht. Hab Geduld. Du weißt, dass er mit dir auch geduldig wäre.«

Sie hat recht.

»Möchtest du, dass ich rüberkomme?«

»Nein, Mom. Alles in Ordnung. Ich glaube, ich schlafe ein bisschen.«

»Gut, Schatz. Ruf an, wenn du uns brauchst. Eines Tages wirst du auf diese Zeit zurückblicken und verstehen, warum das alles passiert ist. Ich liebe dich.«

Ich schlüpfe unter die Decke und warte auf den Schlaf. Hoffentlich lässt dieser Tag nicht mehr lange auf sich warten.

∗ ∗ ∗

Als ich aufwache, wird mir klar, dass ich den Tag verschlafen habe. Draußen ist es bereits dunkel, und ich fühle mich noch schlechter als am Nachmittag, als ich mich in den Schlaf geweint habe.

Dabei hatte ich mir selber versprochen, nicht mehr zu weinen, aber wann wird das aufhören? Heute ist erst der zweite Tag. Wie soll ich zwei weitere überstehen?

Langsam setze ich mich auf, streiche mir das verfilzte Haar aus den Augen und schaue mich im leeren Zimmer um. Einem Zimmer, in dem ich viele glückliche Momente erlebt habe, das nun aber voller Einsamkeit und Verzweiflung ist. Plötzlich verspüre ich den dringenden Wunsch, ins Gästezimmer zu ziehen, doch das geht nicht, weil Saxon dort schläft.

Der Gedanke erinnert mich wieder an meine seltsame Reaktion auf ihn. Ich fange an, in ihm nur noch Saxon zu sehen, nicht Sams Zwillingsbruder. Er wird für mich zu einer eigenständigen Person, und ich habe Angst davor, mich zu sehr auf diese Person zu verlassen.

Ich strample die Decke weg und zwinge mich, die Beine aus dem Bett zu schwingen und die Füße auf den kalten Boden zu stellen. Als ich aufstehe, protestieren meine steifen Muskeln dagegen. Langsam strecke ich die Arme zur Decke und lege den Kopf von einer Seite auf die andere. Im Haus ist es totenstill, deshalb vermute ich, dass die anderen sich entweder auch schlafen gelegt haben oder weggefahren sind.

Ich nehme meinen gelben Lieblingspullover, streife ihn über und beschließe, mich der Welt und allen, die darin noch wach sind, zu stellen. Ohne besondere Eile tappe ich mit bloßen Füßen über die Holzdielen im Flur. Als ich in die Küche komme, hängt der köstliche Duft von Chili con Carne mit Bohnenmus in der Luft, was meinen plötzlich heißhungrigen Magen zum Grummeln bringt.

Ich öffne den Kühlschrank und sehe, dass Saxon tatsächlich mexikanisch gekocht hat. Zu schade, dass ich im Bett gelegen habe und nicht mitessen konnte. Deprimiert klappe ich die Tür wieder zu und schenke mir stattdessen ein Glas Wasser ein.

Als ich es am Fenster austrinke, fällt mir auf, dass der Mondschein sich in etwas Glänzendem spiegelt. Bei näherem Hinschauen stelle ich erleichtert fest, dass der Jeep in der Zufahrt geparkt ist. Das muss Saxon gewesen sein. Ich gehe durch die Hintertür, trete auf die Veranda und ziehe die langen Ärmel meines Pullovers über die Hände. Es kommt mir etwas kühl vor, aber das könnte auch an meiner Stimmung liegen.

»Guten Morgen, Dornröschen.«

»Herrgott noch mal!«, kreische ich und presse eine Hand auf

mein rasendes Herz, während ich erschrocken nach rechts blicke. Saxon sitzt im Schaukelstuhl und raucht eine Zigarette.

»Tschuldigung.« Er grinst. »Ich wollte dich nicht erschrecken.«

»Schon in Ordnung«, erwidere ich, immer noch nach Luft schnappend. Als ich glaube, dass ich wieder sprechen kann, ohne zu keuchen, frage ich: »Wo sind denn alle?«

»Piper ist gerade gefahren, und als ich Sam das letzte Mal gesehen habe, hat er Holz gehackt.« Fragend ziehe ich eine Augenbraue hoch, doch er hebt kopfschüttelnd die Schultern.

Ich atme laut aus und lasse mich auf den Stuhl neben ihm fallen. »Bist du beim Wändedurchbrechen weitergekommen?«, frage ich scherzhaft.

»Nö«, sagt er lässig. »Die sind so dick wie Sams Kopf. Diese Ärztin muss verrückt sein, wenn sie glaubt, ich könnte ihm helfen.«

Ich beschließe, Sam einen Moment zu vergessen, und stoße Saxon spielerisch mit dem Ellbogen an. »Diese Ärztin mag dich.«

»Was?«, fragt er. Ich kann nicht genau sagen, ob er überrascht oder entsetzt klingt.

»Sophia hat Interesse an dir. Bitte sag mir jetzt nicht, dass du das nicht bemerkt hast.« Als er sich verdutzt aufsetzt und am Kopf kratzt, weiß ich, dass es genauso ist. »Bist du blind?«, spotte ich. »Sie hat dir vom ersten Augenblick an schöne Augen gemacht.«

»Schöne Augen?«, fragt er und rümpft die Nase. »Ist das ein Geheimcode unter Frauen? Ich habe keine Ahnung, was das heißen soll.« Er nimmt einen langen Zug von seiner Zigarette.

Er ist so süß, dass ich lachen muss. »Sie beobachtet dich,

oder – für Männer besser verständlich – sie zieht dich mit den Augen aus.«

Verlegen streicht er sich mit der Zunge über die Unterlippe, und ich sehe fasziniert zu. »Ich glaube, sie ist ganz okay.«

»Ach ja?« Ich kichere und setze mich gerader hin. »Sie ist bildschön.« Scheinbar unbeeindruckt hebt Saxon wieder die Schultern.

Habe ich die Zeichen etwa falsch gedeutet? Ich war ganz sicher, dass es zwischen den beiden gefunkt hat. Auf alle Fälle bei ihr. Aber so ungerührt, wie Saxon im Moment tut, ist die Anziehung vielleicht nur einseitig. Der Gedanke bringt mich unerklärlicherweise zum Kichern.

»Aussehen ist nicht das Wichtigste.«

»Aber jeder will eine Frau wie Sophia«, widerspreche ich ihm, um ihn zu provozieren. Stattdessen gibt er mir eine ehrliche Antwort.

»Sie ist zu klug für jemanden wie mich.« Er steckt seine Zigarettenkippe in die leere Bierflasche neben seinem Stuhl.

Diese Bemerkung lässt mich mein unlauteres Vorhaben augenblicklich vergessen. »Wie kommst du denn darauf?«

»Weil es stimmt.«

»Nein, Saxon, das ist falsch«, entgegne ich sanft. »Du bist unglaublich clever. Und unglaublich nett.«

Ein schroffes Lachen platzt aus ihm heraus. »Nett? Wie schön, dass ich für dich ein netter Bekannter bin!«

Da ich seine Reaktion nicht ganz verstehe, sage ich nichts dazu.

»Vielleicht ist das ja die Erklärung«, sagt er dann.

»Wofür?«, frage ich und mache es mir bequem, indem ich ein Bein anziehe.

»Vielleicht erklärt es, warum ich noch nie eine längere Beziehung hatte.«

Mir fällt die Kinnlade herunter. Sind die Frauen in Amerika blind?

»Ich weiß nicht, ob ich über dein überraschtes Gesicht beleidigt sein sollte oder nicht«, mokiert er sich. »Hältst du mich etwa für einen Aufreißer? Nein…«, er hebt einen Finger, »… beantworte das nicht. Ich bin mit vielen Frauen ausgegangen – und ich verwende diesen Ausdruck sehr großzügig –, es war nur nicht die Richtige dabei.«

Ich schlucke, während mein neugieriges Hirn sich fragt, wie viele Frauen »viele Frauen« sind.

»Vielleicht hast du an den falschen Orten gesucht«, gebe ich zu bedenken. Doch ich hätte besser den Mund gehalten, denn Saxon macht ein Gesicht wie ein getretenes Hündchen.

Die Stirn in Falten gelegt, weicht er meinem Blick aus. »Kann sein.«

Ich will mehr über ihn erfahren, denn ich möchte herausfinden, warum er Montana verlassen hat.

»Wohin bist du gegangen, nachdem du ausgezogen bist?«

»Welchen Auszug meinst du?«, fragt er feixend.

»Beim ersten Mal«, erwidere ich, weil ich vorn anfangen möchte.

»Das erste Mal bin ich gegangen, als ich achtzehn geworden war. Damals bin ich bei Laura Rose eingezogen.«

Unwillkürlich verziehe ich entsetzt das Gesicht. »Laura Rose war eine…« Schnell unterbreche ich mich, denn das nächste Wort, das aus meinem Mund gekommen wäre, wäre eine Beleidigung gewesen.

Aber Saxon liest meine Gedanken. »Eine Schlampe?«, schlägt

er vor, während ich nervös an einem nicht vorhandenen Faden an meiner Jeans zupfe, ohne Ja oder Nein zu sagen.

»Ist schon gut, Lucy. Wir wissen doch alle, was sie war. Selbst *sie* wusste es.«

»Und trotzdem bist du zu ihr gezogen. Warum?« Ich kann meine Verwirrung nicht verbergen.

Saxon zuckt die Achseln und greift nach der Packung Marlboro neben seiner Armlehne. Während er sich eine neue Zigarette ansteckt, antwortet er: »Obwohl ich den Verdacht hatte, dass sie, statt zu arbeiten, mit der gesamten Belegschaft von McDonalds herumvögelt, war es besser, als zu Hause zu wohnen. Und außerdem ...« Er grinst. »Musste ich mir bei ihr keine große Mühe geben.«

Mir bleibt die Luft weg. Schnell reiße ich mich zusammen und frage: »Wie lange hat das gehalten?«

Saxon kichert und schaut in die Ferne, als erinnere er sich an die Zeit. »Ungefähr sechs Monate.«

»Aber du bist nicht wieder nach Hause gekommen. Wo hast du danach gewohnt?«

»Bei Pauly. Drei Jahre lang. Das war lustig«, sagt er und stößt eine Rauchwolke aus. »Wir haben andauernd in seiner dreckigen kleinen Garage Musik gemacht, weil wir uns für die Rolling Stones hielten.« Wieder kichert er, was vermuten lässt, dass dies eine schöne Erinnerung ist.

»Ich wusste gar nicht, dass du in einer Band warst. Welches Instrument spielst du?«, frage ich höchst erstaunt.

»Ich würde das nicht wirklich als Band bezeichnen. Es ging eher darum, möglichst viel Krach zu machen«, sagt Saxon amüsiert. »Ich habe Gitarre gespielt und gesungen.«

»Was? Das glaube ich nicht. Samuel hat überhaupt kein musikalisches Talent. Ich habe ihn mal unter der Dusche singen hören, und ehrlich gesagt habe ich gedacht, im Bad würden Schweine geschlachtet.«

Ein raues Lachen dringt aus Saxons Brust. »Ich habe nicht gesagt, dass ich gut war.«

»Ich wette, das warst du.«

Er legt den Kopf schief, und die Haarsträhne fällt ihm übers Auge. »Woher willst du das wissen?«

»Ich weiß es einfach. Du hast so etwas Geheimnisvolles an dir. Das hilft bestimmt beim Liederschreiben.«

Als er nichts erwidert, mache ich mir Vorwürfe und hoffe, dass er nicht gekränkt ist. Glücklicherweise lächelt er und zeigt seine Grübchen.

»Geheimnisvoll, das gefällt mir. Ist besser als enttäuschend.« Es ist nicht schwer zu erraten, warum sein Ton dabei bitter wird.

Ich hole tief Luft und frage zögernd: »Warum seid ihr zwei nicht miteinander ausgekommen? Es tut mir leid, dass ich so aufdringlich bin, aber es muss einen Grund dafür geben. Ich weiß, dass Sam früher oft gemein zu dir war, aber da ist noch mehr, oder?«

»Oh ja«, bestätigt Saxon mit zusammengebissenen Zähnen.

Da er nicht weiterredet, gehe ich davon aus, dass er nicht daran interessiert ist, mir diesen Grund zu verraten. Ich möchte den Augenblick nicht verderben, deshalb dränge ich ihn nicht. Vielleicht hat er ja eines Tages genug Vertrauen zu mir, um mir alles zu erzählen.

»Das war's?«, fragt er, als ich stumm bleibe. »Du willst nicht weiterbohren?«

»Das könnte ich, aber ich glaube nicht, dass du mir antworten würdest, also warum soll ich mich anstrengen«, kontere ich.

»Das ist richtig«, erwidert er lässig.

Man kann so gut mit ihm reden. Ich wünschte, wir hätten früher öfter miteinander gesprochen. Aber ich schätze, wir beide haben die Ziele verfolgt und die Wege eingeschlagen, die wir für die richtigen hielten. Es ist schwer, sich vorzustellen, wie es zwischen uns geworden wäre, wenn Samuel und Saxon sich wirklich gut verstanden hätten. Doch ich glaube daran, dass alles im Leben aus einem bestimmten Grund geschieht. Und daran muss ich mich nun selbst erinnern, denn ich sehe eine dunkle Gestalt aus der Scheune kommen.

Sofort sinkt meine Laune, und ich atme tief aus. Saxon bemerkt den Stimmungswandel und bietet mir eine Zigarette an. Das heitert mich etwas auf, aber ich lehne trotzdem ab.

Sam wirkt erschöpft, und außerdem ist er schmutzig. Ich habe keine Ahnung, warum er Holz gehackt hat, frage ihn aber nicht danach, weil ich befürchte, dass er mir dann den Kopf abreißt.

»Hey«, sagte er zu Saxon und mir. Ich strahle vor Freude über diese Begrüßung.

»Hey«, sagt Saxon und lehnt sich zurück. »Im Kühlschrank ist Essen, falls du etwas magst.«

»Ich sterbe vor Hunger.« Sam schaut mich an und schneidet eine Grimasse.

Ich würde ihn gern fragen, wie die heutige Sitzung verlaufen ist, aber ich verkneife es mir. So unschlüssig, wie er dasteht, habe ich den Eindruck, dass er ungestört mit Saxon reden möchte.

Ich seufze und stehe auf. Mir wäre es lieber, er wollte mit mir reden. »Tja, ich geh ins Bett.« Obwohl ich erst vor zwanzig Minuten herausgeklettert bin.

Sam wirkt erleichtert, während Saxon etwas enttäuscht zu

sein scheint. Dennoch bittet er mich nicht zu bleiben. »Gute Nacht, Lucy.«

»Nacht, Saxon. Gute Nacht, Samuel.« Ich hoffe, er sagt, dass er gleich zu mir kommt. Aber das tut er nicht.

»Nacht, Lucy.« Die Verabschiedung klingt alles andere als liebevoll. Er ist mehr daran interessiert, eine Zigarette zu schnorren.

Geistig und körperlich erschöpft, falle ich wieder ins Bett und frage mich, wie lange es wohl dauert, bis Sam kommt. Oder sollte ich mich besser fragen, *ob* er kommt?

Ich rolle mich auf den Bauch, nehme sein seidenes Kissen und sauge seinen vertrauten Duft ein. Früher hat er immer tröstlich auf mich gewirkt, doch nun macht er mir nur noch klarer, dass ich mich nie im Leben einsamer gefühlt habe.

✳ ✳ ✳

Ich kann nicht schlafen.

Jedes Mal, wenn ich in einen unruhigen Schlummer falle, fange ich an zu träumen. Und dann werden aus diesen Träumen Albträume.

Der Platz neben mir ist leer geblieben, da Samuel es wieder einmal vorgezogen hat, irgendwo anders zu schlafen als in unserem Bett. Ich bin dieses ständige Traurigsein leid, deshalb strample ich mich frei und beschließe, mir eine Tasse Kakao zu machen. Als ich klein war, hat das immer geholfen, und ich kann nur hoffen, dass es nun auch wirkt.

Als ich meinen Bademantel überziehe, höre ich es in den Leitungen gluckern, weil jemand die Dusche im Gästebad angestellt hat. Könnte das Samuel sein?

Ich mache die Tür einen Spaltbreit auf, schlüpfe hindurch

und laufe auf Zehenspitzen zum Bad. Das Licht, das durch die halb offene Tür fällt, zieht mich an, als wäre ich eine Motte. Ich weiß nicht, was in mich gefahren ist, dass ich durch mein Haus schleiche wie ein Dieb, trotzdem hole ich tief Luft und spioniere weiter.

Meine Augen brauchen eine Weile, um sich an die Dampfwolken zu gewöhnen, die das Bad füllen, doch als es so weit ist, springe ich erschrocken zurück und drücke mich mit dem Rücken an die Wand. Mein Herz rast, das Blut dröhnt in meinen Ohren, und auch das Prickeln am ganzen Körper verrät mich, denn in der Dusche steht nicht Samuel – sondern Saxon.

Ich sollte kehrtmachen und dahin gehen, wo ich hergekommen bin, aber ich schaffe es nicht. Bevor mein Hirn sie daran hindern kann, setzen meine Füße sich in Bewegung, und ehe ich michs versehe, presse ich mich flach an die Wand und luge um den Türpfosten herum. Ich habe noch nie einen anderen Mann nackt gesehen. Und ich finde es unglaublich verlockend, dass es ausgerechnet Saxon ist.

Der Dampf lässt alles verschwimmen, aber ich sehe genug. Wasser rinnt über seinen durchtrainierten Körper, während er sich nichts ahnend einseift. Er wendet mir den Rücken zu – er ist goldbraun und sehr muskulös.

Das Glas der Duschkabine ist dick beschlagen, doch als er sich zur Seite dreht, erhasche ich einen Blick auf eine runde Pobacke. Ich hätte nie gedacht, dass es mich erregen könnte, einem Mann beim Duschen zuzusehen, aber das war, bevor ich Saxon dabei beobachtet habe.

Seine Hand gleitet nach unten, wäscht seinen Bauch und schiebt sich zwischen seine Schenkel. Schnell schaue ich weg und schäme mich, dass ich mir das ansehe, aber Pipers Interesse für Saxons Körperbau hat mich neugierig gemacht. Ist er *wirklich* genauso wie Sam – überall?

Da ich weiß, dass ich diese Gelegenheit nie wieder bekommen werde, befriedige ich meine Wissbegierde und schaue vorsichtig weiter zu. Wie hypnotisiert von den Tropfen, die auf Saxons glänzende Haut fallen, folgen meine Augen jeder noch so kleinen Bewegung. Ich bin so tief versunken in diesen erotischen Anblick, dass ich erst merke, was sich anbahnt, als es zu spät ist, um noch zu flüchten.

Seine Hand beginnt, sich auf eine eindeutige Weise zu bewegen, zunächst noch langsam, und er lehnt den Kopf zurück, sodass sein nasses Haar an seinem Nacken klebt. Dann wird die Hand immer schneller, und ihr deutlich hörbares Reiben hallt von den weißen Wänden wider. Das Wasser spritzt im Takt mit dem zunehmenden Tempo, als Saxon die andere Hand gegen die Fliesen schlägt und sich vorbeugt.

Trotz des Wasserrauschens höre ich sein Stöhnen, und das Geräusch macht etwas mit mir, was es nicht sollte. Schnell presse ich die Oberschenkel zusammen in der Hoffnung, das Kribbeln unterdrücken zu können, das mich plötzlich erfasst hat. Ohne ihn aus den Augen zu lassen, warte ich gespannt, ganz versessen darauf zu sehen, wie es weitergeht.

Die Hand auf den Fliesen ballt sich, also ist er kurz davor zu kommen. Pipers Frage im Sinn, stelle ich mich auf die Zehenspitzen und riskiere einen ... kleinen ... Blick. Da verändert Saxon die Stellung, und wie durch ein Wunder verzieht sich der Dampf und enthüllt seinen göttlichen Hintern in all seiner Schönheit. Er ist fest und rund wie ein Pfirsich, und die Grübchen darüber sind so perfekt symmetrisch, wie alles an ihm.

Die hektisch reibende Hand und Saxons kehliges Stöhnen

führen dazu, dass ich die Lippen zusammenkneifen muss, um ein Wimmern zu unterdrücken. Plötzlich dreht er sich nach links, und ich sehe undeutlich, wie seine Hand seinen Penis bearbeitet. Beim Anblick des langen, harten, sehr harten Glieds in seiner kräftigen Hand schreie ich leise auf und wende mich hastig ab.

Mein Herz klopft so schnell, als wäre ich ein Rennen gelaufen. Das ist falsch, völlig falsch.

Was zum Teufel denke ich mir dabei?

Ich habe ihn nur ein oder zwei Sekunden von vorn gesehen, aber das waren zwei Sekunden zu viel. Plötzlich komme ich zur Vernunft und laufe in mein Zimmer zurück. Ich brauche ein paar Minuten, um mich zu beruhigen und zu begreifen, was ich gerade getan habe. Es ist schrecklich. Ich bin nicht besser als ein Spanner.

Ich krieche unter meine Decke und verbiete mir den Trost einer Tasse Kakao, weil ich sie nicht verdient habe. Ich zittere, und das macht mir Angst, denn ich frage mich, ob es aus Furcht oder Aufregung geschieht. Dann drücke ich die Augen fest zu, obwohl ich weiß, dass eine weitere schlaflose Nacht vor mir liegt. Aber irgendwie weiß ich auch, dass ich, falls ich träume, davon träumen werde, dass Saxon und Samuel sich doch nicht haargenau gleichen.

Zwölf

Ich werde wach, weil irgendetwas andauernd gegen meinen Rücken stößt.

Entnervt öffne ich ein Auge und begreife gleich darauf, dass das, was sich immer wieder an mein Kreuz drückt, Sams erigiertes Glied ist. Sein langsames, schweres Atmen verrät mir, dass er schläft, aber es ist nicht ungewöhnlich, dass er ein wenig lüstern wird, wenn er tief schläft.

Unter normalen Umständen würde ich unter die Decke fassen und ihn mit einer schönen Überraschung wecken. Aber im Moment habe ich Angst davor, dass er mir auf die Finger schlägt, wenn ich das versuche. Außerdem habe ich nach dem, was ich gestern Nacht getan habe, Schuldgefühle. Allerdings hat Sophia gesagt, damit er sich erinnert, sollten wir versuchen, unser normales Leben wieder aufzunehmen. Also wäre ein bisschen Gefummel unter der Decke vielleicht kein schlechter Anfang.

Langsam rolle ich mich herum und halte die Luft an, als ich in dem Licht, das durch die Vorhänge fällt, sein dunkel gestoppeltes Kinn und die leicht geöffneten weichen Lippen sehe. Er sieht so friedlich aus, dass ich fast vergessen könnte, dass hinter diesem freundlichen Äußeren ein Mann steckt, der mich verabscheut.

Dennoch konzentriere ich mich auf mein Vorhaben und

schiebe nervös die Finger unter die Decke. Ich wage es nicht, ein Geräusch zu machen, weil ich fürchte, dass er aufwacht und mir sagt, ich solle aufhören. Vorsichtig lege ich meine Hand auf den dicken Ständer in seinen Boxershorts.

Dann taste ich mich zum Bund der Unterhose vor und beiße mir auf die Lippen, als ich Sams weiche Locken berühre. Sanft streichle ich sein Glied, ohne die Augen von seinem Gesicht zu lösen, damit ich merke, wenn er aufwacht. Aber er scheint immer noch zu schlafen.

Ich stütze mich auf einen Ellbogen, um besser an ihn heranzukommen, und fange zielstrebig an, ihn immer erregender zu streicheln, bis es tief in meinem Bauch zu kribbeln beginnt.

Seine Haut ist heiß, glühend heiß sogar, und ich bilde mir ein, dass das an mir liegt. Als ich ihn weiter reibe, stöhnt er leise, doch seine Augen bleiben geschlossen. Irgendwann bewegt er sich doch, aber ich nehme an, dass er sein Glück genießen möchte und mir gern die Führung überlässt.

Ich umfasse seine Hoden und spiele zärtlich damit, während ich heiß erregt die Schenkel aneinanderdrücke. Befriedigt stöhnen wir beide auf, als Sam sich fester gegen meine Hand drückt.

»Oh, Baby, so ist es richtig«, knurrt er, die Stimme heiser vor Verlangen. Als ich mit dem Zeigefinger über seine Eichel streiche, heult er erfreut auf. »Du bist unglaublich, Alicia. Ich komme jeden Augenblick. Du weißt genau, wie ich es gern habe.« Das kühlt mich augenblicklich ab.

Hastig ziehe ich meine Hand aus seiner Unterhose und schüttle sie, als hätte ich sie mir schmutzig gemacht. Als Sams Lider flattern und ein Stirnrunzeln den zufriedenen Ausdruck auf seinem Gesicht verdrängt, springe ich aus dem Bett und flüchte.

Ich ertrage es nicht, die Enttäuschung in seinen Augen zu sehen, wenn er merkt, dass ich es war, die ihm einen herunterholen wollte, und nicht seine Ex-Freundin Alicia. Schnell reiße ich die Tür auf, schlage sie hinter mir zu, lehne mich mit dem Rücken daran und versuche, meine Gedanken zu ordnen.

Rhythmisch stoße ich mit dem Kopf gegen das Holz, um meine Tränen zu unterdrücken. Nichts erinnert ihn an mich. Weder mein Streicheln noch meine Liebe noch irgendetwas anderes an mir – gar nichts. Für ihn bin ich eine Fremde. Eine Fremde, die er gern gegen seine verflossene Freundin eintauschen würde.

Ich stoße mich ab, hole tief Luft und seufze, als ich Thunder durch den Flur trotten sehe. Auch ihn hat Samuel kaum beachtet, ein Gefühl, das ich nur zu gut kenne.

»Hey, du«, flüstere ich und streiche ihm über den Kopf. »Wir wär's, wenn wir dir was zu essen holen?« Der Hund bellt zustimmend.

Zusammen gehen wir in die Küche, wo ich Thunders Futter nehme und damit durch die Hintertür gehe. Als ich ihm die Dose aufmache, denke ich dass ich mich noch nie im Leben schlechter gefühlt habe. Verglichen mit dem, was ich gerade durchmache, kommt meine Kindheit mir fast wie ein Spaziergang vor.

Erfreut macht Thunder sich über sein Frühstück her, während ich kurz davor bin, die Nerven zu verlieren. Ich wusste, dass diese Zeit hart werden würde, aber ich fühle mich, als würde ich innerlich zerrissen. Bei allem, was ich tue, bin ich sehr behutsam, aus Angst, Sams Genesung zu gefährden, aber was ist mit mir? Es scheint ihn nicht zu kümmern, dass er mich wieder und wieder verletzt.

Eine Träne dringt durch meine bröckelnden Schutzwälle, und ich wische sie ärgerlich weg, weil es mich frustriert, wie wenig Hoffnung ich habe. Als Thunder aufgeregt zu bellen beginnt, schaue ich mich um und sehe Saxon die Zufahrt hochrennen. Sein Oberkörper ist frei. Er trägt nur eine kurze schwarze Laufhose, die tief auf seiner schmalen Taille sitzt. Sofort fluten Bilder aus der letzten Nacht mein Hirn, und meine Wangen werden heißer als die Hölle.

Das Tattoo auf seiner breiten Brust beginnt über dem Herzen und sieht aus wie eine Sanduhr mit zwei riesigen Flügeln, die bis über seine Schlüsselbeine reichen. Als ich den Blick weiter nach unten wandern lasse, sehe ich, dass seine muskulöse Seite von einem Spruch in Kursivschrift geziert wird. Ich sollte ihn nicht anstarren, aber ich kann nicht anders. So sieht ein echter Mann aus – locker, stark und selbstsicher.

Sein Oberkörper ist beindruckend gut trainiert. Die Brustmuskeln sind fest, und ein feiner Streifen glatter, dunkler Haare zieht sich durch die Senke zwischen den Schlüsselbeinen bis zum Nabel. Er hat ein Sixpack, und selbst seine seitlichen Bauchmuskeln sind gut definiert, außerdem hat er kein Gramm Fett am Leib. Sein V-Muskel ist wie ein Pfeil, der auf das zeigt, was, wie ich nun weiß, ein unglaublich beeindruckendes Paket ist. Auch seine kurze Hose überlässt nicht mehr viel der Fantasie.

Während ich ihn offen anstarre, kommt er langsam zum Stillstand, stützt die Hände in die Hüften und schnappt nach Luft. Beschämt wende ich die Augen ab, ich bin entsetzt über mein Glotzen. Das habe ich gestern Nacht schon lange genug getan. Thunder wirft mir einen Ball vor die Füße, und ich bin dankbar für die Ablenkung.

Als Saxon sich zu mir gesellt, hat er ein T-Shirt übergestreift. Wahrscheinlich ist ihm mein musternder Blick extrem unangenehm gewesen. Wenn er mich so ansehen würde, wie ich ihn gerade angesehen habe, würde ich mir auch wie ein Sexobjekt vorkommen. Ich muss mich zusammenreißen, denn sein Dasein ist das Einzige, was mich daran hindert, verrückt zu werden.

»Guten Morgen«, keucht er immer noch atemlos von seinem Morgenlauf.

»Guten Morgen«, erwidere ich errötend.

»Warum bist du so früh auf?« Als er vor mir stehen bleibt, trägt die leichte Brise mir seinen ungemein männlichen Duft zu, und mein Geruchssinn ist hellauf begeistert.

»Ich konnte nicht schlafen«, sage ich schließlich, ohne zu erwähnen, dass ich mich davor gefürchtet habe, weil ich dachte, dass meine sehr lebhafte Fantasie mir vorgeführt hätte, wie die Szene unter der Dusche zu Ende gegangen ist.

Saxon grinst, und schon hellt sich meine Stimmung wieder auf. »Hast du Hunger?« Das Knurren meines Magens antwortet für mich. Verlegen lege ich eine Hand auf den Bauch. »Na komm, ich mache dir Pfannkuchen. Eins, was Kellie mir beigebracht hat und auch hängen geblieben ist, ist, dass Pfannkuchen jeden glücklich machen.«

Unwillkürlich lache ich. »Wenn das so ist, mach mir besser zwei.« Er runzelt die Stirn.

Ich muss aufhören zu jammern, ich kann es selbst nicht mehr hören und nur vermuten, wie leid es Saxon ist.

Ich setze ein falsches Lächeln auf und sage: »Also, wollen wir nun essen, oder was?« Aber Saxon durchschaut mich sofort.

Mit seiner warmen Hand umfasst er meinen Unterarm und

schüttelt den Kopf. Ich beschließe, die sehr lebendige Erinnerung daran zu verdrängen, wie diese Hand etwas anderes umfasst hat. »Tu das nicht, Lucy. Mach mir nichts vor. Deine Ehrlichkeit und Offenheit sind sehr erfrischend nach all dem Mist, den ich erlebt habe. Niemand erwartet von dir, dass du gute Laune hast.« Er lässt meinen Arm wieder los und streicht mit einem Finger über meine Wange. »Sei einfach du, ja? Ich will dich gar nicht anders haben.«

Ich habe keine Ahnung, was ich darauf erwidern soll, also nicke ich nur, und er schenkt mir dieses Lächeln, das ich inzwischen brauche, um die langen Tage zu überstehen. Schweigend, aber ohne uns unwohl zu fühlen, gehen wir mit Thunder auf den Fersen zum Haus zurück. Das gehört zu den vielen Dingen, die ich an Saxon mag. Wir müssen nicht reden, nur damit es nicht still ist. Ich werde versuchen zu vergessen, was ich gesehen habe, denn unsere Freundschaft ist mir zu wichtig.

Als Saxon mir die Tür aufhält, strahle ich, denn anders als noch vor fünf Minuten, fühle ich mich wie in einen Schutzmantel gehüllt. Doch damit ist es vorbei, als ich beinahe mit Samuel zusammenstoße. Er sieht unglaublich gut aus in seiner Jeans, dem karierten Hemd und den Stiefeln.

»Mist, tut mir leid«, entschuldigt er sich eilig und hält mich an den Oberarmen fest.

Ich blicke auf seine Hände und dann in sein Gesicht und frage mich, ob es ihm gut geht, denn gerade hat er sich entschuldigt und mich vorm Fallen bewahrt. Als er mich auch noch anlächelt, bin ich sicher, dass er Fieber hat.

Plötzlich fällt Saxons riesiger Schatten auf mich, was unerklärlicherweise dazu führt, dass ich mich unauffällig aus Sams Griff befreie. Ich bin immer noch abgeschreckt von der Szene im Bett und mag es nicht, dass er mich anfasst, denn ich höre ihn dauernd Alicia zu mir sagen.

»Ich wollte Kaffee machen«, erklärt Sam, nach wie vor mit diesem merkwürdigen Lächeln im Gesicht. »Möchtest du auch welchen?«

Mir bleibt höchst unattraktiv der Mund offen stehen. Ist Sam jetzt tatsächlich nett zu mir? Seine Launenhaftigkeit schickt mich auf eine emotionale Achterbahnfahrt. Ich weiß nicht, wie lange ich das noch aushalte.

Dass ich nicht reagiere, scheint für ihn Ja zu bedeuten, denn er geht hinter die Theke und öffnet die Tür zur Speisekammer, um den Kaffee herauszuholen. Dann macht er, ohne zu überlegen, den Schrank über dem Herd auf und holt drei Becher heraus.

Der Versuch, mir nichts anmerken zu lassen, geht gründlich schief, weil ich hastig herumfahre, um Saxon anzusehen. Er ist wesentlich besser darin, sein Staunen zu verbergen, und nickt nur einmal, um zu bestätigen, dass er auch mitbekommen hat, dass Samuel die Becher von allein gefunden hat. Hat er sich erinnert? Oder war es ein Automatismus? Aber was es auch war, ich kann nicht leugnen, dass ich aufgeregt bin.

»Also, ich hab mir gedacht, wie wär's, wenn du mir zeigst, was du – und ich hier normalerweise tun?«

»Was?«, frage ich in einem Tonfall, der meine große Verwunderung verrät.

»Sophia hat gesagt, damit ich mich besser erinnere, sollte ich etwas tun, was ich früher gern getan habe.« Als Sams Blick auf meine BH-lose Brust fällt, fangen meine Wangen an zu brennen.

Die Anspielung war nicht misszuverstehen. Hat sein Stimmungswandel mit heute Morgen zu tun? Meint er, dass ich ihn wieder ranlasse, wenn er nett zu mir ist? Ich hasse mich dafür, dass ich mir solche Fragen stelle. Das hätte ich früher nie getan.

Als er mich weiter hoffnungsvoll ansieht, gebe ich nach. »Natürlich kann ich das.«

Schlagartig wird es in der Küche eiskalt. »Ich geh duschen«, erklärt Saxon. Betroffen presse ich die Lippen zusammen, denn ich verstehe nicht, warum er plötzlich so böse ist.

»Sehen wir uns dann draußen?«, frage ich und wende mich ihm lächelnd zu. »Dieser Zaun repariert sich ja nicht von selbst.«

Als Antwort bekomme ich nur einen ausdruckslosen Blick und ein Schnauben. Und schon fühle ich mich wieder wie sechzehn. Doch es scheint ihn nicht zu kümmern, denn er geht einfach weg.

Plötzlich fühle ich mich unglaublich schuldig, ohne zu wissen, warum. Aber Samuel lässt mir keine Zeit, darüber nachzudenken. »Also, wo fangen wir an?«, fragt er aufgeregt. Misstrauisch ziehe ich eine Braue hoch.

Warum ist er heute Morgen so munter? Vielleicht hat er die Erinnerung an Alicia dazu benutzt, das zu beenden, was ich angefangen hatte. Bei der Vorstellung beiße ich die Zähne zusammen. »Ich stelle mich auch kurz unter die Dusche. Wie wär's, wenn du schon mal in den Stall gehst und das Futter für die Pferde fertig machst? Es ist deutlich gekennzeichnet, wer was bekommt.«

Samuel nickt. »Ja klar. Wir können den Kaffee ja auch mitnehmen.« Heute ist er Dr. Jekyll.

Das ist zu viel für mich. Seine Ehrlichkeit und Freundlichkeit erinnern mich an den alten Sam. Einen Sam, den ich schon eine ganze Weile nicht mehr gesehen habe. Ich vermisse ihn sehr. Und die Frage, wie lange das noch so weitergehen wird, macht mir Angst. Doch ich verdränge die negativen Gedanken und konzentriere mich darauf, dass Sam sich nun offensichtlich erinnern möchte. Vielleicht war seine Sitzung mit Sophia doch keine komplette Katastrophe.

Ohne weiteres Zögern gehe ich schnell durch den Flur in das Bad, das zu meinem Schlafzimmer gehört, und ziehe mich aus. Es fühlt sich himmlisch an, das warme Wasser auf der Haut zu spüren, und ich nutze die Zeit, um die Ereignisse des Morgens Revue passieren zu lassen. Ich freue mich darüber, dass Sam sich erinnern will, aber warum ist Saxon deshalb zu einem Eisblock geworden? Gefällt ihm das nicht?

Ich schiebe den unglaublichen Gedanken beiseite, stelle das Wasser aus und gehe in mein Zimmer, um mich anzuziehen. Ich streife ein enges, weißes Tanktop und einen Jeansoverall über – mein übliches Outfit auf der Farm. Dann fahre ich mir mit den Fingern durchs Haar und greife nach dem Strohhut neben der Kommode. Dabei fallen mir die wenigen Kosmetikartikel ins Auge, die darauf liegen, und ich beschließe, mich etwas hübscher zu machen, um so vielleicht Sams Gedächtnis auf die Sprünge zu helfen.

Ich setze mich vor den Spiegel, nehme meine helle Tagescreme und lege einen Hauch davon auf. Meine grünen Augen wirken müde und unruhig, also gebe ich ihnen etwas Schwung, indem ich Mascara auftrage. Dann nehme ich den Labello mit Kirschgeschmack, streiche ihn auf die Lippen und trage noch eine dünne Schicht Gloss auf. Das Rot betont meinen Mund und lässt meine Wangen rosiger wirken.

Schließlich setze ich den Hut auf, ziehe das lange Haar nach vorn, damit es mein Gesicht umrahmt und lächle, denn dies ist das erste Mal, dass ich mich wieder normal fühle. Mit einem leichten Hüpfen gehe ich zu meinen Stiefeln, ziehe sie an und freue mich auf einen Tag voll harter Arbeit und Sonnenschein.

Thunder folgt mir nach draußen, und gemeinsam steigen wir die Hintertreppe hinunter. Dann bleibe ich einen Moment stehen, um die frische Luft einzuatmen und die Sonnenstrahlen zu genießen, die meine kühle Haut wärmen. Das ist genau das, was ich brauche, und ich kann es nicht erwarten, die Finger in die Erde zu graben und mich lebendig zu fühlen.

Links von mir ist Samuel damit beschäftigt, Luna zu bürsten. Offenbar kommt er gut mit der weißen Schönheit aus, denn sie genießt das Putzen. Sie ist eine prächtige Stute, und selbst wenn er sich nicht an sie erinnert, erinnert sie sich sicher an ihn. Ihm dabei zuzusehen, wie er sich um sie kümmert, erinnert mich an die Zeit, als wir sie gekauft haben, weil wir uns beide in ihre Eleganz und ihr Temperament verliebt hatten.

Ich bin so in der Vergangenheit versunken, dass ich erst bemerke, dass Saxon am Zaun rechts von mir arbeitet, als Thunder begeistert bellend zu ihm rennt, an ihm hochspringt und ihm bewundernd durchs Gesicht leckt, während Saxon ihn grinsend tätschelt.

Von links nach rechts schauend muss ich zugeben, dass ich mich außerordentlich glücklich schätzen kann, diese beiden bemerkenswerten Männer in meinem Leben zu haben. Obwohl es eine Tragödie gebraucht hat, um uns zusammenzubringen, sind wir nun doch vereint.

Mit dem Gedanken im Kopf gehe ich an die Arbeit, ich bin begeistert, dass ich wieder normal leben kann – wenn auch nur für einen Tag.

※ ※ ※

Als ich die Ställe ausmiste, meckert Cullen, unsere Bergziege, um anzuzeigen, dass sie hungrig ist. Ich schaue zu ihrem Auslauf hinüber und sehe, dass sie das ganze Heu und Getreide, das ich am Morgen frisch für sie ausgelegt habe, bereits aufgefressen hat.

»Ich habe keine Ahnung, warum man sagt, ›hungrig wie ein Wolf‹. Es sollte besser heißen, ›hungrig wie eine Ziege‹«, murmele ich leise, während Cullen anfängt, an meinem Hosenbein zu knabbern.

Kichernd schiebe ich sie beiseite und hole ihr mehr zu fressen. All unsere Vorräte gehen zur Neige, das heißt, dass ich bald mit dem Pick-up losfahren muss, um sie aufzufüllen. Das könnte sogar eine gute Idee für eine weitere einfache, normale Arbeit für Sam sein.

Den ganzen Tag über habe ich jedes Quäntchen Willenskraft gebraucht, mich davon abzuhalten, ihm zu Hilfe zu kommen. Wenn er versucht hat, etwas zu tun, sich aber nicht erinnern konnte, wie man es macht oder wo wir die dazu benötigten Werkzeuge oder Vorräte aufbewahren, war ihm seine Frustration deutlich anzusehen. Saxon hatte vorab deutlich zu verstehen gegeben, dass er ihm nicht helfen wird, was natürlich nur in Sams Interesse ist. Aber es war trotzdem schwer, tatenlos zuzusehen.

Ich schätze, wir müssen beide hart sein, um etwas Gutes zu erreichen. Doch in Anbetracht des zufriedenen Grinsens, das sich auf Saxons Gesicht ausbreitet, als sein Bruder leise flucht, wage ich zu behaupten, dass es ihm absolut nichts ausmacht, Sam auf die harte Tour lernen zu lassen. Ich weiß, dass die Beziehung zwischen ihm und Sam wahrscheinlich immer belastet sein wird, aber diese gemeinsame Zeit hilft ihnen vielleicht, sich wenigstens wieder ein kleines bisschen näherzukommen. Wenn sie es irgendwann schaffen, länger als fünf Minuten im selben Raum zu sein, wäre das für mich schon ein Erfolg.

Ich bin mir nicht sicher, ob Sam sich erinnert, was zwischen ihnen beiden vorgefallen ist, jedenfalls scheint ihn nicht nur mit Saxon, sondern auch mit mir eine Hassliebe zu verbinden. Ich wünschte, ich könnte Sam fragen, was er noch weiß und was nicht, aber das würde mit Tränen enden.

Cullens Futter ist etwas außerhalb meiner Reichweite, also steige ich auf die unterste Latte, lehne mich über den Zaun und ziehe es zu mir heran. Doch gerade als ich mich vorbeuge, um den Sack hochzuheben, erzittert der Zaun unter einem plötzlichen Stoß, und obwohl ich aufschreie und Cullen verfluche, weil sie den Zaun gerammt hat, kann ich nicht verhindern, dass ich nach vorn geschleudert werde, und mache mich auf einen schmerzhaften Aufprall gefasst. Doch der bleibt aus, weil zwei starke Hände mich an der Taille packen und mich davon abhalten, mit dem Gesicht voran ins Heu zu fallen.

»Ich hab dich.« Erleichtert sacke ich zusammen, als ich merke, dass Saxon hinter mir steht.

Da ich in einem seltsamen, um nicht zu sagen unschmeichelhaften Winkel über dem Zaun hänge, bin ich dankbar, als er mich mühelos hochhebt und wieder auf die Beine stellt. Doch selbst als ich mich zu ihm umdrehe, lässt er mich nicht los, und die Hitze seiner Hände brennt sich durch den Overall hindurch in mein Fleisch. Mein Herz schlägt immer schneller und raubt mir den Atem.

Im Schatten seiner Baseballkappe schaut Saxon auf mich

herunter und mustert mich mit einem Blick, den ich nicht deuten kann. Da ich anscheinend kein Wort herausbringen kann, befeuchte ich nur meine trockenen Lippen. Die Luft summt, als wäre sie elektrisch aufgeladen, und dieses Vibrieren jagt mir einen Schauer über meinen Rücken.

Ob ich Fieber bekomme? Als ich mir unwillkürlich an die Stirn fasse, verzieht Saxons Mund sich langsam zu einem selbstzufriedenen Grinsen.

Meine Hände sind feucht, mein Mund trocken, mir ist heiß, und ich zittere. Was ist los?

»Alles in Ordnung?«, fragt Saxon und schiebt seine Hände auf meinen Rücken.

Nein, ganz und gar nicht. Ich bin ziemlich sicher, dass ich gleich in Flammen aufgehe, und ich weiß nicht, warum. Doch als Saxons rosafarbene Zunge hervorkommt und über seine Oberlippe leckt, wird es mir klar. Es liegt an ihm. Ich bin atemlos, kurz vor dem Hyperventilieren und ziemlich sicher, dass ich knallrot angelaufen bin, weil Saxons Hände auf mir liegen. Wenn er mich berührt, zündet er in mir ein Feuer an. Und … das gefällt mir.

Entsetzt reiße ich mich los und ignoriere den Stich im Herzen, als wir uns trennen. Das, was wir hier machen, ist völlig inakzeptabel, und ich muss sofort gehen. Also warum bleibe ich wie angewurzelt stehen und schaffe es nicht, den Blick von Saxon loszureißen?

Ich denke daran, wie er in der Dusche gewirkt hat, wie fesselnd der Anblick seines nackten Körpers war. Er hat Kraft ausgestrahlt, und Sicherheit und Ruhe, und plötzlich begreife ich, dass ich von ihm beschützt werden möchte, denn nur bei ihm fühle ich mich geborgen.

Ich habe das Gefühl zu ertrinken. Ich muss gehen. Sofort.

Als ich mich endlich auf dem Absatz umdrehe, knirschen Reifen über den Kies in unserer Zufahrt. Fluchend stürme ich zum Haus, denn ich erkenne den Wagen. Kellie winkt Samuel zu, der gerade ein paar Felsbrocken aus dem flachen Bach schafft, der durch unser Grundstück fließt.

Saxon läuft hinter mir und seufzt, als er sieht, dass seine Eltern ihren Audi Q7 neben seinem Motorrad parken. Das ist nicht unbedingt die Unterbrechung, die ich mir gewünscht habe, aber ich nehme, was ich kriegen kann.

»O. k., jetzt ist der Tag im Eimer«, sagt Saxon. »Ich glaube, ich verstecke mich im Haus, bis sie weg sind.«

Ich habe immer noch nichts gesagt, denn ich habe Angst vor dem, was dabei herauskommen würde. Ich brauche einen Moment Zeit, um Atem zu schöpfen.

Zusammen sehen wir zu, wie Kellie aus dem Wagen springt und Samuel zu sich heranwinkt. Greg scheint sich Saxons Motorrad anzuschauen und nickt beifällig, während er die schwarz glänzende Maschine betrachtet. Schnell wischt Samuel sich die Hände an der Hose ab, ehe Kellie die Arme um ihn wirft und ihn an sich drückt.

Hat sie schon immer so geklammert?

Sie hat nie ein Geheimnis daraus gemacht, wie sehr sie Sam liebt, aber nun bin ich doch neugierig darauf, wie sie Saxon begrüßt. Wird sie ihn auch so fest umarmen? Irgendetwas sagt mir, dass es nicht so sein wird.

»Ich glaube nicht, dass sie so schnell verschwinden werden«, sage ich, als ich sehe, dass Greg Taschen voller Lebensmittel aus dem Kofferraum holt. »Je schneller wir das hinter uns bringen, desto schneller sind sie wieder weg.« Ich bin überrascht, dass ich das tatsächlich denke.

Saxon dreht seine Kappe nach hinten und nickt.

Neugierig fasst Kellie uns ins Auge, als sie bemerkt, dass wir auf sie zukommen. Wieder fühle ich mich plötzlich schuldig. Es kommt mir so vor, als wüsste sie, dass ich vor ein paar Sekunden die Fassung verloren habe, weil Saxon mich angefasst hat, was in jeder Hinsicht lächerlich ist.

»Danke«, flüstere ich, damit Kellie mich nicht hört.

»Wofür?«, fragt Saxon.

Ich lächle ihn an und freue mich, als er das Lächeln erwidert. »Dass du mich gerettet hast«, sage ich, und ich meine es wörtlich.

Saxon wirkt überrascht, fasst sich aber schnell wieder. »Das hab ich gern getan.« Warum habe ich das Gefühl, dass die Antwort sehr vielsagend ist?

Und schon werde ich wieder von meinen Gefühlen überrumpelt.

»Lucy, du siehst gut aus«, sagt Kellie mit offenen Armen. Ihre freundliche Begrüßung holt mich in die Realität zurück, und ich umarme sie locker.

Als wir uns voneinander lösen, kann man Kellie anmerken, dass es ihr nicht gefällt, Saxon so verschwitzt und schmutzig zu sehen. Und ihm ist deutlich anzumerken, dass es ihm Spaß macht, sie in Verlegenheit zu bringen.

»Kellie«, sagt er überschwänglich und breitet die Arme aus. »Was für eine Überraschung.« Ehe seine Mutter protestieren kann, schlingt er die Arme um sie und drückt seinen klebrigen, dreckigen Körper an ihren weißen Hosenanzug. Das Gesicht, das sie dabei macht, ist so unbezahlbar, dass ich eine Hand vor den Mund schlagen muss, um mein Kichern zu ersticken.

Vorsichtig löst Kellie sich aus Saxons Griff, aber da ist es schon zu spät. Ihr Outfit ist voller Flecken. Es sieht so aus, als wollte sie Saxon anschreien, doch als sie Greg mit einem breiten Lächeln näher kommen sieht, hält sie sich zurück. Anscheinend freut Greg sich darüber, dass Saxon auf seine Mutter zugegangen ist, auch wenn er es nur getan hat, um sie zu ärgern.

»Du siehst aus, als wärst du hier zu Hause, mein Sohn.« Das zeigt klar und deutlich, dass er sich immer noch wünscht, Saxon würde mit ihm und Sam für *Stone und Sons* arbeiten.

Saxon hebt die breiten Schultern, lässt sie aber schnell wieder fallen, als ich ängstlich einatme. Ich halte jetzt keinen Streit aus. Mein Kopf tut weh, und ich möchte gern einen Abend lang einfach so tun, als wären wir eine glückliche Familie.

»Was gibt's zu essen?«, fragt Saxon, während er Greg eine Tasche aus der Hand nimmt.

Greg ist klar, dass Saxon nur ablenken will, er beharrt aber nicht auf dem Thema. »Deine Mutter will euch alles kochen, was ihr gern esst.«

»Natürlich«, erwidert Saxon sarkastisch und verzieht die Lippen, als er Kellie mit einem feuchten Tuch an ihrem Hosenanzug herumtupfen sieht.

Falls Greg der sarkastische Ton auffällt, zeigt er es nicht.

»Sehr schön.« Ich klatsche in die Hände. »Wer möchte Kaffee?«

Überrascht stelle ich fest, dass Saxon und Samuel mit dem gleichen erfreuten Lächeln reagieren. Das wird ein langer Abend werden.

❋ ❋ ❋

1. Oktober 2004

Liebes Tagebuch,

heute habe ich Sams Eltern kennengelernt. Sie haben mich zum Abendessen eingeladen, und obwohl ich deswegen sehr nervös gewesen bin, ist mir klar gewesen, dass ich einfach hingehen muss.
Die Stones sind eine der reichsten Familien in Montana, weil ihnen eine der größten Getreidefarmen im Westen gehört. Ich wollte mich hübsch anziehen, weil ich mich die paar Male, die ich da gewesen bin, immer schlecht angezogen gefühlt habe. Mom hat gesagt, mein Blümchenkleid wäre schön und passend, also habe ich das getragen, mit meinen flachen schwarzen Schuhen dazu.
Als Sam mich abgeholt hat, war ich schrecklich aufgeregt. Aber als Gregory und Kellie mich begrüßt haben, habe ich mich sofort wohlgefühlt.
Sie hatten ein Festmahl mit jedem nur denkbaren vegetarischen Gericht vorbereitet. Samuel schien nicht allzu begeistert zu sein, dass es kein Fleisch gab, und hat behauptet, er würde mich bald bekehren. Gerade als wir anfangen wollten, kam Saxon, Samuels Zwillingsbruder, nach Hause, der deutlich gezeigt hat, wie sehr es ihn gestört hat, mich bei sich zu Hause zu sehen.
Daran sollte ich eigentlich gewöhnt sein, denn Saxon gibt sich keine große Mühe zu verbergen, dass er mich nicht leiden kann. Nur dass ich den Grund nicht kenne. Ich habe mehr als einmal versucht, mit ihm zu reden und irgendein gemeinsames Thema zu finden, aber er will nichts mit mir zu tun haben.
Es stört mich, dass er mich nicht mag, denn da Samuel sein

Zwillingsbruder ist, würde ich wirklich gern mit ihm auskommen. Aber er scheint das anders zu sehen.

Das Abendessen war wirklich nett, wenn man davon absieht, dass Saxon den ganzen Abend seine Kopfhörer getragen hat. Hätte Sam nicht unterm Tisch meine Hand gehalten und mich ermutigt, die Fragen seiner Eltern zu beantworten, hätte ich wohl kein Wort gesagt.

Der Abend war wirklich schön, obwohl Saxon mich dauernd finster angesehen hat. Aber als ich ihm quer über den Tisch heimlich eine Grimasse geschnitten habe, habe ich den Hauch eines Lächelns auf seinen Lippen gesehen, da wusste ich, dass hinter seiner Feindseligkeit ... mehr steckt.

Ich weiß nicht, warum er mich nicht ausstehen kann, aber ich habe mir vorgenommen, es herauszufinden.

Dreizehn

Ich habe mich lange genug versteckt.

Ich drücke das zerlesene Tagebuch an die Brust und lächle, als ich an den letzten Eintrag denke, den ich gelesen habe. Beim Schreiben habe ich das sicher nicht getan, aber das zeigt mir, wie sehr die Beziehung zwischen Saxon und mir sich verändert hat. Und zwar zum Guten. Aber der Eintrag zeigt mir auch, dass das, was zwischen Sam und mir gewesen ist, echt war. Und das bestärkt mich in dem Glauben, dass wir uns wiederfinden werden.

Ich lege das Tagebuch auf meinen Nachttisch, steige aus dem Bett und schlüpfe in meine Ballerinas. Ich rieche wesentlich besser als noch vor ein paar Stunden, denn ich habe ein schönes, langes Bad genommen und danach in Erinnerung an den Tagebucheintrag ein geblümtes Kleid angezogen. Mein Haar ist leicht gewellt, und ich trage es offen, sodass es mir ums Gesicht fällt.

Wollen wir hoffen, dass das Essen heute Abend genauso nett wird wie unser erstes.

Ich verlasse mein Schlafzimmer, schaue den Flur hinunter zu Saxons Zimmer und gehe aus irgendeinem unerklärlichen Grund zu ihm statt in die andere Richtung. Ich frage mich nicht mehr, warum er mich so anzieht. So wie ich mich auch nicht mehr frage, warum ich am Nachmittag so seltsam auf ihn reagiert habe. Vor seiner geschlossenen Tür bleibe ich stehen und stelle fest, dass aus dem Zimmer ein melodischer Countrysong dringt. Unwillkürlich lächle ich. Ganz egal, wie hart er tut, im Herzen ist er immer noch ein Junge vom Land.

Ich klopfe leise und warte. Hoffentlich schickt er mich nicht weg.

Doch er ruft »Herein«.

Ich öffne die Tür und halte die Luft an, denn er sitzt mit freiem Oberkörper auf dem Bett, ein offenes Tagebuch im Schoß, und Thunder schläft am Fußende.

»Hey«, sagt er, während ich sprachlos dastehe und den bilderbuchreifen Anblick bewundere.

Ich räuspere mich, reiße mich zusammen und sage: »Hey, du. Woher hast du gewusst, dass es nicht deine Mutter ist?«

»Die würde nicht klopfen«, erwidert er amüsiert.

Ich trete ein und beobachte fasziniert, wie das Sonnenlicht, das durch das offene Fenster fällt, auf seiner gebräunten Haut tanzt. »Du schreibst Tagebuch?«, frage ich und deute mit dem Kinn auf das Buch in seinem Schoß.

Saxon grinst und fährt sich mit dem Kuli zwischen den Fingern mit der linken Hand durchs Haar. »Ich könnte jetzt so tun, als würde ich ein Sudoku-Rätsel lösen, aber du hast mich ertappt.«

Ich lache. »Ich schreibe auch Tagebuch. Seit ich lesen und schreiben kann.«

Saxon pfeift. »Da dürfte viel zusammengekommen sein. Er schließt das schwarze, ledergebundene Buch und legt es auf die Kommode neben dem Bett. »Schreibst du immer noch?«

Ich gehe einen Schritt weiter und streiche durch Thunders

Fell. »In letzter Zeit nicht«, gestehe ich. »Das wären Einträge geworden, die ich nicht noch mal lesen möchte.«

Das klingt erbärmlich, aber es stimmt.

Saxon denkt über meine Antwort nach. »Egal, wie schlecht deine Erinnerungen sind, sie gehören trotzdem zu deiner Geschichte. Deinem Vermächtnis. Du solltest sie aufschreiben. So kannst du immer zurückschauen und sehen, was du alles überlebt hast. So was gehört zum Leben.« Er setzt sich auf. »Es besteht nicht nur aus glücklichen Momenten. Meistens sind es die schlimmen Erinnerungen, die die guten richtig schön machen. Sie bringen dich dazu, mit dem zufrieden zu sein, was du hast, und halten dich davon ab, irgendetwas für selbstverständlich zu halten.«

»Wow.« Schmunzelnd stelle ich mich auf die Zehenspitzen, um einen Blick auf das Tagebuch zu werfen. »Bist du sicher, dass das kein Buch über Philosophie ist?«

Saxon grinst.

Aber im Ernst, er hat recht. Ich habe Angst davor gehabt, in mein Tagebuch zu schreiben, weil ich diese Zeit meines Lebens nicht dokumentieren möchte. Sein Argument ist gut. Manchmal muss man etwas Schlechtes erleben, um das Gute schätzen zu können. So wie ich gerade.

»Und, komme ich auch in deinem Tagebuch vor?«, frage ich neckisch. Als Saxon ein betretenes Gesicht macht, habe ich meine Antwort. Er kommt schließlich auch in meinem vor.

Saxon greift nach dem T-Shirt, das neben ihm auf dem Bett liegt, und zieht es über den Kopf. »Wir sollten gehen. Sonst durchkreuzen wir noch Kellies spektakuläre Pläne fürs Abendessen.«

Obwohl er es sarkastisch meint, hat er wieder mal recht.

Ich habe es den ganzen Nachmittag vermieden, mein Zimmer zu verlassen, weil Kellie darauf bestanden hat zu kochen und keine Hilfe haben wollte. Sam schien damit zufrieden zu sein, mit seinem Vater zu reden, um verlorene Zeit nachzuholen und seine Erinnerungen aufzufrischen. Als er sich mit dem Rücken zu mir hingesetzt und seinem Vater Fragen gestellt hat, die er auch mir hätte stellen können, bin ich mir wie das fünfte Rad am Wagen vorgekommen. Da nicht zu übersehen war, dass Saxon und ich bei der Wiedervereinigung der Familie Stone nicht willkommen waren, haben wir uns wie Ausgestoßene, die aus einer fröhlichen Runde vertrieben worden sind, in unsere Zimmer verzogen. Nun verstehe ich, wie Saxon sich all die Jahre gefühlt haben muss. Kein Wunder, dass er gegangen ist.

Ohne besondere Eile schlendern wir durch den Flur.

»Es tut mir leid, Saxon.«

»Es tut dir leid?« Verwirrt kräuselt er die Lippen.

Ich nicke.

»Was?«

»Dass ich nicht bemerkt habe, was für ein großer Außenseiter du in deinem eigenen Zuhause warst. Ich war so...« Ich zögere und suche nach dem richtigen Wort. »Vernarrt in Sam, dass es mir nicht aufgefallen ist. Aber jetzt sehe ich klarer.«

Kaum dass wir um die Ecke biegen und in die Küche kommen, zeigt sich, wie recht ich mit meiner Bemerkung hatte, denn Kellie schäkert mit Samuel, der mit einem Eistee an der Theke sitzt.

»Du siehst sehr gut aus, Sammy. Sicher kannst du bald wieder mit deinem Dad auf der Farm arbeiten, und alles wird wieder so, wie es war. Und sein sollte.« Als sie aufschaut und Saxon erblickt, tut sie nichts, um den Eindruck abzuschwächen, dass er nicht zu diesem Arrangement gehört.

»Hm, das riecht gut.« Sanft berühre ich Saxons Arm, damit er weitergeht, denn er ist wie angewurzelt stehen geblieben.

Glücklicherweise setzt er sich wieder in Bewegung.

Der Esstisch sieht aus wie an Thanksgiving, denn er ist mit allen möglichen Gerichten beladen.

»Wow. Du hast dir aber viel Mühe gemacht«, sage ich und verkneife es mir, diesen Aufwand als übertrieben zu bezeichnen.

Kellie stellt eine riesige Auflaufform mit Makkaroni und Käse auf den Tisch und strahlt, als Samuel sich darüber freut. »Meine Söhne bekommen immer nur das Beste.«

Saxon wirft nur einen flüchtigen Blick auf das Essen, dann geht er zum Kühlschrank und holt zwei Flaschen Bier.

Nachdem Kellie auch die anderen Platten aufgetragen hat, setzt sie sich neben Greg, der am Kopfende der Tafel residiert und gerade dabei ist, seine Serviette zu entfalten und auf den Schoß zu legen. Dann klopft sie auf den Stuhl neben sich und lächelt Sam an. Doch zu meiner Überraschung nimmt mein Verlobter seiner Mutter gegenüber Platz und bedeutet mir mit einem Blick, mich neben ihn zu setzen. Ich habe keine Ahnung, warum, aber ich frage nicht nach.

Dann sehen wir alle zu, wie Saxon sich, völlig unbeeindruckt davon, dass ihm nun die Rolle von Kellies Tischnachbarn zufällt, auf den Stuhl neben ihr fallen lässt. Ich lächle ihn quer über den Tisch freundlich an, doch er verzieht keine Miene.

»Ich habe alles aufgefahren, was du gern isst, Sam«, sagt Kellie, steht auf und streckt eine Hand nach seinem Teller aus.

»Das sehe ich, Mom«, erwidert Sam zufrieden und reicht ihn ihr.

Während Kellie anfängt Nudeln, Hähnchenstücke, kleine Burger, Krautsalat und Fritten auf seinen Teller zu häufen, greife ich nach der Weinflasche, weil es mir nicht gefällt, dass sie Sam wie ein Kind behandelt. Ich verstehe, dass sie froh ist, ihn wieder bei sich zu haben, aber sie benimmt sich lächerlich. Wenn sie möchte, dass er sich daran erinnert, wer er ist, muss sie anfangen, ihn zu behandeln wie einen erwachsenen Mann.

Ich kippe meinen Riesling herunter und sehe durch den Boden meines Glases verschwommen Saxons grinsendes Gesicht. Er hat gemerkt, dass ich verärgert bin.

»Wie läuft's bei der Arbeit, Lucy?«, fragt Greg, der versucht, Konversation zu machen.

»Ich bin immer noch beurlaubt, aber ich hoffe, dass ich bald wieder hingehen kann.«

Als Kellie versucht, auch Saxon zu bedienen, zieht er seinen Teller weg, was sie sichtlich ärgert.

»Dieser Krieg in Syrien ist verheerend. Für Millionen von Menschen. Wird deine Organisation sich auch dort engagieren?«

»Ja, werden wir. Der Kampf tobt ja schon recht lange. Wir haben sehr eng mit verschiedenen humanitären Organisationen auf der ganzen Welt zusammengearbeitet, um einen Aktionsplan aufzustellen. Nach ...« Ich unterbreche mich, denn ich wollte sagen, dass ich nach unseren Flitterwochen dort hinfliegen sollte, um in dem vom Krieg zerrissenen Land zu arbeiten.

Samuel wusste das und hat mich hundertprozentig unterstützt, aber ich kann mir nicht mehr sicher sein, dass er noch genauso denkt.

»Eigentlich sollte ich Ende nächsten Monats für zwölf Wochen hinfliegen«, gebe ich zu und spiele nervös mit meinem Besteck. »Aber ich denke, ich werde das verschieben.«

»Es ist schrecklich gefährlich da drüben, Lucy. Und außerdem wirst du hier gebraucht«, sagt Kellie, während sie ihr Hähnchen zerteilt.

Sie hat recht, aber das ist mein Job. Und ich liebe ihn. Das ist *mein* normales Leben.

»Ich denke, du solltest gehen«, mischt Saxon sich ein. Dann lehnt er sich zurück und trinkt einen Schluck Bier.

»Sei nicht albern«, blafft Kellie. »Samuel braucht sie hier.« Sam schaut seine Mutter an und macht ein Gesicht, als wollte er ihr widersprechen.

»Und die heimatlosen, hungernden Menschen in Syrien brauchen sie nicht?«, kontert Saxon.

»Die sind nicht mein Problem. Samuel schon. Es tut mir leid, dass diese Leute leben, wo sie leben, aber wenn sie sich gegenseitig in die Luft jagen wollen, bitte schön. Damit tun sie unseren Truppen einen Gefallen. Wir sollten das ganze Land bombardieren. Aus dem kommt doch sowieso nichts Gutes.«

Mein Mund klappt auf, und ich blinzle ungläubig.

Angewidert schüttelt Saxon den Kopf. »Eine wunderbare Einstellung, Kellie. Lass die armen Teufel zur Hölle fahren, weil Sam sich den Kopf gestoßen hat.«

Samuel neben mir schnaubt, sagt aber kein Wort. Der alte Sam hätte seiner Mutter so unmoralische, voreingenommene Ansichten nicht durchgehen lassen, doch dieser Sam scheint die ganze Unterhaltung höchst amüsant zu finden. Greg bemerkt die Feindseligkeit am Tisch und zieht unbehaglich am Kragen seines teuren Polohemds.

Ich sollte Kellie widersprechen, aber ich halte mich zurück. Egal, wie ignorant sie ist, sie ist nach wie vor praktisch meine Schwiegermutter, und meine Kinderstube verbietet es mir, sie zurechtzuweisen. Daher lächle ich nur bitter und nippe an meinem Wein.

Ich habe keinen Appetit mehr, aber ich spüre, dass Kellie meinen leeren Teller beäugt. In meinem Kopf höre ich die freundliche Stimme meiner Mutter, die mir sagt, ich soll großzügig sein und über ihre Bemerkung hinwegsehen. Also tue ich das. Dann lade ich mir so wenig Essen wie möglich auf und stochere darin herum.

Wir leeren unsere Teller fast schweigend, das Fernsehen füllt die Stille. Nur Kellie und Greg unterhalten sich und lachen hin und wieder über irgendetwas völlig Triviales. Ich habe keine Ahnung, warum ich ihnen gegenüber so ablehnend bin. Das war ich sonst nie. Früher habe ich gern zugehört, wenn sie über ihre Reisepläne und Neuigkeiten auf der Farm geredet haben. Ist Kellie schon immer so nervtötend gewesen und Greg so ... feige?

Ich schaue über den Tisch auf einen gelangweilten Saxon und kenne die Antwort.

»Kannst du dich noch daran erinnern, Sammy?« Kellie hält einen Arm hoch, und ein dünnes Goldarmband gleitet an ihrem schlanken Unterarm herab.

Warum um Himmels willen fragt sie ihn das? Hat sie vergessen, dass er sein Gedächtnis verloren hat?

Samuel hält mitten im Kauen inne und schüttelt völlig desinteressiert den Kopf.

»Aber ich. Das hast du mir zum Muttertag geschenkt. Da warst du neun. Du konntest es nicht erwarten, deshalb hast du es mir schon einen Tag vorher gegeben. Was hast du noch mal für mich besorgt, Saxon?«

Saxon deutet mit seiner Bierflasche auf ihr Handgelenk. »Dieses Armband.«

Kellie wird blass. »Nein, das stimmt. Das ist von Sam.«

Auch ich höre auf zu kauen und frage mich, ob das wieder so ein Streich ist, den Sam Saxon gespielt hat.

»Mag sein, dass er es dir gegeben hat, aber ich bin der, der es bezahlt hat. Ich habe das ganze Jahr gespart und keinen Cent von meinem Taschengeld ausgegeben, um dir ein Geschenk zu kaufen, das dir gefallen würde. Sam hat es unter meinem Bett gefunden und es dir überreicht, ohne dass ich davon wusste. Es war meine Schuld, ich hätte ein besseres Versteck finden sollen.«

»Das ist unmöglich«, erklärt Kellie und schüttelt heftig den Kopf.

»Nein, das ist sehr gut möglich. Und ich weiß noch, dass ich es dir immer wieder gesagt habe. Du wolltest einfach nicht glauben, dass Sam vergessen hatte, etwas für seine Mutter zu besorgen.«

Ich beiße mir auf die Lippe, während Sam interessiert zuhört.

»Wie lange wolltest du noch bleiben, Saxon?«, fragt Kellie, ohne sich die Mühe zu machen, ihren ältesten Sohn anzusehen.

»Er kann so lange bleiben, wie er will«, antworte ich an seiner Stelle. Ich kann mich nicht mehr verstellen.

Kellie wirkt überrascht, anscheinend hat sie nicht mit einer so barschen Reaktion meinerseits gerechnet.

»Ich denke nur an die Werkstatt ... Wer kümmert sich darum, wenn du weg bist?«, lenkt sie hastig ein, Ich bin erstaunt, dass sie weiß, wo er arbeitet.

»Alles unter Kontrolle, Kellie. Danke für das Interesse.« Dass Saxon mich nicht aus den Augen lässt, macht mich nervös.

»Schön, was ist mit dem Nachtisch, mein Schatz?«, fragt Greg, der ewige Vermittler. Kellie nickt und steht auf, um den

Tisch abzuräumen. Stumm helfe ich ihr, voller Dank dafür, dass dieser Albtraum bald vorbei sein wird.

Sie setzt Kaffee auf und reicht mir einen köstlich duftenden gestürzten Apfelsinenkuchen. Ich platziere ihn mitten auf den Tisch und wünsche mir, ich dürfte darauf verzichten. Dann lasse ich mich wieder auf meinen Stuhl sinken. Nie habe ich mich einsamer gefühlt, denn Sam redet mit Greg über die letzten Basketballspiele und tut, als wäre ich Luft.

Mein Wein ist mein einziger Retter, und während ich danach greife, schaue ich heimlich zu Saxon hinüber. Die Hände im Nacken verschränkt, hängt er auf seinem Stuhl. Wenn er Kopfhörer trüge, könnte man dieses Essen mit dem vergleichen, das wir vor langer Zeit zusammen eingenommen haben. Nur dass wir uns heute beide unwohl dabei fühlen.

Er beobachtet mich genauso wie ich ihn, und gerade als ich wegschauen will, streckt er mir die Zunge heraus. Ich blinzle, weil ich fürchte, dass ich falsch gesehen habe, aber als er auch noch seine Daumen an die Schläfen drückt und kindisch mit den Händen wackelt, weiß ich, dass ich zum ersten Mal seit Langem alles richtig sehe.

Er schneidet mir eine Grimasse – die gleiche, die ich ihm damals geschnitten habe. Er erinnert sich daran. Und genau wie bei ihm damals erscheint nun auf meinen Lippen der Hauch eines Lächelns. Mein ersticktes Kichern lenkt die Aufmerksamkeit der anderen auf mich, doch Saxon trinkt bereits seelenruhig einen weiteren Schluck Bier. Außer mir hat niemand etwas bemerkt. Das wird für immer unser Geheimnis bleiben.

Sofort fühle ich mich besser.

»Kaffee ist fertig«, verkündet Kellie, gerade als Samuels Handy sich meldet.

Er dreht es so, dass ich nicht auf den Bildschirm schauen kann, was mich natürlich misstrauisch macht. Dann schickt er demjenigen, der ihm gerade geschrieben hat, schnell eine Antwort und steckt es lächelnd wieder in die Tasche.

Eine Welle der Angst überrollt mich.

»Wie läuft es mit Dr. Yates, Samuel?«

Rasch wende ich mich Kellie zu und schüttele langsam den Kopf. Das ist nicht das richtige Thema für eine Unterhaltung beim Essen. Aber Kellie bemerkt meine Warnung nicht.

»Mir kommt sie sehr nett vor. Hat sie schon mit dir darüber gesprochen ... was passiert ist?« Mit einer dramatischen Geste legt sie eine Hand aufs Herz.

Ich merke, wie Sams Stimmung schlagartig kippt. »Ja, das hat sie. Ich hoffe, dieser Scheißkerl bezahlt dafür«, knurrt er. »Oder noch besser, überlasst ihn mir für fünf Minuten, und ich zeige ihm, wie es sich anfühlt, im Koma zu liegen«

»Sam«, flüstere ich mitfühlend und berühre ihn sanft am Bein. Doch er zieht es mit finsterem Blick hastig weg. Mr. Hyde ist zurück.

»Samuel!«, schimpft Greg. »Achte auf deine Sprache, wenn deine Mutter dabei ist.«

Doch der Tadel reizt Sam nur noch mehr. »Ich bin sicher, dass sie das Wort ›Scheißkerl‹ schon mal gehört hat, Dad. Und außerdem halte ich es unter diesen Umständen für berechtigt. Ich weiß nicht mehr, wer ich bin, weil dieses Arschloch mir mein Leben gestohlen hat! Ist das etwa gerecht?«

Sophia hatte recht. Dieses Thema sollte nur in der Therapie erörtert werden. Samuels Tonfall sagt mir, dass er Schmerz und Frust, aber vor allem Wut darüber empfindet, in dieser Lage zu sein.

Mir blutet das Herz. »Selbst wenn du dich nicht mehr erinnerst, wer du bist, ich tu's. Und ich werde es nie vergessen.« Mit meiner Nostalgie erreiche ich das Gegenteil von dem, was ich beabsichtigt hatte.

»Tja, das ist sehr schön für dich, Lucy ...«, er spricht meinen Namen fast angeekelt aus, »... aber ich erinnere mich an rein gar nichts. Weder an dich noch an dieses Haus noch an irgendetwas anderes aus meinem Erwachsenenleben.« Man sieht ihm den Zorn darüber an.

Wütend mischt Saxon sich ein. »Wie wär's, wenn du aufhörst, zu jammern und dich selbst zu bemitleiden, und anfängst, dich wie ein Mann zu benehmen? Sophia möchte dir helfen, aber du führst dich natürlich auf wie ein sturer Esel. Wir wollen dir alle nur helfen«, beendet er seinen Ausbruch.

»Aber ich will eure Hilfe nicht«, zischt Sam und deutet auf seinen Bruder. »Geh doch zurück in dein dämliches Oregon und mach weiter mit deinem tollen Leben.«

»Gut!« Saxon stößt seinen Stuhl weg und steht auf. »Ich brauch diesen ganzen Scheiß nicht.« Er beugt sich vor, stützt die Hände auf den Tisch und starrt Sam verächtlich an. »Mag sein, dass du das Gedächtnis verloren hast, aber du hast dich nicht verändert. Du wolltest doch immer wissen, warum ich gegangen bin. Also gut: deinetwegen.«

»Saxon!«, kreischt Kellie und springt auf.

Aber Saxon ignoriert sie. »Ich habe mir ein Tattoo nach dem anderen zugelegt, mir das Haar wachsen lassen und dieses Scheißkaff verlassen, weil ich vergessen musste! Ich musste *dich* vergessen. Jedes Mal, wenn ich in den Spiegel schaue, werde ich daran erinnert, dass du mein Bruder bist, und das hasse ich. Ich hasse dich. Und ich weiß, dass du weißt, *warum* ich dich hasse.«

Samuel springt auf und beugt sich genauso einschüchternd wie Saxon über den Tisch. Wie Kampfhähne stehen die beiden sich gegenüber, und ich habe Angst davor, was passiert, wenn einer von ihnen sich bewegt.

»Das reicht jetzt, Jungs!«, brüllt Greg und haut mit der Faust auf den Tisch.

Entsetzt über den puren Hass zwischen den beiden, schaue ich ängstlich von einem zum anderen. Was hat Sam nur getan? Ich habe immer gedacht, ihre Differenzen seien auf ein einfaches Missverständnis zurückzuführen, aber nun weiß ich, dass das nicht stimmt.

Als eine Träne über meine Wange rinnt, schaut Saxon mich an, und sein Blick wird weich. »Du hast sie nicht verdient, du Arsch.« Er stößt sich vom Tisch ab und stürmt aus dem Raum, während ich sehr betroffen zurückbleibe.

Hektisch läuft Kellie zu Samuel, um sich zu vergewissern, dass es ihm gut geht. »Das ist typisch für Saxon, ein Familienessen zu ruinieren.« Sie schaut zu Greg hinüber, der enttäuscht den Kopf schüttelt.

Aber Saxon trifft keine Schuld. Kellies grausame Bemerkung erinnert mich an die Geschichten, die er mir erzählt hat. Anscheinend wird er immer für alle Schwierigkeiten in der Familie verantwortlich gemacht, und das ist nicht richtig. Ich halte das nicht länger aus. Ich springe auch auf und renne ins Bad.

Schnell schließe ich die Tür hinter mir ab, rutsche daran herunter und fange an zu weinen. Zusammengesackt sitze ich auf dem Boden und schluchze, weil ich keine Hoffnung mehr habe und mich so allein fühle. Dann ziehe ich die Knie an und dämpfe mein Weinen, weil ich mich dafür schäme.

Zum ersten Mal im Leben möchte ich Saxon trösten, nicht

Sam. Die Situation, in der ich mich befinde, ist so verfahren, dass ich noch heftiger weine. Ich habe solche Angst, dass Saxon jetzt geht. Ich könnte es ihm nicht verübeln. Aber wie soll ich das hier überleben, wenn er nicht mehr da ist? Saxon ist der einzige Mensch, der versteht, was ich durchmache, weil er das Gleiche durchmacht.

Kann Sam sich wirklich daran erinnern, was zwischen ihm und Saxon vorgefallen ist? Und wenn ja, was hat er getan?

Ich brauche Antworten, deshalb atme ich tief durch und verschlucke meine Tränen, denn Weinen bringt mich nicht weiter. Ich stehe auf, spritze mir etwas kaltes Wasser ins Gesicht und beschließe, diesem Zerwürfnis ein für alle Mal auf den Grund zu gehen.

Ich öffne die Tür und gehe los, entschlossen, den Jungs in den Hintern zu treten, doch leider bin ich diejenige, die einen Tritt in den Hintern bekommt.

»Ich hasse es, hier zu sein und so zu tun, als wäre ich jemand, der ich nicht bin. Ich versuche es ja, wirklich, aber ich kann ihren Anblick einfach nicht ertragen. Ich habe nicht die geringste Ahnung, was ich jemals in ihr gesehen habe, und ehrlich gesagt hindert mich das Hiersein nur daran, irgendwelche Fortschritte zu machen. Sie ist ständig hinter mir her und zwingt mich, mich an sie zu erinnern. Aber wisst ihr was? Es gibt einen Grund dafür, warum ich das nicht tue. Weil sie mich krank macht. Sie erinnert mich an eine Vergangenheit, an die ich mich nicht erinnern möchte.«

Mit weichen Knien lehne ich mich an die Wand, achte aber darauf, außer Sicht zu bleiben, und ersticke mein Wimmern mit einer Hand.

»Gib ihr noch eine Chance, Sam. Sie liebt dich so sehr.«

»Das ist ja das Problem ... ich liebe sie nicht. Und ich bezweifle, dass ich sie je geliebt habe.«

Ich will kein Wort mehr hören. Ich kann nicht da stehen und zuhören, wie die Liebe meines Lebens bestreitet, mich jemals geliebt zu haben.

Mit Tränen in den Augen stürme ich durch den Flur, reiße die Haustür auf und eile die Treppe hinunter. Sobald die Nachtluft über meine erhitzte Haut streicht, schleudere ich die Schuhe von mir und renne los, ich muss weg von dieser qualvollen Szene.

Ich weiß nicht wohin, es fühlt sich einfach gut an, frei zu sein. Obwohl meine Füße im dichten Gras versinken, werde ich immer schneller, der Schmerz im ganzen Körper treibt mich an. Dann breite ich die Arme aus und schließe die Augen. Ich wünschte, ich könnte fliegen und mein Leben hinter mir lassen. Es ist nicht mehr so, wie es war, und ich weiß nicht, was ich tun soll.

Eine kühle Brise bläst mir ins Gesicht und lässt das Haar hinter mir herflattern. Beflügelt von dem Adrenalinschub, laufe ich immer weiter, bis ich das Mondlicht auf die Ställe fallen sehe, ein diskreter Hinweis darauf, wo ich hingehen könnte. Schnell stürze ich mich hinein und reiße automatisch die Tür zu Potters Box auf. Erschrocken über mein plötzliches Auftauchen weicht mein Pferd unsicher zurück, doch als es mich erkennt, beruhigt es sich.

Hastig lege ich Potter das Zaumzeug an, ehe ich auf seinen bloßen Rücken steige und meine Beine an seinen muskulösen Bauch drücke. »Na los!« Ich schnalze zweimal mit der Zunge, sodass er im schnellen Galopp losläuft.

Die Zügel locker in der Hand beuge ich mich vor und werde

eins mit diesem wundervollen Geschöpf, das aus dem Stall prescht und mich ins weite Land hinausträgt. Ich federe im Takt mit Potters Sprüngen, presse die Schenkel an ihn und sporne ihn an, schneller zu werden.

Wir kennen und respektieren uns, und wir vertrauen einander. Außerdem haben wir im Laufe der Jahre gelernt, uns zu verstehen, deshalb weiß er, als ich »Lauf!« rufe, dass ich will, dass er sich nicht zurückhält.

Der Vollmond ist die einzige Lichtquelle, die wir brauchen, um ohne echtes Ziel über die Felder zu reiten. Als ich Potter um die Scheune herumlenke, fällt mir ein orangefarbenes Glühen auf, und ohne richtig hinzuschauen, weiß ich, wer da ist.

Saxon stößt sich von der Wand ab und reißt die Augen auf, als er mich tränenüberströmt auf dem Rücken meines Pferdes vorbeijagen sieht. »Lucy!«, ruft er und wirft seine Zigarette weg.

Aber ich halte nicht an. Ich kann nicht. Zum ersten Mal seit ewigen Zeiten habe ich das Gefühl, endlich frei atmen zu können.

»Schneller!«, rufe ich und hämmere die Fersen in Potters Seiten. Er gehorcht. Er wird immer schneller, aber es ist mir noch nicht schnell genug.

Die Welt zieht verschwommen an mir vorüber, und die Tatsache, dass ich weine, macht die Sicht auch nicht besser. Dafür kann ich endlich klar denken. Samuel lässt sich nicht ändern. Er ist, was er ist, ein Ekel. Ich habe getan, was ich konnte, um ihn zu verstehen, und ihm Zeit gegeben, sich zu erholen, aber er ist nicht zufrieden. Er ist nie zufrieden.

Seine grausamen Worte hallen wieder und wieder durch meinen Kopf und lösen eine neue Flut von Tränen aus – Tränen der Trauer, vermischt mit einer Prise Wut. Wenn er nicht hier sein will, dann zwinge ich ihn nicht, bei mir zu bleiben. Ich will nur das Beste für ihn. Wenn er glaubt, dass ich seinen Heilungsprozess störe, kann er gehen. Ich möchte keine Vorwürfe mehr hören. Ich habe es satt, der Sündenbock zu sein.

Als Potter auf die Berge zusteuert, wird der Boden holprig und der Ritt ungemütlich. Den Weg habe ich noch nie eingeschlagen, aber ich treibe das Pferd weiter an, denn je weiter ich flüchte, desto besser fühle ich mich.

Mein Kleid ist bis zu den Oberschenkeln hochgerutscht, mein Haar fliegt offen im Wind, ich bin barfuß und reite ohne Sattel – es ist ein unbeschreibliches Gefühl. Und genau das, was ich brauche. Leider hat mein Freiheitsdrang über meinen gesunden Menschenverstand gesiegt, sodass ich Potter nun durch Gestrüpp galoppieren lasse und er sich plötzlich erschrickt und in Panik gerät.

Ich versuche, ihn mit sanfter Stimme zu beruhigen, aber es ist zu spät. Das unbekannte Gelände, der unebene Grund und das dichte Unterholz lassen ihn aufgebracht wiehern. Dann scheut er vor etwas Unsichtbarem, das ihn erschreckt hat.

»Ruhig, Potter«, sage ich, doch er hört nicht auf mich. Ich versuche, ihn im Zaum zu halten, aber es ist nutzlos.

Ohne Vorwarnung steigt er und wirft mich von seinem fast fünfhundert Kilo schweren Körper. Ich habe keine Chance, mich oben zu halten. Ich verliere die Zügel, schleudere durch die Luft und lande mit einem brutal harten Aufschlag.

Ohne auf den scharfen Schmerz an meiner Schläfe zu achten, rolle ich mich automatisch zusammen, weil ich Angst habe, dass das Pferd mich zertrampelt. Doch das tut es glücklicherweise nicht.

»Ganz ruhig, Potter!«

Vorsichtig hebe ich den Kopf und weine fast vor Erleichterung, als ich Saxon wie einen Irren durchs Gebüsch reiten sehe. Er sitzt auf Luna und scheint sich auf der kräftigen Schönheit sehr wohlzufühlen. Potter wiehert und verschwindet in die andere Richtung.

»Potter!«, schreie ich, doch der grelle Schmerz an der Schläfe lässt mich sofort wieder zusammensacken.

»Lucy! Alles in Ordnung?« Ich höre Saxon nur undeutlich, es ist, als spräche er in Zeitlupe.

Dann fängt die Welt an, sich zu drehen, und ich schließe kurz die Lider, weil etwas Klebriges mir ins rechte Auge rinnt. Ich rolle mich auf die Seite und versuche, ruhig zu atmen, während ich die Milliarden Sterne zähle, die über mir funkeln. Ich liege ganz still, völlig zufrieden damit, meine Gedanken zu sammeln und mich nicht zu rühren. Doch als mir plötzlich schlecht wird, setze ich mich auf, weil ich glaube, dass ich mich übergeben muss.

»Lucy? Kannst du mich hören?« Saxons Stimme ist wie ein Licht im Dunkeln, an dem ich mich orientieren kann.

»J-Ja«, stammele ich, und das Wort hallt von meiner Schädeldecke wider. Ich versuche, mich zu konzentrieren, und bin dankbar, als seine kräftige Gestalt deutlicher wird.

»Verdammt, du blutest.« Er bindet Luna an einen Baum und kommt zu mir gelaufen.

»Mir geht's gut.« Ich hebe eine Hand, um zu ertasten, ob er recht hat, doch mein Arm fühlt sich unglaublich schwer an und klatscht deutlich hörbar in meinen Schoß.

»Nein, dir geht es nicht gut«, widerspricht Saxon und reißt sich das T-Shirt herunter.

Ehe ich mich fragen kann, ob meine Augen mir einen Streich

spielen, fällt er vor mir auf die Knie und presst es an meine Stirn. Sobald es meine Schläfe berührt, schreie ich auf.

Er zuckt zusammen. »Tut mir leid.« Er verringert den Druck etwas. Sein Gesicht ist hart vor Sorge. »Was denkst du dir dabei, so zu reiten? Du hättest dich umbringen können.«

Verlegen schaue ich ihn an. Jetzt, wo ich nicht mehr so wütend bin, ist mir klar, dass er recht hat. »Ich weiß. Das war dumm.«

Sein Duft scheint heute stärker zu sein und hüllt mich in eine Wolke purer Männlichkeit, aus der ich nie mehr herauswill.

»Was ist passiert?«

Er ist nicht dumm. Er weiß, dass etwas Schlimmes geschehen sein muss, wenn ich mich so unverantwortlich benehme. »Samuel liebt mich nicht mehr«, heule ich.

Saxon macht große Augen, schüttelt aber den Kopf. »Ich weiß, dass er dich liebt ... ich kann es spüren.«

Wie sehr ich mir wünsche, das wäre wahr. »Ich habe ihn gehört«, gestehe ich traurig. »Er hat deinen Eltern gesagt, dass ich ihn k-krank mache. Dass ich ihn daran h-hindere, Fortschritte zu machen.«

Zischend zieht Saxon Luft durch die Zähne. »Er ist ein Mistkerl. Hör nicht auf ihn. Der einzige Mensch, der ihn aufhält, ist er selbst.«

Wir sagen beide nichts mehr, nur unser schweres Atmen erfüllt die stille Nacht. Nach und nach geht es mir besser, mir ist nicht mehr so schwindlig, und auch die Übelkeit lässt allmählich nach. Aber Saxon tupft mir so lange die Stirn ab, bis er sicher ist, dass die Blutung gestillt ist.

Das Mondlicht fällt auf seinen nackten Oberkörper und beleuchtet die Tattoos, die so schwarz sind wie die Nacht. Plötzlich kann ich nicht anders, ich strecke eine Hand aus und streiche mit zitternden Fingern über sein Schlüsselbein und seinen muskulösen Bizeps. Seine Brust zu betrachten, wage ich nicht, ich konzentriere mich auf sein Gesicht und seinen Arm.

»Die sind wirklich wunderschön«, flüstere ich, damit der plötzliche innere Aufruhr sich legt.

Saxon bekommt eine Gänsehaut. Ich bin völlig fasziniert und würde am liebsten mit den Fingerspitzen über jede einzelne kleine Erhebung fahren.

»Danke.« Behutsam schiebt er mir eine Haarlocke aus der Stirn. Ich stöhne, denn seine Berührung löst etwas in mir aus, was sie nicht auslösen sollte. Doch es sind seine Worte, die mich endgültig ins Verderben stürzen. »Du auch.« Dann schluckt er sichtlich nervös.

»Saxon ...« Aber ich weiß gar nicht, was ich ihm sagen will. Die ganze Zeit habe ich gespürt, dass da ... mehr ist. Mehr, als sich gehört. Und das ist falsch. Ich sollte nur einen Freund in ihm sehen, aber gegen die unsichtbare Anziehungskraft, die ich in seiner Nähe verspüre, komme ich nicht an.

Unsere Augen begegnen sich, und ich verliere mich in einem Meer der Ruhe. Saxon ist mein Anker, er hält mich davon ab abzudriften, wenn ich in unbekannte Gewässer gerate, die zu rau für mich sind.

Ich weiß, was passieren wird. Und ich muss es verhindern. Aber ich kann nicht. Er kommt so schmerzhaft langsam näher, dass ich fast vergesse zu atmen. Mein Magen schlägt Purzelbäume, und mir wird heiß ... vor Verlangen. Ich will, dass er mich küsst.

»So reg dich nicht, derweil mein Mund dir nimmt, was er erfleht«, raunt er und leckt sich über die schön geschwungene Oberlippe.

Er bittet mich um Erlaubnis, aber das ist nicht nötig.

»So hat mein Mund dafür der Sünde Fluch.«

Bei einer Leseratte wie mir *Romeo und Julia* zu zitieren, ist ein sicherer Weg zu meinem Herzen. Aber auch wenn er nichts gesagt hätte, wäre ich überwältigt.

Er grinst, und es ist ein atemberaubender Anblick.

Das ist der Moment, in dem ich mich abwenden und Nein sagen sollte, doch als er noch näher kommt, merke ich, dass ich ihm entgegenkomme.

Zuerst bin ich verblüfft und bewege mich nicht weiter, als die weichsten Lippen der Welt mich zart berühren. Sie sind ganz vorsichtig und ein wenig schüchtern. Alles andere als selbstbewusst, eher zögernd und ungläubig. Es fühlt sich so schön an, dass ich von Kopf bis Fuß erbebe.

Unsere Lippen liegen aufeinander, aber keiner von uns wagt es, sich zu rühren. Wir haben beide Angst, dass der, der sich als Erster bewegt, eine Kettenreaktion in Gang setzt und eine unaufhaltsame Katastrophe auslöst, die unser Schicksal für immer besiegelt.

Der Gedanke ist der Realitätsbezug, den ich so dringend brauche, und ich reiße mich, entsetzt über das, was wir beinah getan hätten, von ihm los. Doch mein Gefühl für falsch und richtig verschwindet sofort wieder, als Saxon eine Hand um meinen Nacken legt und mein Gesicht an seines heranzieht. Nur Zentimeter voneinander entfernt schauen wir uns, ohne zu blinzeln, in die Augen. Sein warmer Atem streicht über meine Wangen, und jedes Mal, wenn er ausatmet, spüre ich sein Verlangen.

Vor mir kniend, gibt er sich ganz in meine Hand und flüstert: »Lass uns so tun, als gäbe es kein Morgen.« Dann drückt er seine Stirn an meine und sagt ernst: »Was jetzt auch passiert, ab morgen sind es nur noch Erinnerungen.« Ich merke, dass er am ganzen Leib zittert, und seine Unsicherheit führt dazu, dass ich meine Bedenken beiseiteschiebe. Diesen einen gestohlenen Moment lang möchte ich einfach nur ... fühlen.

Sanft drücke ich mich gegen seine kräftige nackte Brust, und er setzt sich auf den felsigen Boden und lässt mich auf seinen Schoß klettern. Hastig schlinge ich meine Beine um seine Taille, damit er nicht wegläuft. Sein Brustkorb hebt und senkt sich so schnell, dass ich glaube, sein heftig hämmerndes Herz hören zu können. Meins klopft genauso schnell, als ich ihn küsse. Wir passen perfekt zueinander. Und als er meinen Mund auch noch in genau den richtigen Winkel bringt und geschickt mit meiner Zunge spielt, weiß ich, dass *das* das Paradies ist.

Der Kuss ist wie eine Achterbahnfahrt, er fängt ganz langsam an und steuert unaufhaltsam auf einen schwindelerregenden Höhepunkt zu. Als Saxon spürt, dass ich meine Scheu ablege und nur noch genieße, stöhnt er in meinen Mund und wird so stürmisch, dass ich ihn gewähren lasse.

Völlig überrumpelt von seiner Leidenschaft, gebe ich mich ihm hin, lasse ihn tun, was er will, und schmelze dahin, als er mit seinen feuchten Lippen an meiner Unterlippe zieht. Erregt drücke ich meinen Mund auf seinen, weil ich nicht genug bekomme von diesem wunderbaren Gefühl. Ich will dass er mich nimmt, mich verschlingt, mich gesund macht.

Er ist überall, dringt mir durch jede Pore, aber das reicht mir nicht. Ungeduldig nehme ich sein Gesicht mit den Bartstoppeln, die sich weich und seidig anfühlen, in beide Hände. Wieder stöhnt er in meinen Mund, und das macht etwas mit mir, das ich nicht erklären kann. Wie von Sinnen drücke ich meine

Brust an seine und merke, dass sein Herz immer noch rast. Es gefällt mir, dass er genauso aufgeregt ist wie ich.

Ich lege meine Arme um seinen Nacken und spiele mit den Haaren, die sich dort ringeln. Als er noch lauter stöhnt, schiebe ich die Finger hinein und zerre daran. Da stößt er zischend den Atem aus, und mein Schoß zieht sich zusammen. Ich bin so erregt, dass ich feucht werde, und es ist mir peinlich, dass dafür nicht mehr als ein Kuss nötig ist.

Rücksichtslos küssen wir uns weiter, als wollten wir beide nicht an morgen denken, und als sich zwischen seinen Beinen etwas regt, wimmere ich schamlos vor Vorfreude. Bilder aus der Dusche vor Augen, schiebe ich die Hüften vor und halte die Luft an vor Überraschung über meine plötzliche Leidenschaft. Das ist völlig untypisch für mich, aber es gefällt mir.

Jede Berührung, jedes Zungenspiel bringt uns näher an die Grenze, jenseits derer es kein Zurück mehr gibt. Aber wem will ich etwas vormachen? Diese Grenze habe ich schon in dem Augenblick überschritten, in dem ich Saxon nicht mehr als Sams Bruder betrachtet habe. Das hier sollte sich falsch anfühlen, tut es aber nicht. Es fühlt sich richtig an.

Ich küsse ihn so lange, bis ich ohne ihn nicht mehr atmen kann. Er ist zu meinem Retter geworden – mit jedem Kuss holt er mich ein Stück weiter ins Leben zurück. Doch als ich ihn meinen Namen sagen höre, begreife ich, was ich tue und mit wem ich es tue, und das löscht das Feuer in mir und erinnert mich daran, dass ich jetzt, in dieser Sekunde, Ehebruch begehe. Ich habe gerade Samuel betrogen, und noch dazu mit seinem Bruder.

Mir wird schlecht.

Ich reiße mich los und begegne Saxons erstauntem Blick. Er

versteht nicht, warum ich aufgehört habe. Aber als ich meinen betrügerischen, schmutzigen Mund zögernd hinter einer Hand verstecke, wird es ihm klar. In seinen Augen erscheint keine Reue, nur Bedauern. »Lucy...«

Seine tiefe, raue Stimme bestätigt, dass es wahr ist. Es ist wahr, dass ich mit Saxon herumgemacht habe und dass es mir gefallen hat. Ich bin widerlich.

Ich stoße mich von ihm ab und falle bei dem Versuch aufzustehen beinahe hintenüber. Schnell streckt Saxon eine Hand aus, um mir zu helfen, aber ich schlage sie weg. Dabei leuchtet mein Verlobungsring im Mondlicht auf. »Oh mein Gott. Was habe ich getan?«

Auf meinen Beinen stehend, schaue ich auf einen tief enttäuschten Saxon herunter. Mein Bedürfnis, ihn zu trösten, ist so groß, dass es mir den Atem verschlägt, aber ich darf es nicht tun. Ich fürchte, dass ich wieder anfange, ihn zu küssen, wenn ich ihm zu nahe komme.

»Lucy!« Greg ruft nach mir. Ich muss hier weg.

»Es tut mir leid, Saxon. Das hätte nicht passieren dürfen.« Meine Unterlippe zittert, denn ich weiß, dass ich soeben meinen besten Freund verloren habe. Aber auch ein Stück von mir.

Ich warte nicht auf eine Antwort. Ich kann nicht. Schnell drehe ich mich um und laufe weg. Das ist alles, was ich in letzter Zeit zu tun scheine.

Zu schade, dass ich nicht vor dem schrecklichen Durcheinander weglaufen kann, das ich gerade angerichtet habe.

✳ ✳ ✳

4. September 2004

Liebes Tagebuch,
vor einem Monat bin ich Sam begegnet. Also ist es wohl ganz passend, dass wir uns vor einer Stunde zum ersten Mal geküsst haben. Ich glaube nicht, dass ich irgendwann wieder aufhöre zu lächeln, denn ich kann mich nicht erinnern, jemals so glücklich gewesen zu sein.
Es ist völlig spontan passiert, was sich ziemlich albern anhört, wenn man bedenkt, dass ich den ganzen Monat – nicht besonders raffiniert – darauf hingearbeitet habe.
Sam hatte ein Spiel gewonnen, und in ihrer Begeisterung sind seine Teamkameraden auf die Idee gekommen, in Jonnos Haus spontan eine Party zu feiern. Piper und ich waren aufgeregt, weil wir auch hingehen durften und es unsere erste richtige Party war. Auf ein paar kleineren Partys sind wir schon gewesen, aber diese war riesig. Es waren mehr als hundert Leute da, die meisten davon aus unserer Schule.
Samuel war natürlich die Hauptattraktion. Alle haben sich um ihn gerissen. Piper ist losgezogen, um Saxon zu suchen, obwohl ich ihr gesagt habe, dass er sich bei so was bestimmt nicht blicken lassen würde. Ich weiß, dass sie Saxon als Vorwand benutzt, weil sie Sam nicht besonders mag, aber ich habe keine Ahnung, warum.
Jedes Mal, wenn ich versucht habe, mit Sam zu reden, ist ein neues Gesicht aufgetaucht und hat ihm zu seinem Sieg gratuliert. Es war toll zu sehen, wie sehr er dafür bewundert wird, dass er ein so herausragender Sportler ist, aber nach einer Weile habe ich mich vernachlässigt gefühlt.
Ich trinke nicht. Nie. Aber heute Abend habe ich beschlossen,

ein Bier zu probieren. Es schmeckte schrecklich, aber schon nach zwei Schlucken fühlte ich mich angeheitert. Aus Langeweile habe ich noch eins getrunken, und ehe ich michs versah, war ich betrunken. Wie peinlich. Das erste Mal, dass ich überhaupt etwas trinke, und dann bin ich gleich besoffen!
Mir war aufgefallen, dass Alicia Bell die ganze Nacht um Samuel herumscharwenzelt ist. Sie war seine Freundin, bevor wir zusammengekommen sind, und aus der Art, wie sie an ihm dranhing, war zu schließen, dass sie es wohl gern immer noch wäre.
Ich weiß nicht, ob es am Bier lag oder an der Tatsache, dass ein anderes Mädchen sich an meinen *Freund rangemacht hat, jedenfalls bin ich losmarschiert, habe mich durch die Fans geschoben, die Sam umringten, und ihn vor aller Augen geküsst.*
Zuerst ist er erstarrt, und ich dachte, ich mache etwas falsch, weil ich noch nie jemanden geküsst habe. Aber als er seine Hände um meine Taille gelegt und mich an seinen warmen Körper gezogen hat, wurde mir klar, dass er über meine Direktheit genauso überrascht war wie ich, denn dass ich die Initiative ergreife, ist irgendwie ungewöhnlich.
Der Kuss war perfekt. Genauso, wie ich es mir gedacht hatte, nur noch besser.
Mir war die ganze Zeit schwindlig, aber ich bin sicher, dass es nicht am Alkohol lag. Ich war berauscht von Samuel. Und bin es immer noch.
Wir haben so lange geknutscht, dass den Leuten schließlich langweilig wurde und sie uns nicht länger zugesehen haben.
Mein Herz rast immer noch, weil ich diesem ersten Kuss mit allen Sinnen nachspüre – es war der beste Kuss der Welt, und ich bin sicher, dass kein anderer sich damit vergleichen lässt.

Vierzehn

Ich kann ihm nicht gegenübertreten.

Ich kann keinem von beiden gegenübertreten.

Was habe ich nur getan?

Nachdem ich Greg wieder und wieder versichert habe, dass es mir gut geht, bin ich ins Haus zurückgelaufen und habe mich in meinem Zimmer versteckt. Samuel war natürlich nirgends zu finden, also habe ich eine weitere Nacht allein in meinem Bett verbracht. Doch dieses Mal hat es mir nichts ausgemacht.

Inzwischen ist es Nachmittag, aber ich will mein Zimmer nicht verlassen – nie mehr. Ich habe die Zeit dazu genutzt, mich darüber zu informieren, was in der Welt draußen geschehen ist, denn Kellies Kommentare letzte Nacht haben mir gezeigt, wie sehr ich meine Arbeit vermisse. Da Samuel kein Blatt vor den Mund genommen hat, habe ich wohl keinen Grund mehr zu bleiben. Ich könnte wie geplant nach Syrien fliegen und Menschen helfen, die wirklich Hilfe brauchen und wollen.

Doch am Ende klappe ich meinen Laptop stöhnend wieder zu. Ich bin nicht in der Verfassung, irgendjemandem zu helfen. Im Moment brauche ich selber Hilfe, aber ich habe niemanden, den ich darum bitten kann.

Mit Piper oder meinen Eltern kann ich nicht reden. Das, was ich getan habe, ist so beschämend, dass niemand davon erfahren soll. Der Mensch, mit dem ich normalerweise über meine Probleme sprechen würde, ist Saxon, aber das kommt natürlich überhaupt nicht infrage.

Ich weiß nicht, was ich tun soll.

Als es leise an der Tür klopft, lasse ich mich rücklings aufs Bett fallen und drücke mir ein Kissen aufs Gesicht. Ich weiß, wer das ist. Samuel würde ganz sicher nicht nach mir sehen, und Piper ist bei der Arbeit. Beim nächsten Klopfen nehme ich mir noch ein Kissen.

Gedämpft höre ich, dass die Tür sich knarrend öffnet, was zeigt, dass ich mich nicht ewig verstecken kann. Aber ich kann es versuchen. Blind taste ich nach einem weiteren Kissen, bis warme Finger sich um mein Handgelenk legen und meine Suche unterbrechen. Schnell unterdrücke ich die Freude darüber, dass Saxon in meinem Zimmer ist und mich anfasst.

»Spielst du vielleicht Verstecken? Dann solltest du dir einen besseren Ort suchen.« Ich höre seine Stimme nur undeutlich, doch sie jagt mir dennoch einen Schauer über den Rücken.

Seine Finger streichen über meinen Arm und hinterlassen eine Gänsehaut. Ich bemühe mich nicht, es zu verbergen, weil mein Körper mich ständig verrät. Sanft entzieht Saxon mir das erste Kissen, und ich lasse es zu, weil es schwer ist, darunter zu atmen. Um Kissen Nummer zwei kämpfe ich etwas härter, denn ich weiß, sobald es weg ist, bleibt mir nichts anderes übrig, als mich meiner Untreue zu stellen.

Saxon lässt nicht locker, und schließlich gebe ich auf, kneife aber fest die Augen zusammen. Ich kann ihn nicht ansehen. Jetzt noch nicht.

»Bitte, Lucy, sieh mich an.«

»Nein, ich kann nicht«, erwidere ich mit rotem Gesicht.

Er seufzt frustriert. »Willst du etwa jedes Mal, wenn ich ins Zimmer komme, die Augen zukneifen?«

Er hat recht. Das ist absurd.

Vorsichtig öffne ich die Augen und sehe ihn am Fußende des Betts stehen. Seine Arme sind vor der Brust verschränkt, aber er scheint nicht böse zu sein.

»Hey.«

Ich setze mich auf und streiche mir das zerzauste Haar aus dem Gesicht. »Hey.

Ich fühle mich schrecklich unwohl, und das gefällt mir gar nicht. Zwischen uns hat es nie ein unbehagliches Schweigen gegeben, aber das war, bevor ich mich in seine Arme geworfen habe wie die letzte Schlampe.

Offenbar liest er mir meine Gedanken am Gesicht ab. »Hör auf damit, Lucy«, sagt Saxon, während er ums Bett herumkommt und sich neben mich setzt.

Ich rücke von ihm ab, denn ich habe Angst davor, ihm zu nahe zu kommen. Ich kann ihn nicht ansehen. Ich senke die Augen, weil ich nicht weiß, was passiert, wenn ich mich zusammennehme und ihm ins Gesicht sehe.

»Lucy, was letzte Nacht passiert ist ...« Seine Pause bringt mich zum Stöhnen.

»Ich will nicht darüber reden, Saxon.«

»Tja, das ist schade, weil ich gern darüber reden würde.«

Seine Sturheit lässt mich ärgerlich aufschauen, und sofort wünsche ich mir, ich hätte es nicht getan, denn mein Blick fällt auf seine schön geschwungenen Lippen – die ich gestern geküsst habe. Und es hat mir sehr gut gefallen.

»Oje!« Ich schlage beide Hände vors Gesicht. Das war wirklich nicht gut.

Saxon kichert. »Da du mich nicht mal mehr angucken kannst, muss ich wohl das Reden übernehmen. Wir haben uns nur geküsst, das ist alles. Damit bricht man kein Gesetz.«

»Ist das dein Ernst?«, heule ich und nehme die Hände wieder herunter. »Wir haben ungefähr fünfhundert Gesetze gebrochen. Und das wichtigste war das, dass man seinem zukünftigen Ehemann treu sein soll!«

Wieder grinst Saxon, was mir verrät, dass er mich reingelegt hat. »Gut, dass du mich anschaust. Können wir jetzt reden?«

Ich nicke, denn er hat recht. Wir müssen reden, und ich schaue ihn gern an, auch wenn es nicht gut für mich ist.

»Ich werde keinem Menschen davon erzählen, wenn es das ist, was dich bedrückt.«

Ich zupfe an einem losen Faden auf der Bettdecke und schüttele den Kopf. »Das ist meine geringste Sorge. Aber das hätte nie passieren dürfen, Saxon.«

»Ich weiß, aber es ist passiert.«

Wir schweigen.

»Ich habe es ernst gemeint, als ich gesagt habe, wir sollten tun, als gäbe es kein Morgen.«

Wenn es nur so einfach wäre. »Das kann ich nicht. Ich weiß, was ich getan habe. Ich habe meinen Verlobten, der sein Gedächtnis verloren hat, mit seinem Zwillingsbruder betrogen. Wenn das kein Stoff für Jerry Springer ist, weiß ich es nicht.«

Saxon schmunzelt. Ich bin froh, dass er mein Dilemma amüsant findet. »Hör mal, du stehst unter großem Stress, Samuel benimmt sich dir gegenüber wie ein komplettes Arschloch, und dann hast du dich noch am Kopf verletzt. Man kann dir keine Vorwürfe dafür machen, dass du dich ungewöhnlich verhältst. Wir alle machen Fehler, und du bist nicht auf der Höhe.«

Ich habe ein Problem. Ich sitze da und höre zu, wie Saxon Entschuldigungen für mein unmögliches Benehmen vorbringt, aber ich betrachte das, was wir getan haben, nicht als Fehler. Ja, wir hätten uns nicht küssen sollen, das gebe ich zu, aber der Kuss an sich war kein Fehler. Jedenfalls hat es sich nicht so angefühlt. Es war perfekt.

Im Gegensatz zu dem, was gerade passiert. »Freunde küssen sich nun mal. Das ist keine große Sache. Außerdem war ich betrunken ...« Saxon redet weiter, aber ich höre ihm nicht mehr zu, denn in meinem Kopf wirbelt alles durcheinander. Er war betrunken? Wovon? Ich glaube ihm nicht. Er hat beim Essen nur zwei Bier getrunken.

Will er diesen Kuss wirklich kleinreden? Er zieht doch jetzt wohl nicht die »Ich war betrunken und du verwirrt«-Masche ab, oder?

Aber anscheinend ist es so. »Wir waren beide nicht in der besten Verfassung, und du hast ganz recht, das hätte nicht passieren dürfen.«

Saxon gibt mir einen Freifahrtschein, und ich möchte ihm am liebsten ins Gesicht springen. Hat ihm der Kuss nicht gefallen? Sollen wir deshalb so tun, als hätte es ihn nie gegeben? Aus meiner Sicht war er unglaublich, doch Saxon sieht das offenbar anders.

»Ich bin gern mit dir befreundet, Lucy, und ich möchte nicht, dass so ein kleiner Kuss unsere Freundschaft zerstört.«

Er soll sofort den Mund halten.

»Bist du böse auf mich?«, fragt er, während ich zähneknirschend nachdenke.

Bin ich das?

Dass er das, was zwischen uns vorgefallen ist, so locker abtut, kränkt mich nicht nur, es ärgert mich derart, dass ich innerlich brodele. Ich sollte erleichtert sein, dass unsere Beziehung »normal« weitergehen kann, bin es aber nicht. Gleichzeitig möchte ich Saxon als Freund nicht verlieren.

»Willst du nicht mehr mit mir befreundet sein?«, fragt er so traurig, dass es mir das Herz bricht.

»Doch, natürlich«, sage ich endlich und beuge mich vor, um tröstend über seinen Unterarm zu streichen. »Ich möchte nur nicht ... dass wir uns nicht mehr wohlfühlen, wenn wir zusammen sind.«

»Ich auch nicht.« Er schaut auf meine streichelnden Finger hinunter. Schnell ziehe ich meine Hand wieder weg.

»Ich werde mir nie verzeihen, was ich Sam angetan habe, aber ich glaube nicht, dass ich das hier ohne dich schaffe. Also wenn Vergessen das kleinere von zwei Übeln ist, dann ... in Ordnung.« Ich habe das Gefühl, noch einmal ungeschoren davongekommen zu sein, obwohl ich es verdient hätte, irgendwie bestraft zu werden. Doch stattdessen reicht Saxon mir die Hand.

»Ich bin widerlich, Saxon. Ich habe deine Freundschaft nicht verdient. Man sollte mich so behandeln wie das, was ich bin – ein Flittchen. Sam ist nicht mal eine Woche zu Hause! Ich bin ekelhaft.« Diese Schuld werde ich mit mir herumtragen, solange ich lebe.

»Hey, sag das nicht.« Er drückt meine Hand. »Eine Woche in diesem Haus fühlt sich an wie hundert Jahre. Ganz zu schweigen davon, dass schon vor dieser Woche viel passiert ist. Samuel ist nicht mehr der, der er mal war. Seit er wach geworden ist, hat er sich nicht gerade wie ein Traumprinz benommen. Und außerdem war es nur ein Kuss. Ein ... einfacher ... Kuss.«

Die Pausen zwischen den hitzigen Wörtern reizen mich, ich

spüre wieder dieses Kribbeln in meinem Inneren, und mir wird heiß. Das muss aufhören. Sofort. Ja, Saxon hat vollkommen recht. In diesem Haus fühlt man sich wie in einer Zeitschleife gefangen, aber das ist keine Entschuldigung für mein Verhalten.

»Ja, es war nur ein Kuss. Das wird nie wieder vorkommen.« Kaum habe ich das gesagt, bereue ich es auch schon.

Saxon verzieht die Lippen und versucht zu lächeln. »Richtig, und unter normalen Umständen, wenn Sam wie früher wäre, hättest du mich nie geküsst, oder?«

Ich erstarre, und meine Wangen beginnen zu glühen. Wieso kann ich ihm nicht gleich antworten?

Während er mich fragend ansieht, denke ich daran, wie es war, in seinen Armen zu liegen. Wie sicher und geborgen ich mich gefühlt habe. So wie früher bei Sam. Würde ich mich jetzt bei Sam wieder so fühlen? Wenn das alles nicht passiert wäre, hätte ich dann ganz genauso auf Saxon reagiert?

Die Antwort lautet Nein.

Ich brauche seine Frage nicht zu beantworten, denn mein Schweigen spricht Bände.

»Siehst du, es war nur ein Missverständnis. Lass uns nicht mehr dran denken.« Der Vorschlag passt nicht zu seinem traurigen Gesicht. Aber ich widerspreche ihm nicht und unterdrücke meine Enttäuschung darüber, dass er so lässig über unseren Kuss hinweggeht, weil es richtig ist.

»Möchtest du mit mir in die Stadt fahren? Mir ist aufgefallen, dass uns ein paar Dinge fehlen. Ich weiß nicht, womit ihr diese Ziege füttert, aber sie will mehr davon.«

Ich lächle, weil ich mich freue, dass er Witze macht.

»Natürlich. Wir brauchen tonnenweise Nachschub, also nehmen wir den Pick-up. Und ich sollte wohl auch ein paar

Dinge für diese dumme Party besorgen, die Piper hier unbedingt feiern will.«

Saxon schmunzelt, als er sieht, wie ich bei dem Gedanken an die Party, die ich gar nicht veranstalten möchte, die Augen verdrehe. »Es könnte doch schön sein, mal eine Nacht so zu tun, als wäre alles normal«, meint er. »Obwohl ich nicht weiß, wie man das schaffen soll, bei den vielen Leuten, die sie einladen will.«

Ich schüttele den Kopf und frage gar nicht erst, wie viele auf der Gästeliste stehen.

»Ich komme sofort. Aber lass mich wenigstens versuchen, mich etwas herzurichten«, scherze ich.

Saxon nickt und steht auf. Dann schaut er mit einem bedauernden Gesichtsausdruck auf mich herunter, der jedoch gleich darauf wieder verflogen ist.

Sobald er die Tür hinter sich zugemacht hat, atme ich laut aus. Irgendwie fühle ich mich schlechter als vorher. Ich sollte froh sein, dass die Lage zwischen uns gewissermaßen geklärt ist, aber ich bin traurig. Und ich weiß nicht, warum.

※ ※ ※

»Ich glaube nicht, dass wir da noch was draufkriegen«, sagt Saxon und wirft den letzten Futtersack auf die Ladefläche. Der Chevy ist randvoll mit Vorräten.

Mir ist erst klar geworden, wie viel Zeug wir benötigen, als ich eine Liste der Dinge gemacht habe, die uns ausgehen. Normalerweise würde Samuel sich darum kümmern, diese Sachen zu besorgen, aber aus sehr naheliegenden Gründen wird das so bald nicht geschehen, und außerdem habe ich keine Ahnung, wo er ist.

Er ist weg – wieder einmal. Das scheint zu einer Gewohnheit zu werden, und es würde mich nicht wundern, wenn er seine Sachen gepackt hätte und zu seinen Eltern gezogen wäre.

Ich schüttele den Gedanken ab und konzentriere mich auf die nächste Aufgabe. »Wie viel schulde ich dir, Billy?«

Billy Campeer, der beliebteste Händler im Umkreis, schüttelt den Kopf. »Ich schreib's an, Lucy«, sagt er in seinem breiten texanischen Akzent. »Das kann warten, verstanden? Konzentriert euch erst mal darauf, den Jungen wieder hinzukriegen.«

Ich nicke und wünsche mir, es wäre so einfach. »Vielen Dank, Billy. Ich grüße Samuel von dir.« Billy nickt und winkt Saxon zum Abschied.

Saxon, der gerade die Säcke mit einem Seil festbindet, sieht aus, als täte er das hier gern. Er hätte wirklich gut auf die Farm seiner Eltern gepasst, aber ich weiß, dass er nie mit seinem Bruder und seinem Vater zusammenarbeiten wollte. Er hat seinen Traum in Oregon verwirklicht.

Wahrscheinlich wird er irgendwann wieder zurückgehen müssen, aber ein Teil von mir hofft, dass das noch eine Weile dauert.

»Hast du Hunger?«, fragt er, als er von der Stoßstange springt und sich den Schweiß von der Stirn wischt.

»Ja, ich könnte was essen«, erwidere ich und schmunzele, weil mein durchaus interessierter Magen bei der Aussicht auf Essen erfreut zu knurren beginnt.

»Anna's BBQ ist ein paar Blocks von hier«, schlägt Saxon vor.

»Hört sich großartig an.«

Wir schließen den Wagen ab und gehen an der geschäftigen Straße entlang. Es ist richtig schön, einmal wieder unter Menschen zu kommen, denn mein Zuhause hat sich in letzter Zeit wie ein Gefängnis angefühlt. Ich kann kaum glauben, dass Sam erst seit ein paar Tagen zurück ist. Es kommt mir so vor, als wären es Monate. Der Gedanke bringt mich zu der Frage, wie ich mich wohl in drei Monaten fühle. Ich könnte eine Kristallkugel gebrauchen.

Saxons Handy läutet, und er entschuldigt sich für die Störung, ehe er den Anruf annimmt. Ich möchte nicht lauschen, bekomme aber mit, dass es dabei um seine Arbeit geht.

»Bestell einfach das Übliche, Fred.« Pause. »Ich weiß noch nicht, wann. Ich verstehe das, aber es ist kompliziert.«

Ich brauche nicht zu überlegen, wovon er spricht.

Das Gespräch dauert etwa eine Minute, dann beendet Saxon es mit einem Schnauben. »Tut mir leid, Lucy.«

»Schon gut.« Ich warte einen Augenblick, bevor ich frage: »Alles in Ordnung zu Hause?« Es erscheint mir sinnlos, so zu tun, als hätte ich nichts gehört.

»Ja, alles gut.«

Seine knappe Antwort klingt nicht sehr überzeugend. So ungern ich es auch sage, es muss sein. »Wenn du zurückgehen musst, Saxon … ich versteh das. Ich erwarte nicht, dass du für immer hierbleibst. Ich habe dein Leben schon genug durcheinandergebracht. Ich möchte nicht auch noch dein Geschäft ruinieren.«

»Das tust du nicht, Lucy.«

Als ich ihm widersprechen will, bleibt er stehen und packt mich am Handgelenk. »Ich bin da, wo ich sein sollte, okay?« Als ich nicht reagiere, streicht er mit dem Daumen über den immer schneller klopfenden Puls an der Innenseite meines Arms. »Okay?«

»Ja, okay«, erwidere ich sehr erleichtert.

Ehe ich mich für meine Selbstsucht tadeln kann, begrüßt uns eine vertraute Stimme. »Hallo, ihr zwei.« Abrupt lässt Saxon mich los.

Sophia steht vor uns. Sie trägt Jeans, eine pfirsichfarbene Seidenbluse und Ballerinas und wirkt gut gelaunt. Neben ihr komme ich mir wie ein hässliches Entlein vor, besonders als ich sehe, wie breit Saxon sie angrinst.

»Hallo, Sophia. Was machen Sie denn hier?«

»Heute ist mein freier Tag, und ich wollte zum Gartencenter. Meine Rosen sehen ein bisschen schlapp aus. Also, genauer gesagt«, gesteht sie, »bin ich ziemlich sicher, dass ich sie durch meine nicht vorhandenen gärtnerischen Fähigkeiten umgebracht habe.«

Saxon lacht. »Vielleicht sollten Sie es besser mit etwas Einfacherem versuchen. Einem Kaktus, vielleicht.«

Sophia lächelt. »Ich glaube, Sie könnten recht haben.«

Sie flirtet ganz offen mit Saxon, und ich vermute, dass meine kleine Ansprache ihm die Augen geöffnet hat, denn er scheint darauf einzugehen. Was völlig normal ist, schließlich sind die beiden ungebunden. Und sehen umwerfend aus.

Plötzlich habe ich eine Idee. »Haben Sie morgen schon etwas vor?«

Sophia zuckt die Achseln. »Nichts Besonderes.«

»Hätten Sie Lust, zu einer Party zu kommen? Ich verstehe, dass Sie das vielleicht etwas komisch finden, weil Sie Samuels Ärztin sind, aber meine beste Freundin lädt wahrscheinlich Hinz und Kunz ein, also könnte es gut sein, dass Sie Ihren Patienten gar nicht zu Gesicht bekommen.«

Sophia schaut Saxon an, der verwirrt auf mich herabsieht.

Ja, es ist ausgesprochen seltsam, dass ich ihn mit der hinreißenden Ärztin verkupple, nachdem wir uns vor noch nicht einmal vierundzwanzig Stunden leidenschaftlich geküsst haben, aber so etwas tun Freunde doch. Wir haben uns darauf geeinigt, die Sache zu vergessen, und wie könnte er das besser, als indem er mit jemandem wie Sophia zusammenkommt. Sie passt in jeder Hinsicht zu ihm. Die beiden sind wie füreinander geschaffen.

Ich ignoriere den Anflug von Eifersucht, als Sophia zusagt. »Großartig. Alles Nähere schreibe ich Ihnen, wenn Ihnen das recht ist.«

»Natürlich. Danke für die Einladung. Ich freu mich auf morgen.« Sie lächelt Saxon an, der halbherzig zurücklächelt.

»Tja, ich sollte wohl besser versuchen, meine Pflanzen zu retten«, sagt Sophia, als sie die seltsamen Schwingungen spürt, die plötzlich von Saxon ausgehen.

»Vielleicht versuchen Sie es mal mit Kompost oder Torf«, schlage ich vor. »Das könnte helfen.« Sie dankt mir für den Tipp und verabschiedet sich von uns.

Saxon bleibt ruhig und verrät nicht, was er denkt.

»Sieht so aus, als bräuchten wir noch mehr Bier«, sage ich, um die Stimmung zu lockern.

Doch er lächelt nur steif.

※ ※ ※

Irgendwie scheine ich alles falsch zu machen.

Saxon ist böse auf mich, und ich bin ziemlich sicher, es hat damit zu tun, dass ich Sophia zu der Party eingeladen habe. Ich dachte, er würde sich darüber freuen, weil er nicht gerade zurückgeschreckt ist, als sie mit ihm geflirtet hat.

Nun befinden wir uns in genau der Situation, die ich vermeiden wollte, und das ist allein meine Schuld.

»Ich gehe ins Haus und telefoniere mit meiner Mutter. Ich sollte mich mal wieder bei ihr melden«, rufe ich Saxon zu, der die Futtersäcke vom Wagen wirft.

Er nickt nur.

Schwerfällig steige ich die Verandatreppe hoch und seufze angesichts der Lage, in die ich mich gebracht habe. Mein Leben ist wirklich schrecklich geworden. Ich dachte, ich könnte noch einmal von vorne anfangen, aber ich hätte wissen müssen, dass das nicht so leicht ist. Doch das habe ich auch nicht verdient.

Was ich Samuel angetan habe, ist unverzeihlich, deshalb muss ich leiden. Außerdem hätte ich mich nicht in Saxons Leben einmischen sollen, denn offenbar passt es ihm nicht, dass ich ihn verkuppeln will.

In Selbstmitleid versunken öffne ich die Tür zu meinem Schlafzimmer und beschließe, ihm den Rest des Tages aus dem Weg zu gehen. Dann schreie ich überrascht auf, weil ich mit Samuel zusammengestoßen bin. Er trägt eine Jeans und ein schwarz-weiß kariertes Hemd. Sein Haar ist nass und ungekämmt, aber der großzügig aufgetragene Herrenduft verrät, dass er etwas vorhat.

»Ich gehe aus«, verkündet er und nimmt seine Brieftasche von der Kommode.

Das ist alles? Er will mir nicht sagen, wohin und mit wem?

»Okay. Wann kommst du wieder?«, frage ich in der Hoffnung, nicht wie eine gekränkte Ehefrau zu klingen.

»Das weiß ich noch nicht«, erwidert er abweisend und klopft seine Taschen ab, um sicherzugehen, dass er alles Nötige dabei hat.

Seine flapsige Art gibt mir den Rest. Ich habe genug. »Das muss aufhören, Sam. Deine Launenhaftigkeit macht mich wahnsinnig. Hör auf, mich so zu behandeln, als ob ich dein Feind wäre. Ich versuche nur, dir zu helfen.«

Das bringt ihn zum Platzen. »Ich weiß nicht, wie oft ich es dir noch sagen soll, ich will deine Hilfe nicht!«, brüllt er so laut, dass ich zurückweiche.

»Sam ...«

Aber er will nicht mit mir reden. »Um Himmels willen, halt einfach den Mund«, stöhnt er. »Ich kann dein Genörgel nicht mehr hören. Bist du es nicht langsam leid, dich ständig zu beschweren? Ich bin's jedenfalls.«

Der Stress der letzten Wochen und insbesondere der letzten vierundzwanzig Stunden wird mir plötzlich zu viel, und ich beschließe, dass dies ein guter Zeitpunkt ist, um ihm zu sagen, wie ich mich fühle. Sophia kann mich mal. »Du solltest dich endlich mal bei mir entschuldigen, Sam! Ich habe versucht, dich in Ruhe zu lassen, und ich habe nichts gesagt, wenn du unverschämt geworden bist, aber mir reicht's! So kannst du mich nicht behandeln.« Ich stoße ihn vor die Brust, und er stolpert verblüfft rückwärts. »Ich bin kein Punchingball und dein Verhalten ist unerträglich. Du bist ein gemeines, selbstsüchtiges Arschloch, und wenn das so bleibt, will ich nichts mehr mit dir zu tun haben.« Ich hole tief Luft, diese Explosion sorgt irgendwie dafür, dass ich mich noch schlechter fühle.

Samuel steht mitten im Zimmer und beäugt mich. Vielleicht war es gar keine schlechte Idee, ihm die Leviten zu lesen. Ich habe mich bemüht, verständnisvoll zu sein und ruhig zu bleiben, aber ich kann nicht mehr. Bei jeder Zurückweisung wird das bisschen Hoffnung, das ich noch habe, weniger.

Wie Duellanten starren wir uns an, und gerade, als ich denke, dass ich zu ihm durchgedrungen bin, zerstört er diesen Eindruck, indem er dem zynischen Bastard, zu dem er geworden ist, freien Lauf lässt.

Langsam fängt er an zu klatschen und applaudiert mir sarkastisch dafür, dass ich versucht habe, ihm zu erklären, wie sehr sein Benehmen mich verletzt. »Endlich sind wir uns über etwas einig.« Verständnislos schüttele ich den Kopf. Fröhlich erklärt er mir: »Ich möchte auch nichts mehr mit dir zu tun haben.«

Tränen steigen mir in die Augen, weil er mir wieder einmal das Herz gebrochen hat. »Warum bist du so gemein zu mir? Was habe ich dir getan?«

»Ich bin nicht gemein. Ich bin einfach so«, sagt er und schlägt sich mit dem Daumen vor die Brust. »Gewöhn dich besser daran.«

Ich packe ihn am Handgelenk und schüttele den Kopf. »Nein, so bist du nicht.«

»Doch«, blafft er und reißt sich von mir los. »Vergiss den Samuel, den du angeblich kennst, denn der ist tot.«

»Nein«, flüstere ich, während Tränen über meine Wangen strömen. »Das ist nicht wahr. Ich l-liebe dich.«

»Du bist jämmerlich«, zischt er und drängt mich zurück, bis ich mit dem Rücken an die Tür stoße. »Du liebst einen Geist! Je eher du das in deinen Dickkopf hineinkriegst, desto besser für uns beide.«

Ich presse die Hände an das hölzerne Türblatt und wende den Kopf ab, weil ich ihn nicht ansehen kann. »Ich werde dich niemals aufgeben, Sam. Ich weiß, dass du zu mir zurückkommst. Du bist immer noch derselbe Mann, der mir einen Heiratsantrag gemacht hat und mich über alles geliebt hat. Du hast dich nur verlaufen.«

»Hörst du dir gelegentlich mal selber zu? Ich soll mich verlaufen haben? Du bist diejenige, die in einer Fantasiewelt herumirrt.« Er nimmt meinen Arm und wedelt mir mit meiner Hand vor dem Gesicht herum. »Nimm den ab«, sagt er mit einem Blick auf meinen Verlobungsring. »Ich werde dich niemals heiraten.«

»Was? Nein«, flüstere ich und kneife die Augen fest zusammen.

Er lässt meinen Arm fallen, als würde er sich irgendwie dreckig machen, wenn er mich anfasst. »Geh mir aus dem Weg. Ich habe es satt, dich weinen zu sehen.«

Ich schlage die Hände vors Gesicht und trete strauchelnd beiseite, nicht sicher, ob meine Beine mich tragen. Ohne weiter auf mich zu achten, reißt Sam die Tür auf und stürmt aus dem Zimmer. Da verwandelt mein Schmerz sich plötzlich in Wut. Ich bin es leid, wie Dreck behandelt zu werden. Das ist vorbei, seit ich aufgehört habe, Baby M zu sein.

Jäh kommen Erinnerungen an meine Kindheit in mir hoch, und ich finde mich an einem sehr dunklen Ort wieder, den ich jahrelang hinter verschlossenen Türen verwahrt habe. Mit lauten Schritten laufe ich Sam nach und verschlucke meine Tränen. Entnervt dreht er sich zu mir um, aber ich lasse ihn nicht zu Wort kommen.

»Wie kannst du es wagen!« Ich schlage ihm so hart ins Gesicht, dass ich glaube, seine Zähne klappern zu hören. Das befriedigt mich. »Weißt du was? Wenn es so schlimm ist, hier zu sein, dann hau doch ab!« Ich zeige zur Tür. »Du willst nicht hier sein, und ehrlich gesagt, will ich dich auch nicht mehr hier haben, wenn du dich so benimmst. Saxon hat recht gehabt.«

Sams Augen verengen sich zu Schlitzen, und er reibt sich die rot anlaufende Wange. »Ich wette, dass Saxon es toll findet, einmal nicht das Arschloch zu sein. Das ist sicher eine schöne Abwechslung.«

»Er *ist* kein Arschloch. Das nimmst du zurück!« Als ich seinen Bruder so heftig verteidige, öffnet Sam erstaunt den Mund.

»Es stimmt also«, sagt er vielsagend. »Und ich dachte, ich hätte geträumt.«

»Wovon redest du? Was willst du geträumt haben?«

Ehe er eine Chance hat, meine Fragen zu beantworten, stürzt Saxon durch die Haustür und schaut zwischen Sam und mir hin und her.

»Was geht hier vor?« Er ist wütend. »Ich höre?«, drängt er, als niemand etwas sagt.

»Ich gehe aus«, erklärt Sam. Offenbar ist meine Rede auf taube Ohren gestoßen.

»Alles in Ordnung, Lucy?«, fragt Saxon, während er hastig mein Gesicht mustert.

Ich nicke wenig überzeugend. »Was hast du zu ihr gesagt?«, fragt Saxon und schaut Samuel finster an.

Sam hebt die Hände, als wollte er klein beigeben. »Sie ist diejenige, die die meiste Zeit geredet hat.« Warum habe ich das Gefühl, dass hinter diesen Worten eine Botschaft steckt? »Warte nicht auf mich«, sagt er dann scherzhaft und schiebt sich an seinem reglosen Bruder vorbei.

»Sam, wenn du durch diese Tür gehst ... brauchst du nicht mehr wiederzukommen.« Ich kann nicht glauben, dass ich ihm ein Ultimatum stelle, denn ich weiß, wofür er sich entscheiden wird.

Aber als Sam wie angewurzelt stehen bleibt, halte ich trotzdem die Luft an. Hat er seine Meinung geändert?

Sekunden fühlen sich wie Minuten an, als ich ängstlich auf seine Antwort warte.

Mit dem Rücken zu mir sagt er kühl: »Na, in dem Fall ... gib Saxon den Ring. Ich werde dafür sorgen, dass Mom ihn bekommt.« Dann schlägt er die Tür hinter sich zu.

Kein Abschied. Keine Entschuldigung. Nicht einmal ein Danke.

Mit zwei großen Schritten ist Saxon bei mir. Als ich zu ihm aufschaue und sehe, dass er nicht mehr böse ist, rinnt noch eine Träne über meine Wange. Vorsichtig wischt er sie mit dem Daumen ab.

»Was h-habe i-ich bloß getan?«, bekomme ich schließlich heraus, als mir die Folgen meines Handelns aufgehen.

»Tief durchatmen, Lucy. Du hast nur einen schlechten Tag.«

»Aber in letzter Zeit fühlt es sich so an, als hätte ich nur noch schlechte Tage«, schniefe ich und beiße mir auf die Lippen, um die Tränen zu unterdrücken.

Die herabhängenden Hände zu Fäusten geballt, seufzt Saxon vernehmlich. »Wir gehen auch aus«, verkündet er plötzlich.

»Was?«

»Du hast mich verstanden. Wir werden vergessen, dass es diesen und alle schlimmen Tage davor jemals gegeben hat.«

»Ich fürchte, das klappt nur mit einer Menge Alkohol.«

Er tritt näher an mich heran und streicht mir dann zögernd eine Haarsträhne aus dem Gesicht, die an meiner Stirn klebt. Das fühlt sich gut und tröstlich an.

Als der Motor des Jeeps aufheult, schmunzelt Saxon. »Ich fahre.«

Fünfzehn

Ich habe keine Ahnung, wohin wir fahren, denn Saxon macht ein großes Geheimnis daraus. Der einzige Hinweis, den er mir gegeben hat, war, dass ich Cowboystiefel anziehen soll.

Es ist ein warmer Abend, deshalb beschließe ich, Jeansshorts und eine blau-weiß karierte Bluse zu tragen. Ich binde sie vorn zu, denn wenn ich schon Cowboystiefel anziehe, muss ich aufs Ganze gehen.

Das Haar lasse ich offen und lege nur einen Hauch von Make-up auf. Als ich nach dem Labello mit Kirschgeschmack greife, erstarre ich und nehme stattdessen den, der nach Pfirsich schmeckt. Dann schnappe ich mir das Nötigste, stopfe es in meine Handtasche und gehe nach draußen.

Ich schließe die Haustür und lächle unwillkürlich, als ich Saxon an seinem Motorrad lehnen sehe. In Jeans, einem engen grauen T-Shirt und Motorradstiefeln sieht er nicht ganz so herausgeputzt aus wie ich. Während ich die Treppe hinunterhüpfe, verspreche ich mir, dass ich heute Abend versuchen werde, Sam zu vergessen. Ich weiß, dass das praktisch unmöglich ist, aber ich werde mir große Mühe geben.

Saxon pfeift, als ich auf ihn zukomme, und tippt scherzhaft an seine Baseballkappe. »Howdy, Ma'am«, sagt er im lahmsten Country-Akzent.

Ich muss lachen. »Auf dem Ding fahr ich ganz sicher nicht mit«, sage ich und schüttele den Kopf.

Saxon grinst fröhlich. »Doch, wirst du. Steig auf.«

»Du bist so was von stur«, brumme ich in mich hinein.

Er reicht mir einen schwarzen Helm und schwingt sich locker auf die riesige Maschine. Dann rutscht er nach vorn, damit ich auf dem Sitz auch ein klein wenig Platz habe.

»Da soll ich mich hinsetzen?«, frage ich entsetzt und deute auf die winzige freie Stelle hinter ihm.

»Keine Sorge, ich pass auf dich auf«, erwidert er selbstbewusst, während er die Kappe abnimmt und einen Helm aufsetzt.

Ich atme tief durch und stülpe meinen Helm über, ehe ich umständlich auf das Motorrad klettere. Sofort drücke ich mich an Saxons Rücken und klammere mich wie ein Äffchen, das Angst um sein Leben hat, an seine Taille.

Er lacht in sich hinein. Ich merke es am Vibrieren seiner Muskeln. »Fertig?«

»Nein.«

»Halt dich gut fest«, sagt er sarkastisch, als der Motor anspringt und ich aufschreie.

Mit einem lauten Aufheulen fährt Saxon los, und ich werde kräftig nach hinten gedrückt. Je schneller er wird, desto fester bohre ich die Finger in seine harten Muskeln, weil ich Angst davor habe herunterzufallen.

Er lenkt das Motorrad die Zufahrt hinunter, und ehe ich michs versehe, sind wir unterwegs. Als wir über die ruhigen Straßen fahren, durchströmt mich ein Gefühl der Freiheit, und es kommt mir so vor, als wäre ich jemand anders. Wenn ich ohne Sattel mit Potter in die dunkle Nacht hinausreite, geht es mir ähnlich.

Jede Faser in meinem Körper sagt mir, ich soll die Augen schließen, aber ich tu's nicht. Heute Abend will ich vergessen, meine Sorgen werden auch morgen noch da sein, also genieße ich den Anblick, der sich mir bietet, und fühle mich angesichts des vorbeiziehenden Abendhimmels, als würde ich fliegen. Wir fahren an Getreide-, Mais- und Kartoffelfarmen vorüber, doch als Saxon nach links abbiegt, sind wir plötzlich von Feldern umgeben, auf denen unzählige Sonnenblumen wachsen.

Beim Anblick der großen gelben Blumen halte ich den Atem an, ihre Schönheit lässt mich an endlose glückliche Sommer denken. Eigentlich ist die Vorstellung absurd, dass so etwas Einfaches wie eine Blume einen Menschen glücklich machen kann, aber ich werde Sonnenblumen mein Leben lang mit dieser Nacht in Verbindung bringen.

Wir fahren sehr lange, aber es kümmert mich nicht. Je weiter wir uns entfernen, desto leichter ist es zu vergessen, warum wir uns aufgemacht haben. Als ich mich etwas sicherer fühle, lockere ich meinen Klammergriff und freue mich über den Wind, der mir entgegenbläst und mich elektrisiert.

Ich bin diese Straße schon tausendmal gefahren, aber irgendwie habe ich den Eindruck, es wäre das erste Mal. Als Saxon beschleunigt, kreische ich – aber nicht vor Schreck. Nein, vor Aufregung.

»Schneller!«, rufe ich, damit er mich durch den pfeifenden Wind hört. Saxon tut mir den Gefallen und jagt die Maschine bis zum Anschlag hoch.

Ich weiß, dass es unglaublich gefährlich ist, so zu rasen, aber ich vertraue ihm hundertprozentig. Die Art, wie er Motorrad fährt, ist so ähnlich wie sein Gang – selbstsicher, elegant und kontrolliert.

Da ich an seinem Rücken lehne und die Arme um seinen prachtvollen Körper geschlungen habe, denke ich unwillkürlich an unseren Kuss. Ich sollte das nicht tun, aber ich kann nicht anders. Er hat mir von Anfang an ein Gefühl von Freiheit vermittelt. Aber ich war so versessen darauf, ihn mit Samuel zu vergleichen, dass ich nicht gemerkt habe, dass zwischen den beiden Welten liegen. Was ich bei ihm fühle ist anders als das, was ich bei Sam fühle oder gefühlt habe, denn bei Saxon fühle ich mich lebendig. Und frei.

Nun biegt er in einen unbefestigten Weg ein, und Schotter fliegt auf, als wir auf ein Licht zusteuern. Beim Näherkommen erkenne ich, dass es sich um eine hell erleuchtete alte Scheune handelt. Das beeindruckende hölzerne Gebäude dient allerdings nicht dem üblichen Zweck. Das große weiße Schild mit den roten Buchstaben, das davorsteht, klärt mich darüber auf, wo wir sind.

Sawbuck Saloon.

Die Gäste vor der Tür tragen Cowboystiefel, Hüte und Hemden im Westernstil, lachen derb und trinken Bier. Laute Countrymusik schallt durch die Nacht, und da die Tür halb offen steht, kann ich drinnen Menschen tanzen sehen.

Saxon bremst ab und parkt rückwärts neben einem zerbeulten alten Chevy ein. Nachdem er den Motor ausgestellt hat, brauche ich einen Moment, um zu Atem zu kommen. Dann versuche ich abzusteigen, ohne auf die Nase zu fallen. Als ich mich in der surrealen Umgebung umsehe, fühlt mein Kopf sich bleischwer an. Neugierig spähe ich in die Scheune und sehe eine Horde von Menschen, die in einer Reihe tanzen.

Ich drehe mich so hastig zu Saxon um, dass ich fast über die eigenen Füße falle. »Ist das etwa ein richtiger Country-Schuppen?«, frage ich aufgeregt.

Saxon schmunzelt und streicht sich mit einer Hand durch das zerzauste Haar, was mich daran erinnert, dass ich idiotischerweise immer noch meinen Helm trage. Doch ehe ich eine Chance habe, ihn abzusetzen, kommt er auf mich zu, fixiert mich mit einem Blick, bei dem mir das Herz stehen bleibt, und löst den Riemen unter meinem Kinn.

Er ist sehr geschickt, trotzdem bekomme ich eine Gänsehaut, als seine Finger mich streifen. Ich lecke mir über die Lippen, die nach Pfirsich schmecken. Als er mir den Helm vom Kopf zieht, lächle ich, doch in seinem Blick ist etwas, das ich inzwischen kenne. Etwas, das nur Ärger bringen wird.

»Die erste Runde geht auf mich«, sage ich und räuspere mich, um die spürbare Spannung zu lösen. So benehmen Freunde sich nicht. Da erwacht Saxon aus seiner Trance und nickt.

Das Sawbucks ist genau so, wie ich mir eine solche Bar immer vorgestellt habe. Die riesige Theke, mit allen alkoholischen Getränken bestückt, die ein Mensch sich nur vorstellen kann, nimmt die gesamte Länge der Wand an der rechten Seite ein. Budweiser-Neonreklame mit Cowboystiefeln und Sporen leuchtet uns entgegen, und überall in dem riesigen Raum sind Bud-Light-Schilder verteilt, die darauf schließen lassen, was das Lieblingsbier der durstigen Gäste ist.

Als Saxon zur Decke zeigt, kichere ich hinter vorgehaltener Hand, weil von den Holzbalken zerschlissene Cowboystiefel und Hüte herunterbaumeln. Zwischen der Dekoration sind Lichterketten drapiert, die perfekt zur lebhaften Atmosphäre passen.

Geduldig stellen wir uns an der Theke an, während ich weiterstaune. Mehrere Holzfässer stehen vor einer Bühne, auf der eine fünfköpfige Band einen fröhlichen Countrysong spielt. Hinter den Musikern hängen Schwarz-Weiß-Fotos von John Wayne, Clint Eastwood und Johnny Cash. An die übrigen Wände sind Wagenräder genagelt, die das rustikale Ambiente vervollständigen.

»Das ist ein toller Laden«, brülle ich gegen das elektrisch verstärkte Banjo an. »Wie kommt es, dass ich noch nie davon gehört habe?«

Saxon zuckt mit den breiten Schultern. Er ist zu höflich, um auszusprechen, was wir beide wissen. In einer Bar wie dieser hätte Samuel sich niemals blicken lassen, und da das hier nicht seine Welt ist, war es auch nicht meine. Als ich darüber nachdenke, wird mir klar, wie jämmerlich das klingt.

»Alles in Ordnung?«, fragt Saxon und kneift die Augen zu, als hätte er Angst bekommen. »Du siehst aus, als wolltest du jemanden verprügeln, und da ich der nächste Mensch in Reichweite bin ... fürchte ich um mein Leben, ehrlich.«

Und schon legt meine Wut sich wieder.

Die hübsche Barkeeperin wischt über die Theke, bevor sie uns fragt, was wir möchten. »Ein Budweiser. Lucy?« Fragend schaut Saxon auf mich herunter, während ich mir unschlüssig auf die Lippen beiße.

Ich schaue auf die Tafel mit den besonderen Angeboten und stelle fest, dass sie mir nichts nutzt, weil ich keinen von den Drinks, die darauf stehen, kenne. Plötzlich erinnere ich mich an eine Episode aus *Sex and the City*, die ich geschaut habe, als Samuel ein Wochenende fort war, und lächle. »Ich möchte einen Cosmopolitan. Vielen Dank.«

✳ ✳ ✳

Kein Wunder, dass Carrie und ihre Freundinnen so versessen auf diesen Drink waren. Er schmeckt köstlich. Und außerdem ist er sehr, sehr stark. Das könnte so manche schlechte Wahl in Samanthas Leben erklären.

»Wie wär's, wenn ich dir etwas Wasser hole?«, fragt Saxon und entwindet mir das Cocktailglas vorsichtig.

»Hey!«, schreie ich und grapsche danach. »Da ist noch was drin.«

Wir sitzen an einem Holzfass, das mir meinen Alkoholkonsum deutlich vor Augen führt, denn ich kann schon nicht mehr zählen, wie viele leere Gläser vor mir stehen.

»Du trinkst jetzt Wasser«, sagt Saxon fest, doch sein schiefes Grinsen verrät mir, dass es ihm Spaß macht, mich betrunken zu sehen. »Hast du eigentlich was gegen Untersetzer?«

Ich versuche, mich auf den unscharfen Mann zu konzentrieren, der auf den Tisch zeigt. Als ich ein Auge zumache und mit dem anderen nach unten schaue, sehe ich, dass ich aus meinem Bierdeckel Konfetti gemacht habe.

»Ernsthaft, Lucy, willst du mir nicht sagen, was dich bedrückt? Deine Laune schwankt ständig zwischen fröhlich und lebensmüde. Was ist los?«

Ich zucke die Achseln und greife nach seinem Bier. Als er versucht, mich daran zu hindern, lüpfe ich eine Braue, da hebt er ergeben die Hände.

»Du hast recht. Sam ist ein dickes, fettes Arschloch.«

Erstaunt setzt Saxon sich gerader hin. »Das hätte ich dir schon vor Jahren sagen können. Woher der plötzliche Sinneswandel?«

Ich nippe an meinem gestohlenen Bier und seufze. »Es kommt mir so vor, als wäre ich wie eine Schlafwandlerin durchs Leben gegangen.«

Eine der vielen Eigenschaften, die ich an Saxon mag, ist, dass er keine Erklärungen braucht. »Und jetzt bist du aus einem sehr langen Schlaf erwacht?«

Ich nicke.

Ich weiß nicht, ob es am Alkohol liegt oder daran, dass ich es unglaublich leicht finde, mit ihm zu reden, jedenfalls erzähle ich ihm alles. »Die ganze Zeit habe ich gedacht, dass Sam sich so schlecht benommen hat, weil er frustriert, verwirrt und ängstlich ist. Aber jetzt... bin ich mir nicht mehr so sicher. Was ist wenn du recht hast? Was ist, wenn dieser Sam der richtige ist und ich einfach zu verblendet war, um es zu bemerken? Ihr habt es mir beide gesagt. Bin ich wirklich nur eine hoffnungslose Romantikerin, die sich verzweifelt wünscht, bis ans Ende ihrer Tage mit einem Menschen glücklich zu sein?« Ich stelle mein ganzes Leben infrage, und ich hasse das. Ich weiß, dass Sam, der alte Sam, mich geliebt hat, aber warum kann der neue Sam sich nicht an mich erinnern?

»Nein, Lucy«, sagt Saxon mitfühlend. »Du bist nur ein Mädchen, das sich verliebt hat. Ein für alle Mal und von ganzem Herzen. Und Sam liebt dich *wirklich*. Schon immer.«

Ich wische mir über die Augen, damit mir nicht wieder die Tränen kommen. Saxon hat recht, aber das hilft mir nicht. »Ich war blind vor Liebe, so sieht es aus.« Plötzlich fällt mir mein Verlobungsring ins Auge, der Beweis für meine Dummheit. Schnell ziehe ich ihn vom Finger.

Doch ehe ich ihn ganz abnehmen kann, legt Saxon sanft eine Hand über meine. »Lass das. Er gehört dir. Als Samuel ihn dir gegeben hat, wollte er, dass du ihn bekommst.«

Ich schaue auf seine Hand hinunter und runzle die Stirn. »Warum verteidigst du ihn?« Ich verstehe das nicht. Ich dachte,

Saxon würde die Chance, einmal richtig über seinen Bruder zu lästern, liebend gern nutzen.

»Das tue ich nicht«, sagt er kopfschüttelnd. »Ich verteidige dich.«

»Das verstehe ich nicht.«

Er lächelt. »Du bist betrunken und aufgewühlt. Ich möchte, dass du ihn erst ablegst, wenn du dir sicher bist. Im Moment wirst du von deinen Gefühlen geleitet, und das ist gefährlich.«

Als er meine Hand drückt, macht mein Herz einen kleinen Satz. »Warst du immer schon so clever?«

Er zieht ein Gesicht, das mir den Atem verschlägt. »Ich war immer der Praktische und Sam der Hübsche.«

Ich weiß, dass das ein Witz war, aber der Alkohol enthemmt mich und bringt mich dazu, über seine stopplige Wange zu streichen. »Du bist auch hübsch.«

Saxon ist von der Geste ebenso überrascht wie ich selbst. Aber ich mache mir keine Gedanken darüber. Ich nehme mich selbst einfach freundlich an. So wie ich auch Saxons klugen Rat annehmen sollte.

Ein lautes Gröhlen sorgt dafür, dass wir uns beide umdrehen und eine Ansammlung von Menschen entdecken, die johlend und klatschend zusehen, wie ein junger Mann auf einem mechanischen Bullen reitet. Offenbar hat der Mann das schon öfter gemacht, denn er wirkt wie ein Profi. Über ihm hängt ein Schild, auf dem steht, dass jeder, der sich acht Sekunden oben halten kann, den Rest des Abends umsonst trinken darf und einen Cowboyhut bekommt.

Ich grinse, denn ich habe eine Idee.

»Komm mit«, sage ich und rutsche vom Hocker, um Saxon zur Arena zu zerren. »Dieser Hut gehört mir.«

Ohne zu widersprechen, schiebt er sich schmunzelnd mit mir im Schlepptau durch die dichte Menge. Als wir mit dem Mann reden, der die Show leitet, denkt er zuerst, Saxon wollte den Bullen reiten, und als ich ihn aufkläre, schaut er mich von oben bis unten amüsiert an und lacht. Das stachelt mich noch mehr an.

»In Ordnung. Warte einfach hier. Ich rufe dich, wenn du dran bist.« Ich sehe zu, wie ein anderer Cowboy sich auf den Bullen schwingt, als hätte er nie etwas anderes gemacht. Vielleicht war die Idee doch nicht so gut.

Während Saxon mit gekreuzten Armen dasteht und interessiert zuschaut, rückt rechts von mir eine Gruppe junger Frauen, die kein Geheimnis aus ihrer Bewunderung für den großen hübschen Mann an meiner Seite machen, listig etwas näher an uns heran.

»Frag ihn doch«, höre ich eine flüstern.

»Nein, du fragst«, sagt eine andere.

»Er ist umwerfend«, sagt die erste – der gleich die Augen herausfallen. »Entschuldige?« Rüde drängt sie mich zur Seite und klopft Saxon auf den Arm.

Er schaut sie an und lächelt freundlich.

»Meine Freundinnen und ich haben uns gefragt, ob du den Bullen reiten wirst.« Das glaube ich gern.

»Nein, ich nicht, aber dieses kleine Cowgirl hier.« Neckisch stößt Saxon mich mit der Schulter an, während ich versuche, die Hand, die immer noch auf seinem Bizeps liegt, nicht wütend anzustarren.

»Du bist dran, Süße«, sagt der Mann am Schaltpult und befreit mich von dem für mich völlig untypischen Ansinnen, dieser Grapscherin die langen Fingernägel einzeln auszureißen.

Die hübsche Brünette mustert mich abschätzig, denn sie hält mich für eine Konkurrentin. Tja, gleich werde ich ihr zeigen, mit wem sie es zu tun hat.

Ich kippe den letzten Tropfen Bier herunter und reiche Saxon die leere Flasche. »Sag ihnen, dass ich Bud Light trinke«, verkünde ich hinter vorgehaltener Hand, damit er weiß, dass ich gewinnen werde.

Dann betrete ich das rote Luftkissen, das den Bullen umgibt. Die nachgiebige Oberfläche wird dafür sorgen, dass ich sanft falle, wenn er mich abwirft. Was habe ich mir nur dabei gedacht? Acht Sekunden sind eine lange Zeit auf einem wilden Stier. Besonders wenn man betrunken ist.

Ich steige auf den Bullen, als wäre er ein Pferd, doch dieses Ding hat eine riesige Schulterbreite, deshalb brauche ich drei Anläufe, ehe ich es schaffe. Dann bohre ich die Fersen in seine wolligen Seiten, halte mich mit einer Hand am Haltegriff fest und strecke den anderen Arm in die Luft, damit ich das Gleichgewicht halten kann.

»Alles klar, kleine Lady. Drei, zwei, eins!«

Sobald der ohrenbetäubende Gong ertönt, beginnt der Bulle unter mir, sich zu bewegen wie ein Besessener. Ich schreie auf, doch als ich feststelle, dass ich nicht schon im ersten Augenblick heruntergefallen bin, schlägt meine Panik in Entschlossenheit um. Hastig klammere ich mich noch fester an den Griff, presse die Schenkel zusammen und finde die richtige Balance. Ich bin nicht mehr betrunken, sondern sehr konzentriert.

Ein Blick auf die rückwärts zählende Uhr zeigt mir, dass ich drei Sekunden oben geblieben bin. Als vier Sekunden vorüber sind, weiß ich, dass ich diesen Bullen reiten kann. Ich halte mich ganz fest und weigere mich aufzugeben. Ich werde es nicht zulassen, dass dieses Vieh oder irgendein anderer mich unterkriegt. Ich bin ein freier Mensch.

Ich lasse mich von meiner Reiterfahrung und meinen Muskeln leiten, und schon erklingt wieder der Gong, der Bulle hört auf zu buckeln, und die Zuschauer jubeln, doch meine Augen suchen Saxon, der mir zulächelt und beide Daumen hochhält.

Beim Abspringen merke ich, dass die Innenseiten meiner Schenkel tierisch wehtun, trotzdem laufe ich beschwingt zu ihm und werfe mich ihm an den Hals. Lachend fängt er mich auf.

»Ich habe es geschafft!«, kreische ich begeistert.

»Ich hab's gesehen«, sagt er und drückt mich an sich. »Willst du jetzt deinen Preis abholen?«

Als ich in seinen Armen liege, eingehüllt in seinen Duft und seine Wärme, wird mir plötzlich klar, dass das hier heute Abend mein Preis ist – er. Trotzdem nicke ich. Ich bin überrascht, dass er mich so, wie ich bin, mit Armen und Beinen an ihm hängend, zum Schaltpult trägt.

Als der Spielleiter mir einen Strohhut mit einem hübschen türkisfarbenen Band reicht, bringt er sein Staunen darüber, dass ich durchgehalten habe, deutlich zum Ausdruck. »Herzlichen Glückwunsch. Sieht so aus, als hätte ich auf das falsche Pferd gesetzt.«

»Ich reite seit meinem achten Lebensjahr«, sage ich stolz, ehe ich Schluckauf bekomme – anscheinend konnte ich meiner Trunkenheit nur acht Sekunden entkommen.

»Tja, was soll's, meine Schuld.« Lachend machen Saxon und ich dem Nächsten Platz, der versuchen möchte, den Bullen zu besiegen. Ohne mich abzusetzen, trägt Saxon mich zur Theke, und als ich über seine Schulter die Schar seiner beleidigten Bewunderinnen erspähe, kann ich nicht anders, ich grinse zufrieden.

Es kommt mir albern vor, so getragen zu werden, aber andererseits möchte ich Saxon nicht loslassen. Das ist wirklich kompliziert. »So«, sagt Saxon, nimmt mir den Hut aus der Hand und setzt ihn auf meinen Kopf. »Was möchte das kleine Cowgirl trinken?«

Ich rücke den Hut zurecht und spitze nachdenklich die Lippen. Er dreht sich herum, damit ich die Bar sehen kann, die hinter ihm ist. Eng an seine Brust gepresst, merke ich plötzlich, wie schön die harten Konturen sind, die Saxon Stone ausmachen, und in meinem Bauch beginnt wieder dieses Kribbeln – das Kribbeln, das zu ungehörigen Gedanken führt.

Ein Drink fällt mir auf, nur wegen des Namens. Ich hätte ihn nicht aussprechen sollen, aber er ist heraus, ehe ich mich bremsen kann. »Ich glaube, ich nehme ›Sex-on-the-beach‹«.

Saxons unterdrücktes Stöhnen bringt mich zum Grinsen.

**

»Nein, du kannst sie nicht hierlassen. Sie sieht so einsam aus«, sage ich und deute auf etwas, das ich für Saxons Motorrad halte, doch als er mich in die richtige Richtung dreht, merke ich, dass ich auf eine Vespa gezeigt habe.

»Das geht schon in Ordnung, aber warum sagst du *sie*? Seit wann ist ein Motorrad weiblich?«

»Schon immer«, erwidere ich schnippisch.

Ich habe keine Ahnung, wie spät es ist, denn nach dem zehnten Glas habe ich jedes Zeitgefühl verloren. Saxon hat das mit dem Wasser nach dem dritten »Slippery Nipple« aufgegeben. Heute Abend habe ich viel über Alkohol gelernt. Ich weiß nicht, ob mir das hilft, wenn ich morgen das meiste davon wieder von mir gebe, aber darum kümmere ich mich, wenn ich über der Kloschüssel hänge.

Nachdem er ein Taxi gerufen hat, steckt Saxon sein Handy wieder in die Hosentasche. Er weigert sich, mit dem Motorrad nach Hause zu fahren, weil er fürchtet, dass ich runterfalle. Ich habe behauptet, es gehe mir gut. Aber als ich auf dem Weg zum Klo grundlos gestolpert bin, wusste ich, dass er recht hat.

Ich kann nicht glauben, wie viel Spaß ich gehabt habe. Ein schrecklicher Tag hat sich doch wahrhaftig in einen der schönsten Tage meines Lebens verwandelt. Ich befingere den Strohhut auf meinem Kopf und lächle immer noch euphorisch, weil ich mich auf dem Bullen halten konnte. Es ist albern, doch seit ich das geschafft habe, denke ich, dass sich zu Hause etwas ändern muss. Ich habe nicht den geringsten Zweifel daran, dass ich Sam liebe. Aber kann es sein, dass ich den Sam, den ich liebe, all die Jahre auf ein Podest gestellt habe? Hat die Liebe mich so blind gemacht, dass ich die Risse in seiner Fassade nicht gesehen habe?

Meine Erinnerungen an ihn sind voller Liebe und Freude, aber wenn ich jeden einzelnen Moment unter die Lupe nähme, wäre er dann genauso perfekt, wie ich dachte? Glücklicherweise können meine Tagebücher mir helfen, die Antwort darauf zu finden.

»Ist dir kalt?«

Aus meinen Gedanken gerissen, schaue ich zu Saxon auf. Ich finde ihn wirklich hinreißend, und das liegt nicht am Bier. »Ein wenig«, gestehe ich, weil die Nacht überraschend kühl geworden ist. Schnell kommt er näher und reibt sanft meine Arme.

Sofort fängt mein verräterischer Körper Feuer, und ich bin zu berauscht, um dagegen anzukämpfen.

»Besser?«

Ich nicke unsicher.

Das Mondlicht fällt auf seine Oberlippe und hebt die Narbe hervor. Ehe mein Hirn mich aufhalten kann, folge ich dem Schwung dieser Lippe mit einem Finger. Saxon ist sichtlich schockiert, weicht aber nicht zurück. »Woher hast du die Narbe?«

Ohne meinen Finger wegzunehmen, warte ich auf eine Antwort. Seine warme Haut fühlt sich zu gut an, um den Körperkontakt zu unterbrechen.

»Ich bin gegen eine Tür gelaufen«, sagt er und schneidet eine Grimasse.

Er will also nicht darüber reden. Doch als ich mit dem Finger mehrmals fasziniert über die Narbe streiche, weiß er, dass ich die Wahrheit hören will.

»Ich habe mich geprügelt.«

»Mit wem? Warum?«

»Mit irgendwem, weil ich … Schmerzen spüren musste, um zu wissen, dass ich lebe.«

Ich erstarre und mustere ihn neugierig. Die Antwort lässt mich an meine eigenen Narben denken. »Jede Narbe zeigt uns, dass wir stärker sind als das, was uns zugestoßen ist, Lucy.« Tränen brennen in meinen Augen, denn leider verstehe ich diese Bemerkung nur allzu gut.

Saxon beobachtet mich und schöpft Verdacht. Inzwischen kann er meine Reaktionen sehr gut deuten.

Ein Hupen macht uns darauf aufmerksam, dass unser Taxi gekommen ist, und unterbricht die viel zu gefühlvolle Szene glücklicherweise.

Auf dem Weg nach Hause macht der Alkohol sich bemerkbar, und ich nicke immer wieder ein. Irgendwann hält der Wagen, und Saxons leises Reden, das selbst in mein benebeltes Hirn dringt, verrät mir, dass wir zu Hause angekommen sind, doch meine schweren Lider und die noch schwereren Beine wollen sich nicht bewegen.

»Lucy ...«, sagt er lockend, »wir sind zu Hause.«

Ich stöhne und suche eine bessere Position auf meinem Kissen. Moment, was ist das?

Plötzlich bewegt sich mein Kissen, und ich merke, dass ich an Saxons Schulter ruhe. Wenn ich nicht völlig erschöpft wäre, würde ich mich aufrichten. Aber bei der Vorstellung, mich auch nur einen Millimeter zu rühren, werden meine Kopfschmerzen und meine Übelkeit noch größer. Deshalb schmiege ich mich stattdessen noch enger an mein provisorisches Nachtlager.

Ein raues Lachen lässt mich meine Schmerzen und Wehwehchen vergessen und mit einem erleichterten Seufzer umarme ich Saxon – das bequemste Bett der Welt.

Plötzlich habe ich das Gefühl, schwerelos zu sein. Ich entspanne mich und erlaube es mir, in völliger Stille zu schweben. Nur an meinem Ohr macht es klopf ... klopf ... klopf, doch es ist das schönste Geräusch auf der Welt. Ganz zu schweigen davon, dass ich bei jedem Atemzug einen unglaublich tröstlichen Duft einatme. Ich möchte für immer hierbleiben.

Doch dann endet mein Höhenflug abrupt. »Ich bringe dich jetzt ins Bett, Lucy. Okay?« Nein, das ist nicht okay. Das ist eine furchtbare Idee.

Ich zwinge mich, die Augen aufzuschlagen, und sehe das weiße Rechteck meiner Schlafzimmertür auf mich zukommen. Ich weiß, dass ich nicht von allein hierhergekommen bin, demnach muss Saxon mich tragen. Ich will nicht von ihm weg. Ich will nicht in dieses Zimmer, denn der Gedanke daran, noch eine Nacht allein zu verbringen, ist zu deprimierend. Und außerdem möchte ich nicht neben Sam schlafen, falls er da drin ist. In meinem Zimmer gibt es zu viele Erinnerungen, mit denen ich mich im Moment nicht beschäftigen möchte.

»Kann ich bei dir schlafen?«, frage ich mit belegter Stimme.

»Wie bitte?«, fragt ein sonst so gelassener Saxon ungläubig.

»Kann ich bei dir schlafen?«, wiederhole ich. »In deinem Bett? Neben dir? Ich verspreche ... dass ich dich nicht anfasse. Du brauchst keine Angst vor mir zu haben.« Ich kichere über meinen eigenen Scherz.

Saxon atmet deutlich hörbar aus, aber ich bin zu müde und zu betrunken, um zu begreifen, warum. »Sicher.«

Erleichtert schmiege ich mich wieder an seine Brust und seufze zufrieden, als ich erneut in diesem Wohlgefühl versinke. Mit festen Schritten trägt Saxon mich zu seinem Zimmer. Dann geht knarzend die Tür auf.

Sobald wir im Zimmer sind, öffne ich erschöpft die Augen, dankbar dafür, dass er kein Licht macht. »Meinst du, du kannst stehen?«, fragt er.

Ich bin mir ziemlich sicher, deshalb nicke ich.

Ich spüre, dass er das bezweifelt, trotzdem setzt er mich ab. Doch selbst als ich stehe, lässt er mich nicht los. Das Mondlicht, das durch die offenen Vorhänge fällt, überzieht uns mit einem zarten Schimmer, der irgendwie magisch wirkt.

»Vielen Dank.« Meine Augen fallen zu, als ich mich an den Knöpfen meiner Bluse zu schaffen mache. Außerdem habe ich das Gefühl, in kabbeligem Wasser zu stehen, denn ich schwanke von einer Seite zur anderen. Wenn das so weitergeht, bin ich erst nächste Woche ausgezogen.

»Warte ... ich helfe dir.«

Ehe ich protestieren kann, hat Saxon seine warmen Finger auf meine gelegt und knöpft mir langsam die Bluse auf. Das ist falsch und passt nicht zu mir, aber das Bedürfnis, ins Bett zu kriechen und zu schlafen, ist stärker als mein Sinn für Anstand. In dem stillen Zimmer ist Saxons schweres Atmen gut zu hören. Sein Gesicht ist starr, die Kiefer fest zusammengepresst.

Durch eine Nebelwolke sehe ich, wie sich ein Knopf nach dem andern löst und immer mehr Haut enthüllt. Mir wird heiß, zum Teil aus Scham, aber auch vor Verlangen. Es ist so lange her, dass irgendjemand mich derart intim berührt hat, und ich sehne mich nach mehr.

Als alle Knöpfe offen sind, schiebt Saxon mir die Bluse über die Schultern, und sie fällt zu Boden. Die Art, wie seine Brust sich hebt und senkt, zeigt, was er denkt, während er mein Dekolleté betrachtet. Ich trage einen einfachen schwarzen BH, aber so wie er mich ansieht, komme ich mir nackt vor.

Er schluckt und geht vor mir auf die Knie. Das rührt mich irgendwie, deshalb lächle ich ihn unwillkürlich an. Als er mit einer Hand von hinten meinen Oberschenkel umfasst, wird mir klar, dass er mir die Stiefel ausziehen will. Also stütze ich mich mit einer Hand auf seine Schulter, hebe das Bein und beobachte anerkennend, wie sein Bizeps sich bewegt, als er mir die Stiefel abstreift.

Nun stehe ich barfuß und ohne Bluse vor ihm, und er schaut kniend so bewundernd zu mir auf, dass ich mich ... wunderschön fühle.

Schüchtern deutet er auf meine Shorts, um meine Erlaubnis zu bekommen. »Deine, äh, Hose?«

Ich weiß, dass ich es nicht tun sollte, aber völlig fasziniert von diesem Moment zwischen uns, nicke ich.

Sein Adamsapfel hebt sich, als er nervös schluckt, ehe er die Arme austreckt. Unter seinen langen Wimpern hervor schaut er zu mir auf und öffnet den Knopf an meinen Shorts. Dann legt er seine Hände um meine Taille, und sie brennen sich in mein Fleisch. Er wartet darauf, dass ich es ihm gestatte weiterzumachen. Gott strafe mich, aber ich nicke wieder.

Als er langsam meinen Reißverschluss öffnet und die Shorts an meinen Beinen herunterzieht, jagen seine warmen Finger Blitze durch meinen Körper. Langsam steige ich aus der am Boden liegenden Hose und komme mir unglaublich verrucht vor.

Saxon kniet immer noch wie besiegt vor mir, und sein verzerrtes Gesicht deutet darauf hin, dass er mit sich kämpft. Als er schließlich aufsteht, fühle ich mich, nur mit meiner Unterwäsche und dem Cowboyhut bekleidet, noch kleiner und zerbrechlicher.

Das Zimmer dreht sich um mich, aber das liegt nicht am Alkohol, sondern an Saxon.

Vor Scham darüber werfe ich hastig meinen Hut auf den Boden, drehe mich um und vergesse etwas, das ich sonst so sorgfältig verberge.

Saxons scharfes Einatmen deutet darauf hin, dass er die Narben gesehen hat. »Wer hat dir das angetan, Lucy?« Die Wut in seiner Stimme macht mir Angst.

»Niemand, lass uns einfach …« Doch er ist schon bei mir und dreht mich so schnell herum, dass ich fast stürze.

»Wer?« Sein harter Blick zeigt, dass er sich nicht abwimmeln lassen wird.

Meine Unterlippe beginnt zu zittern, und Tränen steigen mir in die Augen. »Lass uns einfach sagen, dass ich ein Niemand war, ehe ich Lucy Tucker wurde.«

Saxon macht ein überraschtes Gesicht und kräuselt bestürzt die Lippen. »Das ist passiert, als du noch ein Kind warst?«

Ich nicke. »Ich bin adoptiert worden, Saxon. Ich weiß nicht, ob Samuel es dir je erzählt hat, aber ich bin in staatlicher Obhut groß geworden. Ich hatte nicht mal einen Namen. Ich war nur als M bekannt.«

Saxon lockert den Griff um meinen Oberarm, lässt mich aber glücklicherweise nicht los.

Ich denke an meine Kindheit und weihe ihn ein. »Als ich vier war, haben Nigel und Denise Martin mich aufgenommen. Am Anfang war ich begeistert darüber, in Hollywood zu leben. Ich meine, das ist der Ort, wo Träume wahr werden. Aber meine Träume wurden bald zu Albträumen, denn Nigel zeigte sein wahres Gesicht. Er war gemein und ständig schlecht gelaunt, und Denise war zu sehr damit beschäftigt, sich mit ihren Freundinnen zu treffen, um es zu bemerken. Aber vielleicht war es ihr auch schlichtweg egal. Ich frage mich nach wie vor, warum die beiden mich zu sich geholt haben. Vielleicht haben sie gedacht, so könnten sie von ihrem eigentlichen Charakter ablenken, weil die Menschen sie dann für wohltätig und freundlich halten würden.

Es fing mit Kleinigkeiten an. Zum Beispiel damit, dass Nigel mir auf die Hand schlug, weil ich zu laut war. Oder dass er mich anschrie, weil ich zu viel Dreck von draußen ins Haus gebracht hatte. An viel mehr kann ich mich gar nicht erinnern, nur an Fetzen, die zeigen, dass er mich nicht besonders mochte. Aber es gibt eine Nacht, die ich nie vergessen werde. Sie verfolgt mich bis heute.«

Ich weiß nicht, warum ich Saxon das erzähle. Es fällt mir nicht leicht, diese Erinnerung zu teilen. Aber sicher wird er mich nicht für etwas verurteilen, für das ich nichts kann.

»Neben meinem Zimmer gab es eins, das immer verschlossen war. Ich war zu jung, um es damals zu verstehen, aber Nigel und Denise hatten eine Tochter gehabt, die am plötzlichen Kindstod gestorben war. Die Putzfrau hatte vergessen, das Zimmer wieder abzuschließen, und die neugierige Vierjährige hielt es für eine gute Idee nachzuschauen, wie es darin aussieht. Als ich reinkam, dachte ich, ich wäre im Paradies. In dem rosa gestrichenen Zimmer gab es alle Spielzeuge, die man sich vorstellen kann. Für ein Kind, das nichts hat, war das wie ein Wunderland. Aber im Nachhinein weiß ich natürlich, dass es sich um einen unberührten Ort der Erinnerung handelte, einen Schrein für die verlorene Tochter.«

Mit dem Handrücken wische ich mir die Tränen ab und fahre fort. »Ein Teddy, der in einer Ecke ganz allein auf einem Schaukelstuhl saß, fiel mir ins Auge. Er sah genauso traurig und einsam aus, wie ich mich fühlte. Damals habe ich mich verzweifelt nach einem Freund gesehnt, und ein Plüschbär war besser als nichts. Also bin ich zu ihm gegangen und habe ihn zu meinem neuen besten Freund erklärt. Ich kann mich immer noch daran erinnern, wie er sich angefühlt und wie er gerochen hat. Er war perfekt. Aber unsere Freundschaft währte nicht lange.

Plötzlich kam Nigel ins Zimmer gerannt und schlug mich so hart, dass ich zwei Zähne verlor. Ich war schon öfter geschlagen worden, aber noch nie so. Ich habe nicht verstanden, was ich falsch gemacht hatte. Ich war doch erst vier. Ich habe versucht, Nigel den Bär zu geben, und mich dafür entschuldigt, dass ich etwas angefasst hatte, das mir nicht gehörte. Aber es war zu spät. Ohne auf meine Hilfeschreie zu achten, hat er mich beim Pferdeschwanz gepackt und mich zum Bett gezerrt. Dann hat er mich bäuchlings daraufgeworfen, und ich konnte hören, wie er seinen Gürtel aus der Hose zog.«

Saxons Blick wird mörderisch.

Das Halbdunkel macht es einfacher, meine Geschichte zu erzählen. »I-ich habe nicht begriffen, was er vorhatte, aber als er mir das Kleid hochgerissen hat und mir mit dem Gürtel so hart auf den Rücken schlug, dass mir die Tränen in die Augen schossen, wusste ich Bescheid. Er hat darauf geachtet, dass die Schnalle mich traf. Ich weiß nicht, wie oft er zugeschlagen hat. Beim fünften Mal bin ich ohnmächtig geworden, aber den Teddy habe ich nicht losgelassen. Ich brauchte jemanden, der mir die Hand hält.

Ich bin im Krankenhaus aufgewacht, wo eine nette alte Dame mir sagte, der böse Mann wäre weg. Doch die Narben aus dieser Nacht werden leider immer bleiben. Er hat mich so heftig verprügelt, dass er mir an Po und Rücken Hautstücke herausgerissen hat. Ich weiß nicht, wie viele Stiche nötig gewesen sind, um mich wieder zusammenzuflicken. Aber es waren so viele, dass ich heute so aussehe.« Angeekelt deute ich auf meine Rückseite. »Kurz darauf kam ich zu Simon und Maggie, und das hat mich davor bewahrt, eine Zahl in einer Statistik zu werden.

Seitdem führe ich Tagebuch. Als ich noch nicht schreiben konnte, habe ich meine Ängste und Sorgen in Bildern ausgedrückt. Maggie und Simon wussten, was passiert war, und Mom hat erkannt, dass mein Malen eine Art Therapie war. Sie hat jedes einzelne Bild aufbewahrt. Und ich freue mich darüber. Als ich alt genug war, um über dieses Erlebnis zu sprechen, bin ich in eine richtige Therapie gegangen. Da habe ich angefangen, Tagebuch zu schreiben.«

Saxon nickt, um mir zu zeigen, dass er verstanden hat, wie wichtig meine Tagebücher für mich sind.

»An meinem achtzehnten Geburtstag habe ich den Bären verbrannt. Inzwischen ist mir klar, dass es etwas morbid war, ihn zu behalten, aber er war eine Erinnerung daran, wer ich früher war und wer ich geworden bin. Meine Kindheit war nicht leicht, aber ich bin kein Opfer. Jetzt nicht mehr. Und ich will verdammt sein, wenn ich danebenstehe und zulasse, dass ein anderes menschliches Wesen so behandelt wird wie ich damals.«

»Daher also dein Drang zu helfen«, erkennt Saxon plötzlich.

»Ja. Ich kämpfe im Namen der Vierjährigen, die ich mal war. Damals hat mich keiner gehört, aber das ist vorbei. Jedes Mal, wenn ich jemandem helfe, hole ich mir ein kleines Stück von mir zurück. Tja, siehst du? Wir beide haben Wunden. Mein perfektes Leben ist gar nicht so perfekt«, sage ich, auf seine Bemerkung im Krankenhaus anspielend.

Beschämt wendet Saxon sich ab. »Es tut mir leid, Lucy. Bitte verzeih mir. Das wusste ich nicht.«

Dieses eine Mal bin ich es, die ihm Trost spenden kann, und es fühlt sich gut an. Nachdem ich meine Verwundbarkeit gezeigt habe, fühle ich mich stark. »Schon gut, es gibt keinen Grund, dich zu entschuldigen.«

Das stille Zimmer ist bedrückend voll mit Gefühlen. So ist es leider immer, wenn ich die Geister meiner Vergangenheit heraufbeschwöre.

»Ich werde diesen Mistkerl finden ... und töten.« Die Wut, mit der Saxon das sagt, zeigt, dass er keinen Spaß macht.

Seine Reaktion ist ganz anders als Samuels. Sam war verständnisvoll und bekümmert über das, was passiert war, doch bei Saxon kommt sofort der Beschützer durch. Er sieht aus, als würde er gleich auf seine Harley springen und nach Hollywood fahren, um Nigel mit bloßen Händen zu erwürgen.

»Das hat er selbst übernommen. Oder besser gesagt ein großkalibriges Gewehr«, sage ich, damit er weiß, dass Nigel sich selbst umgebracht hat. Saxon knirscht mit den Zähnen vor Enttäuschung.

»Ich habe dir das nicht erzählt, damit du dich wegen meiner Kindheit an irgendwem rächst oder mich anders betrachtest, sondern weil ich ... dir vertraue, Saxon. Ich will, dass du alles über mich weißt, und ich hoffe, dass es dir irgendwann umgekehrt genauso geht.«

Schließlich hat er auch Leichen im Keller, von denen er mir hoffentlich eines Tages ohne Angst berichtet. Aber nicht heute, denn mit einem Mal bin ich hundemüde.

»Danke, dass du mir zugehört hast.«

Sein Gesicht wird weicher. »Danke, dass du es mir erzählt hast.«

Ein Gähnen entschlüpft mir, und meine Augen fallen langsam zu. Schnell zieht Saxon die Wolldecke vom Bett. Nie haben weiße Laken verlockender ausgesehen, und meine Muskeln jubeln, als ich mich darauf ausstrecke. Saxon deckt mich zu, und ich seufze zufrieden. Ich kann mich nicht erinnern, mich jemals wohler gefühlt zu haben.

Ich bin nicht sicher, wie lange es dauert, bis sich die Matratze neben mir neigt, aber als es so weit ist, schnurre ich leise, weil ich mich mit Saxon an der Seite sicher und geborgen fühle.

Halb wach, halb schon im Schlaf stelle ich ihm murmelnd die Frage, die mich umtreibt.

»Wirst du bei mir bleiben?«

Im Dunkeln lausche ich seinem schweren Atmen.

»Ja«, sagt er nach einer langen Pause.

»Versprichst du mir das?« Ich weiß, dass es nicht immer so weitergehen kann, und das macht mir Angst.

Saxons Antwort ist so ehrlich und nachdrücklich, dass mir die Tränen kommen. »Ja, das verspreche ich dir.«

»Wie lange?«

Pause … »So lange du willst.«

»Für immer«, sage ich statt »Gute Nacht« und falle in einen tiefen Schlaf.

Sechzehn

Als ich wach werde, fühle ich mich, als wäre ich von einer Dampflok überfahren worden. Zweimal.

Draußen ist es bereits hell, deshalb drücke ich mich fester an mein unglaublich gut duftendes Kissen. Doch als ich merke, dass mein Kissen atmet, wird mir klar, dass ich einen Filmriss habe.

Wider besseres Wissen öffne ich mühsam ein Auge. Die Tattoos auf die ich blicke, verraten mir, dass ich auf Saxons Brust liege.

Als ich das, woran ich mich noch erinnern kann, Revue passieren lasse, fällt mir wieder ein, dass eine der lustigsten Nächte meines Lebens in Saxons Bett geendet hat, wo ich anscheinend immer noch bin. Irgendetwas hat sich zwischen uns verändert, das spüre ich. Ich weiß nicht, was es ist, aber ich merke, dass es mich glücklich macht. Doch meine gute Laune bekommt einen Dämpfer, als mir Sam wieder einfällt.

Auch wenn ich nicht weiß, wo er ist und ob er jemals zurückkommt. Er hat keinen Zweifel an seinen Gefühlen gelassen, und das muss ich akzeptieren, ob es mir passt oder nicht. Es tut weh, aber was habe ich für eine Wahl? Schließlich kann ich ihn nicht dazu zwingen, sich zu erinnern. Und ganz sicher nicht dazu, mich zu lieben.

»Morgen.«

Saxons belegte Stimme lässt mich an sein Versprechen denken – das Versprechen, sich so lange um mich zu kümmern, wie ich es möchte. Es war nicht fair von mir, ihn darum zu bitten, aber ich schaffe das alles nicht ohne ihn. Und leider ist mit »das alles« mein Leben gemeint.

»Guten Morgen«, erwidere ich krächzend.

»Wie fühlst du dich?«

In Anbetracht der Menge Alkohol, die ich nach dem Streit mit Sam konsumiert habe, eigentlich ganz gut. »Besser als ich gedacht hätte.«

»Schön zu hören.«

Uns beiden ist sehr bewusst, dass ich in Saxons Armen liege und mich an seine Brust kuschle. Ich sollte von ihm abrücken, besonders weil ich nur einen BH und eine Unterhose anhabe, aber ich möchte nicht. Schon bei der Vorstellung dreht sich mir der Magen um.

Wie auf Kommando fängt Letzterer an zu knurren.

»Hast du Hunger?«, fragt Saxon erheitert.

»Ein bisschen.« Ich drehe mich auf den Rücken, sodass wir uns ein Kissen teilen. Wir sind nur Zentimeter voneinander entfernt und atmen dieselbe Luft. Das ist schön.

Das frühe Morgenlicht betont die grauen Wirbel in seinen Augen, die gut zu den dichter gewordenen Bartstoppeln auf seinem kräftigen Kinn passen. Es ist seltsam. Wenn ich Saxon anschaue, sehe ich nicht mehr Samuel vor mir. In meinen Augen sind die beiden keine genauen Ebenbilder mehr, was Saxon sicher begeistern würde.

»Ich mache uns Frühstück. Und Kaffee.«

Bei der Erwähnung von Essen und Kaffee grummelt mein

Magen aufgeregt. »Oh ja, bitte. Ich hätte auch nichts dagegen, wenn etwas Fettiges oder Gebratenes dabei wäre.«

»Ich glaube, das schaffe ich.« Als ich ein Grübchen in Saxons linker Wange sehe, schmelze ich dahin.

Er schlägt die Decke zurück und steigt aus dem Bett. Anscheinend macht es ihm nichts aus, dass er nur seine schwarzen Shorts trägt. Schnell schlage ich die Augen nieder, die aber störrisch wieder hochblicken und sich auf seinen prächtigen Körper richten.

Er ist schlank, aber muskulös und strahlt pure Kraft aus.

Als er meinen Blick spürt, dreht er mir den Rücken zu und hebt hastig sein weggeworfenes T-Shirt auf. Ich tadele mich selbst für mein offenes Starren, das ihn in Verlegenheit gebracht hat.

»Wir treffen uns dann in der Küche«, sagt er und steigt in seine Jeans.

»Okay.«

Nachdenklich schaut er sich noch einmal nach mir um, ehe er die Tür hinter sich zumacht.

Ich seufze und lege einen Arm über die Augen. Ich schäme mich und ärgere mich über mich selber, weil ich es nicht schaffe, mich zu beherrschen, wenn er in der Nähe ist. Wir sind Freunde, und außerdem ist er Samuels Bruder – das darf ich nicht vergessen.

Langsam setze ich mich auf. Das Zimmer dreht sich, trotzdem versuche ich, mich zu orientieren. Als ich glaube, dass es mir gelungen ist, schiebe ich die Decke beiseite und stehe auf. Der Boden wirkt ein wenig schräg, aber ich schaffe es, quer durchs Zimmer zu gehen, ohne irgendetwas anzurempeln oder über meine zwei linken Füße zu stolpern.

Nur in Unterwäsche in Saxons Zimmer zu stehen fühlt sich mehr als verboten an, deshalb beschließe ich, in seinen Schubladen nach einem T-Shirt zu suchen. Meine Bluse und meine Shorts haben zu viele komplizierte Knöpfe und Reißverschlüsse. Ich finde das Harley-Davidson-T-Shirt, das Saxon getragen hat, als er zum ersten Mal ins Krankenhaus gekommen ist. Ich weiß noch, dass ich so froh war, ihn zu sehen, dass ich mich völlig ungeniert in seine Arme geworfen habe. Und dass er mich ebenso ungeniert aufgefangen hat.

Ich halte das T-Shirt an meine Nase, atme tief ein und schwelge in dem vertrauten, tröstlichen Duft. Dann ziehe ich es über und lächle, als ich feststelle, dass es mir fast bis zu den Knien reicht. Gerade als ich die Schublade wieder schließen will, entdecke ich ein Tagebuch, das unter seinen Sachen versteckt ist.

Nervös schaue ich zur Tür und stecke meine Hand in die Schublade, weil ich aus irgendeinem Grund den Drang verspüre, mit den Fingern über das Buch zu streichen, dem Saxon seine geheimsten Gedanken anvertraut. Ich würde es nicht wagen, es zu lesen, weil ich weiß, wie privat ein Tagebuch sein kann. Aber ich weiß auch, dass es mir verraten könnte, warum Saxon und Samuel nicht miteinander auskommen. Ich könnte einen Blick hineinwerfen und endlich herausfinden, warum die zwei Brüder wie Fremde sind. Ich könnte ... aber ich tu's nicht. Falls ich den Grund jemals erfahre, dann deswegen, weil einer von beiden mit mir darüber reden will.

Leise schiebe ich die Schublade wieder zu, sammle meine Kleider und Stiefel ein und bekomme Gänsehaut bei der Erinnerung daran, wie Saxon mich ausgezogen hat. Das werde ich niemals vergessen. Auf Zehenspitzen gehe ich zur Tür, schließe sie hinter mir und tappe durch den Flur zu meinem Zimmer. Ich habe keine Ahnung, warum ich glaube, schleichen zu müssen. Ich bezweifle, dass Sam zu Hause ist, und selbst wenn er es wäre, wäre es ihm egal, wo ich letzte Nacht geschlafen habe.

Mit dem Gedanken im Sinn reiße ich selbstsicher die Tür zu meinem Schlafzimmer auf, um zu duschen, bevor ich mich einem weiteren Tag voller Überraschungen stelle. Doch mein Selbstvertrauen löst sich schlagartig in Luft auf, als ich etwas sehe, das ich nie für möglich gehalten hätte.

Mitten im Zimmer sitzt Sam, und um ihn herum auf dem Boden verteilt liegen meine Tagebücher. Ganze Stapel umgeben ihn. Die Kisten, in denen sie einmal waren, sind umgekippt. Als er erschrocken von dem offenen Buch in seinem Schoß aufschaut und unsere Blicke sich treffen, wirkt er sehr schuldbewusst.

»W-was machst du da?«, frage ich dümmlich, weil ziemlich offensichtlich ist, dass er weder vor mir noch vor meiner Privatsphäre Respekt hat.

Er hält das Tagebuch, das er gerade liest, hoch, und schüttelt den Kopf. »Tut mir leid, ich wollte nicht ...«

»Du wolltest das Tagebuch nicht lesen?«, rede ich weiter, als er abbricht. »Es ist einfach aus der Kiste in deinen Schoß gesprungen?«

Er gibt keine Antwort.

»Das kannst du nicht machen, Sam. Du kannst nicht einfach das Tagebuch eines anderen Menschen lesen. Das ist ein Vertrauensbruch!« Ich denke an das, was ich vor dreißig Sekunden in Saxons Zimmer gemacht habe. Ich war versucht, dasselbe zu tun, aber ich habe es gelassen, denn ich respektiere Saxon. Leider geht es Samuel mit mir nicht so.

Sein anhaltendes Schweigen macht mich noch wütender.

»Du solltest dich endlich dafür entschuldigen, dass du so ein Riesenarschloch bist! Aber ich schätze, Entschuldigungen sind nicht deine Stärke. Wie viele hast du gelesen?« Ich deute mit dem Kinn auf meine verstreuten Erinnerungen.

»Du liebst mich«, sagt er verträumt.

»Was?«, frage ich und rümpfe verwirrt die Nase, während meine Wut verpufft.

»Du liebst mich«, wiederholt er und wedelt mit dem Tagebuch. »Entschuldige, dass ich das gelesen habe, aber ich kann mich nicht an dich erinnern, und die Tagebücher haben mich so angesehen, dass ich neugierig geworden bin.«

Ich klappe den Mund auf und zu wie ein verblüffter Goldfisch.

Warum sollte er etwas über mich wissen wollen? Er hat seine Einstellung zu mir doch gestern mehr als deutlich kundgetan. Wie sollten meine Tagebücher es schaffen, seine Meinung zu ändern, wenn ich es nicht geschafft habe?

»Wenn du irgendwelche Fragen zu unserer Beziehung hattest, hättest du sie mir stellen können, anstatt hier herumzuschnüffeln. Jetzt bist du echt zu weit gegangen«, sage ich und drücke meine Kleider vor die Brust.

»Ich weiß. Es tut mir leid.« Er legt das Tagebuch auf den Boden und richtet sich auf, rührt sich dann aber nicht mehr. So stehen wir einfach voreinander, starren uns an und warten, dass der andere etwas sagt. Aber ich weiß nicht, was er von mir hören will.

»Es war seltsam, mich als eine Person, an die ich mich nicht erinnern kann, durch deine Augen zu sehen. Es hat so geklungen, als wäre ich ganz nett gewesen.«

»Das warst du auch«, bestätige ich traurig, weil wir in der Vergangenheitsform reden.

»Also ist all das wirklich passiert?«

»Ja, das ist es.«

»Wow.« Er reißt die Augen auf. »Ich kann nicht glauben, dass ich das Stipendium nicht angenommen habe. Schließlich waren meine Noten gut genug.«

Bei dieser Bemerkung ziehe ich eine Braue hoch. »Du erinnerst dich an deine Noten?«

Aus irgendeinem Grund macht er so verdutzt den Mund auf, als hätte ich ihn ertappt. »Ich wollte nur sagen ...«, rudert er hastig zurück, während er sich den Nacken reibt, »dass ich weiß, dass ich immer ein guter Schüler war.«

Das wollte er nicht sagen, und wir wissen es beide. In meinen Ohren schrillen Alarmglocken. Samuel war kein besonders guter Schüler. Er war ein herausragender Basketballer und gut in Mathe, aber im akademischen Bereich hat er sich nicht sonderlich hervorgetan. Was übersehe ich? Immerhin hat er bei den Prüfungen wesentlich besser abgeschnitten, als ich gedacht hätte. Aber wenn er sich etwas fest vornimmt, kann er alles erreichen.

Der Grund, warum er das Stipendium nicht angenommen hat, war sein Dad. Greg und Kellie haben ihm glasklar zu verstehen gegeben, dass sie davon ausgehen, dass er in Zukunft mit seinem Vater auf der Farm arbeitet. Er wollte seine Eltern nicht enttäuschen, deshalb hat er am Ende nachgegeben. Saxon dagegen hatte Glück. Er ist davongekommen.

»Sicher hast du neben vielen anderen Dingen auch gelesen, warum du das Stipendium nicht angenommen hast«, sage ich sarkastisch.

In meinem Schädel beginnt es zu pochen, und ich weiß nicht, ob es an meiner Wut liegt oder ob sich doch noch ein schlimmer Kater anmeldet. Wie auch immer, ich will unter die Dusche. Aber noch dringender möchte ich mir die Zähne putzen.

Als mir wieder einfällt, dass ich in Saxons T-Shirt mit meinen Sachen in der Hand über den Flur geschlichen bin, fühle ich mich plötzlich unglaublich schuldig. Bestimmt dauert es nicht mehr lange, bis ich von diesem emotionalen Hin und Her einen Nervenzusammenbruch kriege. »Ich geh duschen«, erkläre ich und beschließe, nicht mehr darüber nachzudenken.

Sam scheint es ohnehin nicht zu kümmern, denn er nickt und sieht zu, wie ich aus dem Zimmer marschiere. »Soll ich dir Kaffee machen?«

Ich stolpere über ein herumliegendes Tagebuch und stoße mir fast den Kopf an der Kommode. »Kaffee?«, quietsche ich.

»Ja, weißt du, dieses schwarze, köstlich duftende Getränk, das man aus kleinen Bohnen macht.«

Will er mich veräppeln?

Als er schmunzelt, weiß ich die Antwort.

Das ist zu viel für mich.

Gleich breche ich zusammen. »S-sicher«, stottere ich, weil ich genau weiß, dass Saxon gerade welchen für mich macht, aber ich möchte nicht, dass Sam das erfährt, weil er dann bald herausfinden würde, dass ich die Nacht im Zimmer seines Bruders verbracht habe. Noch dazu in seinem Bett.

Sam scheint sich über meine Zustimmung zu freuen.

Er schaut auf die Tagebuchstapel ringsherum und dann wieder auf mich. Ich seufze und schicke ihn mit einer Handbewegung weg. »Ich mach das schon. Kümmere du dich um den Kaffee.«

»Tut mir wirklich leid.« Er scheint es ernst zu meinen, deshalb unterdrücke ich meinen Ärger; besser er ist zerknirscht als aggressiv. Außerdem sehe ich einen Schimmer des alten Sam durchscheinen.

Ich antworte nicht, sondern lege meine Sachen auf den Boden und nehme mir eine leere Pappkiste. Sam schaut mir noch einen Moment zu, ehe er mich mit dem Chaos, das er angerichtet hat, allein lässt.

Ich blicke reihum auf meine geliebten Erinnerungen, hocke mich mitten ins Zimmer und streiche mir das verwuschelte Haar aus dem Gesicht. Ich sollte froh sein, dass Samuel sich an mich erinnern will, aber ich bin's nicht. Das Tagebuch eines anderen Menschen zu lesen gehört sich nicht, aber angesichts der Lage, in der Sam sich befindet, sollte ich vielleicht etwas nachsichtiger sein. Auf eine merkwürdige, völlig unangemessene Art hat er nur versucht herauszufinden, wer er war. Und wer *ich* war. Warum macht mich das nicht froh?

Das ist die erste echte Anstrengung, die er unternimmt, seit er nach Hause gekommen ist, und obwohl das erst eine Woche her ist, fühlt es sich an wie ein ganzes Leben. Oder eher wie lebenslänglich.

✴ ✴ ✴

Ich dusche in Rekordzeit, und als ich wieder trocken bin und meine Jeans und ein PETA-T-Shirt übergezogen habe, fühle ich mich etwas menschlicher. Der Cowboyhut, der im Schlafzimmer auf dem Boden liegt, böte mir eine großartige Möglichkeit, die wirren Haare zu verstecken, aber ihn in Sams Gegenwart zu tragen kommt mir falsch vor. Seufzend hebe ich ihn auf und verstecke ihn im Schrank.

Sobald ich die Schlafzimmertür hinter mir geschlossen habe und den Flur entlanggehe, fängt meine Nase hocherfreut den Duft von starkem Kaffee ein. Ich habe keine Ahnung, was mich in der Küche erwartet, in der die zwei Brüder Kaffee machen wollten. Aber ich höre kein Geschrei, das ist immerhin ein guter Anfang.

Beide drehen sich um, als ich hereinkomme, was mich ein wenig in Verlegenheit bringt. Zuerst schaue ich Saxon an, und er lächelt dankbar, ehe er sich wieder dem Bacon zuwendet, der auf dem Herd brutzelt.

»Sax war schon dabei, Kaffee und Frühstück zu machen«, sagt Sam und holt drei Teller aus dem Schrank.

»Riecht gut«, sage ich und stelle mich auf die Zehenspitzen, um über Saxons breite Schultern zu lugen.

Anscheinend ist er ein toller Koch. Es gibt Eier, Bacon, Würstchen und Pfannkuchen. Mein hungriger Magen knurrt vor Aufregung. Ich setze mich auf einen Hocker und schaue interessiert zu, wie Samuel rasch einen Becher nimmt und mir Kaffee einschenkt.

»Nimmst du Zucker? Milch?«, fragt er und schaut zu mir herüber.

Ich blicke mich um, um sicherzugehen, dass niemand hinter mir steht. »Milch, bitte«, erwidere ich, als ich meine Stimme wiedergefunden habe.

Sam stellt mir den Kaffee hin und lächelt mich an.

Misstrauisch beäuge ich den Becher und frage mich, ob das Ding mich wohl gleich anspringt und beißt, denn es muss einen Grund dafür geben, warum Sam so nett zu mir ist. Gestern war er noch ein absoluter Fiesling, der keinerlei Rücksicht auf meine Gefühle genommen hat, also warum die abrupte Kehrtwende?

Die Frage tut meinen zunehmenden Kopfschmerzen nicht gut, deshalb reibe ich mir die Stirn.

»Habt ihr noch Platz für mich?«

»Piper!«, rufe ich und springe vom Hocker vor Dankbarkeit dafür, dass jemand anders da ist, um Konversation zu machen.

Meine übertriebene Reaktion führt dazu, dass Saxon über die Schulter schaut und mich schmunzelnd ansieht.

»Natürlich, Piper«, sagt er und bedeutet Samuel, noch einen Teller zu holen.

Piper kneift die Augen zusammen. Sie hat etwas gemerkt. »Alles in Ordnung, Luce?«

»Ja, klar«, erwidere ich und setze mich wieder hin, um nicht wie eine Idiotin dazustehen. »Ich bin bloß müde.«

Heimlich wechselt Saxon einen Blick mit mir.

»Wo soll ich das hintun?«

Nun, da ich halbwegs wiederhergestellt bin, merke ich, dass sie mehrere Papiertüten in der Hand hat. »Was ist das?«

»Machst du Witze?« Als ich mit schuldbewusstem Gesicht die Achseln zucke, schüttelt sie den Kopf. »Hast du vergessen, was heute für ein Tag ist?«

Ich kratze mich an der Schläfe. »Also ...«

Piper schaut von Saxon zu Sam, der verständnislos die Hände hebt. »Guck mich nicht so an. Ich habe das Gedächtnis verloren, schon vergessen?«

Piper schnaubt und stellt die Tüten auf die Theke. »Heute ist Samstag.«

Oh, Mist.

Ehe ich anfangen kann zu nörgeln, dass ich für eine Party nicht in Stimmung bin, zeigt Piper warnend mit dem Finger auf mich. »Wag es nicht. Es gibt kein Zurück.« Geschlagen sacke ich in mich zusammen und schlürfe meinen Kaffee, der sicher nicht der letzte für heute sein dürfte.

Saxon serviert das köstlich duftende Frühstück, doch mir ist plötzlich der Appetit vergangen. Die Vorstellung, irgendwelche Fremden in meinem Haus zu haben, ist alles andere als verlockend. Mein Kopf fühlt sich jetzt schon an, als wäre er kurz vorm Explodieren, da brauche ich nicht auch noch lärmende Gäste. Das ist wirklich eine schlechte Idee, aber gegen meine partysüchtige Freundin habe ich keine Chance.

Wir reden nicht viel beim Essen, stattdessen plärrt der Fernseher. Jemand, der uns von außen sähe, würde uns für eine normale Familie halten, die am Samstagmorgen zusammen frühstückt. Aber ich weiß es besser. Ich bin ein Nervenbündel und warte nur darauf, dass Sam wegen einer Kleinigkeit die Nerven verliert und mich verfluchend aus dem Haus stürmt. Doch nichts passiert. Er isst und versucht sogar, sich mit Saxon zu unterhalten, der genauso verwundert zu sein scheint wie ich.

Was geht hier vor? Was ist passiert, dass Sam anfängt, sich wie ... *Sam* zu benehmen? Wie der alte Sam, den ich so sehr geliebt habe. Ich sollte überglücklich sein, dass er sich solche Mühe gibt, doch irgendetwas fühlt sich falsch an. Ich kann nur nicht genau sagen, was.

»Magst du deine Eier nicht?«

»Hä?«, platzt es aus mir heraus. Als ich aufschaue, sehe ich, dass Saxon feixend mit seiner Gabel auf meinen Teller zeigt.

Erstaunt stelle ich fest, dass ich mein Frühstück zerteilt und in ein buntes Durcheinander verwandelt habe. Ich schiebe meinen Teller weg und seufze. Saxon kippt seinen Kaffee herunter und stellt seinen Teller in die Spülmaschine. »Ich gehe mein Motorrad holen.«

Die Bemerkung reißt mich aus meinem Grübeln, denn ich möchte unbedingt mit ihm reden und ihn fragen, ob Sam irgendetwas zu ihm gesagt hat. Doch ehe ich ihm anbieten kann, ihn zu fahren, springt Piper auf und schaufelt hastig den letzten Bissen ihres Frühstücks in sich hinein. »Ich fahre dich«, sagt sie mit vollem Mund

Saxon schaut kurz zu mir herüber, dann nickt er. »Danke.«

»Wenn du lieber hierbleiben möchtest, um mit dem Dekorieren anzufangen, kann ich ihn auch fahren, Piper«, biete ich an und hoffe, dass sie den Köder schluckt.

Aber das tut sie natürlich nicht. »Nein, ist schon gut. Ich muss sowieso noch ein paar Sachen holen.« Nein, muss sie nicht. Die Tüten, die sie mitgebracht hat, quellen über. Aber ich widerspreche ihr nicht.

Sam schaut mich an und schenkt mir tatsächlich wieder ein Lächeln. »Vielleicht sollten wir zwei schon mal damit anfangen.«

Ich bin baff. »N-natürlich.«

Saxon streicht sich durch das schlafzerzauste Haar und kneift misstrauisch die Augen zusammen. Doch Piper lässt ihm nicht viel Zeit, ehe sie sich bei ihm einhakt. »Von mir aus können wir.«

Sie klingt munter und aufgekratzt, denn sie kann es nicht erwarten, ihn eine Weile für sich zu haben. So wie ich sie kenne, wird sie den längsten Umweg fahren, den es gibt. Ich stehe auf, werfe mein unberührtes Frühstück in den Müll und bete, dass mein Unbehagen nicht auffällt.

»Es wird nicht lang dauern«, sagt Saxon hinter mir. »Möchtest du mitkommen?«

Ich weiß, warum er das fragt, und ich bin ihm dankbar

dafür. Er erfüllt sein Versprechen, sich um mich zu kümmern, denn anscheinend hat er gemerkt, dass ich mich nicht wohlfühle. Als ich mich umdrehe, sehe ich, dass Piper hinter ihm heftig den Kopf schüttelt und abwehrend mit den Händen wedelt.

»Nein, ist schon gut. Sam hat recht. Es ist wahrscheinlich eine gute Idee, schon mal mit den Vorbereitungen anzufangen.« Saxon nickt, doch das Pokerface, das er immer macht, ist für mich nicht mehr so undurchschaubar wie früher, weil wir beide uns inzwischen sehr gut kennen.

Kaum dass die beiden aus der Tür sind, beginnen meine Hände zu schwitzen, und eine merkwürdige Stille breitet sich aus. Ich werde sehr traurig, als mir klar wird, dass ich mich nicht mehr wohlfühle, wenn mein Verlobter bei mir ist. Es hat eine Zeit gegeben, in der ich geglaubt habe, dass ich Sam alles erzählen könnte, aber das hat sich geändert. Jetzt traue ich mich nicht mehr, mit ihm zu reden, weil ich Angst habe, dass er mir den Kopf abreißt.

Als er sich räuspert, weil er sich offenbar auch nicht wohlfühlt, beschließe ich, den ersten Schritt zu machen. Ich schiebe die letzten Wochen beiseite und gebe mir große Mühe, ihn ehrlich anzulächeln. »Also, was hat Piper mitgebracht?«

Sam wirkt erleichtert, dass ich eine Unterhaltung angefangen habe, denn ich hätte guten Grund, ihn wegzuschicken. Aber da er sich bemüht, will ich es auch tun. Ich muss mir nur in Erinnerung rufen, dass hinter den bösen Worten, dem schrecklichen Benehmen und den vielen Gehässigkeiten der Mann steckt, den ich heiraten wollte. Und außerdem habe ich mir genau das gewünscht, oder?

Als Sam anfängt, die Tüten zu durchsuchen, und alle möglichen Utensilien herausholt, kann ich nicht anders, ich muss daran denken, dass ich mit dem, was ich mir gewünscht habe, vorsichtiger hätte sein sollen. »Wie viele Leute hat sie denn eingeladen?«, fragt Sam mit einem Pfiff.

Ich schaue auf die überfüllte Theke und schüttele den Kopf. »So wie ich sie kenne, viel zu viele.«

»Na, dann steht uns ja was bevor.« Plötzlich erschauere ich unerklärlicherweise. »Wo sollen wir anfangen?«

Ohne auf die seltsame Vorahnung zu achten, betrachte ich die vielen bunten Schachteln mit Wackelpuddingpulver und lache. »Sieht so aus, als würden wir den Rest des Morgens Jelly Shots machen. Oh…«, ich zögere, »… aber du kannst auch gern damit anfangen, das Wohnzimmer auszuräumen, wenn du möchtest.« Ich habe keine Ahnung, ob Samuel sich daran erinnert, was Jelly Shots sind, und ich möchte keine große Sache daraus machen.

Doch der Versuch, rücksichtsvoll zu sein, schlägt fehl. »Ich lerne ziemlich schnell«, sagt er und krempelt die Ärmel seines Pullis hoch.

Ich halte die Luft an und warte auf irgendeinen Ausbruch, aber vergebens. Stattdessen macht Sam die Schachteln auf und wartet auf meine Anweisungen.

»Gut«, sage ich nach ein paar Sekunden und konzentriere mich. »Wir brauchen ein paar große Schüsseln und einen Messbecher.«

Ehe ich Sam sagen kann, wo die Schüsseln sind, geht er zum Schrank neben dem Kühlschrank und öffnet ihn. Mir fällt vor Staunen die Kinnlade herunter. »Du erinnerst dich?«

Die Hand am Griff erstarrt. »Großer Gott.« Der Anblick der unschuldigen Rührschüsseln verschlägt mir den Atem. »Ich weiß nicht. Hab ich?«

»Du hast das schon mal gemacht«, stoße ich hervor.

»Wirklich?« Überrascht dreht er sich zu mir um.

»Ja, gestern. Als du die Becher geholt hast.« Ich deute auf den Schrank über dem Herd.

Sein Blick folgt meiner ausgestreckten Hand. »Das ist ja unglaublich.«

Der Magen sackt mir in die Kniekehlen, weil ich seine Stimmung nicht einschätzen kann. Habe ich durch diese Bemerkung einen besonderen Moment zerstört? Wir haben gerade eine halbwegs vernünftige Unterhaltung geführt, und dann komme ich und ... hastig unterbreche ich mich. Das ist genau die Art von Vorwürfen, die ich mir nicht mehr machen will. Ich will mich nicht mehr ständig hinterfragen.

Trotzdem bin ich dankbar, als Sam sich mir lächelnd zuwendet. »Vielleicht gibt es ja doch noch Hoffnung für mich, was meinst du?« Sein Optimismus erinnert mich an den alten Sam.

Was auch immer ihn dazu gebracht hat, sich so zu benehmen, ich will es im Moment nicht wissen, denn obwohl ich völlig verwirrt bin, bin ich auch ... froh.

»Hallo, jemand zu Hause?«

Sam hebt eine Braue. Offenbar erkennt er Moms Stimme nicht.

»Das ist meine Mutter«, sage ich, während er verstehend den Mund öffnet. »Wir sind hier.«

Meine Eltern kommen in die Küche, und meiner Mutter ist die Freude darüber, mich ohne Tränen in den Augen neben Sam stehen zu sehen, deutlich anzumerken.

»Meine Güte, was um Himmels willen habt ihr vor?«, fragt mein Dad, als sein Blick auf die unzähligen Wackelpuddingschachteln fällt, und küsst mich auf den Scheitel.

»Das hat Piper gebracht, Sir«, erwidert Sam höflich.

Ich weiß nicht, wie viel er noch über meine Eltern weiß, aber er hat meinen Vater niemals Sir genannt. Doch Dad geht nicht darauf ein und lächelt.

»Wir geben heute Abend eine Party, und nein, Dad, du bist nicht eingeladen.« Ich kichere, als mein Vater mitten in einem Tango-Schritt innehält.

Das erinnert mich an früher, als Sam und Dad sich oft einen Spaß daraus gemacht haben, mich aufzuziehen. Aber warum fühlt es sich heute so anders an?

»Wir haben ein paar Sachen von dir im Auto, Schatz«, sagt meine Mutter. »Ich habe den Dachboden entrümpelt und wusste nicht, was du behalten willst, deshalb haben wir alles zu dir gebracht. Willst du es dir mal ansehen?«

»Ich kann die Kisten doch herholen, Maggie«, sagt mein Vater, aber meine Mutter schüttelt den Kopf, ein stummer Hinweis darauf, dass sie mich allein sprechen möchte.

Sam lächelt unsicher. »Vielleicht kannst du mir helfen, ...«

»Simon«, hilft mein Vater aus, weil Sam sich offensichtlich nicht an seinen Namen erinnert. Dann krempelt mein Dad die Ärmel hoch, und die Männer machen sich ans Werk.

Sobald ich mit meiner Mutter draußen bin, streicht sie mir sanft über den Arm. »Was ist los, Lucy?«

Sie liest in mir wie in einem Buch. Das konnte sie immer schon.

»Nichts, Mom. Sam gibt sich wirklich Mühe.«

»Das ist großartig. Oder?«, fragt sie nach, als ich nichts sage.

»Ja, natürlich. Es ist nur ...« Wie kann ich ihr erklären, was passiert ist, ohne dass ich wie ein Flittchen dastehe?

»Ja?«

»Alles hat sich geändert. Ich auch.«

»Veränderung ist ja nichts Schlechtes«, sagt meine Mom, als wir zum Auto gehen. »Ich würde mich wundern, wenn immer alles beim Alten bliebe.«

»Wie meinst du das?«

Sie öffnet den Kofferraum und fragt: »Wie geht's Saxon?«

Fast falle ich über meine eigenen Füße, so ertappt fühle ich mich. »Ganz gut.«

»Nur ganz gut?« Mom bleibt hinter dem Wagen stehen und lächelt mich wissend an.

»Er ist einfach unglaublich. Ich hätte nie gedacht, dass er so … fürsorglich und verlässlich sein könnte. Er ist wirklich ein erstaunlicher Mann.« Meine Mutter wartet darauf, dass ich fortfahre. »Irgendetwas hat sich zwischen uns verändert«, gestehe ich, weil ich mich so verdammt schuldig fühle.

Ich gehe davon aus, dass meine Mutter enttäuscht ist, doch sie reagiert sehr liebevoll. »Und das findest du nicht gut? Es ist doch toll, dass ihr zwei so gut miteinander auskommt.«

Ich senke die Augen, weil es mir peinlich ist, dass Saxon und ich ein bisschen zu gut miteinander auskommen. »Er macht mich glücklich.«

»Und es ist dein gutes Recht, glücklich zu sein, mein Schatz. Such dir den Mann aus, mit dem du es bist. Du brauchst dich deswegen nicht schuldig zu fühlen. Samuels Zustand ist ein wunderbares Beispiel dafür, wie das Leben …«

»Ich verstehe schon«, unterbreche ich sie mit einem Grinsen. »Danke, Mom.«

Sofort fühle ich mich besser. Ich habe immer noch Schuldgefühle, aber sie hat recht. Das Leben ist zu kurz, um sich einen hellen Tag dunkel zu machen.

Als wir in meinen Sachen herumwühlen, meldet mein Handy, dass eine Nachricht eingetroffen ist. Beim Blick auf den Absender muss ich lächeln. Ich habe ein Bild von den Sonnenblumen bekommen, an denen wir vorbeigefahren sind. Sie sehen genauso schön aus wie gestern.

»Ist das von Saxon?«, fragt meine Mutter.

Ich reiße den Kopf hoch und nicke verlegen. »Woher weißt du das?«

Sie nimmt mich in die Arme und sagt: »Weil du so glücklich aussiehst.«

Siebzehn

»Ich glaube, Saxon und ich haben wirklich Fortschritte gemacht«, sagt Piper, während sie von einem roten Kleid in ein beigefarbenes steigt und sich im bodentiefen Spiegel betrachtet.

Von meinem Platz mitten auf dem Boden, wo ich mich niedergelassen habe, um durch meine Tagebücher zu blättern, schaue ich zu ihr auf.

Der Tag ist immer merkwürdiger geworden. Nachdem meine Eltern gegangen waren, haben Sam und ich alles Zerbrechliche weggeräumt und Platz geschaffen für die Meute, die Piper eingeladen hat. Das hat Sam dazu animiert, mich nach bestimmten Dingen und ihrer Bedeutung zu fragen. Ich habe ihm erzählt, dass er mir das Pferd aus Porzellan zu meinem einundzwanzigsten Geburtstag geschenkt hat und dass das Foto im Holzrahmen auf dem Kaminsims gemacht wurde, als wir nach New York gefahren sind, um die Knicks zu sehen. Am Ende hatte ich ihm die Geschichte von mehr als zwanzig Dingen ausführlich beschrieben, und Sam hat mir, wie es aussah, neugierig und ernsthaft interessiert zugehört.

Es war schön, die glücklichen Momente, die wir hatten, wieder aufleben zu lassen, denn in letzter Zeit gab es nicht viele davon. Also, jedenfalls nicht mit Sam.

»Allerdings war er die meiste Zeit mit seinem Handy beschäftigt. Ich frage mich, wem er geschrieben hat.«

Mir, antworte ich stumm.

Sam und ich haben unser Zuhause in weniger als drei Stunden in ein Verbindungshaus verwandelt, und es hat Spaß gemacht. Wir haben uns dabei sogar angeregt unterhalten, und irgendwie war es so, als würden wir uns noch einmal kennenlernen. Sam hat mir viele Fragen gestellt, über sich, über mich und über seine Zukunft. Es war genauso wie früher. Aber als ich beschwingt durch den Flur in mein Schlafzimmer gegangen bin, hat das Piepen meines Handys mir gezeigt, dass die Vergangenheit tot ist.

Ich hatte fast zwanzig Textnachrichten von Saxon, in denen er mich immer wieder fragte, ob alles in Ordnung sei oder ob Sam Probleme mache. Seine Sorge war wirklich rührend, hat aber dazu geführt, dass ich mir vorgeworfen habe, Sam zu einem bösen Menschen abgestempelt zu haben.

Leider kann ich immer noch nicht damit aufhören, mich zu fragen, wie lange das so weitergehen wird. Oder ob es bei dieser Kehrtwende bleibt. Und wenn ja, was heißt das für Saxon und mich? Wird Saxon dann wieder gehen? Werden wir keine Freunde mehr sein? Wir sind uns wegen Sams Unfall nähergekommen, und deswegen hat Saxon mir auch versprochen, sich um mich zu kümmern. Aber was geschieht, wenn ich mich um Sam kümmern muss? Was geschieht, wenn alles wieder so wird wie früher?

Diese Fragen quälen mich, während ich mitten im Zimmer sitze und meine Tagebücher überfliege, um herauszufinden, wer ich einmal war. Ich habe den Eindruck, ich bin nicht mehr dieselbe. Ich fühle mich, als wäre ich erwachsen geworden.

»Bin ich schon immer so erbärmlich gewesen?«

Das rote Kleid an die Brust gepresst, unterbricht Piper ihren Monolog über Saxon. »Was?«

»War ich schon immer so erbärmlich?«, wiederhole ich und winke mit einem Tagebuch. »So ... abhängig?«

Piper scheint nach einer Antwort zu suchen, was mir verrät, dass die Antwort Ja ist.

»Oh mein Gott. Warum hast du mir das nicht gesagt? In diesen Tagebüchern hört es sich so an, als wäre ich Sam nachgelaufen wie ein Schoßhündchen. Wann habe ich meine Unabhängigkeit verloren? Oder besser, war ich überhaupt jemals unabhängig?«

Piper wirft die Kleider aufs Bett und setzt sich neben mich. »Du warst niemals erbärmlich, Luce, nur verliebt. Du warst total verknallt in ihn, jeder konnte das sehen. Und daran ist nichts Falsches. Er hat dich sehr geliebt. Du bist, oder warst, alles für ihn.«

Seufzend gestehe ich: »Aber ich habe das Gefühl, einen Teil von mir geopfert zu haben, um in Samuels Welt zu passen.«

»Wie meinst du das?«

»Zum Beispiel habe ich nie rotes Fleisch gegessen, aber nachdem wir ein Jahr zusammen waren, habe ich mich auf Steaks gestürzt wie ein ausgehungerter Höhlenmensch.«

Piper kichert. »Rotes Fleisch zu essen bedeutet ja wohl kaum, dass man seine Unabhängigkeit aufgibt.«

»Ich weiß, aber das war erst der Anfang. Ich habe das College, auf das ich gegangen bin, nur ausgewählt, weil Sam dorthin wollte. Ich habe meine Möglichkeiten nie wirklich ausgeschöpft. Ich hätte gerne Länder wie Tibet, Nepal oder Peru bereist, um mich besser kennenzulernen. Doch stattdessen scheine ich mich angepasst und niedergelassen zu haben.« Ich kann nicht glauben, dass ich das sage, ich habe nicht mal gewusst, dass ich das denke.

Keine Beziehung ist perfekt, und genau das ist das Problem. Ich dachte, meine wäre es. Sam war mein Traummann. Der Junge, den alle haben wollten, aber er wollte mich. Ich war stolz, wenn ich mit ihm gesehen wurde. Ist das nicht traurig?

»Wenn es dir lieber ist, sagen wir, ja, du hast dich niedergelassen. Aber wieso bereust du das jetzt plötzlich? Ich weiß, dass Sam sich dir gegenüber völlig unmöglich verhalten hat, aber es muss noch einen Grund geben, warum du auf einmal so denkst«, sagt meine kluge Freundin. Doch ich kann mich ihr nicht anvertrauen, denn wenn ich das tue, muss ich mir selber eingestehen, dass es an Saxon liegt.

Er hat mich von Anfang an absichtlich gereizt, aber auf eine seltsame, unerwartete Weise hat er mir geholfen zu entdecken, wer ich sein möchte. Es ergibt keinen Sinn, aber es kommt mir so vor, als wären Samuel und ich nach dem Unfall beide als andere Menschen aufgewacht.

Piper schaut mich immer noch abwartend an, aber ich kann ihr keine Antwort geben. »Ich bin einfach nur dämlich«, sage ich und schiebe meine Gedanken beiseite. Dann strecke ich mich und ziehe das rote Kleid vom Bett. »Das ist hübsch, aber wo ist der Rest?«

Piper prustet los. »Hoffentlich liegt der Fetzen am Ende der Nacht auf Saxons Schlafzimmerboden.« Die Bemerkung trifft mich, aber ich lächle.

Dann fällt mein Blick auf das andere Kleidungsstück auf dem Bett, und ich streiche über die weiche Seide. Es ist ein beigefarbener, ärmelloser Einteiler mit einem hübschen, luftigen

Federmuster. Er hat einen tiefen Halsausschnitt und ist ziemlich kurz, aber immerhin so geschmackvoll, dass ich mich noch vorbeugen kann, ohne alles preiszugeben.

»Kann ich das anziehen?«

Piper ist überrascht. »Ich dachte, das wäre nicht dein Stil.« Gerade als ich den Mund öffne, um etwas zu erwidern, fügt sie hinzu: »Und genau *deshalb* solltest du es tun. Nichts zeigt deine neu gewonnene Unabhängigkeit besser als ein tiefes Dekolleté.«

Egal, wie schlecht meine Laune ist, Piper schafft es immer, mich wieder aufzurichten. Ich fühle mich unglaublich schuldig, weil ich ihr nicht erzählt habe, was zwischen Saxon und mir vorgefallen ist. Ich würde gern wissen, ob er ihr verraten hat, warum er sein Motorrad am Saloon stehen gelassen hat. Ich habe ihn seit seiner Rückkehr nicht gesehen, daher konnte ich ihn nicht selber fragen.

»Hat Saxon dir gesagt, warum er das Motorrad dagelassen hat?« Meine Neugier ist stärker als ich.

Piper lässt ihr Kaugummi platzen. »Nur, dass er ausgegangen ist und eine der schönsten Nächte seines Lebens erlebt hat.« Ich schlucke. »Aber mit wem er hingegangen ist, hat er mir nicht verraten. Weißt du es?«

Ich ziehe an einem unsichtbaren Faden an dem Einteiler. »Ne, keine Ahnung.« Kaum ist mir das über die Lippen gekommen, fühle ich mich wie die schlechteste Freundin der Welt. Ich habe keinen Grund zu lügen, trotzdem habe ich es getan. Ich bin zu feige, mich der Wahrheit zu stellen.

»Na gut. Dann muss ich einfach nur dafür sorgen, dass heute Nacht die schönste seines Lebens wird, damit alle anderen dagegen verblassen.« Als Piper mit den Augenbrauen wackelt, schüttle ich lachend den Kopf.

»Willst du dich zuerst fertig machen? Ich sollte endlich dieses Durcheinander wegräumen«, sage ich mit einem Blick auf die am Boden verstreuten Tagebücher.

»Ja, besser du bringst diesen Schnüffler nicht in Versuchung«, erwidert Piper sarkastisch. »Ich kann immer noch nicht glauben, dass er sie gelesen hat. Es kommt mir irgendwie so vor, als hätte er damit einen Schwur gebrochen.« Ihr harmloser Kommentar lässt mich eilig die Augen niederschlagen, denn *ich* bin diejenige, die genau das getan hat.

* * *

»Ist das nicht zu viel?«

»Doch, viel zu viel, aber das ist gut so«, meint Piper und schlägt meine Hand weg, als ich die dicke Schicht Lipgloss wegwischen will, die sie auf meine Lippen gestrichen hat.

Früher hätte ich mir nie die Mühe gemacht, mich so aufzutakeln, schließlich gibt es wichtigere Dinge auf der Welt, aber es fühlt sich irgendwie befreiend an, mein altes Ich abzustreifen und etwas Neues anzufangen.

Piper hat mir Locken gemacht, sodass mir das honigblonde Haar in Wellen über den Rücken fällt und dafür sorgt, dass ich mich hübsch und weiblich fühle. Dann hat sie sich mit meinem Gesicht befasst, es beschmiert und bepinselt und bemalt, bis ich am Ende wie jemand anders aussah.

Dank des warmen, bronzefarbenen Lidschattens, den sie aufgetragen hat, wirken meine grünen Augen nun riesig, Dann hat sie statt meines schwarzen Kajals einen pflaumenfarbenen genommen und meine Wimpern mit so vielen Schichten Mascara bedeckt, dass sie aussehen, als wären sie künstlich. Als sie schließlich zu einem nuttigen roten Lippenstift gegriffen hat, war meine Grenze erreicht, und wir haben uns auf einen klaren Lipgloss geeinigt.

Piper sieht umwerfend aus in ihrem roten Tunikakleid. Sie hat die Figur einer Läuferin, unglaublich lange Beine und kein Gramm Fett am Leib. Da sie recht klein ist, trägt sie schwarze Pumps, die sie dreizehn Zentimeter größer machen. Sie will heute Abend Eindruck schinden, aber nur bei einem Mann. Ihr langes Haar ist glatt gezogen, nicht eine Strähne tanzt aus der Reihe, und ihre roten Lippen sind sündhaft verlockend. Saxon hat keine Chance.

Da fällt mir ein, dass in dieser Nacht vielleicht noch eine andere Schönheit um seine Aufmerksamkeit kämpfen wird, also wird er ein gefragter Mann sein. Ich habe seit heute Morgen nicht mehr mit ihm gesprochen und auch nicht auf seine Textnachrichten reagiert. Ich weiß nicht, was ich sagen soll, außer dass Sam nett war – sehr nett sogar. Es kam mir so vor, als hätte ich ihm unrecht getan.

»Na komm, lass uns gehen, Luce. Mag sein, dass Sam sich nicht mehr an dich erinnert, aber wenn er dich in diesem Outfit sieht, werden ihm todsicher ein paar Lichter aufgehen.« Nervös streiche ich mit beiden Händen über meinen Einteiler.

Als wir zur Tür gehen, stolpere ich wie erwartet, weil Piper darauf bestanden hat, dass ich diese unglaublich hohen Pumps anziehe. Schon möglich, dass ich auf dem Weg der Selbsterkenntnis bin, aber in diesen Schuhen werde ich bei jedem Schritt ins Straucheln geraten. Ich bin sicher, dass die Dinger ein Loch in die Wand schlagen, als ich sie von mir schleudere. Entsetzt sieht Piper zu, wie ich mich bücke und meine schwarzen Cowboystiefel überstreife.

»Nein.«

»Doch«, erwidere ich, während meine Füße jubilieren.

Als Piper Bon Jovi durchs Haus dröhnen hört, gibt sie nach und klatscht in die Hände. »Das ist mein Lied!«

Ich folge ihr, während sie praktisch ins Wohnzimmer rennt. Etwa ein Dutzend Menschen stehen im Flur, und ich kenne nicht einen davon. Doch als ich um die Ecke biege, sehe ich noch viel mehr unbekannte Gesichter.

Piper ist längst weg, verschluckt von einem Meer aus Menschen, also muss ich mich selber durchschlagen. Wenn ich schätzen müsste, würde ich sagen, dass sich ungefähr hundert Leute in meinem Haus tummeln. Doch als ich lautes Gelächter von draußen höre, weiß ich, dass noch viel mehr kommen werden, denn die Nacht ist noch jung.

Ich habe nach wie vor einen Kater und beschließe, nur Wasser zu trinken, obwohl das schade ist, weil Alkohol helfen würde, die Nacht schneller herumgehen zu lassen. Höflich schiebe ich mich an diversen Fremden vorbei in meine überfüllte Küche, wo ich aber abrupt stehen bleibe. Um ein junges Mädchen, das kaum volljährig zu sein scheint und aus einer Bierbong trinkt, hat sich ein Kreis gebildet. Sie trägt Jeansshorts und ein grellpinkes Bikinioberteil, was den Eindruck, auf einer Verbindungsparty zu sein, noch verstärkt.

Ich habe keine Ahnung, wer diese Leute sind, wo sie herkommen und woher Piper sie kennt, aber ich lächle, als ich mich geduckt an ihnen vorbeischlängle. Ich nehme eine Flasche Wasser und beschließe, mich auf die Veranda zu setzen und die warme Nacht zu genießen, aber als ich mich umdrehe, stoße ich mit Samuel zusammen.

»Entschuldigung!«, sagen wir beide gleichzeitig und lächeln.

Er sieht unglaublich hübsch aus in seiner schwarzen Jeans

und dem weißen T-Shirt mit dem V-Ausschnitt. Sein länger gewordenes Haar ist etwas wirr gestylt, aber das steht ihm. Sein Kinn ziert ein leichter Bartschatten, der ihm ein kantigeres, für ihn untypisches Aussehen verleiht.

Er schaut auf die Flasche in meiner Hand und schüttelt spöttisch den Kopf. »Das meinst du nicht ernst.«

»Doch, doch, Wasser ist gut«, erwidere ich immer noch lächelnd. »Meine Leber braucht einen Tag Pause.« Kaum habe ich auf meine Sünden angespielt, presse ich die Lippen zusammen und ärgere mich, dass ich mich ohne Not verplappert habe. Schließlich weiß Samuel nicht, was ich gestern Nacht getan habe, und ich möchte, dass das so bleibt.

»Ach, komm. Ein Glas Wein kann doch nicht schaden.« Als er mir zuzwinkert und auf seiner rechten Wange das vertraute Grübchen erscheint, gebe ich klein bei. Dieses Gesicht hat er früher immer gemacht, wenn er etwas von mir wollte, und es funktioniert immer noch.

»Okay, aber nur eins«, sage ich und hebe streng den Zeigefinger.

»Warte hier auf mich.« Er deutet auf die Stelle, an der ich stehe.

Als er sich an einem Pärchen vorbeischiebt, das an den Kühlschrank gelehnt, herumknutscht, gestikuliert er und verzieht das Gesicht, als wäre er entrüstet. Ich muss lachen. Der Wein steht am Ende der Theke, und Samuel hat große Mühe, an ihn heranzukommen, weil tausend Menschen ihm im Weg stehen.

Seine lustige, lockere Art erinnert mich sehr an den Mann, der er einmal war. Fast so sehr, dass ich die letzten Wochen vergessen könnte – aber nur fast. Ein Lied geht zu Ende, dann beginnt ein anderes, das haargenau zu der Person passt, die gerade in die Küche gekommen ist. Die Kings of Leon singen »Sex on Fire«, als Saxon Stone und ich uns in die Augen schauen.

Jäh bleibt er stehen und achtet nicht darauf, dass Menschen versuchen, an ihm vorbeizukommen. Er scheint sich nur auf mich zu konzentrieren. Seine beeindruckende Präsenz füllt den ganzen Raum und … die Leere in meinem Herzen. Ich habe ihn vermisst. Ich weiß nicht, was zwischen ihm und mir vorgeht, aber ich kann nicht abstreiten, dass etwas vorgeht.

Ich wünschte, ich könnte das, was ich empfinde, wenn er in der Nähe ist, beherrschen, aber ich schaffe es nicht. Ich verziehe die Lippen zu einem gequälten Grinsen. Ich bin ziemlich sicher, dass ich aussehe wie der Joker bei Batman. Als Saxon seine nach hinten gedrehte Basketballkappe zurechtrückt, kann ich außer seinem Bizeps auch seinen Oberkörper bewundern. Sein weit ausgeschnittenes weißes Tanktop enthüllt seine ausgeprägten schrägen Bauchmuskeln und die Worte des Tattoos, die ich aber nicht entziffern kann. Die Flügel des Tattoos auf seiner Brust ragen unter dem Shirt hervor und vervollständigen das farbenprächtige Kunstwerk auf seinem Arm. Seine Haare sind verwuschelt, und ihr dunkles Blond betont das Meergrün seiner Augen. Er ist wunderschön.

Ich kann die Augen nicht von ihm lösen, und er macht kein Geheimnis daraus, dass er seine auch nicht von mir losreißen kann. Eine Hitzewelle überrollt mich, und als er mich heißhungrig von Kopf bis Fuß mustert, presse ich vor Scham über meine Erregung die Schenkel zusammen.

»Bitte sehr.« Sams vertraute Stimme reißt mich aus meinen höchst unangemessenen Überlegungen, und ich schlage schuldbewusst die Augen nieder.

Es hat eine Zeit gegeben, in der ich mich danach gesehnt

habe, diese Stimme zu hören, aber nun sehne ich mich nach einer anderen – derjenigen, die da war, als ich Sam brauchte. Aber jetzt brauche ich Saxon.

»D-danke«, stottere ich, wütend auf mich selbst, weil ich etwas gedacht habe, was ich nicht denken sollte. Diese neu gewonnene Unabhängigkeit macht mich zu einem Flittchen.

»Du siehst hübsch aus heute Abend«, sagt Sam und trinkt einen Schluck Budweiser. Ich kippe meinen Wein herunter und wünsche mir, ich könnte meine Sorgen darin ertränken.

Ich weiß nicht, ob Saxon noch da ist, und ich bin zu nervös, um mich nach ihm umzuschauen. Sicher hat er gesehen, dass Sam mir etwas zu trinken geholt hat und nett zu mir ist, und da ich nicht auf seine Mails reagiert habe, ahnt er wohl schon, dass etwas im Busch ist. Aber warum mache ich mir deshalb Vorwürfe? Das ist doch genau das, was wir beide wollten, oder? Sam sollte sich wieder erinnern. Deswegen ist Saxon da. Doch das Kribbeln in meinem Bauch deutet auf etwas anderes hin.

»Möchtest du tanzen?«, fragt Sam und reißt mich erneut aus meinen Überlegungen.

Ich rümpfe die Nase. »Ich bin keine gute Tänzerin.«

»Macht nichts, ich bin auch kein guter Tänzer. Oder?«, fügt er feixend hinzu.

»Richtig. Du bist ein schrecklicher Tänzer«, ziehe ich ihn auf.

»Na, dann sollten wir uns zusammentun.« Ehe ich Zeit habe zu protestieren, nimmt er meinen Arm und zieht mich durch die Menge.

Der von Lachen erfüllte Raum dreht sich um mich, und unbekannte Gesichter fliegen an mir vorüber. Alle scheinen sich zu amüsieren, auch Sam. Albern hüpft er zu einem alternativen

Rocksong herum und macht sich über seine nicht vorhandenen Tanzkünste lustig. Nicht, dass ich meckern könnte, denn ich bin kein bisschen besser. Ich tue alles, um bei diesem rasanten Tempo mitzuhalten, gebe aber schon nach kurzer Zeit auf.

Glücklicherweise ist das Lied schnell zu Ende, aber als es von »She Will Be Loved« von Maroon 5 abgelöst wird, wünsche ich mir, wir würden *irgendetwas* anderes hören, nur nicht das. Unsicher schaut Sam mich an, während ich auf meiner Wange herumkaue. Es ist mir peinlich, reglos mitten im Raum zu stehen, da wir auf unserem »Tanzboden« reichlich Platz haben.

Plötzlich reicht Sam mir seine Hand, und ich ergreife sie vorsichtig. Durch die Wimpern schaue ich zu ihm auf und halte den Atem an, als er mich in seine Arme zieht. Mein Herz rast, aber ich stehe stocksteif da, und meine Füße sind schwer wie Blei. Alles an ihm ist sehr vertraut, nur meine Reaktion auf ihn nicht. Langsam beginnt er, sich in den Hüften zu wiegen, und ich folge zögernd seinem Beispiel. Als Adam Levine davon singt, wie es sich anfühlt, geliebt zu werden, erscheint mir die Diskrepanz zwischen diesem besonderen Lied und meiner Situation geradezu lächerlich.

Vor einigen Wochen hätte ich alles darum gegeben, von Samuel geliebt zu werden, doch die Liebe, die wir einmal füreinander empfunden haben, ist nicht mehr da. Zugegeben, Sam erinnert sich nicht an sie, aber ich schon. Und sie hat sich auch nie so gezwungen angefühlt. Offenbar habe ich mich mit dem Gedanken angefreundet, dass Sam und ich vielleicht nie wieder in unser altes Leben zurückkehren. Doch sein verändertes Verhalten bringt alles wieder durcheinander.

Ich muss mit Sophia reden. Sie ist der einzige Mensch, der mir erklären kann, was hier los ist.

Der Entschluss gibt mir den Mut, über Sams Schulter zu blicken und nach Saxon zu suchen. Doch als ich ihn entdecke, wünsche ich mir, ich hätte weiter zu Boden geschaut. Er lehnt mit dem Rücken an der Wand und beobachtet mich – mich und Sam. Piper redet mit ihm, aber er hört ihr nicht zu.

Ich lockere den Griff, mit dem ich mich an Sams Schultern festhalte, und fühle mich schuldig – wie immer. Warum schäme ich mich andauernd? Aber es ist zu spät. Saxons zusammengepresste Lippen, die verschränkten Arme und der kalte Blick verraten, dass er alles gesehen hat. Er hat gesehen, dass mein Verlobter mir Wein geholt und mich zum Tanzen aufgefordert hat. Warum ist das so schlimm?

Ich weiß es. Ich habe es schon die ganze Zeit gewusst – ich hatte nur zu viel Angst, um es zuzugeben.

Ich bin hin- und hergerissen zwischen meiner alten Liebe und … Saxon. Das ist falsch. Aber alles ist falsch. Dass Sam zur falschen Zeit am falschen Ort war und dann aus dem Koma erwacht und sich nicht an mich erinnert. Was sagt das über unsere Beziehung? Und über mich?

Plötzlich habe ich das Gefühl, dass die Wände auf mich zukommen. Das Atmen fällt mir schwer, deshalb schiebe ich Sam weg. Verwirrt schaut er mich an. »Tut mir leid, Sam, aber ich brauche etwas … frische Luft.«

»Ich komme mit«, schlägt er vor, aber mein Kopfschütteln zeigt ihm, dass ich allein sein möchte. Also lässt er mich widerspruchslos gehen, als ich das Haus verlasse und durch die Hintertür nach draußen gehe.

Die Nachtluft, die meine Haut streift, fühlt sich wunderbar an, und ich schöpfe dreimal tief Atem. Dann lege ich den Kopf in den Nacken, schaue zum klaren, sternenübersäten Himmel empor und verfluche das Universum. Etwas sehr Schönes kann auch sehr grausam sein.

Irgendwie stecke ich in einem Dilemma, das ich mir nicht erklären kann. Ich verändere mich, ich kann es spüren. Jeder Atemzug bringt mich näher an den Punkt heran, den ich wohl erreichen soll. Ich weiß nur noch nicht, wann es so weit ist.

»Lucy?« Ich hasse mich für das, was ich fühle. Ich hasse es, dass ich mich danach sehne, ihn bei mir zu haben.

Ich schließe die Augen und blicke, ohne etwas zu sehen, weiter in den Himmel, während er über den Rasen auf mich zukommt. Seine schweren Schritte deuten darauf hin, dass er sehr entschlossen ist. Als der Wind mir seinen Duft zuträgt, stellen sich die Härchen an meinen Armen auf.

»Alles in Ordnung?«

»Ja, Saxon, überraschenderweise ist alles in Ordnung.«

»Warum stehst du dann mitten auf dem Hof und wirkst einsamer als je zuvor?«

Seufzend öffne ich die Augen und schaue ihn an. »Ich weiß nicht, was du damit sagen willst.« Aber ich weiß es. Leider.

Vorsichtig kommt er näher und steckt die Hände in die Taschen. Er wirkt genauso verloren wie ich. »Selbst wenn du in einem Raum voller Menschen stehst, hat man noch den Eindruck, dass du einsam bist.«

Peinlich berührt von seiner genauen Beobachtungsgabe, senke ich den Blick.

Er kommt immer näher, doch anstatt zurückzuweichen, rühre ich mich nicht vom Fleck. Es reizt mich zu erfahren, was passiert, wenn er mich erreicht.

»Warum hast du nicht auf meine Nachrichten geantwortet? Ich habe mir Sorgen um dich gemacht.«

»Weil alles in Ordnung war«, erwidere ich, ohne den Blick zu heben.

»Ich habe dir versprochen, mich um dich zu kümmern. Und das war kein leeres Versprechen.« Als Saxon dicht vor mir stehen bleibt, beginnt mein Herz zu hämmern.

»Sam war großartig heute. Zur Abwechslung hat er netterweise wirklich mit mir reden wollen. Außerdem hat er mir etwas zu trinken geholt und mich zum Tanzen aufgefordert«, erkläre ich hastig. Wieso erzähle ich ihm das alles?

»Warum weinst du dann?«, fragt Saxon leise und besorgt.

Ärgerlich wische ich meine Tränen weg und lache schrill. »Weil ich nicht will, dass er nett zu mir ist. Ist das nicht verrückt? Ich habe mich so an den kalten, herzlosen Menschen gewöhnt, zu dem er geworden ist, dass ich nicht weiß, was ich von dieser Veränderung halten soll.«

»Dabei war er so wie der alte Sam, oder?«

Saxon ist nicht dumm. Er weiß, was in mir vorgeht. »Ja, richtig. Aber die Umstände haben sich geändert.«

»Warum, Lucy? Was hat sich verändert?« Er tritt so nah an mich heran, dass ich die Wärme seiner Körpers spüre.

»Ach, vergiss es. Vergiss alles, was ich gesagt habe«, erwidere ich nervös und schaue ihm endlich in die Augen.

Ich sehe Verwirrung, Trauer und Furcht – und das ist meine Schuld. Saxon geht es genauso wie mir. Anscheinend fühlen wir beide uns selbst in einem Raum voller Menschen einsam … bis wir zueinanderfinden.

»Ich kann das nicht.« Ich drehe mich um, weil ich weglaufen muss, ehe ich etwas furchtbar Falsches tue, denn ich werde es nicht bereuen.

Aber Saxon lässt mich nicht fliehen. Er hält mich am Arm

fest und reißt mich herum. »Was kannst du nicht?« Seine Brust hebt und senkt sich heftig, und sein erregter Atem bläst mir das Haar aus dem Gesicht.

»Das«, erkläre ich und zeige mit einem Finger unsicher zwischen uns beiden hin und her. »Ich kann es nicht genauer sagen, aber es geht einfach nicht. Bitte lass mich los.«

Aber Saxon hört nicht auf mich. Meine Worte bringen ihn nur dazu, mich so nah an sich heranzuziehen, dass wir uns beinah berühren. »Ich kann dich nicht loslassen, Lucy. Ich habe Angst, dass du dann wegläufst.«

»Saxon ... nicht.« Trotz meines Fluchtinstinkts protestiere ich nur schwach, und als Saxon schluckt und sich zu mir herabbeugt, verrät mich meine Körpersprache.

Fast vergesse ich mich in diesem unglaublich romantischen Moment, in dem ich in die Seele des Mannes blicke, der mir irgendwie die Augen geöffnet hat. Aber dieser Mann ist der Bruder meines Verlobten, deshalb stürzt eine weitere Welle der Schuld auf mich ein und zieht mich herunter.

»Nein, ich kann nicht.« Ich drücke gegen Saxons Brust, damit wir auf unserem zerstörerischen Weg nicht noch einen Schritt weiter gehen.

»Lucy ...«, sagt er enttäuscht, aber ich reiße mich los und gehe zum Haus zurück, ohne mich noch einmal umzuschauen.

Die Party ist in vollem Gang, aber ich möchte ins Bett. Als ich mich durch die Menge schiebe, kommt Piper aufgeregt zu mir gelaufen. Sofort denke ich, dass sie den Beinahe-Kuss mit Saxon gesehen hat, stoße aber erleichtert die Luft aus, als sie fragt: »Warum ist Sams Ärztin hier?«

»Oh, Mist, tut mir leid, Piper, ich habe vergessen, es dir zu sagen. Ich habe sie gefragt, ob sie Lust hat zu kommen.«

»Wieso? Wieso lädst du die Konk... hicks, Konkurrenz ein? Du hast Glück, dass Saxon mir einen Tanz versprochen hat. Vielleicht auch zwei«, fügt sie mit einem übertriebenen Zwinkern hinzu. Sie scheint sehr betrunken zu sein.

»Wann hat er dir das versprochen?«, frage ich hastig.

Piper hebt eine Braue. »Gerade eben. Er ist von draußen gekommen und hat furchtbar böse ausgesehen, da habe ich beschlossen, den Testosteronschub zu nutzen.«

Na prima.

»Ich brauche was zu trinken.«

»Ist alles in Ordnung, Luce?«, fragt Piper besorgt.

Nein, nichts ist in Ordnung, aber ich nicke.

Auf dem Weg zur Küche fällt mir etwas ins Auge, aber ich muss zweimal hinschauen, um sicherzugehen, dass ich es mir nicht einbilde. Sam lehnt an einer Wand und unterhält sich ausgerechnet mit Alicia Bell. Sie sieht genauso aus wie in der Highschool – wie eine echte Nutte. Und sie tut genau das, was sie immer getan hat – sie spannt einer anderen Frau den Mann aus.

Ihr langes brünettes Haar ist am Hinterkopf zu einem Pferdeschwanz zusammengebunden, der die Aufmerksamkeit auf ihren dicken schwarzen Lidschatten und ihre pink glänzenden Lippen lenkt. Sie trägt ein blaues Kleid, aber ich bin nicht sicher, ob es nicht vielleicht ein zu großes Männerhemd ist. Jedenfalls machen ihre silbern glitzernden Pumps das nuttige Aussehen komplett.

Ich kann nicht glauben, dass Samuel mit ihr redet. Plötzlich kommt mir ein Gedanke, der wie ein Schlag in die Magengrube wirkt. Erinnert er sich etwa an sie? Ich beschließe, der Sache auf den Grund zu gehen, straffe die Schultern und steuere mit hoch erhobenem Kopf auf die beiden zu. Als Alicia mich sieht, verzieht sie verächtlich das Gesicht, auch genauso wie früher.

»Hi, Alicia.« Der Name verätzt mir fast die Kehle.

»Lucy«, begrüßt sie mich ebenso begeistert. »Samuel und ich haben uns gerade über alte Zeiten unterhalten. Nicht wahr, Sammy?«

Ich beiße die Zähne zusammen, denn ich weiß, dass sie den alten Kosenamen nur benutzt, damit ich mich ärgere.

Sam nickt und grinst. »Ja, genau. Wir haben ziemlich verrückte Sachen gemacht.«

Das bestätigt meine schlimmsten Befürchtungen. »An die erinnerst du dich also, aber an mich nicht?«, frage ich erbost, aber es ist mir egal. Sicher reden ohnehin schon alle hinter meinem Rücken darüber.

Alicia schlägt eine Hand vor den vor Staunen weit offenen Mund, um ihr Kichern zu dämpfen. »Du erinnerst dich nicht an Lucy?« Ich schließe die Augen und verfluche mein Temperament.

Sam kratzt sich im Nacken und macht ein betretenes Gesicht. »Ja, tut mir leid. Aber ich kann nichts dafür.«

Er scheint wirklich betroffen zu sein, doch es ist zu spät.

Alicia verzieht die aufgespritzten Lippen zu einem grausamen Lächeln. »Ach, wie traurig. Dann hast du wohl nicht genug Eindruck auf ihn gemacht.«

Tränen brennen in meinen Augen, denn auch wenn das gemein ist, ist es die Wahrheit. Verglichen mit unserer Beziehung, ist Sam nur ein paar Sekunden mit ihr zusammen gewesen, aber an die erinnert er sich offensichtlich recht gut, wohingegen ich ihm so fremd bin wie mir all diese Menschen im Haus.

»Entschuldigt mich«, presse ich hervor, weil ich Alicia nicht die Genugtuung geben möchte, mich weinen zu sehen. Sam ruft etwas hinter mir her, kommt mir aber nicht nach, was wieder einmal zeigt, wie egal ich ihm bin.

Ich drängle mich an den Feiernden vorbei. Ich will nur noch ins Bett und diese schreckliche Nacht für immer aus meinem Gedächtnis löschen. Doch als ich um die Ecke biege und sehe, wie Saxon eine kichernde Piper in sein Zimmer schiebt, weiß ich, dass das unmöglich ist. Dieses Bild wird mein Leben lang in mein Hirn gebrannt sein, und das Knallen der Tür, die hinter den beiden zuschlägt, trifft mich ins Herz.

Wie betäubt gehe ich in mein Zimmer. Ich halte mich nicht damit auf, das Licht anzumachen. Im Dunkeln gehe ich zu meinem Bett, werfe mich bäuchlings darauf und beginne zu schniefen, um die Tränen zurückzuhalten, denn Weinen ändert auch nichts. Weder dass Samuel seine Highschool-Freundin noch kennt, ich ihm aber entfallen bin, noch dass Saxon wahrscheinlich in genau diesem Augenblick Sex mit meiner besten Freundin hat.

Mein masochistisches Hirn malt sich aus, wie er ihr das wunderschöne rote Kleid auszieht und sie sanft aufs Bett legt. Ich stöhne in mein Kissen. Dann tauchen vor meinen geschlossenen Augen andere Bilder auf, in denen er sie an die Wand drückt und mit Haut und Haaren verschlingt. Ich weiß nicht, warum, aber diese Bilder tun noch mehr weh. Wenn Saxon in Piper verliebt wäre oder wenigstens ein wenig Interesse an ihr hätte, würde es mir nichts ausmachen. Aber so fühlt es sich an wie eine Retourkutsche. Um mich zu verletzen.

Sofort tadele ich mich für meine Gedanken. Saxon kann schlafen, mit wem er will. Er schuldet mir nichts. Wenn er mit Piper fertig ist, könnte er sogar noch für eine zweite Runde zu Sophia gehen. Die Vorstellung macht mich krank.

Plötzlich öffnet sich knarrend die Schlafzimmertür und bereitet diesen furchtbaren Gedanken ein Ende. Hastig setze ich mich auf und streiche das Haar zurück. Angestrengt spähe ich ins Halbdunkel und hoffe, dass die Gestalt, die vom Flurlicht beleuchtet wird, Saxon ist, aber nein.

»Lucy?«

»Ach, Sam, geh weg«, stöhne ich und lasse mich wieder aufs Bett fallen. Er ist der letzte Mensch auf der Welt, den ich sehen möchte.

Die Tür schließt sich wieder, doch die Schritte, die vom Holzboden widerhallen, verraten mir, dass Sam nicht gegangen ist. »Nein, ich bleibe. Es tut mir wirklich leid. Ich weiß nicht, warum ich mich an Alicia erinnere und nicht an dich, es ist ja nicht so, als könnte ich mir das aussuchen. Aus deinen Tagebüchern weiß ich, dass ich mich an dich erinnern sollte, aber es gelingt mir nicht. Seit ich wach bin, bin ich sehr wütend, und ich habe diese Wut an dir ausgelassen, es ist immer einfacher einem fremden Menschen Vorwürfe zu machen als jemandem...«

»Den man liebt?«, bringe ich den Satz zu Ende, als er zögert. Das kann ich nachvollziehen.

»Es tut mir leid, Lucy. Ich würde mich gern erinnern, wirklich.«

»Schon gut, Sam. Ich weiß, dass du nichts dafür kannst. Liebe kann man nicht erzwingen.« Ich lege mich auf den Rücken und starre an die Decke, während Tränen aus meinen Augenwinkeln rinnen.

Irgendwie bin ich froh, dass Sam sein Benehmen erklärt hat. Als er aufgewacht ist, war er in einer Welt gefangen, in der es mich nicht gab. Ich habe verzweifelt versucht, seine Erinnerungen aufzufrischen, doch damit habe ich ihn nur abgeschreckt. Und das hat dazu geführt, dass ich Saxon nähergekommen bin.

Sam kriecht vom Fußende her auf mich zu, und erst da merke ich, was er vorhat. Ich erstarre und vergesse, Luft zu holen, als er sich auf mich legt.

»Vielleicht sollten wir von vorn anfangen«, sagt er, und sein Atem streift meine Haut. Dann senkt er den Kopf und küsst mich auf die heftig pochende Ader an meinem Hals.

Das fühlt sich gut an, prickelt aber nicht so sehr, dass ich ihn an mich ziehe, damit ich ihn überall spüre.

»Ich weiß, was dir gefällt. Ich habe es in deinen Tagebüchern gelesen«, sagt er gedämpft an meiner Halsbeuge. »Ich habe gelesen, wie sehr du es geliebt hast, von mir berührt zu werden.« Wie auf Kommando schiebt seine Hand sich zwischen meinen Brüsten in den tiefen Ausschnitt. »Und dass ich der einzige Mann bin, der dich je zum Kommen gebracht hat.« Ich schnappe nach Luft, als er mit einem Finger meinen linken Nippel umkreist.

Das Atmen fällt mir schwer, und ich weiß nicht, ob ich keine Luft mehr bekomme, weil ich erregt bin oder weil ich weglaufen möchte.

Sam öffnet den Verschluss vorn an meinem BH, schiebt ihn zur Seite und enthüllt meine Brüste. Ohne eine Sekunde zu vergeuden, nimmt er eine in seine warme Hand und fängt hastig an, sie zu befummeln.

»Sam«, sage ich und versuche, seine Hand wegzuschieben, doch mein Protest bleibt mir in der Kehle stecken, als er genüsslich über meine Halsschlagader leckt. Schnell lege ich den Kopf zurück, damit er mehr Platz hat, denn das ist eine der Stellen, an denen ich am liebsten geküsst werde. Das weiß er sicher auch aus den Tagebüchern.

Ich sollte ihm böse sein, dass er so viel über meine intimen Gedanken gelesen hat, aber als er weiter über meine Brust streicht, an meinem Hals saugt und die andere Hand zwischen meine Schenkel schiebt, denke ich nur noch daran, wie lange es her ist, dass er mich so berührt hat.

Ich spüre, wie er an meinem Bauch hart wird, während er mich heißmacht und mich mit zwei Fingern geschickt liebkost. Mein Körper reagiert unverzüglich, und ich wimmere sehnsüchtig. Sam merkt, wie ausgehungert ich bin, und die Bewegungen seiner Finger werden schneller.

Ich muss aufhören, ehe die Situation außer Kontrolle gerät, doch es ist bereits zu spät, denn Sams Hände sind überall, und ein schwer zu verdrängender, quälender Gedanke besiegelt mein Schicksal. Ein paar Zimmer weiter macht Saxon gerade genau das Gleiche mit Piper. Warum soll ich aufhören? Sex mit meinem Verlobten zu haben könnte genau das sein, was ich brauche, um dieses Chaos zu überstehen und alles wieder in Ordnung zu bringen.

»Liebe mich, Sam«, flüstere ich drängend und mache mich an seiner Gürtelschnalle zu schaffen. Die Worte scheinen die Feindseligkeit, mit der wir uns begegnet sind, zu beenden.

Wir stöhnen vor Leidenschaft, als ich ungeduldig seine Jeans öffne und an seinen Schenkeln herunterziehe, während er mir meinen Gürtel fast von der Taille reißt. Doch als ich sein strammes Glied anfassen will, dreht er mich grob herum und reißt mir auch den Einteiler herunter. Der Stoff ist dehnbar, und es gibt keine Knöpfe und Reißverschlüsse, also geht das ganz leicht. Doch Sam macht sich nicht die Mühe, ihn ganz abzustreifen, er ist schon zufrieden, als mein Rücken und mein Hintern entblößt sind.

Er legt eine Hand auf meinen Bauch und bringt mich auf allen vieren in die richtige Position. In dieser Stellung fühle ich mich unglaublich ausgeliefert, besonders weil ich ihm so meine Narben präsentiere. Doch gerade als ich mich umdrehen will, hält er mich mit einer Hand an der Taille fest und schiebt sein Glied zwischen meine Beine. Ich bin noch nicht so weit. Er hat nicht mal versucht nachzusehen, ob ich bereit bin. Aber anscheinend kümmert es ihn nicht, denn er versucht einfach, in mich einzudringen.

»Warte!«, rufe ich, als er sich an mich drückt.

»Oh, Mist, entschuldige«, sagt er und gibt ein wenig nach.

Er drückt sich immer noch an mich, doch glücklicherweise lässt er nun eine Hand über meinen Po nach unten gleiten. Als er einen Finger nicht gerade sanft in mich hineinsteckt, halte ich die Luft an. Ich bin nicht mal halbwegs bereit, denn er hat nicht nur nicht dafür gesorgt, es interessiert ihn auch nicht.

Er versucht weiter, mich zu stimulieren, aber ich bin nicht bei der Sache. Mein Körper reagiert nicht auf seine Bemühungen, und ich weiß nicht, warum. Das Streicheln hat mir gefallen, aber seit wir uns ausgezogen haben, ist es, als hätte mein Körper dichtgemacht.

»Soll ich aufhören?«, fragt Sam, als er merkt, dass ich kein bisschen erregt bin.

Ich bin wütend auf mich selbst, weil ich ihm nicht entgegenkomme, obwohl er sich so anstrengt. Zum ersten Mal seit dieser Albtraum begonnen hat. Deshalb schüttele ich den Kopf, ich will das zu Ende bringen. »Nein, aber kann ich mich vielleicht umdrehen?« Ich mag diese Stellung nicht. Ich habe sie nie gemocht.

Sofort nimmt Sam seine Finger weg und lässt mich los.

Schnell lege ich mich auf den Rücken und ziehe mich schüchtern aus, sodass ich völlig nackt bin. Glücklicherweise ist es dunkel, und die einzige Lichtquelle ist der Mond, der durch die Wolken und Vorhänge scheint.

Auch Sam zieht sein T-Shirt und seine Jeans aus. Nun sind wir beide splitterfasernackt, und nie ist mir etwas peinlicher gewesen. Dann legt er sich wieder auf mich und versucht, die richtige Position zu finden. Ich habe ihn nicht so schwer in Erinnerung und stoße überrascht den Atem aus. Dann versuche ich ebenfalls, eine bequeme Lage zu finden und ihn zu umarmen, doch am Ende sehen wir nur aus wie eine misslungene Brezel.

Sam schaut mich an, als warte er auf Erlaubnis. Da ich ihn bei seinem letzten Vorstoß so rüde zurückgewiesen habe, kann ich es ihm nicht verübeln. Also übernehme ich wieder die Führung, schlinge die Arme um seinen Nacken und ziehe sein Gesicht an meins heran. Erst da wird mir bewusst, dass wir uns nicht einen einzigen Kuss gegeben haben. Wir sind splitternackt und haben uns nicht einmal einen einfachen Kuss gegeben.

Schnell drücke ich meinen Mund auf seinen. Wir begegnen uns wie Fremde. Wir müssen uns beide erst wieder miteinander vertraut machen und herausfinden, was dem anderen gefällt. Ich ergreife die Initiative und küsse Sam so, wie er es gern hatte. Ich fange ganz langsam an, doch dann übernimmt er die Regie und steckt seine Zunge so tief in meinen Rachen, dass ich fast würgen muss. Leider merkt er nicht, wie unangenehm mir das ist, und wühlt weiter in meinem Mund herum, als suche er nach Gold.

Der Kuss ist nass und umständlich, ganz anders als unser

erster. Und nicht zu vergleichen mit dem ersten Kuss von Saxon. Daran sollte ich wirklich *nicht* denken, aber das fällt schwer bei dem, was gerade in meinem Mund vorgeht.

Saxons Mund hat perfekt zu meinem gepasst, seine Zunge hat gestreichelt, nicht gestochert, und seine Lippen waren warm und weich, nicht glitschig und gummiartig. Die Erinnerung an diesen Kuss ermutigt mich, wieder die Führung zu übernehmen. Glücklicherweise lässt Sam sich darauf ein, und wir küssen uns wie Erwachsene, nicht wie Teenager, die zum ersten Mal herumknutschen.

Seine pralle Erektion deutet darauf hin, dass er in mich hineinmöchte, deshalb spreize ich die Beine, und er drängt sich hocherfreut zwischen meine Schenkel. Der Kuss hat mich ein wenig feuchter gemacht, und er merkt es. »Ich habe kein Kondom dabei«, sagt er beschämt.

»Nicht schlimm, ich nehme die Pille.« Ich spüre, dass er erleichtert ist.

Statt mich zu küssen, knabbert er nun an meinem Hals. Das macht er immer, was er offensichtlich aus meinen Tagebüchern weiß. Aber ich konzentriere mich lieber auf seine Lippen und darauf, was er weiter unten tut. Vorsichtig schiebt er sich in mich hinein, und als ich nachgebe, dringt er bis zum Anschlag ein.

Ich keuche, als meine Muskeln sich wieder daran gewöhnen, dass Sam sich in mir bewegt. Wir haben unzählige Male miteinander geschlafen, aber diesmal fühlt es sich irgendwie anders an. Unsere Körper sind nicht mehr im Takt, jeder folgt einem anderen Rhythmus. Sam dem von Heavy Metal und ich meinem eigenen.

Grunzend stößt er immer schneller und heftiger zu, während

ich mich frage, wo ich meine Hände lassen soll. Das ist alles andere als romantisch oder gar gut.

»Du bist so schön nass, Baby«, seufzt er glücklich, während ich zusammenzucke, weil ich mir wie eine miese Schauspielerin in einem schlechten Porno vorkomme.

Auf diese Weise geht es gefühlte Stunden lang weiter, und als Sam mir in die Augen schauen will, drehe ich eilig das Gesicht weg und drücke es ins Kissen. Ich kann ihn nicht ansehen, sonst merkt er noch, wie enttäuscht ich bin. Ich liege da wie ein Seestern und warte darauf, dass er endlich fertig wird. Sex ist also doch nicht wie Radfahren, denn jetzt, wo ich vom Rad heruntergefallen bin, möchte ich, glaube ich, nie wieder aufsteigen.

Dieser Akt wurde früher mit viel Liebe vollzogen, und nun empfinde ich nichts als Langeweile und Bedauern. Ob Sam meine Zurückhaltung bemerkt oder nicht, werde ich wohl nie erfahren, denn ich scheine ihm egal zu sein. Er hämmert so heftig auf mich ein, dass ich mir den Kopf am hölzernen Kopfende stoße und aufschreie. Doch er hält das fälschlicherweise für Leidenschaft.

»Sehr schön, Baby. Komm.«

Ich versuche mitzumachen und mich einzubringen, aber ich schaffe es nicht. Es ist, als ob er bereits aufs Ziel zusteuert, während ich noch nicht mal gestartet bin. Als er schließlich stöhnend auf mir zusammenbricht, bin ich wirklich dankbar, dass es vorbei ist. Ich schaue ihn immer noch nicht an, ich kann nicht, denn dann würde er merken, dass ich kurz davor bin, in Tränen auszubrechen. Nachdem er aus mir heraus ist, rinnt sein Samen an meinem Bein herunter, doch Sam scheint keinen weiteren Gedanken an mich zu verschwenden. Er geht ins Bad und schließt die Tür hinter sich.

Ich rolle mich auf die Seite und drücke mein Kissen an mich. Nie habe ich mich einsamer gefühlt. Ein Akt, der zwei Menschen vereinen sollte, hat uns noch weiter auseinandergebracht. Ich fühle mich schmutzig und schäme mich. Ich dachte, mit Sex könnte ich unsere Beziehung retten, aber ich glaube, damit habe ich alles nur schlimmer gemacht.

※ ※ ※

22. Mai 2005

Liebes Tagebuch,

dieser Eintrag wird wahrscheinlich der bisher kürzeste, weil ich für das, was ich fühle, einfach keine Worte finde. Heute war der Abschlussball. Und die Nacht, in der ich meine Unschuld an Sam verloren habe.
Ich bereue nicht einen einzigen Moment, denn alles war perfekt. Er war sanft, fürsorglich, aufmerksam und geduldig – mehr kann ein Mädchen sich nicht wünschen. Ich weiß nicht, was ich erwartet hatte, aber es war anders. Besser. Es hat wehgetan, doch nach einer Weile... hat es sich gut angefühlt.
Ich kann immer noch nicht glauben, dass das passiert ist.
Wenn ich nicht mehr im siebten Himmel bin, werde ich alles genau aufschreiben, aber im Moment möchte ich mich einfach nur darüber freuen, dass ich nun für immer mit Samuel verbunden sein werde.
Sex ändert wirklich alles.

Achtzehn

Ich möchte die Zeit zurückdrehen.

Wenn ich die letzten zwölf Stunden löschen könnte, würde ich es tun. Ich würde alles ungeschehen machen.

Der leere Platz neben mir ist schon lange kalt, weil Samuel ziemlich früh aufgestanden ist. Ich dagegen werde nie mehr aus dem Bett steigen.

Ich kann nicht glauben, dass wir wirklich Sex hatten. Selbst wenn es keiner von der aufregenden, lustvollen Sorte war. Piper hat viele ihrer schrecklichen Sexgeschichten mit mir geteilt, und obwohl ich Mitgefühl mit ihr hatte, habe ich sie nie verstanden, weil der Sex mit Samuel immer gut war. Aber letzte Nacht war er schlecht. Sogar sehr schlecht.

Als er wieder aus dem Bad kam, habe ich so getan, als schliefe ich, weil ich es nicht ausgehalten hätte, mit ihm zu reden oder zu kuscheln oder, noch schlimmer, wieder von ihm bedrängt zu werden. Er hat neben mir geschnarcht, während ich kein Auge zugetan habe. Es ist das erste Mal, dass er wieder bei mir geschlafen hat, und ich habe mich niemals einsamer gefühlt.

Saxons Bemerkung geht mir im Kopf herum, denn er hat recht. Ich bin noch nie im Leben so einsam gewesen wie jetzt. Ich war so dumm zu glauben, dass das, was zwischen Sam und mir kaputtgegangen ist, wie durch ein Wunder durch Sex irgendwie repariert werden konnte. Doch das, was wir getan haben, hatte nichts mit Liebe zu tun, denn unsere Liebe ist wie weggeblasen. Es gibt keine emotionale Verbindung mehr. Die ist gekappt. Es ist wahr, ich liebe einen Geist.

Es gelingt mir nicht, den Kloß in meinem Hals herunterzuschlucken, weil es noch einen Grund gibt, warum ich das getan habe. Ich schäme mich so. Ich erkenne mich selbst nicht wieder. Ich habe mit Samuel geschlafen, um mir zu beweisen, dass ich keine Gefühle für Saxon habe. Aber das ist nach hinten losgegangen. Es hat mir nur das Gegenteil bewiesen.

Als ich gesehen habe, wie Saxon Piper in sein Zimmer gebracht hat, war ich eifersüchtig. Und verletzt. Ich weiß, dass ich kein Recht dazu habe, aber ich habe endlich verstanden, was zwischen uns läuft. Ich habe Gefühle für Saxon, Gefühle, die ich nicht haben sollte. Doch wenn ich an unsere erste Begegnung denke, kommt es mir so vor, als wären sie schon immer da gewesen.

Ich weiß nicht, was ich tun soll, denn der Mensch, zu dem ich normalerweise gehen würde, um ihm mein Herz auszuschütten und mir meine Probleme von der Seele zu reden, ist der Grund für diese Probleme. Ich darf keine Gefühle für Saxon haben, ich weiß, dass das falsch ist. Aber ich kann es nicht ändern.

Allein vor mich hin zu grübeln macht mich nur noch trauriger, deshalb beschließe ich, mich der Realität zu stellen. Wenn ich Glück habe, schlafen Piper und Saxon nach der ausschweifenden Nacht noch tief und fest, und ich kann einen Tag verschwinden. Oder vielleicht eine Woche.

Ich nehme eine heiße Dusche und wünschte, ich könnte mir die Scham von der Haut schrubben. Doch leider erfüllt sie mich immer noch, als ich die Schlafzimmertür öffne und versuche, nicht über weggeworfene Pappbecher, leere Bierflaschen und angebrochene Cheeto-Tüten zu fallen.

Das Wohnzimmer sieht aus, als hätte eine Bombe eingeschlagen und einen Haufen Partymüll hinterlassen. Sicher dauert es den ganzen Tag, dieses Chaos zu beseitigen, aber das ist gut, dann bin ich beschäftigt.

Die Küche sieht noch schlimmer aus, und als ich in den Schubladen nach den Müllsäcken suche, finde ich stattdessen einen Dildo. Offenbar ist es gestern Nacht ziemlich hoch hergegangen.

Ich beschließe, mit der Küche anzufangen, krempel die Ärmel hoch und sammle alle Flaschen ein, die auf der Theke stehen. Ich habe keine Ahnung, wie viele Menschen gestern Abend da waren, aber angesichts dieses Durcheinanders würde ich sagen, ziemlich viele. Ich wundere mich, dass scheinbar nichts Größeres passiert ist, bei den Mengen Alkohol, die konsumiert worden sind, dabei habe ich im restlichen Haus und draußen noch gar nicht nachgesehen.

Als ich Tüte Nummer drei fülle, kommt jemand herein und macht sich bemerkbar, indem er einen Barhocker über die Fliesen zieht. Zögernd schaue ich auf und sehe Piper darauf sitzen, den Kopf in die Hände gestützt. »Erschieß mich«, stöhnt sie in ihre Handflächen.

Normalerweise würde ich schmunzeln, aber jetzt wird mir schlecht. »Harte Nacht gehabt?« Kaum dass ich das gesagt habe, tut es mir leid.

»Du würdest es nicht glauben. Gibt's Kaffee?«

»Ich mache schnell welchen«, erwidere ich und tue mein Bestes, um meine Gefühle zu verbergen.

Ich lasse den Sack auf den Boden fallen, und die Flaschen

schlagen klirrend aneinander. »Au, nicht so laut«, klagt Piper und legt den Kopf auf die Theke.

»Wie viel hast du gestern Nacht getrunken?«, frage ich, während ich mir die Hände wasche.

»Ich weiß nicht mehr. Eigentlich weiß ich überhaupt nicht mehr viel.«

Mit dem Rücken zu ihr sage ich: »Oh. Wo bist du denn gelandet? In einem von den freien Zimmern?«

Piper schweigt, was nie ein gutes Zeichen ist. »Nein, in Saxons.«

Ich trockne meine Hände an einem Papiertuch ab und stelle fest, dass sie zittern. »Wow. Das ist ... toll, Pipe.« Ehe ich sie weiter ausfragen kann, geht die Hintertür auf, und Samuel kommt herein.

Als ich ihn sehe, wird mir noch schlechter. Ich zerknülle das Papiertuch und balle eine Hand darum. »Hey, Baby«, sagt er und küsst mich auf die Wange. Piper hebt den müden Kopf ein Stück an und hebt fragend eine Braue. »Ich dusche nur schnell. Gibt's Kaffee?«

»I-ich wollte gerade welchen machen«, stammele ich.

»Wunderbar. Es dauert nicht lange. Mach ihn besser stark. Der Berserker da draußen braucht sofort eine große Dosis Koffein«, spottet er vergnügt.

Ich werde bleich.

Fröhlich pfeifend geht Sam durch den Flur, während ich die Faust fester zudrücke. Sobald er außer Hörweite ist, richtet Piper sich ganz auf und deutet aufgeregt mit dem Zeigefinger auf mich. »Ihr hattet Sex.«

Das ist keine Frage, sondern eine Feststellung, und ich halte es für sinnlos, es zu leugnen. »Jep.« Aber mehr sage ich nicht.

Ich will weder im Detail noch im Allgemeinen darüber reden, weil ich es einfach nur vergessen möchte.

Aber natürlich sieht Piper das anders. »Das ist alles? Jep?«

»Ja«, antworte ich. Schnell drehe ich mich um und mache mich an der Kaffeemaschine zu schaffen, doch sie hakt nach.

»Nun sag schon. Was ist passiert?«

In der Hoffnung, sie mit Humor ablenken zu können, erkläre ich: »Also, wenn ein Mann eine Frau lieb hat, steckt er seinen ...«

»Lass den Unsinn, Luce. Was verheimlichst du mir?«

Eine ganze Menge, zum Beispiel, dass ich Gefühle für den Mann habe, mit dem sie sich gerade eingelassen hat. »Es war nett, Pipe. Können wir jetzt das Thema wechseln?«

»Nett?«, sagt sie verächtlich. »Nett sagt man, wenn etwas nicht nett war. Außerdem ist es nicht das richtige Wort, um Sex zu beschreiben. Was ist passiert? Ich dachte, wenn er dich flachlegt, würdest du tanzen und singen.«

»Dann hast du wohl falsch gedacht«, entgegne ich bissig. Ich will wirklich nicht darüber sprechen, denn wenn sie weiter so drängelt, breche ich zusammen und erzähle ihr alles.

»Lucy Eva Tucker, sieh mich sofort an.« Seufzend drehe ich mich wieder um. Ich bin stolz darauf, dass ich es schaffe, die Tränen zurückzuhalten. »Was bedrückt dich?«

Ich zucke die Achseln. »Ich weiß nicht. Wir hatten Sex, und na ja ... es war irgendwie, also, ganz, ganz schrecklich.«

Piper fällt die Kinnlade herunter. »Was soll das heißen?«

»Tja ... es hat sich angefühlt, als hätte ich Sex mit dem Duracell-Hasen.«

»Ooh.« Mitleidig verzieht Piper das Gesicht. »Also war es eine Art Unfall?«

Ich reibe mir die Schläfe. »Nein, eher ein totales Missverständnis.«

»Das begreife ich nicht. Wie kann das sein? Ich dachte, er wäre ein großartiger Liebhaber.«

»Das war er auch, aber …« Ich unterbreche mich, denn ich kann ihr nicht sagen, dass es mir nicht gefallen hat, weil keine Gefühle im Spiel waren. Es war einfach ein Fick. Zur Erleichterung. Jedenfalls für Samuel, nicht für mich.

Piper bringt meinen Satz zu Ende. »Aber was? Hat er auch vergessen, wie man bumst?«

»Piper! Nicht so laut.« Ich fuchtele mit den Händen, damit sie die Stimme senkt.

»Scheiß auf ihn. Aber wenn ich es mir richtig überlege …«, lenkt sie ein und rümpft die Nase.

Eine riesengroße Frage steht im Raum, aber ich weiß nicht, wie ich sie anbringen soll. Dabei könnte ich mich, da wir schon über Sex reden, einfach lässig erkundigen, wie es mit Saxon war. Nur will ich das wirklich wissen? Pipers zerzaustes Aussehen deutet jedenfalls darauf hin, dass sie eine tolle Nacht hinter sich hat.

Hastig drehe ich mich wieder um und setze stumm den Kaffee an. Während ich darauf warte, dass er durchläuft, schaue ich gedankenverloren durch das breite Sprossenfenster über der Spüle. Da fällt mir eine Gestalt auf, die über den Hof geht, und der ruhige Moment ist vorbei.

Saxon sieht aus, als wäre er stinkwütend. Er hat einen Müllsack über die Schulter gelegt, macht aber nichts damit, sondern kickt eine Bierflasche über den Rasen. Als sie gegen die Wand des Esszimmers knallt und zerbricht, zucke ich verblüfft zusammen. Dann wirft Saxon, erregt vor sich hin redend, den Sack auf den Boden.

Sam hat gesagt, er sei schlecht gelaunt, aber anscheinend ist er mehr als nur leicht verstimmt. Eilig nehme ich einen Becher und fülle ihn mit heißem Kaffee. Als ich mich umdrehe, um Piper zu fragen, ob sie Zucker haben möchte, sehe ich, dass sie auf der Theke fest eingeschlafen ist. Das erklärt, warum sie keine Fragen mehr gestellt hat.

Ich reiße mich, so gut es geht, zusammen, öffne die Hintertür und bringe Saxon den Kaffee. Das frühe Morgenlicht ist sehr grell, deshalb blinzle ich und schirme meine Augen mit der Hand ab. Je näher ich komme, desto deutlicher wird, dass Saxon unglaublich wütend ist. Hat er sich mit Samuel gestritten? Und wenn ja, worüber?

»Guten Morgen.« Ein paar Schritte von ihm entfernt bleibe ich stehen und sehe zu, wie er wortlos Müll aufsammelt. »Ich habe dir Kaffee mitgebracht«, sage ich, als er nicht reagiert.

Da er weiter Flaschen aufsammelt, ohne mich zu beachten, ist er wohl wütend auf mich. Nie im Leben ist mir so bang geworden wie in diesem Augenblick. »Saxon? Ist alles in Ordnung?« Er dreht mir seinen breiten Rücken zu, und es ist wie ein stummes »Hau ab«.

Wahrscheinlich ist er wütend über den abgebrochenen Kuss, aber warum? Schließlich hat er danach mit Piper geschlafen und ich ... mit Sam. Da fällt mir ein, wie zufrieden Sam vorhin war und wie spöttisch er sich über Saxons Laune geäußert hat. Plötzlich gerät die Welt aus dem Lot, und eine schreckliche Ahnung beschleicht mich. Es kommt mir so vor, als würde ich ertrinken.

Saxon weiß es. Ich weiß nicht, woher, aber er es weiß.

Ich stelle den unerwünschten Kaffee auf einen Holzklotz und versuche es noch einmal. »Saxon ...«

»Hast du gut geschlafen?«, sagt er höhnisch, immer noch mit dem Rücken zu mir.

Mir bleibt der Mund offen stehen. »Ja, ganz gut.«

»Mehr nicht? Das ist doch sicher noch nicht alles.« Sein Tonfall ist bitter und gequält.

»Ich bin früh ins Bett gegangen«, sage ich, was er mit einem erbosten Lachen quittiert.

»War die Party nicht aufregend genug?«

»Was meinst du damit?«, zische ich, empört über seinen Ton.

»Du könntest mich wenigstens anschauen.«

Er fährt so schnell herum, dass ich einen Schritt zurückweiche, weil ich Angst habe, dass er mich in seinem Zorn umstößt. Er brodelt vor Wut, und der Blick, mit dem er mich aufspießt, ist voller Hass. »Ich schulde dir nicht das Geringste.«

Ich beiße mir auf die Wange, damit ich nicht weine. »Warum bist du so böse auf mich?«

»Ich bin nicht böse!«

»Dann verstellst du dich jedenfalls gut!«

Irgendetwas passiert gleich – ich spüre es.

Reglos warten wir darauf, dass der jeweils andere zugibt, was wir beide insgeheim wissen. Jeder von uns hat seine Geheimnisse, aber ich werde nicht dastehen und mich anklagen lassen, weil ich Sex mit meinem Verlobten hatte.

»Wenn du etwas zu sagen hast, dann sag es, Saxon.« Ich bin es leid. Ja, ich habe mit Sam geschlafen, aber Saxon hat mit meiner besten Freundin geschlafen, die er nicht einmal besonders mag. Oder vielleicht doch. Jedenfalls hat er kein Recht, mich abzukanzeln.

Saxon presst die Lippen zusammen. »Ich glaube nicht, dass du das hören möchtest.«

»Das ist ja lustig, weil du das, was ich zu sagen habe, sicher auch nicht hören möchtest.«

Das holt ihn von seinem hohen Ross herunter. Ich merke es daran, dass er einmal kurz blinzelt. »Das bezweifle ich. Aber tu dir keinen Zwang an. Ich bin ein großer Junge. Ich werde damit fertig.«

Seine Arroganz ärgert mich so sehr, dass ich in die Luft gehe. »Ich habe es gesehen.«

»Was?«, fragt er ausdruckslos.

Die immer wiederkehrende Szene, in der eine kichernde Piper in sein Zimmer schiebt, treibt mich dazu, ihn anzubrüllen: »Dich und Piper!«

»Ja und?«, fragt er frech, was mich noch mehr ärgert.

»Ich habe gesehen, wie du mit ihr in dein Zimmer gegangen bist, wo du sie bestimmt ordentlich durchgevögelt hast!« So etwas sage ich sonst nicht, aber mein Verstand ist ausgeschaltet, ich werde nur noch von Gefühlen gesteuert.

Saxon wirkt überrascht, dann kichert er rau. Warum lacht er? Seine Distanziertheit regt mich so auf, dass ich mich auf ihn stürze und ihn mit beiden Händen vor seine Brust stoße, sodass ihm sein Gelächter in der Kehle stecken bleibt.

»Wenn du das noch mal machst, passiert was«, warnt er mich und presst die Zähne aufeinander.

»Ach ja, was willst du denn machen, du Macho?«, höhne ich und stoße ihn wieder vor die Brust. Diesmal jedoch packt er mich fast schmerzhaft fest an den Handgelenken, das Zittern seiner Finger verrät mir, dass er genauso geladen ist wie ich.

Grimmig zieht er mich dicht an sich heran, und sein schneller Atem schlägt mir ins Gesicht. »Deswegen hast du mit ihm geschlafen? Weil du gesehen hast, wie ich Piper in mein Zimmer gelassen habe?« Ich schnappe nach Luft, weil es mir den Atem verschlägt, dass er es zugibt. »Du wolltest mich dafür bestrafen, dass ich eine andere Frau haben wollte ... außer dir?«

Ich bin sprachlos, und Tränen steigen mir in die Augen. Er will mich? Seine zusammengezogenen Augenbrauen, die schmalen Lippen und die geblähten Nasenflügel geben eine deutliche Antwort – er hat mich schon die ganze Zeit haben wollen. Und ich ... ich wollte ihn.

Alles, was wir zusammen erlebt haben, stürzt wie eine Flutwelle auf mich ein, spült meine Wut weg und lässt nur einen Schluss zu. Was habe ich bloß getan?

»War es schön für dich? Ich fand's jedenfalls schön, verdammt noch mal!«, brüllt er vulgär. »Diese Piper, hmm ...«, brummt er und leckt sich die Lippen, »... ist eine echte Granate. Sie ist sofort explodiert, als ich ...«

Aber ich lasse nicht zu, dass er den Satz beendet, ich möchte das nicht hören. Ich reiße mich los und gebe ihm eine so heftige Ohrfeige, dass ich fast sicher bin, mir die Hand gebrochen zu haben. Schnell drücke ich sie an die Brust und unterdrücke meine Tränen.

»Du bist widerlich!«, fauche ich, bereit, ihm noch eine zu scheuern, wenn er weiter so über Piper spricht.

»Wenigstens lüge ich nicht.«

»Bitte?«

»Du bist eine Lügnerin.«

»Wie kommst du darauf?«, rufe ich, weil ich nicht verstehe, was er meint. Ich habe doch nie bestritten, dass ich mit Sam geschlafen habe.

Entnervt schüttelt Saxon den Kopf. »Find es selbst raus. Ich hab's satt.« Er hat's satt? Geht er jetzt? Gut, dann sind wir ihn los. Ich will ihn sowieso nicht mehr hierhaben.

Als ich das denke, wird mir klar, dass er recht hat. Ich *bin* eine Lügnerin. Ich habe mich die ganze Zeit selbst angelogen.

Plötzlich geht die Hintertür auf, und Sam kommt herausgelaufen. »Was ist los? Ich habe euch schreien hören. Ist alles in Ordnung?« Das hätte auch der alte Sam gefragt, aber der ist so tot wie meine Gefühle für ihn. Und was ich für den neuen Sam empfinde, weiß ich noch nicht.

»Vergrab dich einfach wieder in deinen Erinnerungen«, schnauzt Saxon mich an, »du hast zu viel Angst, um in der Gegenwart zu leben.« Dann stürmt er davon, und ich schlucke meine Tränen herunter.

Gleich darauf ist Sam an meiner Seite und reibt mir den Arm. »Was hat er für ein Problem? Bist du okay? Du zitterst ja.«

»Mir geht's gut«, erkläre ich wenig überzeugend und schiebe seine Hand weg, während ich Saxon nachschaue, der in die Scheune läuft.

Er hat keine Ahnung, was vorgeht. Verständnislos steht er vor mir und wartet auf Erklärungen, die ich ihm nicht geben kann. »Der Kaffee steht auf der Theke«, sage ich tonlos und gehe ins Haus zurück.

»Hey, willst du mir nicht erzählen, was passiert ist?«, fragt er erstaunt.

»Es gibt nichts zu erzählen«, erwidere ich auf dem Weg zur Hintertür.

Piper liegt immer noch mit dem Kopf auf der Theke. Sie hat nicht mitbekommen, was gerade passiert ist – die Glückliche. Sobald ich in meinem Zimmer bin, strömen heiße Tränen über meine Wangen. Erschöpft lehne ich mich an die Tür und schlage den Kopf gegen das Holz.

Ich denke daran, wie ich mich bei unserem gemeinsamen Frühstück gefragt habe, warum ich nicht froh war, dass Sam sich so bemüht. Irgendetwas fühlte sich falsch an, und ich wusste nicht, aus welchem Grund. Aber nun weiß ich es. Ich will nicht, dass alles wieder so wird wie früher. Zu viel ist passiert, und jeder Tag, an dem Sam mich ansieht und sich nicht an mich erinnert, höhlt mich ein wenig mehr aus.

Und nun will der Mensch, der mich am besten kennt und mich nie vergessen hat, nichts mehr mit mir zu tun haben. Die Ironie des Schicksals bleibt mir nicht verborgen. Ich habe alles getan, damit Sam sich erinnert, und jetzt möchte ich das nicht mehr.

Alles ist durcheinander. Meine unzähligen Tagebücher schauen mich aus ihren Kisten an und verhöhnen mich mit dem, was einmal war, aber nicht mehr ist. Und nie mehr sein wird. Ärgerlich wische ich die Tränen ab, renne quer durchs Zimmer und trete eine Kiste um, sodass der Inhalt sich auf dem ganzen Boden verteilt. Dann falle ich auf die Knie, reiße die Tagebücher auf und blättere sie hektisch durch. Ich brauche eine leere Seite – ein leeres Blatt, um von vorn anzufangen.

Ich werfe ein Tagebuch nach dem anderen über die Schultern, bis ich eine unbeschriebene Seite finde. Dann durchwühle ich mein Nachtschränkchen und fördere einen Kuli mit einer kleinen Freiheitsstatue am oberen Ende zutage. Schnell reiße ich das Blatt heraus, benutze die Vorderseite des ledergebundenen Tagebuchs als Unterlage und ziehe die Knie an.

Auf ein Neues.

***

14. Juni 2014

Liebes Tagebuch,
ich habe etwas sehr Schlimmes getan. Ich habe mich in den falschen Mann verliebt.
Gib mir ruhig jeden Schimpfnamen, den es gibt – sie können nicht schlimmer sein als die, die ich mir selber schon gegeben habe.
Mein Leben war perfekt, zumindest habe ich das gedacht. Aber nun weiß ich, dass es so was nicht gibt. Es geht im Leben nicht darum, möglichst perfekt zu sein, sondern darum, mit seinen Fehlern zu leben und jeden Atemzug, den man in diesem fehlerhaften Leben macht, zu schätzen.
Saxon Stone ist der Zwillingsbruder meines Verlobten, und ich glaube ... dass ich mich in ihn verliebt habe. Ich weiß nicht, wie, es ist einfach passiert. Es war ganz bestimmt nicht geplant, und wenn ich es ungeschehen machen könnte ... würde ich es nicht tun.
Den Samuel, den ich einmal gekannt habe, gibt es nicht mehr, aber wenn er heute, in dieser Sekunde »aufwachen« würde und wieder wüsste, wer er ist und wer ich bin, wäre ich dann glücklich? Würde ich in mein altes Leben zurückkehren wollen? Ich weiß es nicht.
Ich habe raue Zeiten hinter mir, musste mit vielem fertigwerden. Und habe es überlebt. Nun stecke ich in einer echten Zwickmühle, aber ich habe mich nie lebendiger gefühlt. Dieser schreckliche Albtraum hat mich zu dem Menschen gemacht, der ich jetzt bin, denn manchmal müssen wir etwas verlieren, um das, was wir haben, zu schätzen.
Ich habe – oder hatte – Saxon, und jetzt ... weiß ich nicht

mehr, was mir noch bleibt. Samuel scheint sich endlich zu bemühen, aber ist es nicht zu spät? Ist der Zug nicht längst abgefahren?

Ich habe so viele Fragen und so wenige Antworten. Aber eins weiß ich ganz sicher: Ich darf Saxon nicht gehen lassen.

* * *

In den nächsten vier Stunden sitze ich vor dem Erkerfenster und halte Ausschau nach Saxon. Ich habe ihn überall gesucht, aber anscheinend will er nicht gefunden werden.

Samuel hat Piper nach Hause gefahren, weil er gemerkt hat, dass ich Ruhe brauche. Und er hat recht. Ich brauche Abstand von allen außer Saxon. Ich muss mit ihm reden. Ich muss herausfinden, was das alles bedeutet.

Nervös kaue ich an meinen Fingernägeln, während ich auf irgendeine Bewegung warte und hoffe, dass Saxon zurückkommt. Und dann ist es so weit.

Sobald ich seine groß gewachsene Gestalt über den Hof gehen sehe, springe ich auf und renne durchs Haus und zur Hintertür hinaus. Er sieht, dass ich auf ihn zulaufe, aber er zieht nur verächtlich die Oberlippe hoch und geht ungerührt weiter.

»Saxon! Wir müssen reden!« Ich lasse meine Panik durchklingen, denn ich will, dass er weiß, dass ich Angst habe – Angst davor, ihn zu verlieren.

»Ich habe dir nichts zu sagen«, schnauzt er mich mit abweisendem Blick an.

»Lass den Scheiß!«, schreie ich und renne ihm nach, als er an mir vorbeistapft. »Du bist wütend auf mich, weil ich Sex mit Sam hatte. Warum? Schließlich hattest du keinerlei Skrupel, mit Piper zu schlafen, also warum bin ich die Böse?«

»Es ist mir egal, Lucy. Du kannst vögeln, wen du willst.« Die giftige Bemerkung passt nicht zu dem, was er vorher gesagt hat.

»Und du nennst mich eine Lügnerin. Ich denke, du solltest dich mal sehr genau im Spiegel anschauen. Es tut mir leid, wenn ich deine Gefühle verletzt habe, weil ich mit Sam geschlafen habe. Und damit du es weißt, es war nicht gut. Es war sogar schrecklich. Die ganze Zeit habe ich nur gedacht, warum mache ich das?«, gestehe ich freimütig.

»Warum hast du es dann gemacht?«, schreit er und bleibt endlich stehen und dreht sich zu mir um.

»Ich weiß es nicht!«, schreie ich und raufe mir die Haare.

»Lügnerin«, blafft er und schüttelt den Kopf. »Ich dachte, du wärst anders, aber ich habe mich getäuscht.«

»Bitte, geh nicht. Bleib bei mir.«

Er schnaubt entrüstet. »Ich soll bleiben und zusehen, wie du mit Sam glückliche Familie spielst? Nein, danke. Das kenne ich schon.« Kaum dass ihm das über die Lippen gekommen ist, schließt er entsetzt die Augen.

»Was?«, frage ich erstaunt. »Wovon redest du?«

»Vergiss es. Vergiss alles, was ich gesagt habe.« Er stürmt davon, aber ich weigere mich, das so stehen zu lassen.

»Saxon! Was soll das heißen? Du warst also ... schon in mich verliebt, als wir noch Teenager waren?«, frage ich und hasse mich dafür, wie eingebildet das klingt, aber was soll es sonst heißen?

»Reg dich ab, Lucy«, kichert er, reißt die Tür auf und stampft durchs Haus. Ich bleibe ihm dicht auf den Fersen.

»Rede mit mir, du dickköpfiger Mistkerl!« Ich packe ihn am Unterarm und zwinge ihn, mich anzuschauen, aber er ist stärker als ich. Ehe ich ausweichen kann, hat er mich gegen die Wand gedrückt.

Seine Brust presst sich an meine, sodass wir beide keuchend atmen, und seine dunkel gewordenen Augen verraten, dass er kurz davor ist, die Beherrschung zu verlieren. »Wenn du mich anguckst ...«, knurrt er, »... siehst du dann ihn?« Er braucht nicht zu erklären, wen er damit meint. »Und wie war es, als ich dich geküsst habe? Hast du da auch an ihn gedacht?«

Mein Mund öffnet und schließt sich wie bei einem Fisch auf dem Trockenen, denn seine wütenden Worte rauben mir den Atem. Als er dann noch zwischen uns fasst und seine Hand auf meinen Venushügel legt, bleibt mir die Luft ganz weg, und ich habe das Gefühl, jeden Augenblick ohnmächtig zu werden.

»Was wäre, wenn ich dich *ficken* würde, Lucy? Meinst du, du würdest überlegen, wer der bessere Liebhaber ist?«

Meine Wangen werden heiß, und ich fange an zu zittern. Er erregt mich so sehr, dass er es sicher durch den dünnen Stoff meiner Shorts spüren kann. Ich will, dass er mich küsst. Dass er mir die Kleider herunterreißt und mich auf der Stelle nimmt, aber ich weiß, dass das nicht passieren wird, weil er auf meine Antwort wartet.

»A-am Anfang war es so«, gebe ich kleinlaut zu. »Aber jetzt nicht mehr.«

»Und was siehst du jetzt?« Kühn beginnt er, mich zu streicheln, und als er seine Finger in mich hineinschiebt, bin ich verloren.

Ich kann nicht mehr sprechen. Seine Hände sind das Einzige, worauf ich mich noch konzentrieren kann. Das ist ganz furchtbar falsch. Samuel wird jeden Moment wiederkommen, aber ich kann nicht aufhören. »Ich sehe ... dich«, wimmere ich und beiße mir auf die Lippe.

»Gut«, brummt er und beschleunigt das Spiel der Finger zwischen meinen Beinen. »Dann klammer dich an diese Erinnerungen, denn mehr wird es nicht geben.«

Dann streicht er mit zwei Fingern in einem weiten Kreis um meine Klitoris und küsst mich kurz auf die Lippen. Der Kuss ist nur flüchtig, aber sehr deutlich. Dies ist ein Abschied. Er zieht seine Hand weg und löst sich von mir.

Tränen brennen in meinen Augen. Mein Hochgefühl ist lange verflogen. »Saxon«, flehe ich, »ich weiß nicht, was das ist, aber...«

»Das... ist vorbei«, unterbricht er mich rüde, ohne mir die Gelegenheit zu geben, ihm zu beichten, was ich für ihn empfinde.

Mit kaltem Blick lässt er mich stehen. »Wir sehen uns dann später.«

»Wo willst du hin?«, frage ich. Aber ich bin nicht sicher, ob ich die Antwort hören möchte.

»Mich amüsieren.«

»Kommst du wieder?«, frage ich traurig, während ich ihm in sein Zimmer folge.

»Weiß ich noch nicht.« Er sucht in seinen Schubladen nach einem sauberen T-Shirt.

Ein Klingeln an der Haustür liefert mir einen Grund, das Zimmer zu verlassen. Als ich durch den Flur gehe, blinzele ich, um mich zu vergewissern, dass die Person, die vor meiner Tür zu stehen scheint, tatsächlich die ist, für die ich sie halte.

»Sophia?« Ich kann meine Überraschung nicht verbergen.

In ihrem perfekt sitzenden weinroten Kleid sieht sie mehr als umwerfend aus. Ihr Haar ist offen, sie ist stärker als sonst, aber geschmackvoll, geschminkt, und sie duftet herrlich. Offenbar hat sie eine Verabredung – mit Saxon.

»Hi, Lucy. Nett, Sie zu sehen. Ich habe Sie gestern Abend vermisst.« Ich starre sie an und bekomme kein Wort heraus. Sie räuspert sich unbehaglich. »Ist Saxon zu Hause? Er hat mir gesagt, ich soll um fünf kommen. Ich bin etwas zu früh«, sagt sie und schaut auf ihre silberne Armbanduhr. Sie ist immer zu früh. Immer übereifrig. Doch in diesem Fall wünschte ich, sie wäre es nicht.

Ich stehe im Türrahmen und versperre den Eingang, denn ich will sie nicht hereinlassen. Ich will nicht, dass sie in Saxons Nähe kommt.

»Hi, Sophia.« Saxons energiegeladene Stimme wirkt auf mich wie Nägel, die über eine Kreidetafel kratzen. Schaudernd schiebe ich die Tür wieder ein Stück zu, doch er reißt sie weit auf und bittet Sophia in mein Haus. Sie tritt auch ein, doch ich rühre mich nicht vom Fleck, sodass sie nicht an Saxon herankommt. Mit einem koketten Lächeln schaut sie über meine Schulter.

Wann hat Saxon sich mit ihr verabredet? Bevor oder nachdem er mit meiner besten Freundin geschlafen hat?

»Warte nicht auf mich«, sagt er spöttisch, als er sich an mir vorbeischiebt und Sophia durch die Tür führt, indem er eine Hand auf ihren unteren Rücken legt.

Sprachlos stehe ich da und sehe zu, wie die beiden in Sophias Honda steigen. Die verschiedensten Gefühle stürzen auf mich ein – Wut, Reue und Verwirrung, aber vor allem Trauer, weil ich die Zeit nicht zurückdrehen kann.

Neunzehn

Ich schrecke aus dem Schlaf hoch, weil es sich so anhört, als trample ein Elefant durch das dunkle Wohnzimmer. Hastig knipse ich die Lampe auf dem Beistelltisch an, und ihr Licht fällt auf einen sturzbetrunkenen Saxon, der versucht, leise zu sein. Er ist mitten in der Bewegung erstarrt. Wenn es nicht zwei Uhr morgens wäre und nicht zwei Tage vergangen wären, seit ich ihn das letzte Mal gesehen habe, wäre ich vielleicht imstande, das lustig zu finden, doch im Moment bin ich nur wütend.

»Wo bist du gewesen?«, flüstere ich zornig, weil ich Sam nicht aufwecken möchte.

»Ich hab dir doch gesagt, du sollst nicht auf mich warten«, lallt er und zeigt auf eine Stelle an der Wand hinter mir, an der er mich offenbar vermutet.

»Das war vor zwei Tagen!«

»Oh.« Er grinst und schlägt sich erheitert aufs Bein.

»Das ist nicht lustig, Saxon.« Irritiert davon, dass er das alles so leicht nimmt, springe ich auf.

Vor zwei Tagen ist Saxon mit Sophia aus der Haustür gegangen und nicht wieder zurückgekommen. Ich habe auf seinem Handy, ihrem Handy und Gregs und Kellies Handy angerufen. Ich habe sogar die Krankenhäuser angerufen, weil ich dachte, er läge in der Notaufnahme. Aber niemand wusste, wo er war.

Sophia hat mir angeboten, beim Suchen zu helfen, aber ich habe dankend abgelehnt.

Sam hatte seine wöchentliche Sitzung gehabt, und wie immer hat Sophia mir anschließend einen kurzen Überblick darüber gegeben, wie es mit der Therapie vorangeht. Aber diesmal habe ich ihr gar nicht zugehört, ich wollte nur wissen, wie der Abend mit Saxon verlaufen ist.

Eine Information, die es zufällig an der Saxon-Barriere vorbeigeschafft hat, war, dass Sam sich jetzt Mühe geben wolle. Sein abweisendes Benehmen sei nur Teil eines Trauerprozesses gewesen, denn der Mensch, der er einmal gewesen war, sei gewissermaßen gestorben. Nachdem er durch die fünf Stadien der Trauer gegangen sei, sei er nun bereit, nach vorne zu schauen und seine Situation zu akzeptieren – das ergibt einen Sinn. Offenbar ist Sophia nicht nur schön, sondern auch klug – was mir nicht fair zu sein scheint.

Aber jetzt, wo Samuel endlich so weit ist, sich mit seiner Lage abzufinden und in die Zukunft zu schauen, bin *ich* diejenige, die in der Vergangenheit festhängt – der, in der Saxon und ich noch Freunde waren. Ich kann nicht aufhören, an ihn zu denken, und grüble ständig darüber nach, was zwischen uns passiert ist, als er mich angefasst hat. Ich spüre seine Hände immer noch – ich sehne mich nach ihrer Berührung. Und ich hasse mich dafür.

Doch bei seinem Anblick wird mir klar, dass er mich nie wieder anfassen wird. Er hat mir deutlich zu verstehen gegeben, dass das, was wir hatten – was immer es auch war – endgültig vorbei ist. Trotzdem nagt eine Bemerkung noch an mir. Er hat gesagt, er wäre nicht daran interessiert zuzusehen, wie Sam und ich glückliche Familie spielen, weil er das schon kenne. Was hat er damit gemeint? War er eifersüchtig auf uns? Und wenn ja, warum?

Ich habe mehr Fragen als Antworten, aber angesichts des Zustands, in dem er ist, werde ich mich wohl noch gedulden müssen.

»Du siehst furchtbar aus.« Ich seufze mitleidig, denn sein schäbiges Aussehen deutet darauf hin, dass er eine harte Zeit hinter sich hat.

»Du auch«, erwidert er schwankend. »Hast du geweint?« Sein besorgter Tonfall lässt mich hoffen, dass er es sich vielleicht anders überlegt hat. Vielleicht musste er eine Weile wegbleiben, um einen klaren Kopf zu bekommen.

Schließlich ist mir in der Zeit ohne ihn auch einiges klar geworden. Ich kann nicht leugnen, dass ich beide Brüder mag. Und es bringt mich fast um, mir einzugestehen, dass ich nicht weiß, für wen ich mehr empfinde. Ich habe Sam wirklich geliebt, aber den neuen Sam liebe ich nicht so sehr wie den alten. Und Saxon ... ich weiß nicht, was er in mir weckt. Das Gefühl ist unbeschreiblich und völlig neu für mich.

»Nein, mir geht's gut«, entgegne ich mit einem weiteren Seufzen. »Komm, ich bringe dich in dein Zimmer.« Ich lege einen Arm um seine Taille und achte nicht darauf, wie mein Körper auf seine Nähe reagiert. Ich bin dankbar, als er mich nicht wegstößt, sondern sich auf mich stützt.

Dann beginnen wir unsere langsame, wacklige Reise durchs Wohnzimmer, wo Saxon es fertigbringt, gegen jedes Möbelstück zu stoßen, das dort steht. Er ist völlig erledigt, und ich würde sagen, dass er eine zweitägige Sauftour hinter sich hat. Jedenfalls riecht er so, und er sieht auch so aus.

Als wir taumelnd in den Flur einbiegen, beugt er sich zu mir herab und schnuppert an meinen Haaren. »Du riechst nach Karamell«, murmelt er.

»Ich habe ein neues Shampoo«, erkläre ich und umfasse ihn fester, damit er nicht hinfällt.

»Gefällt mir. Riecht gut. Zum Anbeißen gut.« Jetzt bin ich diejenige, die aufpassen muss, nicht hinzufallen, denn damit habe ich nicht gerechnet. »Aber du riechst immer gut. Und ich mag deine Haare. Sie erinnern mich an Rosen.«

»Rosen?« Ich weiß, dass das nur betrunkenes Geschwätz ist, aber man sagt ja, dass Betrunkene und Kinder die Wahrheit sagen.

»Ja, hast du schon mal 'ne Rose gesehen, die hässlich ist oder schlecht riecht? Rosen sind zeitlos und wunderschön – genau wie du.«

Ich weiß nicht, was ich sagen soll.

Als wir an meinem Schlafzimmer vorbeikommen, höre ich, wie er die Zähne zusammenbeißt. »Leider bist du nicht meine Rose.«

Dann schweigt er, und wir stolpern ohne weitere Unfälle in sein Schlafzimmer. Ich führe ihn zum Bett, und er lässt sich bäuchlings auf die Matratze fallen. Hastig ziehe ich ihm die schmutzigen Stiefel aus. Ich werde es nicht schaffen, ihn zu bewegen, deshalb hole ich eine Decke aus dem Schrank und breite sie über ihn.

Mit einem zufriedenen Seufzen dreht er sich auf die Seite und schmiegt den Kopf ins Kissen. Ich erlaube es mir, ihn einen Moment anzuschauen und mir in Erinnerung zu rufen, was er alles für mich getan hat. Ich kann nur hoffen, dass er mir, wenn ein neuer Tag anbricht, auch eine Chance für einen neuen Anfang gibt.

Mit einem letzten Blick auf seine friedliche Gestalt gehe ich leise zur Tür, bleibe aber abrupt stehen, als ich ihn etwas murmeln höre, das mir für den nächsten Tag Mut macht.

»Aber auch wenn du nicht meine Rose bist – ich werd dich nie vergessen.«

※ ※ ※

Nach Sams fehlgeschlagenem Versuch, mich nackt zu erwischen, hat er beschlossen, mit Thunder spazieren zu gehen, wahrscheinlich um etwas Dampf abzulassen. Bei der Vorstellung, dass er mich berührt, wird mir körperlich schlecht. Ich weiß, dass das psychologische Gründe hat, aber ich muss mir über einiges klar werden, ehe ich auch nur daran denken kann, noch einmal mit ihm zu schlafen.

Es ist neun Uhr morgens, und ich warte nicht besonders geduldig darauf, dass Saxon aufsteht. Sicher wird er einen mächtigen Kater haben, aber er muss ja nicht reden. Ich will nur, dass er mir zuhört. Ich habe nicht vor, eine Ansprache zu halten, aber ich möchte ihm sagen, was ich ihm schon vor Tagen hätte sagen sollen.

Da ich Rat brauche, rufe ich rasch meine Mutter an.

Ehe sie die Chance hat, Hallo zu sagen, platzt es schon aus mir heraus. »Mom, ich glaube, ich habe mich verliebt… in Saxon.«

»Ich weiß, mein Schatz.«

»Bitte… was? Woher?« Mir fällt die Kinnlade herunter. Bin ich so leicht zu durchschauen?

Meine Mom seufzt. »Lucy, mein Kind, ich denke, es wäre unnatürlich, wenn du nichts für ihn empfinden würdest. Schließlich war er dein Retter, dein Fels in der Brandung.«

»Aber was soll ich jetzt tun? Er ist Samuels Bruder. Das ist falsch.«

»Nein, ist es nicht. Das Einzige, was falsch ist, ist, dass du dich anlügst. Sei ehrlich. Zu dir selber und zu Saxon. Das habt ihr euch beide verdient.«

Sie hat recht. »Aber was ist, wenn er mir nicht zuhören will?« Ich fürchte, dass er sich über mich lustig macht und mich bestraft, wenn ich ihm endlich meine Gefühle offenbare.

»Hör auf dein Herz. Sag es ihm, Schatz.«

Ich schniefe und wische mir die Augen. »Danke, Mom. Ich hoffe, ich habe dich nicht enttäuscht.«

Ich kann durchs Telefon spüren, dass sie mich zärtlich streicheln möchte. »Du könntest mich niemals enttäuschen. Ich finde, du bist ein wundervoller Mensch. Und alle anderen finden das auch. Vergiss das nicht.«

Schwere Schritte, die durch den Flur stapfen, bringen mich dazu, meiner Mutter hastig Auf Wiedersehen zu sagen. Nervös trinke ich einen Schluck Kaffee an der Theke, hinter der ich mich verschanzt habe. Ich weiß nicht, in welcher Stimmung Saxon sein wird, und die Ironie dahinter bleibt mir nicht verborgen. Sams Bösewicht-Rolle hat jetzt Saxon übernommen, und als er in die Küche marschiert kommt, sehe ich, dass es ihm nicht schwerfällt.

Er macht sich nicht die Mühe, mich zu begrüßen. Er steuert direkt auf den Kaffee zu, schenkt sich eine Tasse ein und geht genauso schnell, wie er gekommen ist, an mir vorbei wieder aus der Küche hinaus.

Nein, verdammt.

»Saxon!«, schreie ich und laufe ihm nach. Da er nicht langsamer wird, überhole ich ihn und lege eine Hand auf seine Brust, um ihn am Weitergehen zu hindern. »Was soll das?«

»Was?«, fragt er ausdruckslos.

»Stell dich nicht dumm. Du weißt genau, wovon ich rede.«

»Wenn du mir etwas sagen willst, raus damit, sonst gehe ich wieder ins Bett.« Sein herzloser Blick kränkt mich mehr als seine Worte.

»Ich dachte, wir könnten uns unterhalten. Du warst zwei Tage weg.«

»Ich bin sicher, dass Sam mehr als froh war, dir Gesellschaft leisten zu dürfen«, blafft er herausfordernd.

»Es geht nicht um Sam, es geht …«

Saxon kichert und schüttelt ungläubig den Kopf. »Doch es *geht* um Sam. Es geht *immer* um Sam.«

Er versucht, mich beiseitezuschieben, aber ich weiche nicht von der Stelle. Den Rat meiner Mutter im Sinn, fange ich an zu betteln: »Bitte rede mit mir. Was meinst du damit?« Verzweifelt packe ich ihn am T-Shirt, damit er mit diesem Theater aufhört und wie ein Erwachsener mit mir spricht.

Doch er schlägt meine Hand weg. »Ich will nicht mehr reden.«

Ich verschlucke meine Tränen und sage es ihm. »Ich möchte dich nicht verlieren, Saxon.«

Ich flehe ihn fast an, sich wenigstens anzuhören, was ich zu sagen habe, aber genauso gut könnte ich gegen eine Mauer anreden. »Man kann nicht verlieren, was man nie gehabt hat.«

»Warum bist du so gemein zu mir?«, murmele ich mit zitternder Unterlippe.

Sein ungerührtes Achselzucken passt zu dem, was er erwidert. »Sam ist doch ganz gut damit gefahren«, sagt er so verächtlich, dass ich das Gesicht abwende, weil es für mich wie eine Ohrfeige ist.

Ohne sich noch einmal nach mir umzuschauen, geht er in sein Zimmer.

※ ※ ※

Ich arbeite Seite an Seite mit Sam, aber nicht, weil ich es mir ausgesucht hätte.

Nach Saxons Abfuhr habe ich beschlossen, meine Zeit mit etwas anderem zu verbringen, als über ihn nachzugrübeln. Vor Sams Unfall waren wir meist stundenlang draußen und haben uns um das Leben auf der Ranch gekümmert. Das war nicht nur beruhigend, es hat sich auch gelohnt, und beides könnte ich im Moment gut gebrauchen.

Sam überprüft und ölt die Maschinen, die wir zum Heuen benötigen, damit sie gut funktionieren. In den nächsten Wochen wird die erste Ernte eingefahren, deshalb möchte er vorbereitet sein. Ich sehe nach, was wir an Saatgut haben, denn ich möchte anfangen, den Boden zu ebnen.

Wir arbeiten schweigend, doch hin und wieder schaut Sam zu mir herüber und lächelt. Ich weiß, dass er sich gern mit mir unterhalten möchte, aber nach heute Morgen traut er sich wohl nicht, ein Gespräch anzufangen. Vor ein paar Wochen hätte ich alles darum gegeben, dass er von sich aus auf mich zukommt, aber jetzt wünsche ich mir nur, dass er weggeht.

»Also, ich habe gedacht ...«, sagt er schließlich, und ich schlucke, denn genauso hat die Unterhaltung heute Morgen angefangen. »Hast du vielleicht Lust, heute Abend mit mir essen zu gehen?«

Ein besserer Vorschlag, als Sex mit ihm zu haben, aber dennoch alles andere als verlockend. »Essen?«, wiederhole ich geistesabwesend, während ich den Blick weiter über die Vorräte schweifen lasse, um ihm nicht in die Augen schauen zu müssen.

»Ich bin eigentlich nicht hungrig.«

»Bitte sieh mich an, Lucy.« Sein gequälter Tonfall bringt mich dazu, ihm seufzend in die traurigen Augen zu schauen. »Mein Verhalten tut mir ehrlich leid, aber jetzt versuche ich, es wieder gutzumachen. Ich habe nur den Eindruck, dass du mir dabei nicht einen Schritt entgegenkommst.«

Er hat vollkommen recht, doch ich brauche ebenfalls Zeit zum Trauern. Mir ist nichts anderes übrig geblieben, als stark zu sein, aber jetzt darf ich auch ein bisschen an mich denken.

»Stimmt, Sam, aber du musst verstehen, dass du mich ernsthaft gekränkt hast. Es wird eine Weile dauern, bis ich vergessen kann, was du gesagt und getan hast. Und woher soll ich wissen, dass du so bleibst? Manchmal ist es, als hättest du zwei Persönlichkeiten, und ich weiß nie, neben welcher ich aufwachen werde.«

Es fühlt sich gut an, meine Ängste in Worte zu fassen, denn es ist das erste Mal, dass er wirklich mit mir darüber reden will

»Das begreife ich ja, aber wie oft muss ich mich noch entschuldigen, ehe du mir eine Chance gibst?«

»Solange es dauert«, erwidere ich spontan. »Das schuldest du mir, Samuel.«

Er nickt unglücklich, protestiert aber nicht.

Den Rest des Nachmittags arbeiten wir stumm weiter und wünschen uns beide, wir wären irgendwo anders.

✳ ✳ ✳

Ich habe Wort gehalten und bin nicht mit Sam zum Essen gegangen. Aber dafür mit mir. Ich habe es nicht ertragen können, ihn so bedrückt zu sehen.

Ich hätte Piper anrufen können, aber ich habe sie in letzter Zeit gemieden, weil mir sicher schlecht wird, wenn sie mir etwas über ihre Nacht mit Saxon erzählt. Der einzige Mensch, mit dem ich zusammen sein möchte, bin ich, weil ich dringend in mich gehen muss, und das kann ich zu Hause nicht.

Ich werde in so viele verschiedene Richtungen gezerrt, dass ich nicht weiß, welchen Weg ich einschlagen soll. Ich würde wirklich gern mit Saxon reden und alles auf den Tisch legen, um zu sehen, wie ich mich dann fühle. Aber wie soll man mit jemandem reden, der einem nicht zuhören will?

Jedenfalls habe ich beschlossen, kein Fleisch mehr zu essen. Früher war ich eine glückliche, gesunde Vegetarierin, und das möchte ich wieder sein. Zu dumm, dass ich das in genau dem Augenblick beschlossen habe, in dem ich in Anna's BBQ gegangen bin. Das Restaurant weckt schöne Erinnerungen an den Abend, als Saxon und ich hier gegessen haben. Obwohl das nach unserem Kuss war, waren wir noch imstande, miteinander zu essen und höflich zueinander zu sein. Inzwischen hält er es wahrscheinlich nicht mehr aus, mit mir im selben Raum zu sein.

Während ich nachdenklich in meinem Salat herumstochere, dringt ein vertrautes, anziehendes Lachen an mein Ohr. Ich schaue nach rechts und ersticke fast an einer halb gekauten Tomate, als ich sehe, dass Saxon und Sophia am übernächsten Tisch sitzen. Sie halten sich auf der rot-weiß karierten Tischdecke an den Händen und schauen sich verliebt in die Augen.

Ich klopfe mir auf die Brust und ringe leise nach Luft, weil ich keine Aufmerksamkeit erregen will. Endlich löst sich der Kloß in meinem Hals, und ich drehe den beiden, in meine Nische geduckt, hastig den Rücken zu, damit sie mich nicht bemerken. Ich brauche einen Fluchtweg, sofort.

Ich schaue nach vorn und entdecke eine mittelalte, robuste Frau mit rosigen Wangen, die breit lächelnd in der Küche Burger brät und sich dort sehr wohlzufühlen scheint. Ich nehme an, das ist Anna. Normalerweise würde ich sie dafür loben, was sie aus dem Laden gemacht hat, denn sie hat definitiv Texas nach Montana gebracht. Doch heute Abend interessiert mich nur eins: Wie komme ich hier raus?

Hinter mir sind die Toiletten, das bedeutet, der einzige Weg nach draußen führt an Sophia und Saxon vorbei. Bei dem kurzen Blick, den ich auf die beiden erhascht habe, sah es so aus, als wären sie gerade gekommen, denn es stand kein Essen auf dem Tisch, und das Tischtuch war noch zu sauber. Wenn die beiden schon gegessen hätten, wäre es mit Saxons Rippchensoße bekleckert gewesen.

Neben der Bar wird gerade eine kleine Bühne aufgebaut, und als ich ein Banjo höre und das Licht gedimmt wird, freue ich mich, denn das ist die Ablenkung, die ich brauche. »Nur nicht schüchtern sein, Leute«, sagt ein Mann mit einem breiten texanischen Akzent in ein Mikrofon, ehe er einen Hank-Williams-Song anstimmt.

Ein kurzer Blick über die Schulter zeigt mir fröhliche Gäste, die anfangen, zwischen den Tischen tanzen. Ich schaue zu Sophia und Saxon hinüber. Er lächelt wegen etwas, das sie gerade gesagt hat. Ich nehme an, ich sollte froh darüber sein, aber insgeheim wünsche ich mir, ich wäre diejenige, die ihn zum Lachen gebracht hat.

Ich drehe mich wieder um und rede mir ein, dass ich in der Menge verschwinden kann. Im schlimmsten Fall tanze ich einfach zur Tür hinaus. Ich zähle bis drei, hole einmal tief Luft, springe auf und ... pralle gegen eine Wand aus Muskeln.

Verdammt.

Unwillkürlich hält Saxon mich an den Armen fest, so wie er jeden festhalten würde, der mit ihm zusammenstößt. Aber als ich, alle Götter, die über mich wachen, verfluchend, zu ihm aufschaue, lässt er die Hände wieder sinken. »Lucy?«

»Hi.«

Die Musik ist ziemlich laut und das Licht blau gefärbt, trotzdem kann ich ihn deutlich sehen und hören, denn es gibt nur noch uns auf der Welt. »Was machst du hier?«

»Essen«, erwidere ich und schneide eine Grimasse. »Ich wollte gerade gehen.«

»Wo ist Sam?«, fragt er mit hochgezogener Braue und schaut hinter mich.

»Zu Hause.«

»Du bist allein hier?« Er scheint mir nicht zu glauben.

»Ja, Saxon, das bin ich.« Ich will mit ihm reden, ihm sagen, was ich fühle. Aber nicht, wenn seine Freundin nur ein paar Schritte weit weg ist. »Viel Spaß bei deiner Verabredung.«

Den Bruchteil einer Sekunde wirkt er zerknirscht, doch dann kommt wieder der selbstzufriedene, aggressive Saxon zum Vorschein. »Danke. Ich habe nicht vor, nach Hause zu kommen, also mach dir nicht die Mühe, das Licht draußen anzulassen.«

Mein Herz wird schwer und sinkt wie ein Stein. Mir ist klar, dass er versucht, mich zu reizen, aber ich beiße mir auf die Zunge und beschließe, ehrlich zu sein. »Ich bin gern deine Freundin gewesen.«

Damit hat er nicht gerechnet. Und mit seiner Reaktion habe ich nicht gerechnet. Wutentbrannt tritt er einen Schritt vor, und ich weiche zurück, sodass ich zwischen der Nische und ihm gefangen bin. »Wir sind nie Freunde gewesen. Hör auf, dir etwas vorzumachen.«

Das ist ein Geständnis, ein grausames, aber ehrliches Geständnis. Zum ersten Mal hat er laut ausgesprochen, was ich die ganze Zeit vermutet habe. Er sieht die Hoffnung in meinen Augen, zerstört sie aber umgehend. »Klammer dich wieder an deine Lügen, Lucy, ich tu dasselbe.«

Dann dreht er mir den Rücken zu und lässt mich zusammengesackt an der hölzernen Nische stehen. Entsetzt sehe ich zu, wie er zu seinem Tisch zurückgeht und Sophia auf den perfekten Mund küsst. Überrascht von seiner Direktheit zuckt sie zusammen, erwidert seine Leidenschaft aber spontan.

Mir wird schlecht.

Ich laufe durch das überfüllte Restaurant, dränge mich an den fröhlichen Gästen vorbei und wünschte, ich könnte meine Probleme wegtanzen. Die kühle Brise draußen ist genau das, was ich brauche, und der Drang, mich zu übergeben, verschwindet – vorerst jedenfalls. Ich lehne mich an eine Ziegelwand und hoffe insgeheim, dass Saxon mir nachkommt, sich dafür entschuldigt, dass er so gemein zu mir war, und sagt, dass er mit mir reden möchte. Aber umsonst.

Eine besorgte Passantin fragt mich, ob es mir gut geht, und als ich das Mitleid in ihren gütigen Augen sehe, kann ich nicht mehr. Mit Tränen in den Augen renne ich zu meinem Auto. Ich fühle mich hilflos, nutzlos und furchtbar einsam. Ich weiß nicht, wo ich hinsoll. Nach Hause kann ich nicht, denn mein Herz ist nicht mehr dort.

Ich starte den Jeep, rase die Straße hinunter und wische mit dem Handrücken die Tränen weg, die mir über die Wangen strömen. Nie im Leben habe ich so heftig geweint. Ich weine um mich, um Sam und um Saxon – aber hauptsächlich um Lucy Tucker, die nicht mehr weiß, wer sie ist.

Wie auf Autopilot fahre ich zu dem einzigen Zuhause, das ich noch so nennen kann.

Ich stelle den Motor ab, halte mich aber nicht damit auf, das Licht auszumachen oder die Tür zuzuschlagen, bevor ich über die sorgsam gepflegte Rasenfläche sprinte. Dieses weiße Haus zwischen den Hügeln ist meine Burg, der Ort, an dem ich immer glücklich gewesen bin.

»Lucy?«, sagt meine Mutter und macht die Haustür weit auf. »Was…«

Ich werfe mich so heftig in ihre ausgebreiteten Arme, dass es mir den Atem verschlägt, und schluchze »Mommy«.

Tröstend streichelt sie mich mehrere Minuten, während ich weinend in ihren Armen liege. Ich kann nicht mehr aufhören. Ich weiß, wie unvernünftig das ist, aber ich heule wie ein Schlosshund.

Die leisen, besorgten Stimmen meiner Eltern erinnern mich an den Tag, als sie mir von Samuels Unfall berichtet haben. Damals hat alles angefangen. Ich unterdrücke mein Schluchzen und beruhige mich.

»Lucy? Schätzchen? Was ist los?« Ich weiß nicht, wie meine Mom das macht, aber ihre beruhigende Stimme ist wie eine Medizin, die alle Wunden heilt.

Ich fühle mich zwar nicht besser, aber zumindest wieder menschlich. »Ich habe einen großen Fehler gemacht, Mom«, flüstere ich an ihrer Schulter, weil ich Angst habe, sie anzuschauen. Ich schäme mich so sehr.

»Simon? Kannst du uns heißen Kakao machen? Lucy und ich gehen rauf in ihr Zimmer.«

Mein Zimmer.

Mit einem Mal weiß ich, dass es richtig war zu kommen.

Langsam steigen wir die Treppe zu meinem Zimmer hoch, dem Ort, der meine Zuflucht, mein sicherer Hafen war – dorthin muss ich jetzt. Wir setzen uns aufs Bett, und meine Mutter lässt mir so viel Zeit und Raum, wie ich brauche.

Als ich mich umschaue, wird mir klar, dass ich seit Monaten nicht mehr in diesem Zimmer gewesen bin. Ich hatte nicht das Bedürfnis, denn Whispering Willows war mein sicherer Hafen. Doch nun ist die Ranch nur noch ein leeres Haus voller Kummer.

Mein hellrosa gestrichenes Zimmer hat sich kein bisschen verändert. Auf dem großen gusseisernen Bett liegt noch derselbe rosafarbene Überwurf mit den Schmetterlingen darauf, den ich mir ausgesucht habe, als ich dreizehn geworden bin. An den Wänden hängen Poster von Pferden und von Ländern, die ich unbedingt besuchen wollte – Indien, China, Australien. So viele Träume, aber keiner davon ist wahr geworden.

Vor der Wand steht ein kleiner Schreibtisch, auf dem Reiseprospekte, Gedichtbände und mein Exemplar von *Der Fänger im Roggen* liegen. Ich erinnere mich daran, wie ich in der Nacht, in der ich meine Jungfräulichkeit verlor, an diesem Holztisch von der intimen Begegnung mit Samuel geträumt habe. Damals schien alles so einfach zu sein. Und jetzt ist alles so kompliziert.

»Hast du mit Saxon geredet?«, fragt meine Mom sanft.

Ich ziehe die Nase hoch und nicke. »Aber es ist zu spät«, gestehe ich. »Ich habe ihn verloren, und es fühlt sich an, als würde ich innerlich sterben.«

Sofort begreift sie, dass ich mich schäme, und macht ein trauriges Gesicht. »Ach, Lucy.«

»Ich wollte das nicht«, heule ich, »es ist einfach passiert. Aber das ist keine Entschuldigung, und ich ekle mich vor mir selbst.« Nicht imstande, meine Mutter anzuschauen, schlage ich die Hände vors Gesicht, weil ich ihre Enttäuschung nicht sehen will.

Nach einer quälenden Stille sagt sie endlich etwas. »Dein Vater und ich haben uns auf den ersten Blick in dich verliebt. Ich habe dich zwar nicht geboren, aber du bist mein Kind. Ich kenne dich. Wir haben zugesehen, wie du zu einer wunderschönen, fürsorglichen, rücksichtsvollen jungen Frau herangewachsen bist. Du hast ein großes Herz, Lucy, wirklich. Es ist immer schon zu groß gewesen. Deshalb wundert es mich nicht, dass du jetzt in dieser Klemme steckst und in zwei Menschen verliebt bist.«

Sobald sie ausspricht, was ich nicht zuzugeben wagte, nehme ich die Hände von den Augen. Ich habe immer noch Angst, in ihren Enttäuschung zu entdecken, aber das bleibt mir erspart. Ich sehe dieselben freundlichen, warmen Augen, die mich schon einmal gerettet haben, als ich in großer Not war.

»Was soll ich bloß machen?«, frage ich verzweifelt.

Meine Mom beugt sich vor und streicht mir die Haare aus dem Gesicht. »Folge deinem Herzen, mein Schatz.«

»Mein Herz ist zerrissen, Mom. Genau in der Mitte. Ich liebe Sam, ich werde ihn immer lieben. Aber ich verstehe mich selbst nicht mehr.« Schluchzend falle ich ihr wieder in die Arme.

Sie reibt mir über den Rücken und versichert mir, dass alles gut werden wird. »Liebe kann man nicht verstehen. Sie erwischt einen, wenn man es am wenigsten erwartet. Sie ist unbequem, chaotisch und rücksichtslos, aber das ist ja gerade das Schöne daran. Liebe ist keine Entscheidung, sondern ein Versprechen – das Versprechen, dass jemand diese unbequeme, chaotische, rücksichtslose Liebe mit dir teilt.«

Ich weine weiter, denn ihre weisen Worte bestätigen, was ich gelernt habe. »Kann ich heute Nacht hierbleiben?«

»Du kannst so lange bleiben, wie du willst, Schatz.« Ich schmiege mich in ihre Arme, schließe die Augen und erlaube es mir einzuschlafen. Ich kann nur hoffen, dass dieses Gefühlschaos sich morgen gelegt hat und ich wieder klarer sehe.

Zwanzig

Als ich wach werde, scheint tatsächlich alles klarer zu sein. Und nachdem ich geduscht habe und, an der Küchentheke sitzend, meine Tasse Kaffee trinke, fühle ich mich sogar wieder halbwegs menschlich.

Mom hat genau das Richtige gesagt. Liebe *kann* man nicht verstehen. Ich kann nicht verstehen, warum ich Saxon liebe, aber ich glaube, ich tu's. Ich habe gedacht, ich wüsste, was Liebe ist. Doch Saxon hat alles, was ich gedacht habe, auf den Kopf gestellt.

Ich weiß, dass ich mich nicht ewig hier verstecken kann, aber es ist schön, so zu tun, als könnte ich es. Mom und Dad sind weggefahren, um ein paar Dinge zu erledigen, deshalb bin ich ganz allein. Mein Elternhaus ist ein imposantes, altmodisches Gebäude, das auf einem über zwei Hektar großen Grundstück steht. Da ich in ärmlichen Verhältnissen groß geworden bin, ist es mir immer vorgekommen wie ein Palast – ein echtes Schloss.

Immer noch voller Ehrfurcht vor den bogenförmigen Gängen und den gewölbten Decken, gehe ich von einem Zimmer ins andere und bleibe stehen, als ein Bild an der Wohnzimmerwand mir ins Auge fällt. Es ist ein Foto von Sam und mir bei unserer Verlobungsfeier. Sehr zum Missfallen von Kellie und Greg hat die große Party hier stattgefunden. Aber der Tag war perfekt. Ich streiche über den Glasrahmen und lächle bei dem Gedanken daran, wie stolz ich war, Sams Ring zu tragen. Heute jedoch komme ich mir dumm vor, als ich ihn mir ansehe.

Autoreifen, die knirschend über den Kies draußen rollen, lassen mich neugierig zum Erkerfenster gehen. Als ich den roten Chevy sehe, schaue ich zweimal hin, weil ich kaum glauben kann, dass Samuel neben dem Wagen steht.

Was macht er hier?

Am liebsten würde ich mich verstecken, aber das habe ich schon oft genug getan. Mein Problem wird sich nicht von allein lösen, und je eher ich versuche, es anzupacken, desto besser. Ich atme tief aus und warte, bis Samuel klingelt, ehe ich die Haustür öffne. Sofort überfallen mich heftige Schuldgefühle.

Sam sieht sehr besorgt aus, eine schöne Veränderung, nachdem er die ganze Zeit kein Interesse an mir gezeigt hat. »Hi.«

»Hi, Sam.« Ich lehne mich an den Türpfosten und tue mein Bestes, um stark zu bleiben.

Er trägt eine schwarze Beanie-Mütze, was für ihn ein neuer Look ist. »Alles in Ordnung? Du bist letzte Nacht nicht nach Hause gekommen.«

»Ich dachte, jetzt wär ich mal an der Reihe«, erwidere ich in Erinnerung an seine und Saxons Eskapaden.

Sam schlägt die Augen nieder. »Kommst du zurück?«

Will ich zurück?

Statt zu antworten, lege ich den Kopf schief und frage: »Wie hast du hergefunden?« Da er sein Gedächtnis verloren hat, gibt es nur eine Möglichkeit.

»Saxon hat mich gefahren.« Ich blicke über Sams Schulter und sehe Saxon auf der Fahrerseite sitzen. Es wundert mich, dass er sich dazu bereit erklärt hat.

»Er macht sich auch Sorgen um dich.«

Ich schnaube und verschränke die Arme vor der Brust. »Das wage ich zu bezweifeln. Ich weiß, dass du dich nicht erinnern kannst, aber sicher hast du meinen Tagebüchern entnommen, dass Saxon mich gehasst hat. Und das hat sich anscheinend nicht geändert«, füge ich traurig hinzu.

»Da ist etwas, was ich dir erzählen möchte, Lucy. Es war mir entfallen; na ja, dachte ich jedenfalls, bis du ihn gestern so leidenschaftlich verteidigt hast.« Nun hat er meine volle Aufmerksamkeit, und ich nicke stumm, damit er weiterredet.

»Als ich im Koma lag, war ich weder hier noch da. Ich war in einem Schwebezustand. Ich hörte Stimmen, konnte aber nicht unterscheiden, wem sie gehörten oder woher sie kamen. Nur eine Stimme habe ich immer erkannt. Sie hat mich festgehalten.«

»Saxons«, murmele ich, und Sam nickt.

»All die Tage, Stunden, Minuten, Sekunden … sind einfach incinandergeflossen. Aber eines Nachts habe ich meine eigene Stimme gehört. Sie hat gesagt, ich soll zu dir zurückkommen, Lucy. Ich wusste nicht, was damit gemeint war, aber inzwischen ist mir klar, dass es Saxons Stimme war, die mich darum gebeten hat, weil du mich brauchtest.«

Ich schlage eine Hand vor den Mund und stelle fest, dass sie zittert.

»Seine Stimme klang so gequält, dass ich das Gefühl hatte, er wäre der, der dich verloren hat. Er hat gesagt, du seist ein guter Mensch und dass ich auf dich aufpassen soll, weil er es nicht kann. Er hat geweint. Ich habe meinen Bruder noch nie weinen hören. Und dann war er weg.«

Saxon ist also, bevor er zu mir kam, zu Samuel gegangen, um

mit ihm zu reden, weil er gewusst hat, dass ich all meine Hoffnungen in ihn gesetzt hatte. Er hat es für mich getan. Obwohl wir uns so viel gestritten haben und seine Familie ihn wie Dreck behandelt hat, hat er das alles für mich getan.

Saxon hat nicht nur Sam, sondern auch mich ins Leben zurückgeholt. Er hat nicht daran geglaubt, dass er uns helfen kann, aber er hat es geschafft. Er hat unser Leben für immer verändert.

»Verstehst du? Er kann dich nicht hassen. Keiner von uns hasst dich.« Samuels Entschuldigung kommt von Herzen.

»Danke, dass du mir das gesagt hast.« Ich schniefe, um die Tränen zurückzuhalten.

»Saxon habe ich nichts davon erzählt.«

»Keine Sorge, dein Geheimnis ist bei mir gut aufgehoben«, versichere ich ihm rasch.

Ich weiß nicht, was ich von alldem halten soll. Irgendetwas entgeht mir. Wie Samuel fehlen mir Teile eines Puzzles, das mit der Zeit immer komplizierter wird. Und mich zu verstecken wird mir nicht helfen, dieses Rätsel zu lösen.

»Ich hol nur schnell meine Sachen«, sage ich und trete zurück, damit Sam ins Haus kommen kann.

Er bleibt im Foyer stehen und wartet geduldig auf meine Rückkehr. Das erinnert mich sehr an den Abend, an dem er mich zu unserem Abschlussball abgeholt hat. Schnell schreibe ich einen Zettel für meine Eltern und hefte ihn mit einem Pferdemagneten an den Kühlschrank. Die Nachricht ist zweideutig, aber meine Mutter wird sie verstehen.

Gehe das Chaos beseitigen.

Ich schnappe mir meine Sachen, schließe das Haus ab und folge Sam zum Pick-up. Je näher wir dem Wagen kommen, desto deutlicher sehe ich, dass Saxon immer noch wütend auf mich ist, was wiederum mich wütend macht. Wenn überhaupt, bin *ich* diejenige, die wütend sein sollte, weil er mit Piper geschlafen hat und sie dann wie ein x-beliebiges Betthäschen abserviert hat. Aber ich unterdrücke meine Gefühle, öffne die Tür, rutsche über die Bank an ihn heran. Es ist vernünftig, dass ich in der Mitte sitze, denn ich bin die kleinste, doch zwischen den beiden Brüdern eingequetscht zu sein fühlt sich furchtbar falsch an. Als Sam die Tür zuschlägt, bin ich praktisch gefangen.

Ich lasse eine Lücke zwischen mir und Saxon, denn ich bringe es nicht fertig, ihn zu berühren, ohne dass ich schreien oder weinen möchte. Doch als Sams Bein sich an meins drückt, rücke ich hastig näher an Saxon heran. Er ist immer noch das kleinere von zwei Übeln. Als unsere Beine aneinanderstoßen, stöhne ich leise. Das ist lächerlich. Ich ziehe mein Bein wieder weg und mache mich so klein wie möglich, damit ich mit keinem der Brüder in Kontakt komme. Nun bin ich so neutral wie die Schweiz.

Ohne mich zu beachten, startet Saxon den Wagen und fährt die Zufahrt hinunter. Johnny Cash dröhnt aus den Lautsprechern und lässt vermuten, dass es in diesem Auto keinen Bedarf für ein Gespräch gibt, was mir nur recht ist. Glücklicherweise bleibt Sam auf Distanz und schaut aus dem Fenster auf die Landschaft, die ihm vertraut sein sollte, es aber nicht ist. Saxon hält die Augen auf die Straße gerichtet und umklammert mit geblähten Nasenflügeln das Lenkrad.

Anscheinend erträgt er es nicht einmal mehr, in meiner Nähe zu sein. Unwillkürlich vergleiche ich sein Benehmen mit dem, das er an den Tag gelegt hat, als wir noch Teenager waren. Sicher wird er, falls er beschließt, mich zu begrüßen, nur ein

Schnauben oder nichtssagendes Nicken für mich übrighaben. Tief in Gedanken versunken, spiele ich mit der Kette um meinen Hals. Als Saxon zu mir herüberschaut und es sieht, macht er ein finsteres Gesicht.

Auch den Rest des Wegs legen wir schweigend zurück, und als wir vor Whispering Willows vorfahren, lässt Saxon den Motor laufen, was darauf hindeutet, dass er nicht aussteigen wird. Der leere Blick, mit dem er durch die Windschutzscheibe starrt, zeigt, dass er nicht vorhat, mir zu sagen, wo er hinfährt.

Samuel, der den Wink ebenfalls verstanden hat, öffnet die Tür, springt aus dem Auto und reicht mir die Hand. Ich ergreife sie, doch als ich ihn anfasse, spüre ich nichts. Kein Feuerwerk, keine Schmetterlinge, nichts. Bei Saxon brauchte ich dafür nur sein Bein zu streifen.

»Kommst du zum Abendessen?«, fragt Sam und sieht seinen Bruder fragend an.

»Nein«, erwidert Saxon, beugt sich über den Sitz und zieht die Tür zu. Ich zucke zusammen, als ich sie zuknallen höre.

Ohne einen Blick zurück fährt Saxon davon, aber diesmal schaue ich ihm auch nicht hinterher. Wenn ich dieses Chaos beseitigen will, muss ich mich wohl zuerst mit dem Schweigen abfinden. Und für mich gibt es nur einen Weg, damit umzugehen.

✳ ✳ ✳

Zwei Wochen später

»Wann kommt Sophia?«

»Um zehn.«

Sam seufzt, wie so oft in diesen Tagen. Aber ich schätze, das ist besser, als ihn wütend herumschreien zu hören. In den letzten zwei Wochen habe ich mich mit seinem Schweigen angefreundet, sehr zu seinem Bedauern, da er jetzt Redebedarf hat.

Er gibt sich Mühe, wirklich, und hin und wieder, wenn ich ein Stück vom alten Sam durchscheinen sehe, denke ich, vielleicht ist heute der Tag, an dem ich mich wieder in ihn verliebe. Aber dieser Tag kommt nicht. Und Saxon auch nicht.

In den letzten zwei Wochen habe ich ihn nicht länger als fünfzehn Minuten gesehen. Er kommt und geht, wie er will, und ehrlich gesagt, bin ich überrascht, dass er überhaupt zurückkommt. Ich habe keine Ahnung, warum er immer noch da ist. Ich weigere mich zu glauben, dass es etwas mit Sophia zu tun hat. Die beiden kennen sich doch kaum. Es kann nicht sein, dass sie schon so sehr aneinander hängen. Schließlich haben sie sich erst vor ein paar Wochen kennengelernt. Für mich hat das damals allerdings gereicht.

»Möchtest du nach der Sitzung mit mir zum Essen gehen?«

»Vielleicht«, erwidere ich, ohne von meinem iPad aufzuschauen. Ich schreibe eine sehr wichtige Mail an meinen Arbeitgeber. Eine, die mir hoffentlich hilft, diesen Sturm zu überstehen.

Ich halte mich unwillkürlich zurück, obwohl Sam und ich Frieden geschlossen haben. Er hat sich unzählige Male für sein Benehmen entschuldigt und auch dafür, dass er sich nicht mehr an mich erinnert. Er hat mich gebeten, ihm Filme von uns zu zeigen und unsere Lieblingsplätze, und ich habe es getan, aber es ist einfach nicht mehr dasselbe.

Ich schaue mir diese Szenen und Orte wehmütig an, habe jedoch nicht das Bedürfnis, neue Erinnerungen zu schaffen. Ich möchte mich nur noch auf meine Zukunft konzentrieren, aber die Frage ist: Spielt Sam darin eine Rolle?

Die Vorstellung, ihn zu verlassen, zerreißt mir das Herz, doch die, bei ihm zu bleiben, ebenso. Ich möchte ihn unterstützen, ihm helfen, sich daran zu erinnern, wie er früher war, aber wenn ich das tue, muss ich mich daran erinnern, wie *ich* war. Und das würde ich lieber vergessen.

»Hast du was von Saxon gehört?«, fragt Sam, der auf der Armlehne des Sofas sitzt und zuschaut, wie ich die Mail abschicke.

»Nein.« Falls er versucht, Konversation zu machen, sollte er sich besser ein anderes Thema suchen.

»Ich finde es komisch, dass die beiden zusammen sind.«

»Sie sind nicht zusammen«, fahre ich ihm rasch über den Mund.

»Ich bin ziemlich sicher, dass ich noch weiß, was damit gemeint ist, Lucy«, sagt er grinsend. »Er ist dauernd bei ihr und hat keine Zeit für seinen Bruder – die beiden sind definitiv zusammen.«

»Ja, sieht so aus, als hielte er sich nicht an die Regel«, meckere ich. Als Sam mich abwartend ansieht, füge ich hinzu: »Bruder vor Luder.«

Sam verschluckt sich an seinem Kaffee. »Ich wusste nicht, dass du so lustig bist.«

Ich mache mir nicht die Mühe, ihn darauf hinzuweisen, dass er gar nichts mehr von mir weiß, denn sein betretenes Gesicht spricht Bände.

»Ich finde es einfach komisch und eigentlich auch ein bisschen unpassend.« Nun hat er meine Aufmerksamkeit. Ich stelle mein iPad auf den Tisch und höre ihm zu. »Also, Sax sieht *genauso* aus wie ich. Heißt das, sie findet mich *auch* attraktiv?«

Ich lüpfe eine Braue. Möchte er, dass ich etwas dazu sage? Womöglich aus Eifersucht? Versucht er herauszufinden, ob ich so altmodisch bin, wütend zu werden, wenn Sophia sich für meinen Mann interessiert? Das Traurige daran ist, dass ich nicht weiß, *wer* mein Mann ist.

Ich habe Glück, denn es klingelt an der Tür. Auch wenn ich die Person, die davorsteht, nicht gern ins Haus lasse. Ohne Sams Frage zu beantworten, stehe ich auf und gehe zur Haustür. Warum kann diese Frau nicht ein einziges Mal hässlich aussehen? Oder fett? Jede Haarsträhne liegt genau an der richtigen Stelle. Sie ist absolut makellos.

»Guten Morgen, Lucy.« Und wie immer gut gelaunt. Warum kann sie nicht hin und wieder einen schlechten Tag haben? Aber ich will nicht darüber nachdenken, warum sie heute Morgen so aufgekratzt ist.

Widerwillig öffne ich die Tür und begrüße sie. »Hallo, Sophia.«

Normalerweise würde ich mich mit ihr unterhalten, aber heute möchte ich eigentlich nur wissen, wo Saxon ist.

»Samuels Unfall ist jetzt zwei Monate her, und ich finde, dass er wirklich große Fortschritte macht. Ist Ihnen aufgefallen, dass er sich inzwischen mehr Mühe gibt, sich zu erinnern?« Ich starre auf ihre rubinroten Lippen und frage mich, ob sie einen Abdruck auf Saxons Wange hinterlassen haben, als sie ihn zum Abschied geküsst hat.

Ich schüttele den Kopf, um den Gedanken zu verscheuchen, und sage: »Ja, natürlich.« Mehr bekommt sie nicht aus mir heraus.

Ich führe sie durch den Flur in das Zimmer, in dem Sam gespannt auf sie wartet. Anscheinend fahren alle Männer auf sie ab. Ich muss aufhören, so stutenbissig zu sein ... sofort. »Ich bin in der Küche, falls Sie mich brauchen.«

Ich mache eine neue Kanne Kaffee und schaue gelangweilt auf mein Handy. Pipers Nachricht kommt mir gerade recht.

Sollen wir uns mal treffen? Ich vermisse dich.

Ich vermisse sie auch. Seit der Nacht mit Saxon habe ich sie absichtlich gemieden. Sie hatte viel zu tun, hat gelernt und Doppelschichten gearbeitet, aber jedes Mal, wenn sie sich mit mir verabreden wollte, habe ich mich mit einer Ausrede davor gedrückt.

Ich brauche meine beste Freundin.

Ja! Kommst du zum Abendessen? So gegen 7?

Gern!

Sie fragt nicht, wer dabei sein wird, weil es nicht nötig ist. Die wenigen Male, die wir telefoniert haben, habe ich durchblicken lassen, dass Saxon nie da ist.

In dem Moment geht die Hintertür auf. Wenn man an den Teufel denkt... Das Handy fällt mir aus der Hand und schlittert über den Küchenboden. Ist er mit Sophia gekommen? Erst als das Handy gegen seinen dreckigen Stiefel stößt, bleibt es liegen. Ungerührt blickt er darauf herunter.

Wie immer kränkt mich seine Distanziertheit, deshalb gehe ich hastig in die Knie, um das Telefon aufzuheben und hoffentlich meine Traurigkeit zu kaschieren. Doch er kommt mir zuvor. Als er mir mein Handy reicht, schaue ich erst das Telefon und dann ihn misstrauisch an. Was soll das?

Er wedelt mit dem Handy und lächelt zögernd. Das habe ich schon lange nicht mehr gesehen. Plötzlich wird das Display hell, weil eine Nachricht eintrifft. »Piper möchte wissen, ob sie einen Kuchen mitbringen soll.« Der beiläufige Ton, in dem er über meine Freundin redet, bringt mich dazu, ihm das Telefon aus der Hand zu reißen.

»Ihr wollt also zusammen abendessen. Wie schön.« Schon zeigt sich wieder der blöde Saxon, den ich inzwischen hasse. Ich mache mir nicht die Mühe, ihm zu antworten, und richte mich auf.

Ich gehe zum Kühlschrank, nehme eine Packung Milch heraus, die dank Saxons Fernbleiben voll ist, und hole mir noch eine Tasse Kaffee, ohne ihm auch eine anzubieten. »Um wie viel Uhr?«

Der Kaffee gerät mir in den falschen Hals, und ich huste erstickt. Mit Tränen in den Augen klopfe ich mir auf die Brust und versuche, Luft zu bekommen. »Willst du etwa dabei sein?«, krächze ich atemlos.

»Natürlich.« Er klaut mir meinen Kaffee.

»Warum?« Ich kann es nicht glauben.

»Warum nicht? Dann kannst du Sophia besser kennenlernen.«

Ich sehe rot. »Ich kenne Sophia gut genug. Und außerdem kommt Piper.«

Unbeeindruckt zuckt er mit den Schultern. »Je mehr Leute da sind, desto netter wird's.«

Das reicht. Ich habe keine Lust mehr auf seine aufreizende Lässigkeit. »Du bist unglaublich.«

»Das sagt sie auch«, erwidert er doch tatsächlich.

Er sucht Streit. Ich sehe es an seiner Körpersprache. Aber ich mache nicht mit. Der Mann vor mir ist nicht der, für den ich ihn gehalten habe, also ist es sinnlos, sich mit ihm anzulegen … außerdem weiß ich nicht mehr, wofür ich kämpfen soll.

»Wir essen um sieben. Und zwar vegetarisch.«

Das überrascht ihn. »Du bist wieder Vegetarierin?«

»Ja, bei mir hat sich vieles geändert«, blaffe ich selbstbewusst.

Sprachlos sieht er zu, wie ich ihm meinen Kaffee wieder aus

der Hand reiße und erhobenen Hauptes aus der Küche marschiere.

Zum ersten Mal im Leben habe ich das Gefühl, mich durchgesetzt zu haben. Und es gefällt mir.

※ ※ ※

Um 18:59 Uhr verfluche ich mein Selbstvertrauen, denn ich bin ganz sicher, dass dieses Abendessen eine komplette Katastrophe werden wird.

Da ich etwas Farbe brauche, habe ich mein Lieblingskleid aus hellgrüner Seide angezogen. Es ist ärmellos und hochgeschlossen. Ich trage kaum Make-up – nur Rouge, Mascara und den Lipgloss mit Pfirsichgeschmack. Als ich meine Cowboystiefel überstreife, höre ich die Haustür zufallen und dann Pipers unverkennbare fröhliche Stimme.

Ich habe sie mehr vermisst, als ich dachte.

Ich habe sie wegen Saxon gewarnt, weil ich geglaubt habe, dass sie dann absagen würde, aber es schien ihr nichts auszumachen. Ich weiß nicht, wie sie so ruhig bleiben kann. Aber das ist typisch – sie ist immer optimistisch.

Mit laut klappernden Stiefelabsätzen und einem unguten Gefühl im Bauch gehe ich durch den Flur. Ich wünschte, dieses Essen wäre schon vorüber.

»Bitte sag, dass du vegetarische Lasagne gemacht hast«, empfängt Piper mich mit gefalteten Händen, als ich in die Küche komme.

Ich lache. »Ja, hab ich.«

Sie schmatzt begeistert. »Dann sollte ich meinen gekauften Limettenkuchen wohl besser wegschmeißen.« Ich werfe einen Blick auf den Nachtisch, der sehr lecker aussieht.

Sam öffnet eine Flasche Rotwein und schenkt jedem von uns etwas ein. Als er mein Glas zur Hälfte gefüllt hat, bedeute ich ihm, es ganz voll zu machen. Er protestiert nicht und fragt auch nicht, warum ich mich vor dem Essen betrinken möchte.

»Wie war's in der Uni, Pipe?«, frage ich und fange an, den Salat zu machen.

»Ganz okay. Aber ich bin froh, dass es mein letztes Jahr ist. Ich kann es kaum erwarten, echtes Geld zu verdienen.«

»Was studierst du denn?«, fragt Sam ehrlich interessiert.

»Innenarchitektur«, erwidert Piper. Als sie eine Grimasse schneidet, weiß ich, dass diese Unterhaltung falsch läuft. »Ich finde es immer noch seltsam, dass du dich an rein gar nichts erinnerst.«

»An manches erinnere ich mich schon«, widerspricht Sam.

»Nur nicht an die wichtigen Dinge«, kontert sie.

Eine Pause tritt ein.

Tja, dieses Abendessen hat gerade genauso begonnen, wie ich es befürchtet hatte. Und als die Hintertür aufgeht, wird alles noch schlimmer.

»Hallo, meine Lieben«, flachst Saxon, sodass der Abend gleich mit einem Misston beginnt. Ich drehe mich gar nicht erst um und beschäftige mich damit, die Tomaten klein zu schneiden.

Sam spielt den aufmerksamen Gastgeber und bietet Sophia etwas zu trinken an, während ich mich bemühe, mir nicht vorzustellen, wie ich *sie* in kleine Stücke hacke. »Das duftet ja köstlich, Lucy«, sagt sie, um eine Unterhaltung in Gang zu bringen.

Ich reiße mich zusammen, drehe mich um und lächle. Aber als ich sehe, dass sie einen gut gemeinten Strauß Sonnenblumen in den Händen hält, verschlägt es mir den Atem.

»Saxon hat mir gesagt, dass das Ihre Lieblingsblumen sind.«

Ahnungslos reicht sie mir den Strauß, ohne zu wissen, welche Erinnerung er in mir weckt – nämlich wie ich hinter Saxon auf der Harley gesessen habe und mich so frei gefühlt habe wie nie zuvor. Aber Saxon weiß es. Warum hat er das getan?

»D-danke«, stottere ich und nehme ihr die Blumen ab. »Das Essen ist gleich fertig.« Ein subtiler Hinweis darauf, dass die Gäste die Küche verlassen sollten.

Unwillkürlich schaue ich kurz zu Saxon hinüber, der neben Sophia steht und den Arm um sie gelegt hat. Die beiden sind ... ein Traumpaar, und das macht mich krank. Außerdem sieht Saxon in seiner Jeans und dem hellblauen Hemd blendend aus. Seine Ärmel sind hochgekrempelt und enthüllen seine muskulösen Unterarme. Sein Haar ist mit Gel gestylt, und er hat seinen Bart geschnitten, sieht aber immer noch gefährlich aus. Und absolut heiß. Auch Sophia sieht in ihrem schlichten korallenroten Kleid und den goldenen Riemchensandalen wie üblich großartig aus.

Der Biker und die Ärztin – eine tolle Kombination.

Entnervt drehe ich mich wieder um und tue so, als würde ich eine Vase suchen, damit ich nicht in Tränen ausbreche. Offenbar ist Saxon schwer verliebt in Sophia, und sie erwidert seine Gefühle.

Sam führt die beiden ins Esszimmer, während Piper zurückbleibt und mich misstrauisch mustert. »Alles in Ordnung, Luce?«

»Das sollte ich besser dich fragen«, erwidere ich, ohne auf die Frage einzugehen, denn die Antwort wäre Nein.

»Kein Problem«, sagt sie locker. »Es hat nicht sein sollen.«

»Aber ärgert dich das nicht?«, frage ich.

»Nein, die beiden sind cool. Es ist ja nicht so, als wäre ich in ihn verliebt gewesen oder so was.« Anscheinend ist Gelegenheitssex in diesem Jahr der letzte Schrei.

Da ich diesen Gedanken nicht weiterverfolgen will, lasse ich Piper das Knoblauchbrot und den Salat auftragen, während ich die Lasagne serviere. Auf den Tellern sieht sie nicht besonders ansprechend aus, weil ich mir beim Austeilen keine große Mühe gebe. Äußerlichkeiten sind das Letzte, was mich im Moment interessiert. Ich versuche, Sophia und Saxon das Essen nicht hinzuknallen, doch als Saxon zurückweicht, als wollte er herumfliegenden Mozzarellastückchen und Soßenspritzern entgehen, wird mir klar, dass es mir mit jeder Sekunde schwerer fällt, höflich zu bleiben. Hastig setze ich mich neben Sam, der seinem Bruder gegenüber am Kopfende des Tisches Platz genommen hat. Nichts könnte mir den Appetit besser verderben.

Schweigend essen wir in einer unterschwellig sehr angespannten Atmosphäre. Ich merke, dass Saxon mich genau beobachtet. Verärgert begegne ich seinem Blick und frage ihn stumm, was er für ein Problem hat. Er reagiert mit einem selbstgefälligen Grinsen.

»Saxon hat mir erzählt, dass Sie wieder Vegetarierin geworden sind«, sagt Sophia, um die unbehagliche Stille zu durchbrechen. »Ich finde das einfach großartig. In meiner Studienzeit war ich Veganerin. Da habe ich mich wirklich wohler gefühlt.« Natürlich. Wenn sie mir erzählen würde, dass die Sonne aus ihrem Hintern scheint, würde ich es ihr auch glauben, denn eine so perfekte Frau kann nicht lügen.

»Ja, geht mir genauso«, sage ich, weil sie auf eine Antwort wartet. »Zwischendrin bin ich kurz abgesprungen, aber jetzt bin ich wieder an Bord.« Unwillkürlich richte ich die Bemerkung an Saxon, der sein Budweiser trinkt.

»Das ist toll. Ehrlich, ich bewundere Sie dafür, dass Sie an Ihren Überzeugungen festhalten.«

»Lucy tut vieles aus Überzeugung«, sagt Samuel freundlicherweise, während er sein Essen zerschneidet. »Gerade ist sie damit beauftragt worden, drei Monate in Syrien zu helfen.«

Alle Augen richten sich auf mich, denn ich habe niemandem erzählt, dass ich angeboten habe, bei der dreimonatigen Hilfstour durch Syrien mitzufahren. Ich habe mich an den Rat meiner Mutter gehalten, denn *das* ist der einzige Weg, wie ich meinem Herzen folgen kann. Indem ich mir bewusst mache, wie echtes Chaos aussieht, und mein ruhiges Leben schätzen lerne. Die Zeit weit weg von Saxon und Samuel wird mir guttun, und ich hoffe, dass ich bei meiner Rückkehr weiß, was ich möchte.

»Ich werde sie vermissen, aber die Leute dort brauchen sie mehr als ich«, erklärt Sam. Er ist schrecklich hilfsbereit gewesen, doch ihm bleibt keine andere Wahl. Ich gehe auf jeden Fall. Ich lasse mich nicht von ihm aufhalten. Nie wieder.

»Oh, wann fliegst du?« Ich bin überrascht, dass es Saxon ist, der das betroffen fragt.

»Wenn alles gut geht, in zwei Wochen. Ich habe einen Pass, und mehr brauche ich nicht«, erwidere ich ruhig.

Alles andere als ruhig konstatiert er. »Da drüben herrscht Krieg. Und es wird immer schlimmer. Es gibt Luftangriffe, Entführungen und unaussprechliche Grausamkeiten an Ausländern, das ist kein Ort für …«

»Für was?«, frage ich mit hochgezogener Braue und lege meine Gabel auf dem Rand meines unberührten Tellers ab.

»Es ist einfach zu gefährlich«, lenkt er ein, weil er spürt, dass ich kurz davor bin zu platzen.

»Das weiß ich. Aber manchmal sind unsichtbare Bedrohungen wesentlich gefährlicher als sichtbare«, entgegne ich schnippisch und meine damit nicht meine Reise. Saxon versteht die Andeutung und beißt die Zähne zusammen.

Sophia räuspert sich. »Das ist wirklich lobenswert und mutig, Lucy.« Ich wusste, dass sie das sagt – sie möchte mich gern los sein.

»Das ist nicht mutig, das ist dumm«, schnauzt Saxon, der mich immer noch wütend anstarrt. Piper, die neben mir sitzt, rutscht nervös auf ihrem Stuhl herum, weil sie merkt, dass sich ein Streit anbahnt.

Ich werfe meine Serviette auf den Tisch und zische: »Gut zu wissen, dass du es für dumm hältst, Menschen in Not zu helfen. Wie die Mutter, so der Sohn.« Das ist ein Tiefschlag, aber Saxons Bemerkung hat mich an Kellies Engstirnigkeit erinnert. Und daran, dass er vor nicht allzu langer Zeit noch dafür war, dass ich nach Syrien gehe. Wieso hat er seine Meinung so schnell geändert? Ich dachte, er wäre froh, mich von hinten zu sehen.

Sam versteift sich, und sofort bereue ich es, so gemein über seine Mutter geredet zu haben. »Tut mir leid, Sam.« Ich greife nach seiner Hand und drücke sie leicht.

Da wackelt der Tisch, und als ich mich umschaue, um nach dem Grund zu suchen, sehe ich, dass Saxon dagegen gestoßen hat und finster auf meine Hand starrt, die immer noch auf Sams liegt. Ist er etwa ... eifersüchtig? Er ist so aufgebracht, dass ich nicht weiß, was als Nächstes passieren wird.

»Ich geh eine rauchen«, erklärt er und schiebt polternd seinen Stuhl zurück.

Sophia hält mitten im Kauen inne und schaut zu ihm auf, während ich trotzig den Blick mit ihm kreuze. Er kann nicht einfach hierherkommen und mir vorschreiben, was ich tun soll. Das ist mein Leben, und er hat mir deutlich gesagt, dass er nichts mehr damit zu tun haben will. Die Haustür schlägt zu, und damit ist die Unterhaltung über meine Reisepläne beendet.

Ich stochere in meinem Essen herum und achte nicht auf das Gespräch am Tisch, weil ich nichts dazu beisteuern möchte. Ich will nur eins, Saxon finden und ihm eine runterhauen. »Ich mach schnell Kaffee«, sage ich abrupt und unterbreche Sam bei der Geschichte, wie er versucht hat, Potter zu beschlagen.

Alle schauen mich an, aber niemand sagt etwas zu meinem seltsamen Benehmen. Eilig nehme ich meinen Teller und gehe in die Küche. Dort angekommen stütze ich mich mit beiden Händen auf die Theke und atme dreimal tief ein und aus.

»Luce, was ist los?« Dass Piper nur langsam näher kommt, deutet darauf hin, dass sie befürchtet, dass ich kurz davor bin, die Nerven zu verlieren.

»Wie kannst du dasitzen und nicht den Drang haben, ihm … ihm … ins Gesicht zu schlagen?«, schreie ich, unfähig meine Gefühle noch länger zu verbergen.

»Wem?«

»Saxon«, sage ich und schaue sie herausfordernd an. »Wie hältst du es aus, die beiden zusammen zu sehen, nach dem, was zwischen euch war?« Da, ich habe es gesagt, und es hat sich genauso angefühlt, wie ich dachte – ganz schrecklich.

Verwirrt zieht Piper die Brauen zusammen. »Wovon redest du? Was war denn zwischen uns?«

Als ich ihre Überraschung sehe, ist mir, als kämen die Wände auf mich zu. »I-ich habe gesehen, wie du bei der Party in Saxons Zimmer gegangen bist.«

»Ja, und?« Dann reißt Piper die Brauen fast bis zum Haaransatz hoch. »Oh mein Gott! Du hast gedacht, wir hätten miteinander geschlafen?«

»Stimmt doch«, entgegne ich, um ihr zu zeigen, dass ich alles weiß. »Saxon hat's mir gesagt.«

Verblüfft klappt sie den Mund auf und schüttelt den Kopf. »Nein, Lucy, das stimmt nicht.«

»*Was?*«, krächze ich, weil das Wort mir im Hals stecken bleibt. »A-aber Saxon hat es doch gesagt.«

»Also, ich fühle mich geschmeichelt, aber dann ist er ein Lügner.«

Nein.

Die ganze Zeit habe ich gedacht, er hätte mit ihr geschlafen, und als ich es ihm vorgeworfen habe, hat er mich nicht korrigiert. Warum?

Mir wird übel.

Dass ich Saxon und Piper zusammen gesehen habe, war einer der Hauptgründe dafür, warum ich Sam an mich herangelassen habe. Worauf ich nicht sonderlich stolz bin, ich war nur unglaublich wütend, dass Saxon mit einer anderen ins Bett gegangen ist ... als mit mir.

Oh mein Gott. Was habe ich getan?

Als ich an unsere erregte Diskussion zurückdenke, wird mir klar, dass Saxon nicht zugegeben hat, mit Piper geschlafen zu haben. Ich habe es nur angenommen und es ihm dann vorgeworfen. Stimmt, er hat es nicht abgestritten. Aber was hätte es auch genutzt? Ich war fest davon überzeugt – und habe es als Entschuldigung benutzt, um mein Handeln zu rechtfertigen. Aber selbst wenn er mir die Wahrheit gesagt hätte, hätte das, was ich mit Sam getan hatte, nicht mehr rückgängig gemacht werden können.

Ich lasse mich auf einen Barhocker fallen und raufe mir die Haare. »Was habt ihr dann die ganze Nacht gemacht?«

»Na ja, ich war ziemlich betrunken, aber soweit ich mich noch erinnern kann, habe ich versucht, ihn zu küssen.« Ich balle die Hände. »Er hat dankend abgelehnt, da habe ich ihn gefragt, ob er mich nicht mag, und er hat gesagt, doch, durchaus. Als ich wissen wollte, warum er mich dann nicht küssen will, hat er mir erklärt, dass er eine andere liebt, und zwar schon sehr lange. In der nächsten Stunde habe ich mir die Seele aus dem Leib gekotzt – was nebenbei bemerkt, nichts mit seiner Bemerkung zu tun hatte.«

Ich schnappe nach Luft und kämpfe gegen Tränen. Als Piper das sieht, wird sie wieder ernst. »Ich dachte, er meint vielleicht Sophia... aber er meinte... dich, oder, Luce? Saxon liebt dich. Schon die ganze Zeit.« Sie hat ein fehlendes Stück zu diesem immer größer werdenden Puzzle gefunden.

»Ich weiß es nicht«, heule ich.

»Hast du deshalb mit Sam geschlafen? Weil du dachtest, ich treibe es mit Saxon?« Piper war schon immer die Klügere von uns beiden. »Oh, Luce. Sag, dass das nicht wahr ist. Willst du dich deshalb in Syrien verstecken? Du liebst sie beide, nicht wahr?«

»I-ich muss ihn finden.« Ich schlucke meine Tränen herunter und stehe auf. »Halt sie mir vom Leib.« Piper nickt. Sie hat mir schon immer den Rücken freigehalten. »Es tut mir leid, dass ich nicht zuerst mit dir darüber gesprochen habe. Ich dachte bloß...«

»Ist doch egal. Aber es erklärt, warum du mir in den letzten Wochen die kalte Schulter gezeigt hast.«

»Entschuldige, Piper. Ich mache es wieder gut.« Hastig küsse ich sie auf die Stirn, ehe ich durch die Hintertür renne.

Dieses Missverständnis hat mich sehr viel gekostet. Wenn

ich nicht so voreilige Schlüsse gezogen hätte, wäre das alles nicht passiert. Es ist allein meine Schuld.

Ich weiß, wo Saxon ist, ich brauche nicht erst nach ihm zu suchen. Ich laufe zur Scheune, und eine Rauchwolke zeigt mir, dass er an der Rückwand lehnt. Mein schneller Atem verrät ihm, dass jemand kommt, und er lugt um die Ecke, um zu sehen, wer es ist.

Als unsere Augen sich treffen, ist es so weit, es gibt kein Zurück mehr.

»Warum hast du es mir nicht gesagt?«, rufe ich, während ich auf ihn zustürme.

»Aus meiner Sicht bist du nicht in der richtigen Position, mich das zu fragen«, schnauzt er und wirft seine Zigarette auf den Boden.

Erstaunt bleibe ich stehen. »Was kümmert es dich überhaupt, ob ich weggehe? Immerhin hast du mir deutlich zu verstehen gegeben, was du von mir hältst. Ich frage mich, warum du noch da bist. Offenbar hast du gar keine Lust dazu, dann geh doch zurück nach Oregon.«

»Mir gefällt es hier. Und Sophia ...«

Sobald ich den Namen höre, brülle ich los. »Und du nennst mich eine Lügnerin!« Ich bin sicher, dass er sie nur als Vorwand benutzt, um zu bleiben, aber ich will wissen, warum.

»Ich dachte, das ist das, was du wolltest«, knurrt er und zeigt auf das Haus. »Hast du sie nicht deshalb zur Party eingeladen? Damit du mich loswirst?«

Nein, das ist ganz sicher *nicht* das, was ich wollte.

Ich stürze mich auf ihn und stoße ihn mit beiden Händen vor die Brust. Überrascht stolpert er rückwärts. »Warum hast du mir nicht gesagt, dass du nicht mit Piper geschlafen hast?«

»Was hätte es für einen Unterschied gemacht? Du hast geglaubt, was du glauben wolltest. Und es hätte nichts daran geändert, dass du mit ihm *gefickt* hast.«

Bestürzt über seine Wut weiche ich einen Schritt zurück. »Was hätte ich denn sonst denken sollen? Schließlich hast du sie in dein Zimmer geführt.«

»Wo ich ihr die Haare gehalten habe und eine Stunde lang zugesehen habe, wie sie sich übergeben hat. Dann habe ich sie ins Bett gebracht.« Das passt zu Pipers Bericht. »Nachdem sie eingeschlafen war, habe ich dich gesucht. Ich wollte mich dafür entschuldigen, dass ich dich verärgert hatte. Aber als ich weder dich noch Sam finden konnte, wurde mir klar, wohin ihr gegangen seid. Und womit ihr beschäftigt wart.«

Wutentbrannt stapft er an mir vorbei in die Scheune. Aber so lasse ich mich nicht abfertigen. Ich laufe ihm nach, halte ihn am Arm fest, reiße ihn herum und zwinge ihn, mich anzusehen. Die rustikalen Lampen in der Scheune verbreiten ein dämmriges Licht.

»Warum macht es dir so viel aus, dass ich mit Sam geschlafen habe? Warum ändert das etwas für dich?« Er wendet den Kopf ab und beißt die Zähne zusammen. »Warum?«, schreie ich. »Sei ein einziges Mal ehrlich und sag mir die Wahrheit!«

Mit verzerrtem Gesicht packt er mich an den Oberarmen und beugt sich vor. Er ist so wütend, dass es mir den Atem verschlägt. »Weil ich dich ... liebe, verdammt!« Er schüttelt mich, als wäre ich eine Stoffpuppe. »Ich halte es nicht aus, bei dir zu sein ... aber ich halte es auch nicht aus, nicht bei dir zu sein! Ich kann nicht in deiner Nähe sein, Lucy. Du machst mich süchtig. Aber ich schaffe es nicht, mich von dir fernzuhalten.«

Das ist zu viel für mich. Die Welt dreht sich zu schnell, und ich habe Angst, auch jeden Augenblick durchzudrehen. Er liebt mich? Seit wann? Piper hat gesagt, dass es eine Frau gibt, die er schon sehr lange liebt. Bin ich das?

»Du l-liebst m-mich?«, stammele ich Auge in Auge mit ihm.

»Ja. Genau. So ist es, Herrgott!«, gesteht er widerwillig. »Und jetzt frag mich noch mal, warum ich geblieben bin.«

Er bezieht sich auf die Unterhaltung vor vielen Wochen, als ich ihn gefragt habe, was ihn hier hält. Ich erinnere mich, dass ich damals gedacht habe, seine Antwort würde mich alles, was ich glaube und liebe, mit anderen Augen sehen lassen. Und ich hatte recht.

»Warum bist du geblieben, Saxon? Aus welchem Grund?«

Er lässt mich los und senkt die Hände. Er wirkt traurig, wie vernichtet von dieser Beichte, und ich weiß nicht, warum. »Der Grund bist du, Lucy. Alles ist nur deinetwegen passiert. Ich habe immer nur dich gewollt … aber du wolltest mich nie.«

Jetzt verstehe ich seinen Kummer. Er weiß nicht, ob sein Geständnis etwas ändert, doch das tut es.

Plötzlich passen alle Teile zusammen. »Aber jetzt will ich dich.«

»Was?«, schnauft er, weil er so schwer atmet.

»Ich will dich. Gott helfe mir, aber ich habe dich von dem Moment an gewollt, in dem ich mich in deine Arme geworfen habe und du mich aufgefangen hast. Ich dachte, dir geht es genauso, aber du hast unseren Kuss so locker abgetan«, erkläre ich und verstehe endlich, warum mich das derart gekränkt hat.

Hastig legt er eine Hand um meinen Nacken, damit ich ihm zuhöre. Es fühlt sich an, als hätte er mir einen glühenden Schürhaken ins Herz gestoßen. »Ich hatte Angst, dass ich dich verliere. Dass du vor mir wegläufst, Lucy. Ich habe diesen Blick in deinen Augen gesehen. Voller Schuldbewusstsein und Unsicherheit. Lieber wollte ich weiter so tun, als ob nichts wäre, als dich noch mal verlieren.«

»Noch mal?« Was meint er damit?

Aber er achtet nicht auf meine Frage. Seine grünen Augen funkeln so gefährlich, dass ich schlucke. »Du willst mich – und nicht ihn?«

Ich weiß, was er von mir hören will, aber ich kann ihm keine ehrliche Antwort geben, weil ich sie nicht kenne. Als er merkt, wie unsicher ich bin, streicht er mit dem Daumen über meine heftig pulsierende Halsschlagader. »Es ist ganz einfach. Entweder du willst mich oder nicht.«

Jetzt ist es so weit. Der Tag ist gekommen. Es wird Zeit, mich dem, wovor ich die ganze Zeit Angst hatte, zu stellen. Mit den Folgen beschäftige ich mich morgen, denn im Moment, in dieser Sekunde, will ich einfach frei sein. »Ich will ... dich.«

Ehe ich protestieren kann, ist er bei mir. Nicht dass ich protestiert hätte, denn ich will das hier genauso sehr wie er. Wie Irre stürzen wir uns aufeinander, und er zieht meine Hüften an sich, während ich die Arme um seinen Hals schlinge und meinen Mund auf seinen drücke. Dann küssen wir uns hektisch und unkontrolliert, auf die schmutzige, rücksichtslose Art, nach der ich mich sehne, ja regelrecht verzehre, seit ich ihn wiedergesehen habe.

Sein Mund ist unglaublich, und er küsst mich genauso wild, wie ich es jetzt brauche. Unsere Lippen verschmelzen, und ich zerre ungeduldig an seinen Haaren, damit er mir in Fleisch und Blut übergeht. Seine Zunge tanzt mit meiner und hört auch nicht auf, als er sich leise seufzend ein Stück aufrichtet und mein Gesicht in beide Hände nimmt, um die Führung zu übernehmen. Aber ich gebe gern nach, ich freue mich, erobert und verschlungen zu werden.

Als ich Saxons hartes Glied spüre, erschauere ich von Kopf bis Fuß und erinnere mich daran, wie ich ihm beim Masturbieren in der Dusche zugeschaut habe und wie verrucht ich mich dabei gefühlt habe. So möchte ich mich noch einmal fühlen.

Während Saxon sich meinem Mund widmet, mache ich mich an seiner Gürtelschnalle zu schaffen. Als sie aufgeht, erlaube ich es mir, den Knopf an seiner Jeans zu öffnen und meine Hand hineinzustecken. Ich stöhne, als ich direkt auf seine pralle Erektion stoße, weil er keine Unterwäsche trägt. Hastig nehme ich sein langes, heißes Glied und beginne, es zu reiben. Sonst bin ich niemals so aggressiv, aber wenn ich ihn nicht auf der Stelle bekomme, explodiere ich vielleicht.

Sein archaisches, hungriges Knurren spornt mich an und gibt mir das Selbstvertrauen, ihn immer fester und schneller zu reiben. Seine Haut ist wie Samt und die Eichel bereits feucht vor Verlangen. »Oh, Scheiße«, flucht er und wirft den Kopf zurück.

Die Adern an seinem Hals treten hervor, und sein Adamsapfel hüpft, als er heftig schluckt. Eine Hand in seiner Hose stelle ich mich auf die Zehenspitzen und knabbere und sauge an diesem verführerischen Hals, weil ich unbedingt ein Zeichen hinterlassen will – damit die Welt weiß, dass er mir gehört.

Saxon schreit auf, und das Glied in meiner Hand pocht erregt – ich habe die Macht, und das ist ein berauschendes Aphrodisiakum. »Ich habe dich beobachtet«, beichte ich, während ich ihm einen Knutschfleck mache.

»Wobei?«, stößt er hervor und bewegt die Hüften im Takt mit meinem drängenden Rhythmus.

»In der Dusche. Als du dir einen runtergeholt hast.« Ich sollte mich schämen, aber ich tu's nicht.

»Und, hat es dir gefallen?«

»Oh ja«, erwidere ich und spüre, wie ich nass werde.

»Gut«, knurrt er, dann fasst er schnell nach meiner Hand und zerrt sie aus seiner Jeans.

Unsicher weiche ich zurück, doch als er grob nach dem Saum meines Kleides greift und es mir über den Kopf zieht, weiß ich, was er vorhat. »Dann möchte ich jetzt zusehen.«

Ich habe nichts dagegen, denn nichts hat sich je so gut angefühlt wie das hier. Ich fasse nach hinten, öffne meinen weißen Spitzen-BH und lasse ihn fallen. Dann werden meine Nippel hart, weil Saxon mich mit den Augen auffrisst. Ich habe keinen großen Busen, aber sein zufriedenes Brummen nimmt mir alle Sorgen. Mit zitternden Fingern greift er nach meinen Brüsten und streichelt sie, bis ich wimmernd um mehr bitte.

Gehorsam nimmt er eine harte Knospe in den Mund, während er die andere Brust weiter mit einer Hand liebkost. Ich fühle mich so gut, so lebendig, dass ich nicht weiß, wie lange ich diese süße Qual noch ertragen kann.

Meine Unterwäsche ist nass, und ich bin so erregt, dass mir jedes Saugen, Züngeln und Beißen durch und durch geht. Als ich es nicht mehr aushalte, überwinde ich meine Scheu und fasse mir zwischen die Beine. Ich bin so weit. Ich will, dass er mich nimmt.

Ich lege den Kopf in den Nacken, schließe die Augen, konzentriere mich auf das, was Saxon mit mir macht, und schiebe meine Finger immer tiefer in mich. Ich bin so kurz davor zu kommen, dass es unvermeidlich zu sein scheint, und ich weiß, dass ich hinterher süchtig danach sein werde.

Gerade als ich das Zentrum meiner Lust in einem weiten Kreis umfahre, packt Saxon mich am Handgelenk und reißt meine Hand aus meinem Höschen. Empört schreie ich auf, weil ich so dicht vor dem Höhepunkt war, doch sein tiefes, kehliges Lachen zeigt mir, dass er gerade erst angefangen hat.

»Das ist mein Job«, murmelt er, zieht die Hand an seinen Mund und saugt an meinen Fingern. Sie sind feucht, weil ich so nass bin, und ich erröte verlegen. »Du schmeckst unglaublich gut.« Genüsslich leckt er jeden Zentimeter ab.

Schon allein das bringt mich dazu, sehnsüchtig die Schenkel aneinanderzureiben. Ich bin kurz davor, um Erlösung zu flehen. Doch dann zügle ich mein Verlangen, packe die Kragenenden seines Hemdes und reiße sie so weit auseinander, dass die Knöpfe nach allen Seiten durch die Scheune fliegen. Erfreut über meine Leidenschaft schmunzelt er.

Meine Angriffslust stachelt uns beide an, und ehe wir es uns versehen, ziehen und zerren wir wie von Sinnen an der Kleidung des anderen, um ihn schnellstmöglich zu entkleiden. Sobald wir beide nackt sind, hebt Saxon mich hoch, als wäre ich federleicht, und trägt mich zu einem Berg aus Strohballen. Dann wirft er mich darauf und schaut mit gierigen Augen zu, wie meine Brüste beim Aufprall wippen. Als ich auf den Ellbogen rückwärts krieche, kitzelt das Stroh mich am Hintern und an den Beinen, und ich empfinde es als eine Mischung aus Lust und Schmerz.

Ich warte darauf, dass Saxon sich auf mich legt, um uns so miteinander zu verbinden, wie ich es mir so verzweifelt wünsche. Aber er tut es nicht. Er steht einfach da und mustert mich. Unwillkürlich bedecke ich meine Brüste, doch er schüttelt den Kopf, beugt sich vor und sorgt dafür, dass ich mich ihm wieder zeige.

»Die Realität ist noch viel besser, als ich es mir erträumt habe. Du bist wunderschön, Lucy. Verdammt, ich habe dich nicht verdient.«

Seine ehrliche Bewunderung gibt mir den Mut, mich hinzuknien, die Arme um seinen Nacken zu legen und ihn auf mich zu ziehen. Er hat genau das richtige Gewicht, und wir passen zueinander, als wären wir aus einem Stück gemacht. Wir küssen uns wieder, doch dieser Kuss ist nicht nur voller Leidenschaft, sondern auch voller Liebe – genauso wie ich es mir gewünscht habe.

Ich bin bereit, ich will ihn, also spreize ich die Beine, weil ich ihn in mir spüren muss. Er schiebt eine Hand zwischen uns und streicht mit zwei Fingern über meinen erwartungsvollen Schoß. Ich stöhne in seinen Mund und mache die Beine breiter, damit er nicht wieder aufhört. Und er versteht den Wink. Als er einen Finger in mich hineinsteckt, entschlüpft uns beiden ein Freudenschrei.

Er ist sanft, aber angespannt, so als hielte er sich im Zaum, weil er es langsam angehen möchte. Aber das will ich nicht. Ich will ihn gleich.

Ich beiße in seine Unterlippe, nehme sein dickes Glied in die Hand und führe es dorthin, wo ich es haben will. Er stöhnt, als wir uns berühren, und entzieht mir seine Lippen, um mir in die Augen zu schauen. Ich streiche ihm das Haar aus dem Gesicht und wünsche mir, mich für immer in seinem meergrünen tiefen Blick verlieren zu können.

»Bist du sicher? Das ändert alles.« Er zittert am ganzen Körper, und ich weiß nicht, warum, aber nichts hat sich jemals besser angefühlt.

»Ich bin mir noch nie im Leben sicherer gewesen.« Ich drücke meinen Mund auf seinen, dränge mich an ihn, und schon werden wir eins.

Langsam tastet er sich vor, denn er ist groß, sehr groß, und meine Muskeln brauchen eine Weile, um sich an ihn zu gewöhnen. Aber als sie es tun, bin ich im siebten Himmel.

Wir küssen uns, während er auf und ab gleitet, wobei er darauf achtet, nicht zu schnell zu werden. Aber wir sind rasch aufeinander eingestimmt und bleiben im Takt, als er das Tempo beschleunigt. Ich habe keine Mühe, seinem Rhythmus zu folgen, denn wir ergänzen uns perfekt.

Er füllt mich so vollkommen aus, dass mir die Tränen kommen. Als er noch schneller wird, schreie ich leise auf, und er hält sofort inne. »Tut mir leid. Habe ich dir wehgetan?« Ängstlich wischt er mir die Tränen aus den Augen.

»Nicht aufhören«, erwidere ich atemlos und lege ein Bein um ihn, damit er tiefer in mich hineinkommt. Er grinst und macht ruhig und gleichmäßig weiter.

Ich merke, dass er sich zurückhält. Ich spüre, dass seine bedächtigen Stöße beherrscht und vorsichtig sind. Aber ich will nichts Beherrschtes und Vorsichtiges. Das habe ich mir schon viel zu lange vorgemacht. Ich spanne meine Muskeln an und komme ihm bei jedem Stoß mit den Hüften entgegen, bis er stöhnend meinem wollüstigen Drängen nachgibt.

Als er stürmisch in mich hineinstößt, fallen alle Schranken, und es gibt nur noch uns – Saxon und Lucy, und es ist wunderbar. Ich lege meine Hand auf sein hämmerndes Herz, direkt auf das Sanduhr-Tattoo, das nun eine Bedeutung für mich hat. Die Zeit wird nichts daran ändern können, dass ich jetzt auch ihn liebe.

Er zieht mein Bein etwas höher, damit er sich noch tiefer in mich hineinbohren kann. Aber ich will es. Ich will alles, was er mir geben kann, und lege den Kopf in den Nacken. Da, wo meine Lust sich bündelt, bahnt sich eine Explosion an.

Saxon schaut auf die Stelle, an der wir verbunden sind, und grinst zufrieden, weil ich endlich ihm gehöre. »Du hast keine Ahnung, wie lange ich mir das schon gewünscht habe.« Verzückt verdrehe ich die Augen, als er mir beweist, wie sehr.

Ich bin kurz davor zu kommen und schreie beinahe enttäuscht auf, als er plötzlich aufhört und sein Glied aus mir herauszieht. Meine Muskeln verkrampfen sich, weil sie sein pralles Glied vermissen, entspannen sich aber, als er mich so herumdreht, dass ich auf allen vieren vor ihm knie.

Mit den Fingerspitzen streicht er über meine Narben und zeichnet die gezackten Konturen nach. Peinlich berührt versuche ich, ihm zu entkommen, doch er lässt mir keinerlei Spielraum. Aber mein leises Aufschluchzen bleibt mir im Halse stecken, als er seine Lippen auf die hässlichen Male drückt und dafür sorgt, dass ich mich schön und geliebt fühle.

Jedes Züngeln radiert etwas mehr von der Vergangenheit aus, und ehe ich michs versehe, strecke ich ihm den Hintern entgegen und drücke den Rücken durch, damit er wieder in mich eindringt. Stattdessen streicht er mit dem Zeigefinger durch meine Pofalte und öffnet mich wie eine Rosenblüte. Als ich sein Gesicht an meinen Pobacken spüre, versuche ich verlegen, mich ihm zu entziehen, doch er ist unerbittlich und zieht mich weiter zurück, sodass ich gegen seine Gesicht stoße. Mir wird glühend heiß vor Scham, aber auch vor Verlangen, denn ich fühle mich unglaublich begehrenswert.

Dann leckt er mich genüsslich, und seine Zunge und sein Mund dringen zu Stellen vor, an die sich noch nie jemand herangewagt hat. Kein Zentimeter an mir bleibt unberührt, und schließlich winde ich mich schamlos vor Begierde und bettle um mehr. Als ich höre, dass er sich den Penis reibt, stürmen so erotische Bilder auf mich ein, dass ich alle Hemmungen verliere.

Saxon weiß, dass ich kurz vor dem Orgasmus bin, denn er greift zwischen uns und stimuliert meine geschwollene Klitoris. Als seine geschickten Finger auf mir spielen wie auf einem Instrument, das nur für ihn gemacht wurde, stöhne ich und bäume mich heftig auf, weil ich mich gehen lassen möchte.

Überrascht schreie ich auf, als er mir auf den Po haut und seinen Mund durch sein Glied ersetzt. Dann dringt er so tief in mich ein, dass ich das Gefühl habe, er ist überall, und nimmt mich hart und rücksichtslos, und es gefällt mir so sehr, dass ich ihm immer wieder entgegenkomme.

Mit einer Hand hält er mich an der Taille fest, während er mit der anderen mein Haar umfasst. Ich fühle mich völlig erfüllt, und ich will, dass das das immer so bleibt. Der Gedanke treibt mich über die Schwelle und beschert mir einen so unglaublichen Orgasmus, dass ich unwillkürlich aufschluchze. Nie im Leben habe ich mich so gefühlt, und ich weiß nicht, ob es die Fänge der Leidenschaft sind oder das Glück, endlich frei zu sein, jedenfalls brülle ich: »Ich liebe dich auch, verdammt!«

Saxon brummt erleichtert und gerührt, während er pumpt und pumpt, bis auch er erlöst aufschreit und mit einem ohrenbetäubenden Heulen auf mir zusammenbricht.

Ohne uns voneinander zu lösen, warten wir, bis wir aufhören zu zittern, und nichts, gar nichts hat sich jemals schöner angefühlt. Ich bin genau da, wo ich sein sollte. Endlich weiß ich, wo ich hingehöre.

Einundzwanzig

Als ich aufwache, habe ich das Gefühl, endlich klar zu sehen. Oder liegt das vielleicht am Sonnenschein, der ungefiltert durch die Fenster fällt?

Schnell lege ich einen Arm über die Augen und sperre die Helligkeit aus, ich bin noch nicht bereit, mich dem harten Licht des Tages jetzt schon zu stellen. Was zwischen Saxon und mir passiert ist, ist ... einfach unbeschreiblich. Es gibt keine Worte für das, was ich fühle. Es war absolut großartig.

Nachdem wir uns vollkommen befriedigt und glücklich aneinandergeschmiegt hatten, bin ich in Saxons Armen eingeschlafen. Als ich in der Nacht wieder aufgewacht bin, lag ich unter einer Decke, die Saxon über uns gebreitet hatte. Nun klopft sein Herz kräftig und beruhigend an meinem Ohr – der gleichmäßige Takt schläfert mich beinahe wieder ein. Doch früher oder später müssen wir uns den Folgen unseres Tuns stellen.

Saxon hat gesagt, dass sich zwischen uns etwas ändern würde, und so ist es – alles ist besser geworden. Ich weiß, dass ich Samuel betrogen habe – in Gedanken und in Taten –, und das werde ich mir nie verzeihen. Trotzdem werde ich das, was zwischen Saxon und mir geschehen ist, niemals bereuen. Doch ehe ich Sam gegenübertrete, müssen Saxon und ich herausfinden, was aus uns wird. Wir haben uns gegenseitig unsere Liebe gestanden, aber das heißt nicht, dass wir automatisch ein Paar sind. Oder?

Der Ring an meinem Finger fühlt sich zu schwer an, und nach langem Zaudern weiß ich, dass es nun so weit ist. Ich kann Samuels Ring nicht mehr tragen. Wir sind nicht mehr dieselben Menschen, die wir einmal waren. Ich kann nicht anders, ich denke, indem ich Sam verloren habe, habe ich mich selber gefunden. Ich habe herausgefunden, was ich möchte.

Obwohl ich mich noch nie im Leben einem anderen menschlichen Wesen so nahe gefühlt habe, richte ich mich langsam auf, weil ich mir Saxon ansehen möchte, ehe er wach wird. Sein Haar ist vom Schlaf zerzaust und steht widerspenstig nach allen Seiten ab, und sein markantes Kinn ist von einem dunklen Flaum bedeckt, der seine schön geschwungenen Lippen hervorhebt. Lippen, die ich schrecklich gern küssen würde.

Ich erliege der Versuchung und drücke meinen Mund auf seinen. Sofort tauchen atemberaubende Szenen von gestern vor meinen Augen auf und wecken das Verlangen nach mehr. Das raue Stöhnen, mit dem Saxon erwacht, ist unglaublich sexy.

»Guten Morgen«, flüstere ich an seinen Lippen, gebe ihm aber keine Chance zu antworten, weil ich meine Zunge schnell in seinen warmen Mund stecke. Brummend lässt er mich gewähren, während ich mich auf ihn lege, ohne den Kuss zu unterbrechen.

Als sich zwischen meinen Beinen etwas regt, kann ich es kaum erwarten, ihn wieder in mir zu spüren, auch wenn ich ein wenig wund bin. Ich setze mich auf, die Decke fällt herab, und das Sonnenlicht bescheint Saxon in all seiner unverhüllten Schönheit. Bei dem Anblick wird mir bewusst, dass ich ihn noch nie völlig nackt gesehen habe.

Er ist wunderschön.

Ich zeichne die ausgeprägte Topografie seines Körpers nach und beschließe, ihm etwas zu beichten. Nackt auf ihm sitzend, entblöße ich auch meine Seele. »Als wir uns zum ersten Mal im Krankenhaus getroffen haben, habe ich gedacht, du wärst gekommen, um Sam zu retten.« Saxon schlägt die Augen nieder. Die Enthüllung scheint ihn traurig zu machen. Mit einem Finger fasse ich unter sein Kinn und bringe ihn dazu, mich anzuschauen. »Aber jetzt weiß ich ... dass du gekommen bist, um mich zu retten.«

Hastig schließt er die feucht werdenden Augen, und nichts hat je schöner ausgesehen.

Wir reden nicht mehr, doch unser Schweigen spricht Bände. Ich streiche über seine Wangen, sein kantiges Kinn, das Schlüsselbein und seine Brust. Mir fällt die elegante Schrift des Tattoos auf seiner rechten Seite ins Auge. Es ist mir nie gelungen, es ganz zu entziffern, und als Saxon sich bewegt und es enthüllt, verstehe ich, warum er es vor mir versteckt hat.

Verwirrt lese ich die Worte wieder und wieder, ohne zu begreifen, was sie bedeuten. Das muss falsch sein. In der Hoffnung, dass ich mich täusche, bohre ich fordernd die Finger in seine Taille. Aber als er die Augen aufschlägt und nichts als Schuldbewusstsein darin zu sehen ist, weiß ich, dass ich endlich das letzte Stück zu meinem Puzzle gefunden habe.

Mein Herz schlägt ohrenbetäubend laut und ich bekomme keine Luft mehr. Ich ersticke ... an etwas, das ich nicht erklären kann.

»W-warum hast du dieses Tattoo?«, frage ich mit brechender Stimme und deute auf seine Seite. Er runzelt die Stirn und schüttelt traurig den Kopf. »Warum, Saxon?«, schreie ich, als er mir nicht antwortet.

Die unbewegte Luft in der Scheune riecht modrig. »Sag's mir.« Diese drei Worte besiegeln mein Schicksal.

Frag sie, ob sie immer noch alle ihre Damen am Rand sitzen lässt, steht auf seiner Haut.

Das ist eine Zeile aus *Der Fänger im Roggen* – die Zeile, die Samuel und mich zusammengebracht hat. Diese Worte haben aus mir eine verliebte Närrin gemacht. Aber warum hat Saxon sie sich eintätowieren lassen?

Hastig denke ich zurück an den Moment, den genauen Augenblick, in dem ich Samuel zum ersten Mal begegnet bin. Dabei fällt mein Blick auf Saxons Hände, und ich erinnere mich, dass Sam damals auch Schmutz unter den Fingernägeln hatte – so als hätte er an einem Auto herumgeschraubt.

Nein ... das kann nicht sein.

Ich steige von Saxon herunter und hocke mich auf den Boden. »Lucy, bitte, ich möchte es dir erklären.« Saxon setzt sich auf, hebt entschuldigend die Hände und streift mit besorgtem Gesicht seine Jeans über.

»Das warst du?«, keuche ich, ohne auf seine Erklärung zu warten. »Du warst der in der Bibliothek ... nicht Sam, hab ich recht? Du warst derjenige, der mir das hier gegeben hat?« Ich zerre an der Kette um meinen Hals.

»Lucy ...«

»Stimmt das?«, brülle ich mit Tränen in den Augen.

»... Ja.«

Plötzlich komme ich mir sehr nackt vor. Schnell nehme ich die Decke und hülle mich darin ein, denn ich fühle mich bloßgestellt und gedemütigt.

»Lass es mich doch erklären.« Er rückt an mich heran, aber ich weiche vor ihm zurück.

Ich kann nicht sprechen, deshalb höre ich zu und hoffe, dass etwas von alldem hier Sinn ergibt.

»Ja, *ich* war der, den du in der Bibliothek getroffen hast, nicht Sam. Ich kann verstehen, dass du uns verwechselt hast, besonders da ich dich nicht korrigiert habe. Du hast zwar nie Sam zu mir gesagt, aber tief im Innern wusste ich, dass du mich für ihn gehalten hast.«

»Weil ich einen Basketball in deinem Rucksack gesehen habe.« Das war ein Grund. »Und weil du so selbstsicher warst. So wie Sam.«

»Nur um dich zu beeindrucken. Ich habe gesehen, wie die Mädchen ihm nachgelaufen sind, deshalb habe ich versucht, ihn nachzumachen. Und der Basketball? Ich hatte Sams Rucksack. Es kam häufiger vor, dass ich mich für ihn ausgegeben habe.«

»Was?«, frage ich erstaunt, denn ich merke, dass hinter dieser Geschichte noch sehr viel mehr steckt.

Saxon atmet tief aus und beichtet. »Ich habe dich vom ersten Augenblick an geliebt.« Er scheint sich selber über seine Enthüllung zu wundern. »Du warst wie die Sonne, du hast so viel Wärme ausgestrahlt, dass du mich magisch angezogen hast. Aber ich war schüchtern, weil mir immer gesagt worden ist, dass ich nichts tauge. Wenn man dir das dein ganzes Leben lang erzählt, fängst du an, es zu glauben.

Ich habe mich meinen Tagebüchern anvertraut, weil ich mit meiner Mutter, meinem Vater und Sam nicht über meine Gefühle sprechen konnte, und dir konnte ich sie auch nicht gestehen. Sam hat meine Tagebücher gelesen. Daher wusste er, dass ich dich mochte. Außerdem habe ich nach unserer Begegnung in der Bibliothek mit ihm über dich gesprochen, damit er mir einen Rat gibt, weil ich nicht wusste, wie man mit Mädchen redet. Ich habe ihm alles über unsere Unterhaltung erzählt und war so naiv zu glauben, dass er mir helfen würde, dich zu bekommen. Stattdessen hat *er* dich bekommen. *Mein* Mädchen.«

»Nein«, flüstere ich mit tränenüberströmten Wangen. »Das kann nicht wahr sein.«

»Doch, Lucy.« Saxon schließt die Augen und lässt mich in seine Seele blicken. »Vierter August 2004. Heute habe ich mit dem Mädchen meiner Träume gesprochen – der kleinen Lucy Tucker.«

Stöhnend schüttele ich den Kopf. Nicht einmal mein Spitzname stammt von Sam.

»Ich bin ihr zur Bibliothek gefolgt, weil ich beschlossen hatte, dass heute der Tag sein sollte, an dem ich endlich mit ihr reden würde. Ich war es leid, sie immer nur von Weitem anzuhimmeln. Aus der Nähe betrachtet ist sie noch viel hübscher. Langes honigblondes Haar und die grünsten Augen, die ich je gesehen habe. Augen voller Unschuld und Hoffnung.

Als sie mich gebeten hat, ihr mein Exemplar von *Der Fänger im Roggen* zu leihen, habe ich mein Bestes getan, um cool zu bleiben. Aber als wir uns berührt haben, war ich wie elektrisiert. Niemand hat jemals solche Gefühle in mir geweckt wie sie. Als ich ihr das Buch gegeben und ihr gesagt habe, dass sie es so lange behalten kann, wie sie will, hätte ich am liebsten hinzugefügt, dass für mich das Gleiche gilt.

Ich kann nur hoffen, dass sie eines Tages entdeckt, dass ich zwischen all den anderen Figuren am Rand stehe und auf sie warte.« Saxon öffnet die Augen und lächelt melancholisch.

Während er seinen Tagebucheintrag auswendig vorgetragen hat, habe ich erstickt geweint. Er war es *wirklich*. Er ist es die ganze Zeit gewesen. Ich streiche über das Tattoo mit der Spielfigur auf seinen Unterarm. Trägt er das meinetwegen?

»Warum hast du mir das nie gesagt? Du hast mich glauben lassen, du wärst Sam. Warum warst du nicht ehrlich zu mir, Saxon, warum?«

»Weil ich gesehen habe, wie du Samuel angeschaut hast. Er gefiel dir. Als wir in der Bibliothek zum ersten Mal miteinander geredet haben, habe ich bemerkt, dass du auch wie vom Blitz getroffen warst, aber ich wusste nicht, ob es echt war oder nicht – ob es wegen mir war oder wegen Sam. Ich wollte es dir sagen, aber ich hatte Angst, dass du mich dann nie mehr mit diesem Gesichtsausdruck anschauen würdest. Ich habe mir so verzweifelt gewünscht, dass du mich haben möchtest, dass ich lieber den Mund gehalten habe. Ich wollte es nicht dabei belassen, dass du Sam siehst, wenn du mich anschaust, deshalb habe ich dafür gesorgt, dass du *mich* siehst – und es geschafft. Aber es war zu spät.

Der, dem du das Buch zurückgegeben hast und mit dem du Kaffee trinken warst, war *Sam*, nicht ich. Er wusste ja von dir, weil ich mich ihm anvertraut hatte, deshalb ist es ihm leichtgefallen, meine Rolle, also seine, zu übernehmen. Er wusste alles.«

»Was?«, frage ich entgeistert.

»Als ich euch eine Woche später Hand in Hand gesehen habe, war ich unglaublich gekränkt und verletzt. Ich dachte, dass du trotz des Knisterns zwischen uns nach wie vor Sam haben wolltest. Dass ihr Kaffee miteinander getrunken habt, hat Samuel mir erst erzählt, als wir achtzehn geworden sind. Er hat sich entschuldigt und mir gesagt, dass du ihn angesprochen hättest, weil du ihn für mich gehalten hast. Er hätte das nicht gewollt. Er wäre einfach bezaubert gewesen von dem Mädchen, das mein Herz erobert hatte. Dann hat er sich auch in dich verliebt. Und seitdem liebt er dich. Mir gegenüber war er vielleicht oft gemein, aber seine Gefühle für dich sind immer echt gewesen, Lucy. Du hast ihn verändert.«

Stumm hängen wir beide unseren Gedanken nach.

»Als ich versucht habe, mich so zu benehmen wie Sam, habe ich ungewollt dafür gesorgt, dass du gedacht hast, er *wäre* es«, sagt er spöttisch. »Ich habe mir zwar eingeredet, du hättest mich erkannt, aber alle waren hinter Sam her. Es war nur natürlich, dass du es auch warst.«

»Aber ich wollte *dich*, Saxon. Ich habe mich in den Jungen verliebt, der mir das hier gegeben hat.« Traurig schaue ich auf die Halskette, die mich nun an all das erinnert, was ich verloren habe. »Warum hast du nicht mit mir geredet?«

Hilflos zuckt er die Achseln. »Es spielte keine Rolle mehr. Dir war anzusehen, dass du meinen Bruder liebst, und du warst glücklich. Außerdem war ich sehr gekränkt, dass du uns nicht auseinanderhalten konntest. Dumm, nicht? Schließlich sind wir eineiige Zwillinge, Herrgott. Aber wie auch immer, ich wollte nicht in eurer Nähe sein und ständig daran erinnert werden, was ich verloren hatte. Und ich wollte auch nicht daran erinnert werden, was Sam getan hat. Er hat mich verraten, auch wenn er gesagt hat, dass er es nicht wollte, und das hat zu einem tiefen Riss zwischen uns geführt.«

Das erklärt alles. Saxon hat mich gehasst, weil ich ihn verletzt habe. Ich habe es nicht absichtlich getan, doch was soll ein Siebzehnjähriger damit anfangen? Aber als wir älter wurden, hat er doch sicher verstanden, dass ich damals noch ein halbes Kind war. Ich hatte es verdient, die Wahrheit zu erfahren. »Warum hast du es mir nicht gesagt, als wir älter waren? Oder an dem Tag, an dem wir uns geküsst haben?«

Ich flehe ihn förmlich an, mich aufzuklären, weil ich das alles verstehen muss.

Zaghaft streicht er mir eine Haarsträhne aus dem Gesicht. Die Berührung jagt mir trotz allem einen Schauer über den Rücken. »Weil ich wollte, dass du *mich* willst. Nicht den siebzehnjährigen Jungen aus der Bibliothek. Ja, ich war der, dem du zuerst begegnet bist, aber verliebt hast du dich in *ihn*. Ich wollte eine Chance haben, meine Theorie zu beweisen. Ich wollte dir zeigen, dass es zwischen uns immer noch knistert.«

Plötzlich kommt mir ein Gedanke, der mir den Atem verschlägt. »Du bist meinetwegen weggegangen.« Er hat sein Glück für mich geopfert.

Entschieden schüttelt Saxon den Kopf und widerspricht mir. »Nein, Lucy. Das ist nicht deine Schuld.« Mit den Daumen wischt er die Tränen weg, die mir über die Wangen laufen. »Genau deshalb wollte ich es dir nicht sagen. Es bringt nichts. Es wühlt nur schlechte Erinnerungen auf, die ich gern vergessen würde.«

Ich dachte, ich hätte alle Teile des Puzzles, aber das stimmt nicht. Eins fehlt noch. »Hasst du Sam deswegen? Weil er mich dir ausgespannt hat?«

Saxon seufzt. Er wirkt sehr verloren. »Zum Teil.«

»Aber da ist noch etwas?«

Er nickt.

Ich lasse jedes Wort, das er gesagt hat, Revue passieren und suche nach einem Hinweis, dem letzten Schnipsel, der alles zusammenfügt. Da war doch etwas, gleich hab ich's.

Die Erkenntnis kommt mir so plötzlich, dass ich vor Überraschung fast hintenüberfalle. »Oh Gott, nein – was hast du getan?«

Saxon streicht sich durchs Haar und schließt beschämt die Augen. »Als Zwilling kann man gut Doppelgänger spielen. Und Sam hat mich oft darum gebeten. Wenn er Ärger mit Kellie hatte, habe ich den Kopf für ihn hingehalten. Der perfekte Sam konnte ja nichts falsch machen. Sie hat es nie geschafft, uns auseinanderzuhalten, deshalb war es am Ende, selbst wenn sie ihn auf frischer Tat ertappt hatte, immer meine Schuld. Manchmal hat sie, glaube ich, gewusst, dass sie Sam erwischt hatte, aber es war einfacher zu glauben, dass nur ein Kind missraten ist, nicht beide.

Ich habe Sam gehasst, aber er war mein Bruder, und ich habe dummerweise gedacht, dass er mich eines Tages genauso sehr brauchen würde wie ich ihn. Aber dann bin ich erwachsen geworden und habe erkannt, dass es auf dieser Welt auch schlechte Menschen gibt und dass mein Bruder einer davon ist.«

Ich schlucke.

»Wir haben von Anfang an um die Liebe unserer Mutter gekämpft. Kellie hätte nicht mal ein Kind haben sollen, geschweige denn zwei. Immerhin liebte sie Sam. Er war ein hervorragender Sportler, damit konnten meine Eltern etwas anfangen. Ich dagegen war eigenartig für sie. So ganz anders als die anderen Stones.

Die Antwort auf deine Frage lautet also: Wenn Kellie, unsere eigene Mutter, uns nicht auseinanderhalten konnte, welche Chance hatten dann unsere Lehrer? Sam war ein großartiger Basketballer, aber ein lausiger, fauler Schüler. Dad hat ihm immer im Nacken gesessen, damit er gute Noten schreibt und den Abschluss macht und ihm dann auf der Farm hilft. Aber Sam wollte das nicht. Er wollte dieses Stipendium von der Universität von Montana. Doch um das zu bekommen, musste er nicht nur sehr gut Basketball spielen, sondern auch in allen anderen Fächern gut sein.

Also hat er mich gebeten, ihm zu helfen, weil ich der Klügere wäre, während er wohl eher Profi werden würde. Das war sein Traum, Lucy. Und als sein Bruder habe ich ihm gewünscht, dass er wahr wird, selbst nach all dem Mist, den er gemacht hat, und obwohl Kellie ihn immer vorgezogen hat. Außerdem wollte ein selbstsüchtiger Teil von mir, dass er abhaut und dich hoffentlich zurücklässt.«

Ich sage nichts dazu, denn ich bin in eine Vergangenheit versunken, die uns offenbar immer verfolgt hat.

»Ich habe die Abschlussprüfung für ihn gemacht und locker bestanden. Damit war ihm das Stipendium sicher. Der Nachschreibtermin, zu dem ich gehen sollte, war in der folgenden Woche. Am Tag der richtigen Prüfung bin ich mit der lahmen Entschuldigung, dass ich Grippe hätte und nicht aufstehen könnte, im Bett liegen geblieben. Niemand hat diese Entschuldigung angezweifelt, denn niemand legt sich mit den Stones an. Aber das war auch nicht nötig, denn Sam hat mir das falsche Datum genannt. Ich habe ihm vertraut, aber er hat mich angelogen. Ich kam einen Tag zu spät. Jetzt kennst du meine Lebensgeschichte.«

Das ist zu viel für mich. »Warum sollte er das tun? Das ergibt doch keinen Sinn.«

Gekränkt klärt Saxon mich auf. »Weil er sicherstellen wollte, dass ich hierbleibe und mich mit Dad um die Farm kümmere, während er aufs College geht und seinen Traum verwirklicht. Wenn schon nicht beide, sollte doch wenigstens einer von uns bleiben – und du kannst dir bestimmt vorstellen, welches Kind meine Eltern lieber bei sich behalten hätten. Sam wollte, dass ich keine Chance habe, zu studieren und wegzuziehen. Es ging ihm nur um sich. Ihm war es lieber, dass ich bleibe und er geht.«

Ich schüttele den Kopf. »Aber er hat das Stipendium gar nicht angenommen. Er ist hiergeblieben und hat am Ende doch das getan, was dein Vater wollte. Und eure Eltern schienen sehr stolz auf ihn zu sein. Ich verstehe das nicht.«

»Ich habe ihm gesagt, wenn er Mom und Dad nicht erzählt, was er getan hat, würde ich es tun. Er hat sich immer vor Kellies Zorn gefürchtet, deshalb hat er schließlich zugestimmt. Tief im Innern hat er wohl geahnt, dass sie mir nicht glauben würde. Aber Greg hat mir geglaubt. Er wusste, dass Sam kein guter Schüler war und seine guten Noten mit mir zu tun haben mussten. Kellie und Greg hatten Angst davor, dass der Name Stone in Verruf geraten würde, wenn ich das jemals ausplaudere. Und sie wussten, dass ich es notfalls tun würde. Also haben sie hinter meinem Rücken ein Abkommen mit Sam getroffen. Er sollte studieren, aber zur Strafe das Stipendium nicht annehmen.«

»Und was war deine Strafe?«, frage ich leise.

»Ich sollte die Schule als einer der schlechtesten in der Klasse abschließen, damit ich nie eine Chance haben würde, an einem anständigen College angenommen zu werden. Mein Fehler war gut für sie, denn ich hatte nicht nur Sams Zukunft, sondern auch meine ruiniert. Auf ihre Freunde beim Schulamt wirkten sie wie ehrenwerte Leute, die ihren Söhnen eine Lektion erteilen. Aber in Wahrheit haben sie das nur für sich getan. Ja, sie waren stolz, dass Sam ein so guter Basketballer war. Aber in der Sekunde, in der die Highschool vorbei war, hörte das auf. Sie haben immer erwartet, dass Sam und ich mit unserem Vater zusammenarbeiten. »Ich kann doch ohne Söhne nicht *Stone und Söhne* auf das Firmenschild schreiben«, hat Greg immer gesagt, dann würde er im Big Sky County und darüber hinaus zur Lachnummer werden. Das war seine Art, dafür zu sorgen, dass wir niemals weggehen. Wir mussten all unsere Zukunftsträume begraben. Sam hatte wenigstens die Möglichkeit, ein College zu besuchen. Mir dagegen blieb nichts anderes übrig, als jeden Tag den größten Fehler meines Lebens zu bereuen.«

»Warum hast du dich nicht gewehrt?«

»Ich war sicher, dass Kellie und Greg alles so drehen würden, wie es ihnen passt. Es war sinnlos. Ich habe mein ganzes Leben gegen sie angekämpft und immer verloren. Meine Eltern haben dafür gesorgt, dass ihre Kinder scheitern. Ist das nicht krank? Liebende Eltern würden sich das Gegenteil wünschen. Aber meine Eltern sind eben einmalig. Unsere Noten wurden natürlich geheim gehalten. Nichts durfte den Namen Stone beflecken. Es sollte so aussehen, als ob Sam und ich aus freien Stücken hierbleiben würden. Dabei hatten wir nie eine Wahl.«

Das erklärt Kellies Hass auf Saxon. In ihren Augen hat er versucht, ihr Sam wegzunehmen.

»Deswegen bist du gegangen?«

»Ja. Es war Zeit, mein Leben selbst in die Hand zu nehmen«, sagt Saxon entschieden.

»Sam hat dein Leben ruiniert«, heule ich und ziehe die Decke enger um mich. »Du hättest studieren können. Du hättest alles werden können, was du wolltest.« Sam hat recht gehabt, Saxon ist der Klügere von beiden. Doch wegen eines einfachen Fehlers ist ihm seine Zukunft gestohlen worden.

Kein Wunder, dass Sam nie über das College und das Stipendium reden wollte. Er hat immer so getan, als hätte er diese Entscheidung gefällt. Doch in Wahrheit durfte er gar nichts entscheiden.

Sicher waren Kellie, Greg und Samuel heilfroh, als Saxon gegangen ist, denn er hat ihre Geheimnisse mitgenommen. »Deine Familie hat deine Hilfe nicht verdient«, schreie ich, wütend auf die drei. »Aber du bist trotzdem gekommen.«

»Ich bin gekommen, weil du mich darum gebeten hast«, antwortet er schlicht. »Und ich bin geblieben, weil ich weiß, wie sehr du Sam geliebt hast. So fest ich mir auch gewünscht habe, dass er sich nie mehr erinnert, ich wollte ihm trotzdem helfen, weil ich es nicht ertragen konnte, dich weinen zu sehen.«

Dieser Mann hat immer nur das Beste für mich gewollt – wie schade, dass ich von etwas geblendet worden bin, das sich nun als Lügengespinst entpuppt. »Ich weiß nicht mal mehr, w-wer Sam ist. Er hat mich nie g-geliebt. Deshalb erinnert er sich auch nicht mehr an mich«, stammele ich schniefend.

Saxons Gesicht wird weich und zärtlich. »Doch, Lucy, er liebt dich. Wie kann man dich nicht lieben? Zuerst ist er mit dir gegangen, weil er neugierig war. Aber dann hat er gemerkt, was für ein mitfühlender, außergewöhnlicher Mensch du bist, und sich in dich verliebt. Und du dich in ihn.«

Ich unterdrücke mein Schluchzen. Ich weiß nicht mehr, was stimmt.

Saxon scheint eine Last von den Schultern gefallen zu sein, doch die Erinnerung ist offenbar immer noch schmerzlich für ihn. »So viel zum Geheimnis der Familie Stone. Jetzt weißt du alles. Ich würde es dir nicht verübeln, wenn du so weit wegläufst, wie du kannst. Ich habe es getan. Als ich endlich aufgehört habe, mich selbst zu bemitleiden, habe ich meine Sachen gepackt und bin von einer Stadt zur anderen gezogen. In einer Autowerkstatt in Oregon habe ich einen Job bekommen und für einen Kerl namens Gus gearbeitet. Er war wie ein Vater zu mir. Als er an Lungenkrebs gestorben ist, hat er mir die Werkstatt hinterlassen. Das war das Netteste, was jemals jemand für mich getan hat.«

Ich habe so viel von seinem Leben verpasst. Aber auch sehr viel von meinem. Unwillkürlich muss ich daran denken, was wohl aus mir geworden wäre, wenn ich mein Leben mit Saxon verbracht hätte statt mit Sam. Wäre ich genauso wie heute? Würde ich hier leben? Wäre ich auf das gleiche College gegangen?

Ich hätte ein ganz anderer Mensch werden können, und plötzlich fühle ich mich betrogen, weil ich nicht wählen durfte. Ich weiß, dass Saxon nur das Beste für mich wollte, aber er hat mich entmündigt. Er hat eine Entscheidung über mein Leben getroffen, die ihm nicht zustand.

»Du hättest es mir sagen sollen«, wiederhole ich mit zitternder Unterlippe.

Das scheint ihn zu treffen. »Ich weiß. Es tut mir leid, Lucy. Ich war ein dummer Junge, der auf alles und jeden wütend war. Und als ich älter wurde, war es zu spät. Dein Leben schien perfekt zu sein, und das wollte ich für dich. Du hattest es verdient und ich konnte dir das nicht bieten. Ich kann dir immer noch nichts bieten«, gesteht er und schlägt die Augen nieder.

»Sag das nicht.« Seine Traurigkeit geht mir ans Herz.

»Egal, was Sam getan hat, du hast ihn geliebt. Hättest du mir denn geglaubt, wenn ich es dir erzählt hätte?«, fragt er.

Nun bin ich diejenige, die den Blick senkt, denn ich möchte lieber nicht antworten.

Da Sam seine guten Noten erwähnt hat, glaube ich, dass er

sich an das ein oder andere erinnert. Aber wohl nicht an den perfiden Plan seiner Eltern – wie schön für ihn. »Meinst du, Sam weiß noch, was er dir angetan hat?«

Saxon zuckt die Achseln. »Keine Ahnung. Manchmal hatte ich den Eindruck, aber jetzt bin ich nicht mehr so sicher. Vielleicht hat er Glück und kann es vergessen, aber ich schaff das nicht. Ich denke jeden Tag daran, was möglich gewesen wäre, aber nie wahr werden wird.«

Ich erinnere mich an Sams Geständnis und frage nach. »Er hat mir gesagt, dass du in der Nacht, in der er aus dem Koma erwacht ist, mit ihm gesprochen hast.«

»Das hat er gehört?«, fragt Saxon erstaunt.

»Ja.«

Saxon schnaubt beeindruckt. »Du hattest also doch recht.«

Aber besser fühle ich mich deshalb nicht. »Er hat mir gesagt, du hättest gesagt, du könntest dich nicht um mich kümmern. Warum?«

»Weil ich mein ganzes Leben lang bereut habe, dass ich dir nicht die Wahrheit gesagt habe. Ich habe dich enttäuscht. Ich habe alle enttäuscht.«

Ich weiß, dass ich nicht wütend sein sollte, aber ich bin es. Ich kann es nicht ändern, ich fühle mich betrogen. »Du hattest kein Recht, über meinen Kopf hinweg zu entscheiden. Ich habe mich in eine Lüge verliebt. Ich habe mich in Sam verliebt, weil ich dachte, er wäre derjenige, der mein Herz zum Rasen bringt. Aber das warst du. Von Anfang an.«

Eine Woge von Gefühlen überrollt mich und reißt mich mit. Dass er mir keine Wahl gelassen hat, macht mich fuchsteufelswild. »Es kommt mir so vor, als wüsste ich nicht mehr, wer ich bin«, gestehe ich und blinzele ungläubig.

Saxon streicht mir über die Augen und die Lippen. »Du bist du. Meine kleine Lucy Tucker.«

Das macht mich nur noch wütender. Ich muss an die frische Luft. »Ich brauche Zeit zum Nachdenken.« Wutentbrannt stehe ich auf.

»Du brauchst Zeit? Warum? Hat das etwas an deinen Gefühlen für mich geändert?« Er hat sich hingekniet und sieht mich bittend an, damit ich nicht weggehe.

»Ja, das ändert alles!«, schreie ich. »Sam hätte es mir auch sagen sollen. Ihr beide hättet es mir sagen sollen.«

Saxon macht ein trauriges Gesicht und blinzelt. »An meinen Gefühlen für dich ändert sich jedenfalls nichts. Ich werde dich immer lieben. Aber ich verstehe, wenn du mich hasst.«

Seine Unsicherheit und sein Schmerz zerreißen mir das Herz. »Ich hasse dich nicht. Ich brauche nur Zeit.«

»Willst du immer noch nach Syrien?«, fragt er gespannt.

»Ich weiß es nicht, Saxon! Ich bin völlig verwirrt.«

Er nickt. Seine Augen sind voller Bedauern. Sein Geheimnis zu verraten hat ihn nicht befreit. Er wird sich nie davon befreien können.

Ich muss meine Sachen finden und verschwinden. Ich kann keine Entscheidungen treffen, wenn Saxon mich so anschaut. Ich brauche Zeit, Platz und Ruhe. Aber als ich mein Kleid über den Kopf ziehe, wird die Stille in der Scheune mit einem Mal so drückend, dass ich alarmiert bin.

»Saxon?« Hastig drehe ich mich um und halte die Luft an, als ich Samuel in die Augen blicke. Saxon kniet immer noch auf dem Boden, wie gelähmt vom Anblick seines Bruders.

»Lucy?« Anders als sonst klingt Samuels Stimme nicht wütend oder gehässig, sondern wie früher – wie die des alten Sam.

»S-Sam?« Ich bekomme eine Gänsehaut, und das hat nichts mit der leichten Brise zu tun, die durch die Scheune weht. Sonnenstrahlen fallen auf sein Gesicht und beleuchten den knallroten Fleck an seiner Schläfe, aus dem etwas herausläuft. »Du blutest!« Endlich reagiere ich und laufe zum Tor, in dem er benommen steht. Er wirkt ängstlich und verwirrt. »Was ist passiert?« Ich meide seinen Blick und streiche ihm das verklebte Haar aus der Stirn.

Er schnauft und hebt die breiten, nackten Schultern. »Ich weiß nicht. Ich glaube, ich bin umgefallen. Als ich wieder zu mir kam, lag ich in der Dusche. Ich kann mich ... nicht mehr erinnern ...

»Woran?«, frage ich bedrückt. Als er seine eiskalten Finger um mein Handgelenk schlingt, halte ich den Atem an, so falsch fühlt es sich an.

»Ich erinnere mich an fast gar nichts mehr«, erwidert er schleppend nach einer Pause.

Ich kann ihm immer noch nicht in die Augen sehen. »Was ist das Letzte, woran du dich erinnerst?« Er lässt mich los, und ich stoße den angehaltenen Atem aus.

»Dass ...« Er zögert. Ich nehme allen Mut zusammen, den ich noch habe, hebe die Augen und begegne seinem unsicheren, leeren Blick. »Dass ich mich für unsere Hochzeit angezogen habe«, sagt er geistesabwesend. »Aber irgendwie habe ich das Gefühl, dass ich nie bis zur Kirche gekommen bin, oder?« Ich nicke und beneide ihn darum, dass er die letzten Monate vergessen darf, während ich jedes einzelne traurige Detail im Gedächtnis behalten muss.

»Sonst erinnerst du dich an nichts?« Ich kann nicht glauben, dass er völlig unbeschwert wieder von vorn anfangen darf.

Sam schüttelt den Kopf. »Nein. Alles ist so durcheinander. Anscheinend habe ich mir den Kopf schwerer angeschlagen, als ich dachte.« Er reibt sich die Schläfe, und als er die Hand wieder senkt, hat er Blut an den Fingern. Er wird leichenblass und stößt mit zusammengebissenen Zähnen gequält den Atem aus.

Er erinnert sich. Aber an was?

»Was ist passiert?«, fragt er. Er möchte, dass ich ihn tröste, aber als er eine Hand nach mir ausstreckt, weiche ich unwillkürlich zurück. Er runzelt die Stirn und schüttelt den Kopf. Erst in diesem Moment scheint er Saxon zu sehen, der halb nackt auf dem Boden kniet. Sofort blähen sich seine Nasenflügel. »Oh, offenbar eine ganze Menge.«

Plötzlich fühle ich mich unglaublich schuldig. Ich sollte glücklich sein, aber ich bin's nicht. Als Sam das nächste Mal nach meiner Hand greift, weiche ich nicht aus, aber das ist ein Fehler. Er schaut mich so wissend an, dass ich mir nackt vorkomme.

»Es kommt mir so vor, als hätte ich dich seit Jahren nicht mehr gesehen. Als hätte sich irgendetwas ... geändert.«

Schuldbewusst schlinge ich die Arme um meinen zitternden Körper. Das unbehagliche Schweigen zwischen uns zeigt, wie es um unsere Beziehung steht. Ich weiß wieder, wer ich *bin*, aber Sam weiß nur noch, wer ich *war*.

Endlich steht Saxon auf, und sein nackter Oberkörper verrät, was passiert ist. Sam schaut zwischen uns hin und her, dann füllen seine Augen sich unvermittelt mit zornigen Tränen. »Nein«, keucht er, »lieber Gott, nein. Lucy, bitte, Baby ... sag mir, dass es nicht so ist, wie es aussieht.« Sein raues Flehen bricht mir das Herz.

Ich möchte ihm so vieles sagen, aber wo soll ich anfangen?

Das hätte nicht passieren sollen, ist es aber. Mein Schweigen reicht Sam als Antwort. Das Blut rauscht betäubend laut durch meine Ohren, und es fällt mir schwer, Atem zu holen.

»Sam ...« Aber ich kann den Satz nicht beenden, weil Sam sich auf Saxon stürzt und ihm eine Faust ins Gesicht rammt. Mit einem grässlichen Knacken schnellt Saxons Kopf zurück, und er taumelt rückwärts. Dann spuckt er einen Mundvoll Blut aus und grinst aufreizend.

»Du Wichser!«, brüllt Sam und drischt weiter auf ihn ein, während Saxon die Schläge einfach hinnimmt.

»Nein!« Ich versuche dazwischenzugehen, aber Sam stößt mich blutrünstig beiseite. Ich falle auf den Hintern und schlage die Hand vor den Mund, als ich sehe, wie er Saxon verprügelt.

»Wehr dich!«, brüllt Sam und verpasst ihm einen Kinnhaken, der ihn von den Füßen holt. Dann tritt er ihn in die Rippen, den Bauch und das Gesicht. Doch Saxon reagiert nicht, und wenn ich es nicht besser wüsste, würde ich glauben, dass er die Schläge als Strafe für unser Tun betrachtet. Aber wenn dem so ist, habe ich sie genauso verdient wie er.

»Sam, hör auf! Bitte! Du bringst ihn noch um! Tu das nicht!« Doch mein Flehen stößt auf taube Ohren, denn Sam macht weiter, als wäre er erst zufrieden, wenn sein Bruder tot ist. Als ich das schmerzhafte Stöhnen höre, mit dem Saxon tapfer sein Schicksal akzeptiert, kann ich nicht mehr.

Ich kann nicht danebenstehen und diesem Gewaltausbruch zusehen. Schnell werfe ich mich über Saxon und schirme ihn mit meinem Körper ab, werfe die Arme um ihn und beschütze ihn, weil er mich auch beschützt hat.

»Geh weg, Lucy!«, blafft Sam so außer sich, dass mir der Schweiß ausbricht.

»Nein!«, erwidere ich gedämpft, weil ich mich um Saxons schlaffen Körper gewickelt habe. »Hör auf. Lass ihn in Ruhe.« Hektisch küsse ich Saxons Schläfe, seine Wangen, sein Haar. Ich muss ihn berühren, ich muss wissen, ob es ihm gut geht. Als er tief einatmet, entspanne ich mich erleichtert. »Entschuldige«, flüstere ich ihm ins Ohr. »Zwischen uns hat sich nichts geändert.« Das hätte ich ihm sagen sollen, als er mich danach gefragt hat. »Ich ... liebe ... dich. Bitte verzeih mir.«

»Ich ... liebe dich ... auch.« Die abgehackten Worte sind alles, was ich brauche.

Ich drücke ihn mit aller Kraft an mich und merke erst, dass Sam gegangen ist, als er draußen ein markerschütterndes Geheul anstimmt und immer wieder gequält meinen Namen ruft. Ich muss Saxon allein lassen – nur ganz kurz. Ich stehe wieder auf und presse eine Hand auf den Mund, weil ich Samuels herzzerreißendes Jammern nicht ertragen kann.

Aber was soll ich tun? Ich bin hin- und hergerissen. Welchem Bruder soll ich helfen? Saxon? Oder Sam?

Saxon entscheidet für mich. »Geh zu ihm.« Erschöpft hebt er eine Hand und streicht mit dem Zeigefinger über meine Wange.

Ich blinzele, um die Tränen zurückzuhalten. »*Was?*« Sicher habe ich ihn nicht richtig verstanden.

Doch als er versucht, sich aufzusetzen, und störrisch zur Tür zeigt, weiß ich, dass ich ihn sehr wohl verstanden habe. »Mir geht's ... gut.« Die kleine Pause verrät, dass er lügt. Außerdem hält er sich die Seite und atmet schwer durch die Nase.

»Nein, dir geht's nicht gut«, erkläre ich ebenso störrisch. »Komm, ich helfe dir.« Ich bin dankbar, dass er mir erlaubt, ihn festzuhalten, als er zur Seite kippt. Er kneift die Augen zusammen und schluckt schwer. Die tiefen Falten auf seiner Stirn zeigen, dass er große Schmerzen hat, aber er atmet dagegen an und stützt sich mit einer Hand auf dem Boden ab. Ich warte und lasse ihn nicht los, weil ich ihn nie mehr loslassen will.

Plötzlich schlägt er die Augen wieder auf und sieht mich traurig an. »Ich gehe nicht weg«, beharre ich kopfschüttelnd, denn den Blick kenne ich. Er will, dass ich wähle. Gut, dann wähle ich ihn.

Saxon merkt, dass ich wild entschlossen bin und widerspricht mir natürlich. »Mir geht's gut. Samuel braucht dich mehr ... als ich. Ich muss nur etwas zu Atem kommen. In einer Minute bin ich draußen.«

»Saxon«, sage ich erstaunt und reiße die Augen auf. Warum schickt er mich weg? »Ich gehe n-nirgendwo hin«, stottere ich, weil ich gleich zusammenbreche.

»Geh einfach, bitte.« Er klingt, als wäre er gereizt und zornig, und er dreht das Gesicht weg, als könnte er mich nicht mehr sehen.

Sams Schreie machen das ganze Durcheinander noch größer, und ich habe das Gefühl, gleich die Nerven zu verlieren. Mit Tränen in den Augen strecke ich eine Hand aus. »Saxon ...«

»Ich sagte, geh!« Erschrocken über seine Feindseligkeit, zucke ich zurück. Was ist mit ihm los? Er schottet sich psychisch und emotional immer mehr ab.

»Lucy, bitte ...« Als ich Sams Flehen höre, rinnt eine Träne über meine Wange – dies ist wirklich der Anfang vom Ende. Ich schlucke. Bitte lass es nicht so aufhören.

Obwohl ich Saxons emotionalen Rückzug nicht verstehe, werde ich seine Wünsche respektieren und ihm Zeit geben, die Gedanken, die ihm durch den Kopf gehen, zu sortieren. Aber sobald Sam versorgt ist, werde ich nicht mehr so verständnisvoll sein. Saxon kann nicht einfach dichtmachen – jetzt nicht mehr. Wir stecken zusammen in dieser Klemme.

Ich beuge mich vor und küsse ihn sanft auf die Wange. Ein schweres Gewicht legt sich auf meinen Magen, weil ich ebenso gut eine Statue hätte küssen können. Ich habe keine Zeit, ihn zu fragen, warum er plötzlich so abweisend ist, denn Sams laute Schreie werden immer verzweifelter. Ich springe auf und werfe einen letzten Blick auf Saxon, der mich immer noch nicht anschaut. Seine Zurückweisung verletzt mich mehr, als ich es je für möglich gehalten hätte.

Ich schlucke meine Tränen herunter und laufe nach draußen, wo das grelle Sonnenlicht mich abrupt zum Stillstand bringt. Ich schirme die Augen ab und schaue mich hektisch um. Ich brauche nicht lange zu suchen. Sam kniet zusammengesackt mitten auf dem Hof und dreht den Kopf nach rechts und links, als wäre er mutterseelenallein auf der Welt und müsse unbedingt jemanden finden – wahrscheinlich mich.

Das ist der Moment, auf den ich gewartet habe – der Moment, in dem er sich erinnert, wer er war und was wir hatten. Ich wollte nur, dass alles wieder so wird wie früher. Aber jetzt, wo mein Wunsch in Erfüllung geht... wäre es mir lieber, er würde es wieder vergessen.

✳ ✳ ✳

31. Dezember 2014

Liebes Tagebuch,
ist es wirklich möglich, zwei Menschen gleichzeitig zu lieben?
Wenn mir diese Frage vor ein paar Monaten gestellt worden

wäre, hätte ich Nein gesagt, völlig unmöglich. Wahrscheinlich hätte ich sogar höhnisch und hochnäsig reagiert, weil die Vorstellung, jemals jemand anderen zu lieben als Samuel Stone für mich lächerlich, ja geradezu undenkbar war. Er war mein Seelenverwandter, der Mann meiner Träume.

Aber das waren die Ansichten einer naiven, blinden Närrin – die aus freien Stücken wie eine Schlafwandlerin durchs Leben gegangen ist.

Ich dachte, ich wäre glücklich. Ich dachte, Sam würde für immer bei mir bleiben, aber jetzt weiß ich, dass alles ein Verfallsdatum hat. Mein »Für immer« war an dem Tag zu Ende, als Saxon Stone in mein Leben getreten ist. Er hat meine Welt auf den Kopf gestellt, aber durch dieses Durcheinander ist mir etwas klar geworden – ich habe herausgefunden, was aus mir werden soll.

Aber nun lautet die Frage: Wer soll dabei an meiner Seite sein? Und was passiert, wenn ich endlich weiß, welchen Bruder ich haben will? Ganz egal, wie ich mich entscheide, einer von beiden wird verletzt – und zwar von mir.

Ich weiß, wen ich wählen sollte, weil er besser zu mir passt, aber es ist schwer, jemanden abzuweisen, mit dem einen so viele Erinnerungen verbinden.

Also treffe ich fürs Erste die einzige Wahl, zu der ich imstande bin – ich entscheide mich für mich.

Widmung

Dieses Buch ist meinen Lesern gewidmet... danke, dass Ihr mich nie vergesst.

Dank

Dieses Buch war eine Achterbahnfahrt, aber es war alle Mühen wert.

Meinem wunderbaren Mann, Daniel. Ich liebe dich. Danke, dass du an mich geglaubt hast, auch als ich selbst nicht mehr an mich geglaubt habe.

Meinen Eltern, die mich immer unterstützen. Ihr seid die besten. Euretwegen bin ich so, wie ich bin. Ich liebe euch.

Meiner brillanten Agentin, Kimberly Whalen. Du hast von Anfang an an mich geglaubt. Deine ständige Unterstützung, Beratung und Ermutigung haben mir in schweren Zeiten geholfen, und das werde ich nie vergessen. Danke, dass du so unglaublich bist und niemals aufgibst. Dies ist erst der Anfang!

Meinen außergewöhnlichen, erstaunlichen Verlegern, insbesondere Heyne – Random House. Vielen Dank dafür, dass Sie an mich geglaubt haben.

Meiner Lektorin, Tony Rakestraw – danke!

Meinen Korrekturleserinnen – Lisa Edward, Catherine Brown und Alissa Glenn. Ihr habt mir den Arsch gerettet. Danke, dass ihr trotz großen Zeitdrucks mit einem Lächeln gearbeitet habt.

Melissa Gill von MG Bookcovers & Design. Diese Titelseite ist genau so geworden, wie ich sie haben wollte, nur sehr viel besser. Danke für deine Geduld. Du bist ein echtes Genie!

Tina Gephart – danke, dass du mir in schweren Zeiten die Hand gehalten hast. Du ahnst nicht, wie viel deine Hilfe mir bedeutet. Du bist einzigartig, und ich bewundere dich grenzenlos! Duce forever, Baby! #ottersbff

Lisa Edward – danke, dass du immer wieder da bist und für deine unbezahlbaren Ratschläge. Ich weiß nicht, was ich ohne unsere Gespräche tun würde.

Louise Mercer – wunderschöner Engel und höchst geschätzte Freundin. Wir haben so viel zusammen durchgemacht, es war eine verrückte Reise. Danke, dass du mich immer wieder aufgemuntert hast.

Gemma Cawley – meine bff! Danke, dass du meine treueste Cheerleaderin und Unterstützerin bist. Ich kann es kaum erwarten, dass wir Cat Island eröffnen! ›Katzenmeerjungfrauengeschrei‹.

Christina und Lauren – ich liebe euch Mädels so sehr. Danke, dass ihr seid, wie ihr seid.

SC Stephens – Du bist unvergleichlich.

Heyne, Random House, Kinneret Zmora, Hugo & Cie, Planeta, Art Eternal, Carbaccio, Fischer, Harper Brazil, Bookouture, Egmont Bulgaria, Natasha is a Book Junkie, Maryse's Book Blog, Aestas Book Blog, Talkbooks, All is Read, TotallyBookedBlog, The RockStars Of Romance, Gregg Sullivan, Caroline Laird, Giselle from RT Book Reviews, Sara Wendell from Smart Bitches Trashy Books, Ariana McWillams, Nina Bocci (ICH LIEBE DICH!!!), Alice Clayton, Kylie Scott, Mia Sheridan, Audrey Carlan, Lexi Ryan, Geneva Lee, Kristen Dwyer, Michelle Stöger, Franziska Kurra, Paula Nascimento, Hugues De Saint Vincent, Benita Rolland, Sylvie Gand, Melusine Huguet, Mary Matta, Nikki McCombe, Romance Writers of Australia, My Sinners – Worldwide, Bradley Cooper, Jared Leto, Zac Efron, PLL – ein dicker Kuss an euch alle. Danke für die Unterstützung und den Spaß.

Meiner wundervollen Familie – Mama, Papa, Fran, Matt, Samantha, Amelia, Gayle, Peter, Luke, Leah, Shirley, Michael, Rob, Elisa, Evan, Alex, Francesca und meinen Tanten, Onkel und Cousins und Cousinen – ich bin der glücklichste Mensch auf der Welt, weil ich euch alle kenne. Ich kann gar nicht beschreiben, wie schön ihr das Leben für mich macht. Samantha und Amelia – ich liebe euch beide von ganzem Herzen.

Meinen Tierbabys – Mama liebt euch ganz doll! Buckwheat, du bist mein bester Freund. Dacca, ich werde dich immer vor dem großen, bösen Bellie in Schutz nehmen. Mitch, für dich gilt dasselbe. Jag, du bist eigentlich ein Wombat. Bellie, du bist eigentlich ein Teufel. Und dann wäre da noch Ninja, danke, dass du auf mich aufpasst.

Falls ich irgendjemanden vergessen habe, tut es mir leid! Es war keine Absicht! Um es wieder gutzumachen, habe ich einen Teil frei gelassen. Bitte tragen Sie Ihren Namen ein, damit ich Sie erwähnen kann.

Monica James dankt _____ sehr herzlich! Sie schuldet Ihnen einen Kaffee und ganz viele Umarmungen.

Alles Liebe M x

Und zu guter Letzt möchte ich IHNEN danken! Danke, dass Sie mich aufgenommen und in Ihre Herzen gelassen haben. Meine Leser sind die BESTEN im gesamten Universum! Ich liebe Euch alle!

K. A. Linde

Die Wright Serie

»K.A. Lindes großartige und furchtlose Schreibe wird jeden Zyniker dazu bringen, an die wahre Liebe und Happy Ends zu glauben.«
USA Today

Die Wright-Brüder sind unfassbar reich und sexy – und gewohnt, jede Frau zu bekommen

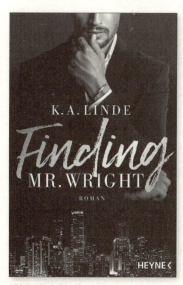

978-3-453-54594-6

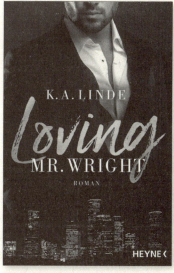

978-3-453-42333-6

Leseproben unter **www.heyne.de**

Monica Murphy

Kann die Liebe überleben, wenn Zweifel alles überschatten?

978-3-453-58065-7

978-3-453-58064-0

Leseprobe unter **www.heyne.de**